本书得到山东省社会科学规划研究项目（13DWXJ12）的资助

文化转型中的文学重构
鲍里斯·阿库宁小说创作研究

Literary Reconstruction in the Cultural Transition:
A Study on Boris Akunin's Novels

武玉明 ◎ 著

中国社会科学出版社

图书在版编目（CIP）数据

文化转型中的文学重构：鲍里斯·阿库宁小说创作研究/武玉明著.
—北京：中国社会科学出版社，2016.2
ISBN 978 – 7 – 5161 – 7515 – 6

Ⅰ.①文…　Ⅱ.①武…　Ⅲ.①阿库宁—小说研究　Ⅳ.①I512.074

中国版本图书馆 CIP 数据核字（2016）第 018014 号

出 版 人	赵剑英
选题策划	侯苗苗
责任编辑	刘晓红
责任校对	周晓东
责任印制	王　超

出　　版	中国社会科学出版社
社　　址	北京鼓楼西大街甲 158 号
邮　　编	100720
网　　址	http：//www.csspw.cn
发 行 部	010 – 84083685
门 市 部	010 – 84029450
经　　销	新华书店及其他书店

印　　刷	北京君升印刷有限公司
装　　订	廊坊市广阳区广增装订厂
版　　次	2016 年 2 月第 1 版
印　　次	2016 年 2 月第 1 次印刷

开　　本	710×1000　1/16
印　　张	18.25
插　　页	2
字　　数	309 千字
定　　价	66.00 元

目　　录

绪　论

第一节　问题的缘起

苏联解体对俄罗斯的影响是巨大而全面的，它直接导致了俄罗斯政治制度和经济体制的更迭，并由此引发了急遽的文化转型。主流文化的失范终结了封闭的单极文化结构，解除了束缚文化发展的意识形态镣铐，这使得 1990 年代以降的俄罗斯文化呈现出明显的由一元到多元、从精英到大众的发展态势。在这个以多元化为特征的文化体系内，大众文化发出了振聋发聩的时代最强音，改变了俄罗斯文化几百年来的思想性传统，对人们的价值观念和审美趣味产生了根本性的影响。

文化转型直接影响到俄罗斯文学的发展面貌。20 世纪 90 年代以来，俄罗斯文学经历了一场根本性的蜕变，审美观念和创作风格的多元化渐成趋势，直接导致了文学社会功能的转变、作家角色的变迁和读者类型的分化，形成了不同的创作思想和创作流派。在经历了剧烈的震荡之后，俄罗斯文学呈现出一幅迥异于前的生态图景，其中最为显著的变化就是大众文学的崛起。这一现象的产生既与文化转型有着直接关系，又是文化全球化的间接结果。一方面，在大众文化与后现代主义思潮的共谋之下，曾处于社会精神生活中心的俄罗斯文学被迫降格为大众交际的渠道之一，开始了之后持续的边缘化过程。另一方面，从意识形态的钳制下脱身的文学同时也失去了国家的庇护，多元化的文化语境并没有带给文学真正的自由；恰恰相反，文学被扔向由供需杠杆操纵的市场，并由此激发了文学的商业化进程。与此同时，西方国家的大众文化产品"如尼亚加拉大瀑布一样"①涌入俄罗斯图书市场，成了本土大众文学诞生的催化剂。在多种合力的作用下，俄罗斯大众文学迅速崛起并占领了文学的显要位置。然而，大众文学并不满足于填补文学空间的处女地，它无时不在觊觎素以"精英"自居的严肃文学的王位。仅就发行量来看，它这一企图已然得逞。据俄罗斯《书评报》对2006年上半年图书发行量的统计，在排行榜上遥遥领先的前八位作家都是写作大众小说的作家。②在当今俄罗斯文学生活中，大众文学正以其不可遏制的生命力改变着读者的阅读习惯和意识结构。

与此形成鲜明对比的是，大众文学长期以来不被文学理论界和评论界所重视，得不到应有的研究。苏联时期的文艺批评界主要从意识形态立场批判西方的大众文学，而很少关注其产生机制及社会文化功能③，在当时的研究文献中，苏联的文化被描述为迥异于西方大众文化的文化形态，研究者常常为苏联文学的非商业性和高度意识形态性而沾沾自喜。后苏联时期，面对图书市场上铺天盖地蜂拥而起的通俗读物，很多学者表示了深刻的担忧，他们认为大众文学冲击了严肃文学，影响了俄罗斯文学艺术的正常发展④。俄罗斯著名文学评论家弗·邦达连科曾表示，"一般说来，他们（指大众文学作家——作者注）并不算严格意义上的作家，但他们的确具有某种才能。尽管我对马里尼娜、阿库宁持否定态度，我还是很肯定他们的才华的。而其他一些人的东西，则根本就不是文学"。⑤如上看法基本上代表了精英文化阵营对大众文学的蔑视，同时又不乏惋惜的态度。针对这种研究态度，文学社会学家雷特布拉特提出了自己的质疑：

> 国内文艺学家完全被果戈理、陀思妥耶夫斯基、布尔加科夫
> 和阿赫玛托娃吸引住了，而那些被大多数人所阅读的东西，则被
> 认为是不值得花费时间和精力研究的"低级读物"。这种学术上

---

① Чупринин С., *Русская Литература Сегодня: Жизнь по Понятиям*, М.: Время, 2007, C. 295.

② 任光宣：《当今俄罗斯大众文学谈片》，《俄罗斯文艺》2008年第1期。

③ 可参阅 Кузнецов М., *Литература и Антилитература: Литература для Масс и Массовая Литература*, М.: Знание, 1975; Дымшица А., *Массовая Литература и Кризис Буржуазной Культуры Запада*, М.: Наука, 1974。

④ 李毓榛：《20世纪俄罗斯文学史》，北京大学出版社2000年版，第432页。

⑤ 任光宣：《当今俄罗斯大众文学谈片》，《俄罗斯文艺》2008年第1期。

的"假斯文"引发了一些纯粹性的争论：普希金在某地是否打过喷嚏，在出版其诗歌之时是否应该打上逗号。而那些印行了千百万册、引起了当代读者的争论、迎合了他们的智性和审美需求的书籍，却仍然处于研究视野之外。①

在我们看来，雷特布拉特对当前俄罗斯文学研究中厚此薄彼现象的批评并非没有道理。大众文学的产生和发展有着其深刻的社会历史根源，这在世界范围内都是一个无可回避的文化事实。严肃文学与大众文学的共存与互通构成了当下俄罗斯文学进程的全貌，文学的多层次性也早已得到众多文学研究者的承认。② 在这样的语境下，漠视对大众文学的研究，将无助于深入理解当前俄罗斯复杂多元的文化与文学。如何认识这一复杂多面的文学现象，已是目前文学研究中的迫切问题。正如俄罗斯文学研究者玛丽亚·切尔尼亚克所指出的，当前的文学形势要求对大众文学进行严肃而深入的研究：

　　在今日文学中显在的复调性，随处可见的、摆着光艳出版物的书摊，在地铁里捧读罗布斯基、顿佐娃、阿库宁、卢基扬年科、玛纳耶夫及布什科夫作品的人们，各种各样的文学上的故弄玄虚，人们关于某个流行名字背后的真面目的争论，——所有这一切都毫无疑问地要求对大众文学在当代文化中的地位问题作出解答。③

综观后苏联时期的俄罗斯文坛，我们可以发现，大众文学的体裁样式、题材范围、艺术风格和价值层次极其丰富而驳杂，同时，它又绝非在封闭的状态下自行其道，而是始终与精英文学处于相互影响、相互渗透的关系之中，并通过这种互动关系内在地影响着后苏联文学的嬗变进程和风

---

　　① Рейтблат А. ，" Русский Извод Массовой Литературы: Непрочитанная Страница" ，*НЛО*， No. 77， 2006， c. 405.

　　② 实际上，早在 20 世纪，维·什克洛夫斯基、维·日尔蒙斯基和尤·洛特曼等文艺学家试图从理论上对大众文学和总体文学的关系做出宏观阐释，他们或从文学史的角度，或从文学社会学的视角对大众文学存在的合法性和价值意义做出了可贵的探索。

　　③ Черняк М. ， *Отечественная Проза XI века: Предварительные Итоги Первого Десятилетия*，СПб. М. : САГА: ФОРУМ， 2009， c. 9 – 10.

貌趋势。因此，要研究如此复杂的一种文学现象，对于一本书来讲显然是不切实际的。我们只能选取最具代表性的作家切入，从个体创作的角度来窥知时代文学的庐山真面目，进而对大众文学在当代文化和文学进程中的位置和功能等问题作出客观的回答。循着这一思路，在对近二十年来活跃在文坛上的作家进行仔细甄别之后，畅销书作者鲍里斯·阿库宁（Борис Акунин，1956— ）进入了我们的视野。由于历史机缘巧合，他的文学创作恰好始于本国大众文学勃兴之际，并伴随着后者一起走向前所未有的繁荣之境，成为世纪之交俄罗斯文学进程最富特色的大众文化现象之一。这种共生共荣的关系使阿库宁的创作成为阐释当代俄罗斯大众文学发展的最佳注脚。此外，我们之所以选取阿库宁作为研究对象还有另外一个原因，那就是他的创作具有明显的间性特征，是联系严肃文学与大众文学的一个中间环节。阿库宁的小说和戏剧创作作为一种文学现象并非孤立的个案，它实际上折射了后苏联文学在文化转型语境中的嬗变重构历程，其作品在审美品格上的复杂性是对社会审美分化和文化话语多元化的艺术反映。鉴于这种深刻的内在关联，将阿库宁的创作纳入文化视野中进行整体研究，将有助于深入透视当前俄罗斯文学进程中某些诗学问题的美学探索，进而探析世纪之交俄罗斯文学演化的动力学机制（文化与文学的关联与互动、文学内部的越界与重构）、辨明俄罗斯文学的历史走向和发展趋势。

　　历史地来看，阿库宁历史侦探小说的出现既是读者阅读取向转变的结果，也是时代精神在文学中的映射。文学从政治的剥离彻底解放了人们自发的阅读诉求，早就厌倦了宏大政治叙事的普通读者对专注于日常生活叙事的大众文学表现出浓厚的兴趣，各类通俗题材的作品，如侦探小说、历史小说、幻想小说、言情小说等，如雨后春笋般涌现了出来，挤满了后苏联时期的俄罗斯图书市场。这些作品在给读者带来感性娱乐的同时，也带来了一些问题，突出表现在文学格调的低俗和文学价值的低下。反观大众文化初兴之时的流行小说，可谓是水准参差、良莠不齐，其中多为充斥着性与暴力描写的下乘之作。深受伟大的俄罗斯文学传统熏陶的读者很快就腻厌了这些小说的肤浅，进而表现出对传统文学主题和正面主人公的怀念。阿库宁的小说创作就是对这种阅读转向的反映，它在保留侦探小说趣味性的同时，又借鉴了严肃文学的表现手法和艺术技巧，极大地提升了作品的艺术价值，满足了大众读者对"真正文学"的想象和需求。

　　就整个时代背景来看，在 20 世纪末的俄罗斯，列·托尔斯泰描述的

"一切都翻了个个儿，一切都刚刚重新开始"的历史情境再次重现。在剔除了苏联意识形态之后，传统价值体系的大厦在世纪末的文化危机中轰然倒塌，但在扑面而来的西方文化面前，具有深厚文化传统的俄罗斯又表现出自发的怀疑。丧失了共同理想的俄罗斯民族徘徊在选择的两难之中。随着后现代主义思潮的兴起和高涨，人们观察现实的视角越来越多元化、零散化，苏联官方文化界曾刻意追求的"统一文化"的理想变成了遥不可及的神话。新旧世界秩序的断裂所造成的文化焦虑，使得碎片性与拼贴性成为最主要的时代表征。作为一个洞幽察微的同时代人，阿库宁以其敏锐的心灵体验并传达了这种世界感受，其小说中显在的历史断裂感、俯拾皆是的互文、历史与现实的相互阐释，都是对时代精神和时代情绪的艺术反映。

阿库宁的创作不单纯是一个大众文化现象，它实际上也是俄罗斯文学在新的历史文化条件下寻求摆脱危机的一种表现。20世纪80年代末至90年代初，社会转型和文化大众化的加剧使得文学遭遇了前所未有的危机，文学观念的革新势在必行。著名作家和批评家维克多·叶罗菲耶夫在《追悼苏联文学》①一文中提出，接替苏联文学的将是以美学任务取代真理探索的"新文学"。正如20世纪初曾经发生过的那样，为了"复活"文学，世纪之交的文艺创作界再一次转向边缘文学地带和民间创作领域。在这样的历史语境下，阿库宁的创作在一定程度上也应被视为文学为克服自身危机而进行的一种尝试。恰似卡达耶夫、阿·托尔斯泰、莎吉娘、什克洛夫斯基等人对历险小说体裁的眷顾，在阿库宁那里也存在着美学探索的自觉，他试图利用侦探小说的情节张力和叙事优势来疗治文学因长期依附于社会、哲学、思想等外部力量而感染的积病沉疴，把它从"婢女"的地位中解救出来，使之重新成为具体可感的审美形式。在一次访谈中，阿库宁明确指出自己的创作主旨之一就是"为情节平反"：

> 大众文学采用非常简单原始的素材，非常粗糙的原料。正因如此，才出现了无穷无尽多样变化的可能性。……我现在所做的，就是尝试为在20世纪完全被压抑在形式和反映（рефлексия）之下的情节进行平反。②

---

① Ерофеев В., "Поминки по Советской Литературе", Литературная Газета, 1990 – 07 – 04.

② Черняк М., *Массовая Литература XX Века*, М.：Флинта. Наука, 2007, c. 196.

　　与索尔仁尼琴、拉斯普京等一批以思想探索为己任的当代严肃文学作家不同，阿库宁不再以寻求真理的智者和道德训诫的导师形象出现，在他那里，所谓的终极真理往往简单地呈现为善与恶、罪与罚的对立，其小说所欲确立的往往是已在社会意识中得到确认的人文价值和历史意识。他的小说文本是不同的审美材料的排列重组，而他的写作目的也不外乎是让读者在简单化、模式化的阅读过程中得到审美愉悦和认知满足。这样一来，文学又返回了其本初的"游戏"状态。不可否认的是，阿库宁的美学探索仅止于大众读者可接受的层面，而非叶罗菲耶夫意义上的"新文学"；但同样也不容否认的是，这种探索至少为"新文学"的产生与发展提供了一条思路。以阿库宁为代表的大众文学的勃兴对俄罗斯文学而言到底意味着什么？意味着文学的死亡，抑或是在大众文化时代的涅槃再生？这个问题也许只有留待时间做出最后的解答。而现在俄罗斯文学界亟待解决的一个重要问题就是，面对日益逼近文学生活中心的大众文学，是固步自封，还是积极求变求新？从后一个问题的角度来讲，我们完全有理由将阿库宁的创作视为对当前俄罗斯文学进程中某些问题与探索的折射，因而是"20 世纪末文学中的一个症候现象"。①

　　阿库宁的创作鲜明地反映了目前俄罗斯文学进程中雅俗相融的趋势。大众文学与严肃文学在整体文学架构中的对话导致了两者之间相互影响的日益加剧，"在今天，大众文学和高雅文学之间的相互渗透已被看成在后现代状况下自然而然、无可争议的特征"。② 对当代俄罗斯文学稍加审视我们就会发现，某些大众小说作家如玛丽尼娜、卢基扬年科、尤兹法维奇等人的作品具有较高的文学价值，而一些严肃文学作家如佩列文的作品中，也吸收了大众文学的审美因素。阿库宁便是这种趋势的鲜明代表。纵观阿库宁的创作，我们可以发现，他在遵循古典侦探小说的基本范式进行写作的同时，在情节建构、题材范围、语言风格方面大胆突破体裁囿限，表现出创新性的诗学追求。就题材范围而言，阿库宁的创作无疑是一个大众文学现象，他本人也曾表示自己没有跻身于严肃作家的野心，但是在他的小说中，引人入胜的不仅是构思巧妙的侦探故事，还有细致入微的人物心理刻画、对 19 世纪俄国风习的工笔素描、在文本语言层面几近完美的

① Черняк М., *Массовая Литература XX Века*, М.：Флинта. Наука, с. 190.
② Амусин М. "… Чем Сердце Успокоиться", Вопросы Литературы, №. 3, 2009, с. 8.

风格模拟，以及对当代文化意识和历史意识的文学化。所有这一切赋予他的作品以明显的审美多重性。侦探小说、社会小说、历史小说和后现代主义小说的多体裁因素巧妙而有机地融合在他的小说中，形成了兼收并蓄的开放风格，从而能够迎合不同层次读者的阅读品位，这一点保障了其作品在接受上的广谱性。换言之，阿库宁的小说并非一般传统意义上的大众文学，而是大众文学与严肃文学对话的产物：这些作品既吸收了严肃文学的题材、手法等因素，又秉持了大众文学的基本创作原则，形成了一种"复合型艺术文本"（полихудожественный текст），被认为是突破文化等级和文本疆界对文学进行重构的典型范例。

综上所述，阿库宁的创作既是时代文化发展的必然，又与当代文学进程有着千丝万缕的联系；既体现了大众文学的共性特征，又不乏作家的个性风格。对阿库宁创作的研究将有助于深入理解俄罗斯文学，特别是大众文学的历史、现状及发展趋势，揭示文学与文化的关联与互动，为探讨20—21世纪之交的俄罗斯文学嬗变提供新的研究视野，为理解当代文学观念和社会意识的变迁提供一条新思路。这就是本书之所以选择阿库宁的小说为研究对象的初衷之所在。然而，我们选取阿库宁的创作作为研究客体，并非是将其作为单纯的图解大众文学的手段；恰恰相反，我们认为，只有从大众文学的当代视角切入，才有可能真正揭示出阿库宁的创作所蕴含的丰富的文学意义和文化价值。在本书的研究视野中，以上两者之间是互为阐释的关系。

第二节　本书的研究概况

一　俄罗斯国内研究概况

在俄罗斯传统批评视野中，大众文学常常被置于严肃文学或曰精英文学的对立面，一直备受文学家们的责难与嘲讽。梅列日科夫斯基曾经轻蔑地写道，"这些小小的庸俗出版物具有低级生物的可怕的繁殖力"，在它们身上可以找到"所有疾病、所有缺陷、所有道德腐化的胚胎"。[1] 科尔

---

① Мережковский Д.：Эстетика и Критика（том 1），цитата по：Черняк М.，*Массовая Литература XX века*，М.：Флинта. Наука，2007，c. 67.

涅伊·楚科夫斯基则讽刺性地将大众读者喻为尚未教化的"文化野人"、"小头人"（микроцефал），在他看来，正是这些"文化野人"决定了社会的阅读品位，这位著名的批评家因此发出了"我们拥有很多有才能的作家，但我们已经没有了文学"① 的慨叹。与这种传统观念形成对峙之势的是 20 世纪初形式主义学派的批评活动。迪尼亚诺夫和什克洛夫斯基等人将大众文学置于文学本体和文学史背景中进行考察，从文学手法和文学演变的角度肯定了大众文学存在的合法性。② 令人遗憾的是，随着形式主义的失势和大众文学的遭禁，他们微弱的声音很快就湮没在苏联批评界声势浩大的讨伐声中。20 世纪 30 年代之后，由于文学创作与批评的意识形态化和国家化，大众文学更是处于千夫所指的地位。著名文艺理论家米·库兹涅佐夫教授在其写作于 1975 年的《文学与反文学》③ 一书中提出，大众文化和大众文学是资产阶级意识形态的体现，是在性质上与苏联民间文学和高雅文学根本不同的"反文学"。这种论调在差不多同时出版的《大众文学与西方资产阶级文化危机》④（1974）一书中也得到了反映，并被接受为正统官方观点，在很长的一段历史时期内影响了人们对大众文学的认识。

这种批评传统的历史惯性一直持续至今。尽管在苏联解体后俄罗斯文艺学界一度表现出了对大众文学进行理论把握的努力⑤，并出现了具有理论系统性和批评体系化的研究成果⑥，一些有影响力的文学史著作也列专

---

① Чуковский К., Нат Пинкертон и Современная Литература（http：//www.chukfamily.ru/Kornei/ Prosa/ Pinkerton）.

② 其中较有影响的著作有：迪尼亚诺夫的《关于文学演变》（1927），什克洛夫斯基的《马特维·科马罗夫：莫斯科市居民》（1929），《神秘小说》（1929），《丘尔科夫与列夫申》（1933）等。

③ Кузнецов М., *Литература и Антилитература: Литература для Масс и Массовая Литература*, М.：Знание，1975.

④ Дымшица А., *Массовая Литература и Кризис Буржуазной Культуры Запада*, М.：Наука，1974.

⑤ 主要成果有：Спец. выпуск о массовой литературе, *НЛО*, No. 22, 1996；Лотман Ю., Массовая литература как историко-культурная проблема（http：// www.ad – marginem.ru / article18）；Гудков Л. и др., *Литература и Общество: Введение в Социологию Литературы*, М.：Российск. гос. гуманит. ун-т，1998；Хализев В., *Теория Литературы*, М.：Высшая школа，2004。

⑥ Черняк М., *Массовая Литература XX Века*, М.：Флинта. Наука，2007.

章介绍了当代俄罗斯大众文学的发展态势①，但是，大众文学研究的价值
和必要性仍然是一个存在普遍争议的问题。这样的文学观念在一定程度上
影响了学术界对阿库宁的文学创作进行全面、深刻的认知。虽然这位颇具
争议的作家取得了罕见的商业成就，也曾凭借小说《加冕典礼，或最后
一部小说》荣膺 2000 年度"反布克奖"，并以小说家、剧作家、随笔作
家和翻译家的身份入选《20 世纪俄罗斯文学词典》②，但到目前为止，在
俄罗斯国内和国外尚无一部阿库宁研究专著出版。关于阿库宁作品的评论
经常散见于各类报刊以及为数不多的几部学术著作，然而充漫文间的主观
色彩在很大程度上减损了这些不无智慧火花的批评论文的学术价值。应当
指出，在俄罗斯，人们还没有充分意识到阿库宁的创作在文学史和当代文
学进程中的作用与价值，更没有将他作为一个风格独特的小说家来展开系
统深入的研究。

就目前的研究资料来看，俄罗斯国内批评界对阿库宁的研究主要沿着
以下三个向度展开：一是对阿库宁创作的定位问题即其文化身份问题；二
是其文学创作所表现出来的总体艺术特征；三是对其代表作的文本分析。

就文化身份和创作风格而言，阿库宁大概是当代俄罗斯文学中最具争
议的作家。批评者有之，赞美甚至神化者亦有之。批评者主要是一些来自
传统文学阵营的作家和批评家，他们对阿库宁的小说表现得不屑一顾，认
为这"根本就不是文学"，充其量只不过是"语言商品"。在这一点上，
批评家弗·邦达连科的立场具有代表性。就在《加冕典礼，或最后一部
小说》获颁反布克奖之后不久，这位倾向于传统派的批评家在其主编的
《明天报》上发文对这一文学事件提出了质疑和批评。在他看来，这是
"整个当代文化的耻辱"：

　　鲍里斯·阿库宁不是艺术家，他不是遵循艺术法则，而是按
照商业规律生存。他不是在写书，而是编制商业方案。不管如
何，这是他的事业。然而，他被隆重地迎进严肃文学，首先是

　　① Гордович К., *Русская Литература Конца XX Века*, СПб. : Петербургский ин-т печати, 2003；Черняк М., *Современная Русская Литература*, М. : Форум, 2004. Тимина С., *Современная Русская Литература Конца XX -Начала XXI Века*, М. : Академия, 2011.
　　② Скатова Н. (ред.), *Русская Литература XX Века：Прозаики, Поэты, Драматурги. Словарь*, М. : Олма-пресс инвест, 2005, с. 37 – 40.

《新世界》杂志，而后是反布克奖评委，这就反映了本土自由主义思想体系的全面危机。①

邦达连科将阿库宁的创作斥为"商业方案"，按照其观点，阿库宁不是作家而是商人，他只是在经营自己的"事业"，这就从根本上否定了其作品的艺术属性。这其实是梅列日科夫斯基等人的批评观念在当代文坛的回声。客观地讲，其中也包含着合理的成分。但邦达连科同时又将阿库宁与自由主义阵营联系在一起，这就使他的如上判断显得较为可疑。毫无疑问，在这里阿库宁或多或少地成了自由派和传统派两大文学阵营斗争的牺牲品。

与以上的观点截然相反，著名作家和批评家德·贝科夫不仅认可阿库宁的创作，他甚至将这位颇有争议的作家抬高到"最后一个俄国经典作家"②的神坛上。贝科夫提出，阿库宁是"第一个尝试将俄罗斯文学经典解冻的人"③，是莉吉雅·金兹堡早期文学传统的继承者，他的创作"不仅是文学，更是妙趣横生的文艺学"④，在他的小说中，真正的侦探不是凡多林而是阿库宁本人，因为正是后者在俄罗斯历史的深渊中找寻那些命运攸关的问题的答案。在贝科夫看来，阿库宁的创作既是对文学传统的"真正继承"，又是对社会生活的现实主义关怀，是真正的俄罗斯文学。

对当代俄罗斯文学深有研究的文学史家马克·利波韦茨基则不认为阿库宁遵循的是现实主义范式。他把阿库宁的创作视为一种后现代现象，认为这是俄罗斯后现代主义文学"大众化"的一个鲜明例证。在利波韦茨基看来，阿库宁利用侦探小说体裁"不仅在情节中，而且在读者意识中"展示了那些陈规定见（譬如，关于犹太革命者，关于神圣的俄国君主制）的不可靠性⑤，而这正是后现代主义独具的怀疑和解构视角。与利波韦茨基类似，列夫·达尼尔金在阿库宁的《阿喀琉斯之死》中发现了荷马和乔伊斯创作的痕迹，他因此将阿库宁视为进行"多层次写作"的当代后现代主义者。⑥一直关注俄罗斯文学动态的批评家娜·伊万诺娃认为，后

---

① Бодаренко В. , "Акунинщина" *Завтра*, 2001 – 1 – 23 (4) .

② Быков Д. , *Блуд Труда*：Эссе, СПб. : Лимбус Пресс, 2007, с. 80.

③ Там же, с. 89.

④ Там же, с. 82.

⑤ Липовецкий Марк, "ПМС"（Постмодернизм сегодня）Знамя, №. 5, 2002.

⑥ Данилкин Л. , "Убит по Собственному Желанию", Акунин Б. , *Особенные поручения*, М. : Захаров, 2000, с. 314.

现代主义文学在世纪之交的俄罗斯生成了一种新的样态，即被掏空了思想容量、专以戏拟经典文学为基本写作技法的"俄罗斯艺术"（pycc-apt）。在伊万诺娃看来，阿库宁及其"凡多林系列"侦探小说是"俄罗斯艺术"潮流中出现的第一个"文学后现代主义方案"。①

　　批评家安德烈·兰钦则对阿库宁创作的后现代主义定位提出了质疑。他对阿库宁创作的"间性"特征作出了详尽的分析。他指出，因为复杂的用典（аллюзия）和互文性联系，对同一个读者而言，阿库宁的小说"仿佛"既属于严肃艺术又属于大众艺术。但这只是"仿佛"而已，从艺术手法来看，阿库宁的创作与后现代艺术迥然相异，所以批评家最终的结论是：阿库宁的创作是有着高度游戏技巧的大众艺术②，亦即大众文学。

　　相比而言，切尔尼亚克对阿库宁的界定似乎较为客观。她先将当下俄罗斯文学划分为三个层面：严肃文学、大众文学以及作为"中间地带"的消遣文学③，然后她又将阿库宁的创作划属消遣文学，并研究分析了阿库宁诗学当中的一些重要问题。④ 这位女批评家认为，阿库宁的文学作品最吸引读者和批评家的地方就在于他突破了体裁界限，向读者提供了文学

---

　　① Иванова Н.，"Жизнь и Смерть Симулякра в России"，*Дружба народов*，№ 8，2000.（http：//magazines. russ. ru/druzhba/2000/8/ivanova-pr. html）

　　② Ранчин А. "Романы Б. Акунина и Классическая Традиция"，*НЛО*，№ 67，2004.（http：//magazines. russ. ru/nlo/2004/67/ran14. html）

　　③ 俄语原文为"беллетристика"，这是一个多义文学术语，在俄罗斯文学史上曾先后用于以下几种不同的语义：（1）19 世纪初，这个词意指雅致文学（изящная словесность，源自法语 belles lettres），是对诗体和散文体文学作品的泛称，该词义今天已很少使用；（2）在 19 世纪，也有批评家用这个词来指称叙事性散文作品，以区别于其他两大文学样式即诗歌和戏剧；（3）在别林斯基的文学批评活动中，该词专指面向下层读者的畅销小说。这一用法被 20 世纪初的文学评论家们所接受，用来指称那些缺乏艺术创新、以模仿高雅文学为主要创作手法的文学作品，这个含义接近于我们今天使用的"大众文学"一词；（4）作为当代文学批评中频繁使用的一个词，беллетристика 特指介于精英文学和大众文学之间的"中间文学"（миддл-литература），这类作品缺乏宏大的叙事规模和明显的艺术独创性，但在一定程度上反映了普通人的精神探索和时代思潮，一般翻译为"消遣文学"，以区别于专以模仿为批量化生产手段的大众文学。消遣文学往往诉诸公认的精神和道德价值，抬高一些永恒问题（如爱与恨、善与恶、家庭、友谊、信仰等）的地位，随着时间的推移，这些文本会逐渐丧失其现实性，并淡出读者的视野。（可参阅 *Черняк М.*，*Массовая Литература XX Века*. 140 – 141；哈利泽夫：《文学学导论》，北京大学出版社 2006 年版，第 175—180 页）也有人将消遣文学归入大众文学，或认为二者是等同的。（可参阅 *Советский Энциклопедический Словарь*，гл. ред. А. М. Прохоров，М.：Современная энциклопедия，1985. c. 122.）切尔尼亚克是在第四种意义上使用该术语。

　　④ Черняк М.，*Массовая Литература XX Века*，М.：Флинта. Наука，2007，c. 190 – 203.

意义的广阔视域。① 在另一本书中，切尔尼亚克从历史文化学派的立场出发再次阐明了这种主张。她援引了泰纳在《艺术哲学》中列出的六个艺术层次，认为阿库宁的小说作品属于第二类即"一代人的文学"（切尔尼亚克称之为"通俗消遣文学"），因而有别于第一类"时髦文学"（即大众文学）。② 文艺学家瓦·哈利泽夫也同样在文学品级中划分出一个"中间"区域即消遣文学，并将阿库宁与柯林斯、柯南·道尔等一代侦探小说名家的创作列入此类，认为他们的侦探小说是"质量好的、艺术上有充分价值的"作品。③ 应当认为，这种看法是比较符合阿库宁的文学创作实际的。一方面，他的小说显然属于文学创作，因为作家坚持用艺术的眼光去审视现实、反思历史，并表现出一定的问题意识；另一方面，他的创作侧重以简化和软化的方式来反映生活、思考生活，在形式上则带有明显的模式化、商业化的特点，这使它迥异于严肃文学在美学层面的独立性，因而难以被传统文学观念容纳。总的来看，阿库宁的创作兼具精英文化与大众文化特征，其中高雅与通俗交织，严肃与消遣并存。这种跨界性或综合性是阿库宁诗学的典型特质，这也是为什么对他的创作难以准确定位的主要原因。

由于"беллетристика"这个词在历史上的多义性，切尔尼亚克所使用的"消遣文学"的概念没能得到文学研究界的一致认同，大多数批评家依然将阿库宁归到大众文学作家之列。然而这只是术语使用问题，不能改变问题的实质。我们认为，消遣文学作为一种"二流文学"④，本身即具有概念上的模糊性，它既可被看作是独立于文学两翼之外、处在两者之间的"中间地带"，也可被认为是大众文学中具有较高价值并趋向严肃文学的那一部分作品。重要的是这些作品所具有的特殊地位：它们既是大众文学的"蒸馏器"，又是严肃文学的"培养基"。所以，尽管很多批评家将阿库宁视为大众作家，但他们大都肯定其小说所具有的较高的文学价值。还在阿库宁初登文坛之时，罗曼·阿尔比特曼就注意到这位崭露头角

---

① Черняк М., *Массовая Литература XX Века*, М.：Флинта. Наука, 2007, c. 191.

② Черняк М., *Отечественная Проза XXI Века：Предварительные Итоги Первого Десятилетия*, СПб. М.：Сага. Форум, 2009, c. 14.

③ ［俄］哈利泽夫：《文学学导论》，周启超等译，北京大学出版社 2006 年版，第 179—180 页。

④ 同上书，第 176 页。

的侦探小说作者独特的艺术个性，称其小说具有"对文本的出色风格模拟及对现实的杰出把握"。① 俄罗斯著名后现代主义理论家库利钦也极力称赞"凡多林系列"的开篇之作《阿扎泽尔》，认为该书具有精巧的情节、细腻的风格模拟、丰富的文化内涵，因而具有毋庸置疑的艺术价值。这位批评家声称自己对这部小说未能获得该年度的格利高里耶夫奖而感到遗憾。② 安德烈·兰钦首次系统地探讨了阿库宁的小说与古典文学传统的有机联系，进而指出作家创作对传统侦探体裁的突破与超越。评论家认为，阿库宁极为重视人物性格的刻画、时代精神的反映等传统现实主义的观念，这赋予他的作品以极高的艺术价值。③ 切尔尼亚克也在其书中指出，文学中心性和后现代主义游戏特征是阿库宁诗学中最重要的概念④，文学中心性是指阿库宁对文学传统的传承，而后现代性表现在作家对苏联时期小说模式的讽拟。这实际上是对阿库宁小说艺术价值的高度肯定。

有些论者将阿库宁小说的艺术性与其文本中显在的互文性联系起来。如著名文学批评家安宁斯基认为，阿库宁的每一部小说都有某个作家的精神风格，在他笔下是经典作家的整个汇集。⑤ 齐普拉科夫认同这一观点，他形象地指出，"他（指阿库宁——笔者注）不创造新的文本，只是从旧的文本中组织结构。他不是园丁，而是布景画家"。⑥ 在《〈凡多林方案〉的狄更斯密码》⑦ 一文中，波塔妮娜把阿库宁的小说《死神的情夫》和查尔斯·狄更斯的名著《雾都孤儿》作了比较，认为阿库宁从主题思想、人物形象、情节结构等方面都对狄更斯有所借鉴，并体现了可预言性、有序性等狄更斯式的风格，从而揭示了作家广阔的世界文学视野。文学史家利杰尔曼和利波韦茨基认为，凡多林系列小说成功的秘诀就在于作家对19 世纪俄罗斯文学和历史略带嘲讽的把握，及其与侦探小说的紧张情节

①　Арбитман Р. ，"Бумажный Оплот Пряничной Державы"，Знамя，№. 7，1999，с. 217.

②　Курицын Вя. ，"Работа над Цитатами：по Поводу Премии Аполлона Григорьева"，Неприкосновенный Запас，№. 3，1999.

③　Ранчин А. ，"Романы Б. Акунина и Классическая Традиция"，НЛО，№. 67，2004.

④　Черняк М. ，Массовая Литература XX Века，М. ：Флинта. Наука，2007，с. 194.

⑤　任光宣：《当今俄罗斯大众文学谈片》，《俄罗斯文艺》2008 年第 1 期，第 15—16 页.

⑥　Циплаков Г. ，"Зло，Возникающее в Дороге，и Дао Эраста"，Новый мир，№. 11，2001.（http：//magazines. russ. ru/novyi_ mi/2001/11/ciip. html）

⑦　Потанина Н. ，"Диккесовский Код Фандоринского Проекта"，Вопросы Литературы，№. 1，2004. （http：//magazines. russ. ru/voplit/2004/1/pot-pr. html）

和主人公的个性历史的融合。① 阿库宁利用互文手法在其小说和经典文学文本以及历史文本之间实现了联姻，从而使其作品脱离了侦探小说庸俗的窠臼，表现出后现代艺术的某些形式特征。客观地说，这的确是其创作中最明显的诗学特征之一。

然而阿库宁对历史和文学文本的旁征博引也引致了很多批评者的不满和反感，他们指责阿库宁的作品是"毫无意义的风格倒退"，是"空洞的作品"，如著名文学评论家娜塔莉亚·伊万诺娃就认为，阿库宁与其他的后现代作家一样，是"吸食俄罗斯经典作品的吸血鬼"②，批评家安德烈·聂姆泽尔则对阿库宁的剧本《海鸥》给出了完全负面的评价，他写道："在阿库宁那里既没有艺术的独创，也没有轻松的感受；既没有与传统的对话，也没有自己的思想。"③ 这些学者之所以得出如上结论，主要是因为他们未能充分考虑到阿库宁所处的特殊历史文化语境，而只是据守在精英文化的大本营，以俯视的眼光去审视阿库宁的创作。此外，还有些学者对小说中的历史细节进行了深入、认真的考据，并指出了其中诸多与历史事实不符之处，从而对阿库宁历史叙事的真实性和认识价值提出了质疑。④ 后一种批评视角涉及对阿库宁创作文体的认识问题，文中还将对这一问题展开论述。但我们认为，仅以历史考古学的视角去研究文学，是缘木求鱼的研究歧路。

近几年来，出现了一些对阿库宁小说文本进行研究的学术成果，这主要包括三个部分：叙述学分析、人物形象分析及语言文体分析。这表明俄罗斯当前的阿库宁研究正朝着深化、细化、多样化的方向发展。

作为一种大众艺术，侦探小说的审美核心在于其独特的叙事技巧，因此，对阿库宁小说进行叙述学分析是题中应有之义。然而令人遗憾的是，到目前为止很少有研究者从这个角度进入阿库宁的艺术世界。加林娜·杰尼索娃的论文《非同一般的畅销书》⑤ 是为数不多的这方面的文章之一。

---

① Лейдерман Н., Липовецкий М., *Современная Русская Литература*: 1950 – 1990 – *е годы*, т. 2, М.：Академия, 2003, с. 530.

② Иванова Н., "Жизнь и Смерть Симулякра в России", *Дружба Народов*, No. 8, 2000.

③ Немзер А., "Достали! Вместо Обзора Новых Журналов", *Время новостей*, 2000 – 4 – 13, с. 3.

④ Кубатьян Г., "Пожизненные Хлопоты", Дружба Народов, No. 7, 2002.

⑤ Денисова Галина., "Необычный Бестселлер: Заметки о Построении Левиафана Бориса Акунина", *Studi Slavistici*, No. 3, 2006, с. 199 – 216.

作者主要从叙述视角和聚焦原则的角度探讨了阿库宁的小说《利维坦》的结构特色，揭示了阿库宁式"密室侦探小说"独具一格的叙述结构和艺术魅力，分析了作家对古典侦探文学叙事精髓的继承。此外，叶莲娜·巴拉班的论文也部分地涉及了阿库宁的情节诗学①，惜乎所研不深，未能形成值得关注的独立研究领域。作为一种复合型艺术文体，阿库宁小说的叙述特色尚待进一步挖掘。

　　同样，阿库宁小说中的人物形象也没有引起文学评论界太多的注意。这可能源于传统文学观念对大众文学由来已久的偏见。此前文艺学界一般认为，在侦探小说、言情小说等模式化的文体中，出场人物多是功能性角色而非心理性人物，所以这些形象都是一些"扁平人物"，没有文学分析价值。齐普拉科夫突破了这一思维惯性，他在上述同一篇文章中考察了阿库宁"新侦探小说"系列的主人公凡多林的形象，试图挖掘隐含在这一形象背后的哲学内涵。在比较了福尔摩斯和凡多林的个性之后，齐普拉科夫指出，福尔摩斯是一个善于积极行动的浪漫主义者，而凡多林只在该系列第一部小说中表现出少年人的好奇与积极，其后都处于"被邀请、被委托"的消极地位，这是因为他是一个深受东方哲学、特别是日本文化和中国道教"无为"思想影响的人。与齐普拉科夫不同，有的研究者更注重对凡多林形象所蕴含的社会思想意义的分析，如列夫·达尼尔金把这个形象视为当代俄罗斯自由主义者的梦想②，谢·科尼亚泽夫则认为凡多林是俄罗斯帝国思想的代表者③，他满足了读者对沙俄历史怀乡病式的帝国想象，补偿了苏联解体所带来的心理上的失落感与空虚感。总体而言，这些成果在对阿库宁小说中的人文价值和思想价值的分析上都颇富洞见，它们旁证了斯蒂芬·格林布拉特等人所主张的文化研究视角在当代文学研究中的高效性。

　　最近几年，阿库宁的创作被越来越多的人所接受，出现了以之为研究对象的副博士学位论文。从俄罗斯国家图书馆可以查到两篇：其一是友谊

---

①　Elena V. Baraban. , "A Country Resembling Russia: the Use of History in Boris Akunin's Detective Novels", *SEEJ*, №. 3, 2004. c. 396 – 420.

②　Данилкин Л. , "Убит по Собственному Желанию". Акунин Б. , *Особенные Поручения*, М. : Захаров, 2000, c. 314.

③　Огрызко В. , *Кто Сегодня Делает Литературу в России*, М. : Литературная Россия, 2006, c. 12.

大学梅尼科娃的《作为人物言语特征之根源的作家语言个性》①（2005），文章对阿库宁小说中所体现出来的作家语言个性进行了详尽得体、有理有据的分析，按照该文作者的观点，阿库宁是一位真正的"语言艺术大师"；另一篇是叶尔茨国立大学的克拉西里尼科娃撰写的《阿库宁与契诃夫同名剧本〈海鸥〉之间的互文联系》②（2008）一文，该文从主题变奏、体裁结构、关键标记词三个方面探讨了阿库宁的剧本《海鸥》和契诃夫同名剧本之间的互文性关系。克拉西里尼科娃认为，阿库宁的剧本是"与伟大前辈的文本公开对话的结果"，是从后现代主义文学观念和创作原则出发，对经典文本的另类阅读和重新阐释策略。总的来说，这篇论文很好地描述了阿库宁小说文体的反规范性和言语体裁多样性，对阿库宁作品的杂体多声结构进行了卓有成效的解读。该文对本书研究思路的拓展亦颇有启发。

二　俄罗斯境外研究概况

当代俄罗斯大众文学是一个相对较新的文学现象，并且正处于形成和发展之中，因此俄罗斯境外的研究成果较为贫乏。西方批评界虽已意识到这项研究的重要性，但目前尚处于译介和概述阶段，未能形成系统性的研究。由英国学者罗维尔和德国文艺学家门采尔合编的论文集《当代俄罗斯的娱乐阅读》③是西方学术界第一本也是迄今为止最有价值的一本梳理当代俄罗斯大众文学的发展概貌及总体特征的著作。该书收入了英、德、俄三国学者的多篇论文，分别对俄罗斯大众文学的历史、当代文学的商业化、诸种大众体裁的简史和现状进行了描述与分析。这些论文采取了不同的研究视角，提出了一些值得注意的真知灼见，然而它们在很大程度上仍然是对西方大众文化学术观点的重复。杰弗里·布鲁克斯在其《当俄罗斯人学会阅读的时候》④一书中从社会历史角度揭示了俄罗斯消遣性阅读形成的历史语境，论及了早期俄国通俗小说的创作，但他没有明确提出大

---

①　Менькова Н., *Языковая Личность Писателя как Источник Речевых Характеристик Персонажей：По Материалам Б. Акунина*, Российский университет дружбы народов, 2005.

②　Красильникова Е., *Интертекстуальные Связи Пьес Б. Акунина и А. П. Чехова《Чайка》*, Елецкий государственный университет им. И. А. Бунина, 2008.

③　Stephen Lovell and Birgit Menzel ed., *Reading for Entertainment in Contemporary Russia：Postsoviet Popular Literature in Historical Perspective*, München：Verlag Otto Sagner, 2005.

④　Brooks Jeffery, *When Russian Learned to Read*, Evanston：Northwestern University Press, 2003.

众文学的概念，也没有循着这一思路继续考察当代大众文学。到了21世纪初，如同在俄罗斯的情况一样，西方国家出版的一些文学史著作也开始承认大众文学是俄罗斯文学在当代的一种发展形态，并将其纳入整体文学进程之中进行考察。例如，加拿大学者施耐德曼在其所著的《1995—2002年的俄国文学：在新千年的门槛上》①一书中，专门列出"神秘小说作家"一章，介绍了玛丽尼娜、达什科娃、阿库宁等一些当代大众文学作家的创作概况。

　　在纷繁芜杂的当代俄罗斯大众文化现象之中，阿库宁的小说创作以其独特的题材取向和诗学特征吸引了西方学者的目光。自2000年以来，阿库宁的大部分代表作品都有了法语、德语和英语译本，让西方读者领略了俄罗斯侦探小说独特的美学魅力。如同在俄罗斯的情况一样，这些小说在西方国家读者中间也掀起了不小的轰动。2003年，小说《阿扎泽尔》（英译名为 *Winter Queen*）获得了著名的侦探小说大奖英国"马卡兰比首奖"。这个现象引起了许多文学研究者的注意，他们纷纷从不同角度切入，试图对阿库宁的创作进行"解码"。例如，N. 施耐德曼认为，阿库宁成功的秘诀在于其独特的创作构思，也就是把冒险故事因素和古典侦探小说因素相结合，大量运用后现代主义手法，形成情节上的互文性。阿库宁面向的是"聪明的读者"，这一点使他有别于同时代其他侦探小说作家。②还有学者对阿库宁小说中的历史元素进行了"辨伪"，认为他的小说反映的并非真实的历史，而是作者从19世纪文学阅读中获得的"历史印象"："在阿库宁的书中，19世纪的俄罗斯文学取代了俄罗斯历史"③，从而指出了阿库宁对历史和文学的游戏姿态。巴拉班则在阿库宁的历史描述中发现了游戏之外的严肃主题，她在《一个像俄国的国家》④一文中分析了阿库宁小说中对俄国历史和经典文学文本的引典（аллюзия，或译"暗示"），认为其目的就是通过构建一个"像俄罗斯的国家"的形象，对当今史学界普遍美化前十月革命俄国历史的论调提出批评，并促使人们反思现实：

---

　　① Shneidman N., *Russian Literature* 1995 – 2002：*on the Threshold of the New Millennium*，Toronto：University of Toronto Press，2004.

　　② Ibid.，p. 159.

　　③ Vishevsky Anatoly，"Review：Answers to Eternal Questions in Soft Covers：Post-Soviet Detective Stories"，*The Slavic and East European Journal*，№4，2001，p. 737.

　　④ Elena V.，Baraban.，"A Country Resembling Russia"，*The Slavic and East European Journal*，No. 3，2004，pp. 396 – 420.

　　　　阿库宁使自己的神秘小说浸满了对经典文学作品的暗示
（allusion），从而创造了一种互文性，这种互文性与其说是娱乐
博学多识的读者的手段，毋宁说是引发读者将过去与现实相联系
的潜文本。①

　　即是说，阿库宁对待历史是真诚而严肃的，他的作品是对人类社会的
现实主义的思考。这一认识与俄罗斯某些学者把阿库宁定位为后现代主义
作家或纯粹大众文学作家的看法大异其趣，为我们深入理解阿库宁的创作
提供了一条思路。这位研究者还指出阿库宁小说的杂体性特征，认为其文
体是历史小说、神秘小说（mystery fiction，西方文论界对侦探小说的称
谓）和后现代主义美学的结合体。② 应该认为，这种观点也是基本符合阿
库宁创作的实际情况的。

　　由于传统文学观念的影响和研究材料的匮乏，我国对俄罗斯大众文学
的研究一直裹足不前，甚至可以说这项迫切的工作还没有实质性地展开。
在近 20 年以来出版的文学史著作中，这一引人注目的文学现象尚未得到
相关的反映和评价，更遑论研究专著。在这样一种学术背景下，"阿库宁
现象"也未能引起足够的重视。最近十多年来我国大陆先后翻译出版了
亚历山德拉·玛丽尼娜和达里娅·顿佐娃的一些畅销作品，但同为"三
驾马车"之一的阿库宁的小说却无一译本，只有为数不多的几篇资料性
的文章。张捷研究员大概是最早关注阿库宁创作的国内学者，他曾两次撰
文介绍阿库宁的生平和创作情况，并将其划归到"历史侦探小说家"阵
营。③ 林精华教授在其论文中将阿库宁的小说视作是用侦探小说模式所写
的后现代主义作品④，他认为，阿库宁是"以通俗作家身份出现的著名后
现代主义作家"，其创作在相当程度上是对苏联之前俄罗斯文学传统的继

---

① Elena V. , Baraban. , "A Country Resembling Russia", *The Slavic and East European Journal*, No. 3, 2004, p. 411.

② Ibid. , p. 397.

③ 张捷：《当今俄罗斯文坛扫描》，人民文学出版社 2007 年版，第 358 页；张捷：《俄罗斯文学的现状和前景》，《文艺理论与批评》2008 年第 1 期。

④ 林精华：《苏俄后现代主义的全球性价值》，《学习与探索》2009 年第 1 期。

承①。刘亚丁教授在《"轰动性"：俄罗斯文学的新标准》② 一文中论及亚历山德拉·玛丽尼娜、阿库宁等作家的创作，并模糊性地将他们与当今畅行文坛的弗拉基米尔·索罗金、维克多·佩列文等人并称为"新潮作家"。此外，任光宣在上面提到的那篇文章中也涉及了阿库宁的创作，略述了阿库宁文学创作的情况，以及俄罗斯批评界对这一愈演愈烈的文学现象的热烈反响，认为"阿库宁的系列小说具有较强文学性"。③ 孙超在其论文中称阿库宁为"当代俄罗斯大众文学的偶像人物"，"当代俄国文学的杰出代表"④，指出其小说的成功源自与众不同的写作手法，具体而言，就是将深厚的历史文化底蕴、对经典文学的借鉴、措辞精美的语言、引人入胜的故事情节有机结合。这其实也是目前俄罗斯学者的主要观点。

因为翻译的滞后，我国学者对阿库宁作品的具体研究更是寥若晨星。苏玲曾在《文艺报》上发表过一篇评论剧本《海鸥》的文章⑤，该文分析了阿库宁剧本对契诃夫原著在故事情节、角色定位、叙述基调等方面所做的后现代主义式的改写，认为这是阿库宁对经典的回顾亲近，是在"向契诃夫致敬"。该文作者虽然认为阿库宁是通俗小说作家，但对其戏剧创作的独特价值还是认可的。孙超认为阿库宁的每一部小说都是多层语义的综合体，他以《阿扎泽尔》为例探究了阿库宁小说的叙事艺术，公正地指出精巧的文学风格、极富趣味的故事情节、厚重浓郁的历史感以及充满魅力的人物形象使阿库宁的创作在当代文坛独树一帜。⑥ 除了如上两文，我国学界尚未对阿库宁的其他作品，特别是作家后来发表的一些具有更复杂美学诗学结构的小说文本进行研究，这不能不说是一种缺憾。

综上所述，作为文化转型语境下的一种重构文学形态，阿库宁的创作兼具精英文化与大众文化、现实主义与后现代主义的多重属性，由此而致的艺术风格的杂糅往往使研究者在面对其作品时难衷一是。尽管上

---

① 林精华：《合法的另类文学：后苏联的后现代主义文学构成问题》，《俄罗斯文艺》2010年第3期。

② 刘亚丁：《"轰动性"：俄罗斯文学的新标准》，《俄罗斯文艺》2002年第3期。

③ 任光宣：《当今俄罗斯大众文学谈片》，《俄罗斯文艺》2008年第1期。

④ 孙超：《俄罗斯大众文学评议》，《求是学刊》2007年第9期。

⑤ 苏玲：《向契诃夫致敬——评鲍里斯·阿库宁的〈海鸥〉》，《文艺报》2010年2月12日。

⑥ 孙超：《二十世纪八、九十年代俄罗斯中短篇小说研究》，人民文学出版社2014年版，第213页。

文所列的一些研究成果已经提出了许多富有价值的洞见，但显而易见的是，阿库宁的创作与学术界对这一文学现象的研究之间依然处于不对称态势。就现有的研究成果来看，还有以下几个可以继续掘进的研究空间：

首先，俄罗斯国内外阿库宁研究的主流方向，从研究对象来看主要针对作者或文本，研究"阿库宁现象"的形成机理、文化系谱和诗学本质的成果尚不多见。在 20—21 世纪之交的俄罗斯，精英文化与大众文化、传统文学与后现代主义文学的对立由于市场机制的引入而变得异常尖锐，这一矛盾不仅影响了文学整体进程的分化，而且在具体作家的创作中也有所体现。阿库宁的"中间体裁"就是对这一文化矛盾的典型折射。作为文化转型中的孪生现象，阿库宁的创作和当代俄罗斯大众文学几乎是同时萌芽共时发展的，他的创作带有明显的大众化、通俗化倾向，同时在题材、风格、艺术手法等方面又有所突破创新，吸收了来自经典文学和后现代主义文学的营养。阿库宁的创作与当代文化和文学进程之间是互为阐释的关系，但这种关系尚未在现有成果中反映出来。脱离开当代社会和文化语境，将难以透彻理解阿库宁小说创作的思想内涵和文化外延，也不可能真正洞察其诗学本质。

其次，现有成果大都局限于对阿库宁创作的零散片面的解读，尚未达成对作家的艺术手法及其美学原则的体系性把握。有些论者虽已注意到了阿库宁创作的某些重要诗学和美学特征，但未能深入展开论述，更没有探究这些诗学特征在文本内以及作家总体创作中的深刻意义。另外，主观印象式批评所占比重较大，武断、未加论证的观点看法很多，这使得阿库宁研究在总体上显得有些杂乱而肤浅，如何将其体系化是摆在本书面前的一项首要任务。

最后，目前研究成果缺乏对阿库宁小说的文本形式、思想意蕴及其社会效果的深入关注和宏观研究。事实上，作为文化转型时期的"症候现象"，阿库宁不应仅仅被视为现代分工意义上的职业作家，因为他的文本与时代文化和审美状况之间存在着深层次的同构关系，突出表现为其小说的狂欢化构型特征和后现代主义美学倾向。一定程度上可以认为，阿库宁的创作就是对当代俄罗斯狂欢式文化语境的文学化，其艺术形式已然成为转型期俄罗斯文学重构意识的最直接表达，客观地反映了后苏联文学表达转型期体验和后现代经验的文学努力。同时我们也注意到，弥漫于俄罗斯社会转型期的价值观危机并没有将阿库宁带入虚无主义的深渊，在其狂欢化的大众叙事之下，实则深蕴着丰富的人文思想和精神价值的建构。他的小说集中描述了转型时期深刻的人性危机和社会危机，拷问了当代人的生存意义，并在此基础上探索了摆脱危机的种种途径。此外，虽然此前有些批评者已经论及了阿库宁现象的后现代文化性，但是对其历史性的认识似嫌不足，不能正确评价（甚至根本没有涉及）其小说创作的社会效果及历史话语功能。对于这样一个影响了转型期大众意识建构的文化事件来说，这种批评的缺席显然也是不应该的。

随着俄罗斯文化转型的基本完结，俄罗斯文学也呈现出了迥异于此前的一些特质。作为这一转变的典型表现，阿库宁在俄罗斯文学史中的地位将会被重估并得以确立，他本人及其创作也将成为文学研究的一个热点话题。在这种情况下，从世纪之交的文化大背景出发，结合对俄罗斯文学总体进程的观照，对阿库宁的创作从总体上进行全面深入的梳理与分析就显得特别重要。本书作为这项研究的第一步，意在抛砖引玉，冀望能够吸引更多研究者关注阿库宁的创作，并对其他一些重要的俄罗斯大众文学现象展开系统且多维的研究。

第三节　本书的研究思路和主要内容

针对前人的研究基础和已有研究成果的不足之处，本书将宏观研究目标设定为如下几个方面：探究阿库宁创作与俄罗斯文化和大众文学的多方位联系，揭示他对侦探文学诸流派和俄罗斯文学传统的继承与再构的艺术特征，理清阿库宁的文学观念，分析他的创作所具有的文化、文学价值及其文学史意义，在此基础上进而以泛文化诗学的研究视角来多层面地审视阿库宁作品的意义机制。本书的具体研究设想是：将内部研究和外部研究、社会历史批评和审美批评相结合，吸收新历史主义等当代哲学思想，从文学社会学、狂欢化诗学、文化诗学的角度切入阿库宁的文学文本，力图揭示出阿库宁创作的主要诗学特征。根据这一研究思路，本书从结构上划分为绪论、正文五章、结论共三大部分，每章主要内容如下：

绪论部分主要介绍选题的由来，前人研究综述，研究方法，论文内容大致介绍等。

　　第一章主要论述产生"阿库宁现象"的历史文化前提。本章对世纪之交俄罗斯社会文化转型、文学演变、大众文学的兴起及其特征做出宏观阐述，力图全面完整地给出阿库宁创作的时代背景，以利于下文对作家创作中社会学和文化学因素的研究分析。

　　第二章旨在将阿库宁的创作视为一种文化和文学实践从外部进行界定，标示其在文化文学之林的位置。本章主要包括三部分内容：①概述阿库宁的创作历程，指出其多体裁写作的实验色彩；②从共时的角度对阿库宁的创作进行分析，探查这一文学现象与当代文化和文学嬗变之间的关联与互动，指出阿库宁创作的文化间性特征；③从历时的角度在文学史视野中探究阿库宁的历史侦探小说对侦探文学和传统文学的继承与重构，揭示其文学谱系的复杂性。

　　第三章利用巴赫金文化诗学理论来探讨阿库宁的创作与转型期文化和审美状况之间的同构关系，揭示其小说文本的狂欢化构型特征。大众文学积极参与时代文学进程，是社会文化转型的重要标志。对阿库宁创作的研究允许我们从微观角度探查俄罗斯文化转型期的文学全貌及其内在动力机制。本章将在描述世纪之交俄罗斯文化和审美的狂欢式特征的基础上，逐一分析阿库宁作品中的互文性、复调性、脱冕型构、叙述视角的狂欢广场化、体裁形式的杂体性、思想结构的对话性等文体形式特征，确证阿库宁的创作是文化和审美转型意识在当代文学中的体现。本章意欲说明，阿库宁是民间文化狂欢精神的不自觉的反映者，他的小说是文化和审美转型意识在当代文学、特别是大众文学中的折射。

　　在第四章中，我们主要立足小说文本来解读阿库宁创作的主题意蕴，以期揭示其小说表层叙事之下的深层文化内涵。作为"生命的隐喻"和"社会的镜像"，阿库宁的小说已然超越了侦探小说的体裁范畴，他对人性危机和社会危机的思索赋予了文本以丰厚的人文价值。在描述人类面临的生存危机的同时，阿库宁在其系列小说中潜含了超越危机的途径。本章将主要从作品的启示录母题和神学型构、帝国意识的隐性书写、人物形象的存在主义价值等角度对作品进行"细读"和"厚描"，考察阿库宁为读者所搭建的文化空间的社会历史意义及其文化政治价值。

　　第五章基于上述分析，对阿库宁小说的诗学美学基础进行深入探究，以确证阿库宁的创作思维与时代文化思潮的深度契合。本章主要从两个方面展开论述：首先，从文本形式的审美泛化角度来探讨阿库宁诗学与后现代主义文化之间的通约性，对作家建构狂欢式审美空间的主要话语手段——"文本游戏"进行多角度阐释。本书认为阿库宁的"中间体裁"作为一种综合性的文本形式，是在解构经典、融合雅俗的基础上建构而成的合成性审美形态，其中体现了典型的后现代主义文化的矛盾性。其次，从历史话语与文学话语关系的角度，本章意欲确证小说中作为本事（фабула）的史实与虚构在诗性基础上的重构本质，通过"历史的文本性"和"文本的历史性"两个方面来分析阿库宁诗学与新历史主义诗学思想之间的深层关联，以此探查其文本何以能够成为大众交往的重要媒介和文化再现的公共领域。

　　最后是结语。结语主要是简要复述文中的主要论点，并得出如下结论：阿库宁的创作是当前俄罗斯文学发展中的一个独特现象，它既倚重大众文学的体裁范式和运作手段，又积极吸纳严肃文学的传统因素；既有娱乐读者的直观目的，又不乏对历史与现实的深入思考。正如作家自言，他走的是介于严肃文学和大众文学之间的"中间道路"，这条道路可被视为当前文化语境中文学美学探索的一种尝试。在此结论的基础上，笔者在结语部分还试图进一步阐明本书的研究模式对当代俄罗斯大众文学研究的意义和价值。

第四节　本书的主要创新之处

　　本书以阿库宁的侦探小说为研究对象，拟从文化文学渊源、文体风格、思想内蕴、美学哲学基础等几个方面对阿库宁的创作进行多侧面、多层次的研究，力图全面系统地对阿库宁小说的诗学特征作出有价值的分析，同时也对目前已有的评论意见作出重新解读和再评价。本书的主要创新之处在于：

　　在时代背景下对阿库宁创作进行文化和文学上的发生学分析。阿库宁的创作作为一种大众文化现象，一直以来读者甚众而论者颇寡。它在当前的强大存在，使我们必须去正视它与文化和文学进程之间千丝万缕的联系。阿库宁创作风格的形成期，恰逢西方文化与传统文化、大众文化与精英文化这一新的文化"十字架"的激烈碰撞和交融再生的时代，这为他的创作蒙上了鲜明的转型期特色。以之为参照，可以察见当代俄罗斯大众文学如何寻求外来文化与本国文化、大众艺术视野与文学经典传统之间的契合点，将诸种影响因素并熔于一炉，进行着艺术重构和创新。本书选取阿库宁为研究对象，即希冀通过一点而窥其全豹。无论是对于阿库宁本人的创作，还是对大众文学现象的研究，本书都将是一次富有新意的尝试。

以阿库宁创作为切入点，尝试探索时代文学多元并存、雅俗交融的本质。当代俄罗斯文学呈现出复杂的多元结构特点，在分析这一现象时需要从上层文学和下层文学不同的角度加以把握，因为"如果只是从单一的文化现象出发，或者不从整体文化现象出发，都无法深入阐明时代文学的本质"。[①] 长期以来，无论研究者还是读者都认为一个时代的文学就是严肃文学，而将侦探小说等大众性体裁视为纯粹消遣性读物，认为这只是文字的游戏，与深刻无关，更不值得屈尊去研究这一"流行的、公式化的叙事类型"。[②] 然而通过对阿库宁作品的研读，可以发现其中存在着超越雅俗之分的文学视角，作家对情节张力的发挥、对社会与人性的深刻关怀，无不反射出当代文学内部互容与对话之性质。本书侧重从主题意蕴、人物形象等方面指出小说对历史和人生的"严肃思考"，探寻这一文类的人文内涵和文学价值，从而揭示出时代文学既对立又统一的发展趋势。这对目前正处于起步阶段的俄罗斯大众文学研究，或可有所启示与补益。

对阿库宁小说的体裁诗学进行研究。究其根源，阿库宁文本建构上的复杂性来自于作家艺术思维的丰富性和开放性，作为大众小说和精英文学在当代的一种合成重构形态，阿库宁的作品体现了独具一格的体裁诗学特征。此前已有论者指出了阿库宁小说中丰富的文学和历史互文，但遗憾的是未能将这一重要创作特征作为结构因素进行深入考察。在阿库宁的作品中，互文性不仅是游戏和意义增值手段，更是体裁结构因素。本书尝试通过对阿库宁文本多重建构的分析，总结他在大众小说体裁发展和整体文学发展上的创新之处。

---

① 程正民：《巴赫金的文化诗学》，北京师范大学出版社 2001 年版，第 38 页。
② 华莱士·马丁：《当代叙事学》，伍晓明译，北京大学出版社 1990 年版，第 13 页。

第一章　文化转型与文学多元：阿库宁小说创作的历史语境

按照马克思主义文化理论的观点，对文化实践及其文本的分析必须考虑到其赖以产生的历史条件。一种文学现象的形成，必然有与之相应的社会文化和文学语境为依托。世纪之交的文化转型、文学的多元重构以及由此导致的大众文学的兴起，是"阿库宁现象"得以滥觞、发展的历史土壤。苏联解体之后的俄罗斯文学呈现出汇入统一世界文学进程的趋势，主要表现为后现代主义文学与大众文学的兴起并获得了前所未有的话语空间。众所周知，世界文学，特别是西方文学在第二次世界大战以来的发展图景中，最令人瞩目的动向就是这两支文学的崛起。由于国家对文学艺术领域实行严格的审查制度，苏联文学长期以来实际上处于自我封闭和自我发展状态。只是到了80年代中期以后，苏联社会改革及其后来的解体拆除了横亘在俄罗斯文化和世界文化之间的铁幕，西方后现代主义思想和大众文学作品顺势涌入，从根本上颠覆了俄罗斯传统的文学观念。外来文化的冲击迫使俄罗斯文学在自我反思中从内部做出结构性调整，原先单极性的文学格局逐渐被开放性的体系所取代，批评界也表现出对"另类文学"和"下层文学"的宽容与认同。在这样的文化历史条件下，大众文学的勃兴便是势所必然之事，它实际上是文化转型和文学嬗变共同作用的结果。本章即尝试从这两个角度探讨阿库宁小说创作的历史文化动因。

第一节　世纪之交俄罗斯的文化转型

文化转型期是指一定时期内文化发展产生危机和断裂，同时又进行更新和重组的时期。我国学者乐黛云将文化发展的动力区分为"认同"和"离异"两种，认为"认同"表现为对已有主流文化模式的进一步开掘，其作用在于巩固主流文化的界限和规范；"离异"则是对主流文化的否定和扬弃，打乱既成规范和界限，形成对主流文化的批判乃至颠覆。"离异"作用占主导地位的阶段就是文化转型时期。① 转型期的文化发展往往表现为一种横向的外求，其方向大致有三：他种文化；同一文化地区的边缘文化；他种学科。② 纵观 20—21 世纪之交的俄罗斯文化发展，可以发现这种横向的外求表现得殊为明显：原有苏联文化被否弃之后，知识界开始转向西方文化（主要是大众文化）和本土亚文化以及俗文化寻求出路，这直接导致了文化理念的转变，原来那种单极性的政治文化和粗暴的决定论被文化相对意识所取代，整体文化的不确定性得到多数人的认可，结果是各种文化形态由此获得了存在的合法性，形成了多元化文化体系。当代俄罗斯学者利捷尔曼把转型期视为横向和纵向的杂处重组，认为转型期是联系不同文化时代的"桥梁"，是深层意识断裂处的"结缔组织"，其中集结了"文化肌体的所有能量源泉"。③ 在转型时期，文化的兼容性表现得最为突出，转型期因之成为创新力最为澎湃有力的时期。新的艺术形式和新的艺术视角不断从中诞生，影响着未来文化体系的整体建构。就体系结构而言，在近二十年的俄罗斯文化发展图景中，最突出的现象就是大众文化的崛起，它是世纪之交俄罗斯文化发出的最强音，并在极大程度上参与了当代文化和文学观念的重构。

一 进入转型期的俄罗斯社会与文化

自 20 世纪 80 年代中后期开始，俄罗斯进入了一个政治、经济频繁变革的时期。1985 年戈尔巴乔夫上台后立即着手改革，拉开了社会转型的序幕。在经济领域，戈氏推行所有制形式的多样化改革，力图革新原有的指令性经济，他采取的一些改革措施克服了计划经济的顽疾，在一定程度上提升了社会生产力。在政治领域，戈氏贯彻"公开性"和"民主化"的改革方针，其结果是苏维埃意识形态对社会的整体影响力被逐步削弱，民主化进程得到了鼓励与促进。在文化领域，苏联开始放松报刊书籍审查机制，提出了出版自由和言论自由的新思路，极大地解放了文化界的思想意识。如果说戈尔巴乔夫改革在很多方面还不够坚定彻底，那么，1991

---

① 乐黛云：《文化转型与文化冲突》，《民族艺术》1998 年第 2 期。

② 同上书，第 48—49 页。

③ Лейдерман Н.，"Траектории Экспериментирующей Эпохи"，*Вопросы Литературы*，№. 4，2002，с. 122–134.

年底苏联的解体则无疑使俄罗斯的社会转型获得了更加强劲的助推力。破除了冷战意识形态铁幕的俄罗斯在政治、经济、文化诸方面进行了一系列以西方化为旨归的根本性的改革措施。尽管这些改革措施成效不一，但是毫无疑问，长远来看它们促进了俄罗斯社会等级体系与文化结构的多元化和多层次化。

从内部来看，俄罗斯文化的多元化是社会转型的合乎逻辑的结果。随着经济结构和政治体制的改变，俄罗斯的社会结构也发生了质的变化，出现了苏联社会根本不曾存在过的新的阶层，其中主要有以"俄罗斯新贵"为代表的富人阶层和占相当大的人口比例的"中产阶级"。① 社会的分化带动了文化体系的分裂：在"民主、自由"价值至上的社会氛围中，每一个社会阶层都提出了自己的文化主张，都宣称自己的文化权力。多层次化的社会等级体系的形成为文化的多元裂变提供了最初的原动力。在苏联解体后的俄罗斯，苏联时期所刻意追求的统一而普适的文化已经完全碎片化，在很短的历史时期内，在俄罗斯就涌现出了众多的"亚文化"形态。历史学家 A. 巴尔辛科夫认为，这是社会精神生活摆脱了极权体系的结果。在其所著的《俄罗斯史》一书中，他列举了新时期俄罗斯的几种亚文化，其中包括"高尚的知识分子文化"、"苏维埃文化"、"西方文化"、"青年亚文学"② 等。每一种亚文化都对应着不同的阶层或群体，它们的多元共存状态实际上就是社会结构现状在文化上的折射。

俄罗斯文化的多元发展还得益于外来的影响。对自我历史的否定以及对西方文化的盲目崇拜，促使在痛苦中挣扎的俄罗斯文化人转向西方去寻求出路。西方的观念和文化顺势潮涌而至，向人们展示了另一个世界，另一种选择。"向西看"几乎成了 90 年代初期俄国社会各阶层的共性。哲学家维·梅茹耶夫曾这样总结这种思潮："西方（被认为）是更高的和最后的对世界历史的总结，是其他国家，也即文明程度不够的国家唯一可能

---

① 关于当代俄罗斯中产阶级的存在与否、数量规模，学界尚有很大的争议。我们同意某些国内学者的看法，即俄罗斯中产阶级的发展有其历史和民族特殊性，所以对这一概念的界定与西方社会应有所不同：除了通用的经济标杆，还应运用其他标准，如生活方式、教育水平、价值观念、政治观念等指标。目前来说，虽然俄罗斯中产阶级在人口比例上还达不到西方社会的平均水平，但对于俄罗斯社会而言，它已经开始发挥着西方社会相同阶级所能起到的示范性作用。可参阅冯绍雷、相蓝欣《转型中的俄罗斯社会与文化》，上海人民出版社 2005 年版，第 32—45 页。

② 任光宣：《俄罗斯文化十五讲》，北京大学出版社 2007 年版，第 324 页。

的效法榜样。"① 在这种心态的驱使下，作为全球化进程中迟到的一员，俄罗斯在 90 年代的最初几年采取了接纳一切的开放姿态，几乎是不辨良莠地吸纳、模仿西方文化元素，以期构建一个迥异于苏联的社会与文化体系。这直接导致了两个结果：其一，加剧了文化分化，外来的异质文化与传统的本土文化的碰撞促进了社会思想的分化，而价值观念和道德观念的多样化反过来又刺激了文化自身的分裂，使得后者呈现出更趋明显的多元形态；其二，改变了文化价值观念，90 年代俄罗斯的西方化在文化方面主要表现为美国化，作为全球文化样板的美国大众文化宣扬的是消费社会的价值观念②，这自然会影响到新时期俄罗斯文化的价值属性，使之向着消费文化和大众文化的方向变革。

从社会文化心理的角度来看，社会转型所带来的阵痛引起了越来越多的问题，导致了社会心理整体上的不适感，并因此而使得普通大众对社会精英以及以其为代表的主流文化本身产生了怀疑。除了上述因素，人们的不适感还来自对历史的重新认识。苏联解体是对 70 多年历史的否定，当人们还未完全从共产主义乌托邦的美梦中醒来之时，却被告知，在这段"激情燃烧的岁月"中国家犯了一个巨大的错误，走了一条历史弯路。这在很大程度上了挫伤了俄国民众的民族自豪感，造成了他们对原来占主流的文化的不信任。面对解体之后出现的"新世界"，他们显得茫然无措。作家佩列文形象地描述了这种心理状态："周围的一切——房屋，乡村，大街上的长椅，不知为什么却突然之间衰老了，没精打采了。……到处都弥漫着一种可怕的不确定。"③ 人们试图克服这种因历史断裂和话语失序而导致的不适感，但当他们无力改变现实或者根本没有行动可能性的时候，就只好转向寻求心理上的安慰。这在无形中为大众文化的孕育与成长准备了丰沃的文化心理土壤。

上述所有这一切为俄罗斯文化转型提供了温床。俄罗斯由此进入一个以价值重估、思想再构为主要标志的文化转型期，其外在表现就是洛特曼所说的文化"爆炸"（взрыв）：文化创造力的长期积累迫使原有官方主流

---

① 转引自安启念《俄罗斯向何处去：苏联解体后的俄罗斯哲学》，中国人民大学出版社 2003 年版，第 5 页。

② 安启念：《俄罗斯向何处去：苏联解体后的俄罗斯哲学》，中国人民大学出版社 2003 年版，第 390 页。

③ ［俄］维·佩列文：《"百事"一代》，刘文飞译，人民文学出版社 2001 年版，第 9 页。

文化衰微失范，而先前处于边缘和地下的支流文化登上前台，形成众声喧哗之势。文化在整体上的不确定性以及人们对未来文化理想的多方面探求，使得这个转型期成为旧形式复活和新形式诞生的时期，各种不同的、有时甚至是矛盾的文化形式共存并处、相互渗透，苏联时期的文化品秩和审美级序在质疑声中被完全摧毁，整个文化呈现出一派狂欢的景象。纵览20—21世纪之交的俄罗斯文化进程，不难发现诸种文化形式的差异性存在，这种状况一方面促进了新俄罗斯文化的分化，另一方面也促成了异质文化的融合。文化转型期的这种差异性融合从根本上改变了俄罗斯的文化生态，去中心化、多元化、民主化、开放性由此成为新时期俄罗斯文化发展的最主要特征。

二　大众文化的兴起及其对接受主体的影响

上述的多元文化理念为俄罗斯大众文化的崛起铺平了道路。在苏联解体前后的十多年间，随着社会政治制度、经济体制和文化体制的转型，被长期压抑的各种世俗欲望获得了其在文化表现上的合法性，文化艺术的民主化进程也因之狂飙猛进，这直接导致了后苏联时期以反映人的欲望和想象为主导审美形式的大众文化的异军突起。俄罗斯以极快的速度步入了大众文化时代。

如果严格按照对大众文化内涵与外延的当代阐释来反观苏联文化，那么，可以说在苏联时期大众文化并未得到真正发展。一方面，由于苏联时期文化政策和批评实践的高度政治化，从20年代留存下来的大众文化样式（如侦探小说、科幻小说等）都在不同程度上被高雅化，变成了精英文化的改造对象和政治的附庸；① 另一方面，封闭的社会主义现实主义理论体系造成了苏联文化与世界文化的脱节，阻断了具有全球性的大众文化的传播路径。有人据此作出判断，认为20世纪末的俄罗斯文化转型实际上"是在后工业社会以大众文化为特征的全球化潮流中确定的"，因而"俄国文化转型的实质在于从前苏联的群众文化转向大众文化"。② 尽管这种说法似乎过于绝对，但无疑抓住了苏联解体以来俄罗斯文化发展的主脉络。毋庸置疑，大众文化的勃兴是20—21世纪之交的俄罗斯文化景观中最为生动的一环，这一现象既是俄罗斯社会转型的结果，也是文化全球化

---

① 请参阅武玉明《苏联语境下的大众文学》，《潍坊学院学报》2013年第3期。
② 林精华：《现代化的悖论：俄罗斯大众文化理论之困境》，《国外社会科学》2003年第1期。

的结果，因而有其历史必然性。

20 世纪 70 年代中后期，西方大众文化产品即已开始进入（虽然其中有些是以"半地下"的形式）先前封闭的苏联文化空间，对苏联的文化意识产生了巨大的影响。国外大众文学作品如阿加莎·克里斯蒂、柯南·道尔的侦探小说、大仲马的长篇小说等在读者之间争相传阅，西方商业电影、摇滚乐等也进入苏联。这标志着苏联文化由意识形态文化向消费文化转变的开端。与此同时，苏联科学与经济的发展以及城市化的加快，也为大众社会的形成奠定了良好的基础。虽然苏联经济增长速度在 70 年代后期明显放缓，但还是有学者注意到，"停滞"时期实质上是拥有发达工业经济的苏联社会的繁荣期。① 正是在这个时期，苏联工业生产的各项指标一直处于高位，并且在核能、太空等科技领域取得了举世瞩目的成就。另外，从文化自身的发展状况来看，在这个时期苏联国内出现了文化多元化的强烈要求。20 世纪 50—60 年代短暂的"解冻"未能真正实现文化上的民主，却唤醒了人们的民主自由意识，此后各种地下艺术、自费地下出版物（самиздат）和境外出版物（тамиздат）的声音越来越强。这些被边缘化的文化不断地冲击官方文化体系，试图打破封闭的单一文化格局。这为大众文化的兴起埋下了伏笔。

戈尔巴乔夫改革措施施行之后，随着"公开性"和"民主化"原则的推行，苏联官方文化的权威性日渐瓦解，各种外来和自生的亚文化都获得了生存的权力。这在客观上拓展了苏联的文化空间。但多样化的格局并没有带来真正的文化繁荣；恰恰相反，面对种种不同的意识形态和价值观念，人们一时陷入不知所措的境况，或借用后来习见的一个术语，陷入了"文化休克"状态。旧的单一格局已经瓦解，而新的体系尚未建立。西方大众文化乘虚而入，以迅雷之势扫除了一切障碍，在经历了改革阵痛之后的俄罗斯社会蓬勃兴起。1990 年，作为美国文化重要标志之一的麦当劳快餐厅在莫斯科开了第一家分店，它与俄罗斯文化的标志性建筑——普希金塑像毗邻而居。这一事实似乎昭示着西方文化向俄罗斯传统文化发出了公开的挑战。随后，俄罗斯大众传媒法的颁布给了外国电台、电视台及出版机构通行俄罗斯文化市场的便利，后者借势蜂拥而进这片丰沃的大众文

---

① Костина А., *Массовая Культура Как Феномен Постиндустриального Общества*, М. : ЛКИ，2008，c. 187.

化的处女地。苏联的解体及随后的西化改革更是令俄罗斯国门洞开，并最终将俄罗斯纳入文化全球化的世界总体进程之中。此后，欧美国家的流行歌曲、星相占卜、好莱坞大片、肥皂剧、各类情节剧、脱口秀节目、时装、广告、大众小说、色情报刊等大众文化产品似决堤的洪水般涌入俄罗斯文化市场。在当时俄罗斯的各个文化领域内，都可以看到不同程度的西方文化特别是美国文化的影响痕迹。在这些外来文化产品的刺激下，俄罗斯本土大众文化借势而起，迅速席卷了社会生活的方方面面。① 仅就数量而言，各类大众文化产品已经占据了当今俄罗斯文化产品总量的半壁江山，成为当代俄罗斯文化生产中的主潮。

　　大众文化所带来的影响是多方位的，它在相当程度上改变了原有的文化格局和文化面貌，引领了世纪之交俄罗斯民众精神消费的主要潮流，并在一定程度上重塑了俄罗斯人的价值观念与审美观念。作为西方资本主义思想的产物或其在俄罗斯的等价物，大众文化包含了对自由民主的肯定、对个人价值的弘扬，这为已经破除了苏联官方文化观念而正在寻求出路的俄国大众提供了一道可口的大餐。对大众文化的消费以潜移默化的方式反作用于消费者的心理，影响了社会大众的价值观念。自由主义与消费主义的泛滥是新时期俄罗斯社会的重要特征。在新观念的影响下，长时期统治苏联文化的意识形态话语和精神本体论也随之丧失了其中心地位，不得不逊位于新崛起的消费文化价值体系。从审美的角度来看，正在形成中的俄罗斯大众文化如同美国当代流行文化一样，呈现出感性化、平面化、娱乐化等特征。向以批判精神和深刻思想著称的俄罗斯传统文化似乎已失去了往日的光辉，人们厌倦了宏大叙事、厌倦了理性沉思，转以纯粹感性娱乐的审美态度来面对文学和文化。"作家作为一个伟大的道德权威的日子已经过去了"。② 人们不再追问生活的意义，因为在他们看来生活就是外在的种种表象，感性的现实比抽象的意义更为真实可信。既然意义已经不复存在，严肃思考就变成了多余的蛇足，人们转以游戏的心态与周围的现实发生联系。于是，生活成了故事，故事也成了生活；情感表现为眼泪，眼泪也代表了情感——一切都被简单化、表面化、标准化了。

---

　　① 关于俄罗斯大众文化生产的繁荣状况，可参阅林精华《民族主义的意义与悖论——20—21 世纪之交俄罗斯文化转型问题研究》，人民出版社 2002 年版，第 310—317 页。

　　② ［美］沃尔特·G. 莫斯：《俄国史（1855—1996）》，张冰译，海南出版社 2008 年版，第509 页。

　　这种削平了深度模式的西方式后现代主义的审美态度对俄罗斯人的接受方式产生了质的影响。一些当代的"文化工业"产品如电视和音像制品，逐渐将传统艺术如文学、古典音乐和美术排挤到受众视野的旮旯角落。在当今俄罗斯，一张好莱坞大片的影碟是远比普希金诗集要贵重得多的礼物。面对这种状况，文学社会学家鲍·杜宾无奈地写道，如果说以前俄罗斯是世界上最爱阅读的民族，那么，现在它可能是最爱看电视的民族。① 电视成了大多数俄罗斯人的"忠实伴侣"，各种各样的电视节目以其直观感性的内容、精美暴露的画面、通俗浅显的主题把越来越多的俄罗斯人从普希金、陀思妥耶夫斯基和托尔斯泰那里吸引开，投入到对机械复制图像的消费中去。视觉图像因其完全直观的特点使得人们越来越远离想象，最终导致了审美能力的钝化，进而使得思考性阅读变得越来越困难。精英文化的内涵在平面化、感性化的审美活动中逐渐消弭于无形，而适应（或者说制造）了这种审美新质的大众文化却得到了极大的弘扬，成为后苏联社会文化的基本存在样态。俄罗斯当代作家维克多·佩列文在小说《"百事"一代》（Generation П）中对这种现象作了寓言式的描写，通过塔塔尔斯基的遭遇图解了电视、广告等大众传媒对当代知识分子的异化及其对传统文化的冲击。正是在这种历史语境下，大众文化潜移默化地改变了俄罗斯人的阅读习惯。对大众文化毫无免疫力的读者面对蜂拥而起的大众文化文本（大众小说、大众传媒、网络文本等）表现出如饥似渴的狂热，极大地改变了多年来相对稳定的阅读取向。对他们而言，文学阅读带来的不是文本意义的增值和作品意义的富化，而是消费文化的快感。阅读性质的个人化、功利化、实用化、信息化、表面化，是 20 世纪末的俄罗斯社会在文学接受上的显著表征，而其最主要的后果之一就是催生了庞大的大众读者群体。

　　俄罗斯文学接受主体的结构性变化，在阅读结构上得到了直接的体现。根据俄罗斯列瓦德分析中心（Левада-центр）在 2003 年所做的社会调查，此前十多年来人们的阅读频率并未改变，但是阅读结构却发生了很大的变化。调查结果显示，有 11% 的读者经常阅读侦探小说（包括动作小说、惊险小说），各有 5% 的读者会选择幻想小说和言情小说，而回答说近期经常阅读俄罗斯经典文学的读者仅有 3%；在最受读者喜爱的作家

---

① Дубин Б.，"Читатель в Обществе Зрителей"，Знамя，№. 5，2004，с. 169.

中，讽刺侦探小说作家顿佐娃以 7% 的比例遥遥领先。① 这样的结果似乎印证了某些学者关于"文学已死"的预言。② 然而，对最近二十年来的俄罗斯文学发展进程略作分析就不难发现，文学其实并未"死去"，它只是改变了自己的存在面貌。

第二节　世纪之交俄罗斯的文学概貌

一　文学多元格局的形成

从 20 世纪 80 年代末期开始的十多年间，俄罗斯文学真正经历了一次洛特曼意义上的"爆炸"。随着苏联意识形态的垮塌，长期统治文学创作的党性和人民性原则遭到了普遍质疑和全面否定，社会主义现实主义作为指导文学发展的基本原则也被彻底抛弃。后苏联时期作家创作的自由度获得了史无前例的拓展，创作主题亦从统一的宏大叙事转向自由的个性化叙事、本我叙事及日常生活叙事。作为文化的重要组成部分，俄罗斯文学在世纪之交的发展进程中同样表现出多元化的趋势，具体表现为题材、体裁和艺术观念上的多声性。被禁"异端"文学的回归、统一创作和批评方法的废除、作家阵营的多极分化则是文学多元化进程的内在推动力。

文学这种变化可追溯到全苏作协第八次代表大会之后的"回归文学"。许多创作于苏联时期、当时被禁止在国内发表的作品终被获准出版，成为 20 世纪 80 年代末至 90 年代初最为轰动的文学事件。回归文学是"解冻文学"之后一次真正的文化"冰融"运动，它给了封闭的苏联文学体系以沉重的一击。可以说，回归文学恢复了苏联文学的全貌，同时也是后者最终消亡前的回光返照。1990 年，俄罗斯著名作家和批评家维克多·叶罗菲耶夫在《文学报》上发表了后来引起争议的《追悼苏联文学》一文，他在分析了官方文学、农村散文和自由派文学当时三支主要

---

① Дубин Б., "Читатель в Обществе Зрителей", Знамя, No. 5, 2004, с. 174 – 175.

② 2004 年，当时的文化部长和一些权威批评家共同制作了一个名为《俄罗斯文学已死》的电视节目，对俄罗斯文学的命运表示了深刻担忧。科列缅采娃在一本书中写道，在维克多·耶罗菲耶夫"追悼苏联文学"之后，"格利高里·奇哈尔季什维利（即鲍里斯·阿库宁——引者注）更宽泛地理解这一问题，他提议不只把苏联文学而是把整个俄罗斯文学一起埋葬掉"。（参见 Кременцова Л., Русская Литература XX – Начала XXI Века（том 2），М.：Академия，2009, с. 462.）

的文学创作力量之后指出，苏联文学已然寿终正寝，取而代之的将是以美学任务取代真理探索的、作为多元文化对话结果的开放的"新文学"，实际上也就是非现实主义文学。这篇文章可被视作是文学阵营对苏联文学的死刑判决书。

苏联国家文学政策的转变从官方立场正式宣告了文学一元格局的终结。1989 年 12 月公布的苏联作家协会章程草案第二稿中，社会主义现实主义和党性、人民性等原则被统统取消①，1990 年 6 月，苏联颁布了《苏联出版与其他大众传媒法》，以立法的形式取缔了已施行半个多世纪的报刊审查制度。随着这两项政策的颁布实施，社会主义现实主义在文学创作和批评中的指导地位随之正式取缔。这一时期没有任何实质性的审查机制，任何作品只要不危害国家利益、不制造民族矛盾都可以出版发行。这为作为苏联文学主体的俄罗斯文学在新时期的多极发展扫除了最后一重障碍。

作家阵营的内部分裂在客观上也促进了多极格局的形成。80 年代中期起，原来统一于苏联作协麾下的俄罗斯作家群体逐渐裂变成两大派系：自由派与传统派。两派作家在政治思想和文学观念上的分歧很大，他们之间的论争持续了多年，并且愈演愈烈，甚至出现了相互攻讦的情况。一般而言，传统派作家具有新斯拉夫主义倾向，主张传承本民族的文学传统，他们一般采用传统现实主义的创作手法，很少在风格和语言上进行实验性创新。自由派文学则注重对世界文学特别是当代西方文学的学习借鉴，大胆探索多样化的创作手法，在主题和风格上多有突破。进入 21 世纪后，随着社会意识的逐步稳定，两派之间的分歧亦随之缩小，并出现了弥合的趋势。但这种融合实际上预示了更加细微的分化：作家创作的个性化越来越受到重视，实际上，每个富有独创性的作家都有自己与众不同的创作路数，他们之中很少有人会自觉地遵循某种统一的指导思想和创作原则。

每一个时代都需要能够反映该时代氛围的文学种类和文学形式，时代的变迁必然会导致文学内容与形式的重组与创新。在"去国家化"（丘普里宁语）之后，俄罗斯文学在题材、体裁、艺术观念上的多声性日趋明显。在众多题材之中，历史反思、宗教探索是 20 世纪 90 年代的热点题材，许多新老作家如阿斯塔菲耶夫、弗拉基莫夫、斯塔德纽克、奥库扎

---

① 李辉凡、张捷：《20 世纪俄罗斯文学史》，青岛出版社 1999 年版，第 311 页。

瓦、马卡宁等喜欢在自己的作品中重释、反思历史，年轻作家瓦尔拉莫夫则是宗教道德题材的佼佼者。在体裁方面，除了长期以来备受关注的长篇小说之外，人物传记、回忆录、书信以及能同步反映社会生活的中短篇小说和特写等样式也得到了长足发展。[①] 就创作观念而言，现实主义、现代主义、后现代主义等不同艺术风格同台竞艺，难分伯仲。此外，像"别样文学"、"新现实主义"、"后现实主义"、"新先锋主义"等许多新的批评术语不断出现，其科学性和理据性暂且存而不论，这一现象本身即充分说明了当前文学创作手法的繁杂多样已经难以用既有的概念加以界说，而不得不诉诸层出不穷的新名词。

　　20 世纪 90 年代是俄罗斯后现代主义文学的收获期。尽管有批评家认为在一个现代主义未能充分发展的国家不可能出现所谓的后现代主义，但后者在俄罗斯的繁荣已是一个不争的事实。有异于俄罗斯后现代主义文学是继发性文学的说法[②]，批评家涅法金娜提出，后现代主义文学的出现是俄罗斯文学内部发展的必然结果[③]，是对维涅季克特·叶罗菲耶夫的"史诗"《从莫斯科到佩图什基》传统的继承。苏联解体前后，写作于 20 世纪 60—80 年代的后现代主义作品在回归文学的大潮中浮出水面，给文学界以极大的震撼，之后新人与新作如雨后春笋般冒了出来，迅速占领了文学中的重要位置。后现代主义在一段时间之内几乎代表了俄罗斯文学发展的新方向，批评家斯拉维茨基甚至声称 20 世纪 90 年代是俄罗斯的后现代主义时代[④]，莫斯科大学教授格鲁普格夫也认为，在这十年的俄罗斯文学中，后现代主义是占统治地位的美学和哲学原则。[⑤] 这一点仅从当今俄罗斯最有影响力的文学奖项——俄语布克奖的获奖名单中即可略窥一斑。然而，过强的爆发力似乎耗尽了其潜力，进入新世纪以后，俄罗斯后现代主义文学日显萎靡，渐呈颓势，已经陷入"深刻危机的绝境"。[⑥] 但是，它

---

　　① 可参阅余一中《90 年代上半期俄罗斯文学的新发展》，《当代外国文学》1995 年第 4 期；余一中：《二十世纪九十年代俄罗斯文学的新发展》，《当代外国文学》2001 年第 4 期。

　　② 张捷：《当今俄罗斯文坛扫描》，人民文学出版社 2007 年版，第 102 页。

　　③ Нефагина Г. , *Русская Проза Конца XX Века*, М. : Флинта. Наука, 2003, с. 251.

　　④ Савицкий С. , *Андеграунд*: *История и Мифы Ленинградской Неофициальной Литературы*, М. : НЛО, 2002, с. 165.

　　⑤ Голубков М. , "Есть ли Сейчас Литературный Процесс?" 载森华《当代俄罗斯文学：多元、多样、多变》，外语教学与研究出版社 2010 年版，第 8 页。

　　⑥ Лейдерман Н. , Липовецкий М. , "Жизнь После Смерти, или Новые Сведения о Реализме", *Новый Мир*, No. 7, 1993.

所倡导的多元、重构等观念却深远地影响着文学的构成与发展，推动了文学的大众化进程。就价值取向而言，后现代主义是消除了层级区别的观念体系，如果说它还有什么原则的话，那就是"坚决反对遵循任何单一的原则"。① 在文化价值上，俄罗斯后现代主义追求的是对雅俗分类本身的批判。② 在后现代主义艺术中，高雅文学和大众文学的绝对界限被打破了，二者被等量齐观地并置起来，其作品往往呈现出快餐性、大众性、感官消费性等大众文化的固有特征。③ 在这种观念的支配下，大众文学在后苏联时期的文学体系中掌握了重要的话语权。大众小说与后现代主义散文在审美观念上的相通之处，使得二者的共生共荣成为当代俄罗斯文学进程的显著特征。

随着在文学创作和批评中后现代主义思潮的发难，传统现实主义观念遭遇了严重的危机，但经过重构的现实主义很快就再次焕发出顽强的生命力，并且在后现代主义已成强弩之末的情况下重又呈现出复苏之势。总体来看，20 世纪 90 年代以来的现实主义文学主要沿着三个方向发展：传统散文（托尔斯泰、陀思妥耶夫斯基、果戈理的传统）、假定性或隐喻性散文以及发轫于 20 世纪 80 年代初的"另类散文"。④ 在遵循基本审美原则的基础上，新时期现实主义文学揭示了存在的多层次性与时间的离散性，形成了不同于经典现实主义的艺术模式。现实主义与其他创作原则的互动拓展了其艺术视域、丰富了艺术手法，有的学者认为，传统现实主义已经变异，生成了新的"主义"。如利杰尔曼和利巴维茨基就提出了"后现实主义"的概念，用以界分那些在文学对现实的关系上有着"对话性的理解"和"开放式的作者立场"的作品。⑤

新时期俄罗斯文学的多元存在驳斥了某些论者关于"文学消亡"的悲观论调，批评家安德烈·涅姆泽尔甚至认为 20 世纪 90 年代是"俄罗斯文学卓越的十年"。⑥ 面对自白银时代以来的又一个文学盛花期，批评

---

① [俄] 阿格诺索夫：《20 世纪俄罗斯文学》，凌建侯等译，中国人民大学出版社 2001 年版，第 642 页。

② 张建华：《论后苏联文化及文学的话语转型》，《解放军外国语学院学报》2008 年第 1 期。

③ 孟庆枢、杨守森：《西方文论》，高等教育出版社 2007 年版，第 437 页。

④ Нефагина Г., *Русская Проза Конца XX Века*, М.：Флинта. Наука, 2003, с. 42 – 44.

⑤ Лейдерман Н., Липовецкий М., *Современная Русская Литература：1950 – 1990 – е годы* (том 2), М.：Академия, 2003, с. 585.

⑥ Немзер А., *Замечательное Десятилетие Русской Литературы*, М.：Захаров, 2003, с. 8.

界的文学观念也发生了根本性的变化。玛丽亚·切尔尼亚克在其《21世纪国内散文：第一个十年的初步总结》一书中提出了"多元文学"（мультилитература）的概念，将新世纪以来的俄罗斯文学称为"内部平等的混合体"（конгломерат）。① 这个概念的提出反映了文学批评界开始有意识地摒弃狭隘的文学等级观念，转而采取容纳一切的开放和对话姿态。这无疑为大众文学的发展彻底扫除了理论上的障碍。

二　新时期文学的危机

每个现象总是有着相互对立的两方面。处在多极建构中的俄罗斯文学同时也遭遇了巨大的困难，并直接导致了此后相继的创作转向，成为文学大众化的内在动因。概言之，新时期俄罗斯文学的危机主要表现为以下四点：

首先，这种困难缘自文学在社会生活地位中的边缘化，以及由此导致的不容乐观的经济状况对作家创作的影响。随着政治经济结构的调整以及大众文化的泛滥，文学对社会和个人的影响力日益削弱，它逐渐从主流话语中分离出来，被挤向社会文化结构的边缘。文学不再是俄罗斯文化的核心，也不再以反映民族命运、构塑民族意识为己任。相应地，作家也不再是"人类灵魂的工程师"。实际上，在当今俄罗斯，越来越多的文学现象（如玛里尼娜和顿佐娃的创作）表明文学活动已被纳入文化经济或大众传媒的范畴。被解除了审查镣铐的文学同时也失去了国家的支持，作家们刚从国家意识形态的铁钳下脱身，立刻就进入了市场机制的牢笼。面对新的、更为残酷的"审查制度"，很多作家事实上处于被迫的失语状态，他们发现自己无法适应这种新出现的创作自由。陷入自我认同危机中的作家们在不断发展变化的即时文化面前失去了正常的价值判断力②，也由此丧失了艺术表达力。在当今俄罗斯，严肃作家很难依靠写作收入来维持生计，其中一些人不得不放弃文学下海经商，或像马卡宁的小说《地下人，或当代英雄》中的主人公彼得洛维奇那样，靠为人看门守户艰难度日。而那些执着于建造象牙塔的诗人和作家却不得不忍受困顿，甚至连基本的生活也难以保障，例如著名作家弗拉基米尔·沙拉莫夫就死于贫困③。作

---

① Рейтблат А. ，"Русский Извод Массовой Литературы：Непрочитанная Страница"，НЛО，№. 77，2006，c. 405.

② 孙玉华等：《拉斯普京创作研究》，人民文学出版社 2009 年版，第 58 页。

③ 邵宁：《重返俄罗斯》，上海文艺出版社 2003 年版，第 294 页。

家的流失无疑是俄罗斯文学的重大损失，并在很长一段历史时间内影响了其总体发展水平。

其次，文学批评的混乱无序使得刚刚破茧而出的新俄罗斯文学失去了导向标，从而导致当今的文学图景更像是一幅杂乱无章的拼贴画。在俄罗斯文学史上，文学批评对文学的发展曾发挥过不可或缺的作用：很难设想没有别林斯基、车尔尼雪夫斯基等人的 19 世纪文学会是一副怎样的面貌。然而，自苏联解体以来的俄罗斯文学批评的作用和现状却很难给人留下深刻印象。一方面，许多批评文章透出过浓的政治色彩（部分地是文学阵营分化的结果）或商业色彩，在这些所谓的批评文章中，文学作品与其说被当作艺术文本来分析，毋宁说更多地被视为政治文本或社会学文本。另一方面，所谓的"纯粹"文学批评却往往因为批评话语的驳杂而很难发挥其在历史传统上本就具有的指导作用，诚如余一中教授所指出的那样，"现在的俄罗斯文学具有多元和自由的社会政治环境，包括网络在内的无边的发表天地，但相对统一的社会价值观和文学评价体系却还处在形成之中，这往往使作家们的创作无须或无法得到及时、正确的指导，这可以说是作家难以承受的创作之轻，而这种'创作之轻'往往是败坏作家工作态度、降低作品质量的罪魁祸首"。①

再次，名目繁多的俄罗斯文学奖对文学创作也产生了许多负面的影响。解体后俄罗斯文学有别于苏联文学的一大区别就是具有独立地位的文学奖项的出现，其中较有影响的当属布克奖、反布克奖、莫斯科—彭内奖等。数额不菲的奖金对一些作家的生存和创作具有重大的意义，因而俄罗斯作家瓦西里·阿克肖诺夫感慨地说："这一切挽救了文学生活。"② 这一说法乍听起来似乎言之成理，细思却颇为可疑。在一个健康的文学语境中，文学奖可以起到引导文学正常发展的作用，然而在俄罗斯，这种情况还不甚乐观。过多的外来干扰因素造成各种文学奖不能如实反映文学现状及其美学质量，有些艺术价值较为可疑，但迎合了权威人士趣味的作品频频蟾宫折桂。另外一个值得注意的现象就是，除了上述的奖项之外，在俄罗斯还存在着不少的商业性文学奖，其评选标准不是作品的艺术价值，而是其市场价值。这种现象对文学创作无疑有着不容忽视的影

---

① 余一中：《二十世纪九十年代俄罗斯文学的新发展》，《当代外国文学》2001 年第 4 期。

② 转引自［俄］叶·沃罗比约娃《多种多样的俄罗斯文学奖》，《俄罗斯文艺》2006 年第 3 期。

响力，并在相当大的程度上决定着当代文学的整体面貌。名目繁多的文学奖或许能挽救某些文学家，却未必能挽救文学（指严肃的精英文学）本身。

最后，文学传播方式的转变是把文学推向危机边缘的另一个重要因素。20 世纪 90 年代俄罗斯经济体制和政治体制改革对文学书籍的出版和流通产生了质的影响，这种影响在很大程度上改变了今天的文学生态。苏联时期，严格的审查制度将作家圈在规定范式内进行创作，他们的任务就是完成"国家订货"，作品的出版发行被纳入计划经济的轨道，作家无须对市场负责。出版社和报刊社为国家所有，它们主要发挥着"国家喉舌"的作用。然而，这一切随着私有化的加速完成俱已烟消云散。1992 年开始的休克疗法解除了对绝大多数商品的价格控制，将供需完全交由市场支配，图书发行亦不例外。在这种情况下，大量的商业性出版机构①应运而生，它们主要是搞"文化投资"，利润是决定出版书目的杠杆。这样的出版机制极其宜于侦探小说、言情小说、幻想小说等大众体裁的滋长，20 世纪 90 年代以来的出版现状也证实了这一点。

大型文学杂志素来是俄罗斯文学的骄傲，在很长的历史时期内它们曾被视为文学进程的"晴雨表"。这些杂志在苏联解体后的失宠从一个侧面反映出严肃文学的地位已从中心滑向了边缘。造成这一状况的原因主要有两个：一是读者数量的锐减；二是商业性彩色杂志（глянцевый журнал）的冲击。苏联解体后，图书市场上出现了一大批专为满足市场需求而编写的商业性杂志。这些杂志内容广泛、品位各异，拥有数量惊人的读者。许多作家为了重新找回读者，也是为了赚取不菲的稿酬，转而将自己的作品改投到这些审美价值不高的彩色杂志，如著名作家比托夫曾将其新作交由臭名昭著的《花花公子》（俄文版）发表，女作家托卡列娃也曾为画报《29》撰稿。② 除了这些"综合性"刊物，在当今俄罗斯还出现了专门刊载大众文学作品的杂志，其中有些在读者中间享有相当高的知名度。例如，杂志《如果》就被誉为科幻小说爱好者的"圣经"，而喜欢言情小说的女性读者的手包里一般都会有最新一期的《家园》或《丽莎》。

---

① 在俄罗斯联邦登记的出版社有 1.3 万多家，其中非国有出版机构出版的各类图书种类占到全国的 80%。当前图书市场主要由五家大型出版社控制，它们是 ACT，ЭКСМО，Дрофа，Олма-пресс 和 Просвещение，这五家出版社的年发行量占到全国的三成以上。

② 张捷：《当今俄罗斯文坛扫描》，人民文学出版社 2007 年版，第 57 页。

　　图书的销售方式也发生了显著的变化。在苏联时期，人们只能到专门的书店去购买图书。书店因而被看作是神圣的场所，是文化传播的主要窗口，将之喻为"苏联文化的教堂"似不为过。不难想象，"下层文学"作品是很难进入这样的庄严肃穆的"教堂"的。经济的市场化转型打破了书店的一统局面，图书被当作一般性商品在街头报亭、货摊、食品店、车站机场、网上商店等地方销售。在这里，文学作品和大众报刊、菜谱、旅游指南，甚至和水果、饮料摆列在一起，以供顾客选购。文学不再是精神食粮中的鱼子酱，而是变成了人人消费得起的面包。它的口味也因之变得越来越大众化、世俗化。

　　谈及当代文学的传播状况，不能不提到网络。网络传播对文学结构的调整有着不容忽视的影响。俄罗斯互联网建设起步较晚，但发展神速，现在它可能是世界上拥有文学类网站最多的国家。作为一种方便快捷的发表途径，网络吸引了众多的作家，其中主要是大众文学作家。很多作家开设了自己的网站、博客，他们的作品往往同时以纸质和电子两种媒介发表。相对于纸质出版物，网络有其不可忽视的优越性：它的潜在读者是无穷无尽的。受此诱惑，许多大型文学杂志也推出了网络版（在"杂志大厅"的网页上就集中了不下二十种大型杂志），期望以此补偿发行量的不足。数目众多的免费电子（网络）图书馆也为文学作品的传播做出了不小的贡献。此外，以网络为平台发展起来的网络文学，更是以其创作的非职业化和接受的非深度性改变了文学在网络中的存在形态，使文学变成了纯粹的文字消遣。叶琳娜·科粱金娜的网络小说《花十字架》获得 2010 年俄语布克奖这一事实，标志着网络文学作为一种新生的文本形态，已经堂而皇之地进入了当代文学的潮头行列。但是，由于网络发表拥有几乎是完全不受限制的自由，这种流通方式实际上难以促进文学艺术价值的保有与提升；恰恰相反，它加速了文学的大众化进程。

　　上述所有因素使得苏联解体后的俄罗斯文学呈现出一幅极具悖论性的图景：作家享有前所未有的创作自由，作品的数量亦有增无减，但其总体艺术水准却呈下降趋势。21 世纪初的俄国批评界普遍将世纪之交称为"文学的黄昏期"。① 有西方学者称，20 世纪 90 年代可能是俄罗斯文学史

---

① 　这是俄罗斯权威的《文学报》于 2001—2002 年组织的一场文学大讨论的标题。

上第一个既没产生大作家也未出现大杰作的十年①。批评家巴辛斯基悲观地说："在文化方面我们被向后抛了两个世纪，回到了俄罗斯小说文学形成和大众化长篇小说取得胜利的阶段！"② 黄钟毁弃，瓦缶雷鸣。终极价值的消解、评价标准的多重性使得文学的自我约束力日渐衰微，促使它在各种离心因素的作用下逐渐降格、俯就，这在客观上为文学的泛俗化与大众化提供了内在动力，推动了大众文学地位的合法化进程。在这个意义上说，大众文学的郁勃兴旺是俄罗斯文学发展的内在要求和必然结果。

三 当代俄罗斯大众文学的勃兴

20 世纪 80 年代中期以来，俄罗斯文学的多元化进程使得严肃文学和大众文学的角力出现了戏剧性的转折。在层次分明的文学体系中，大众文学在数量规模和影响范围上的优势地位是有目共睹的。虽然只有短短的二十多年的时间，俄罗斯大众文学就已经以其丰富多样的体裁、难以计数的作品、举袖为云的作家向人们宣示，文学的这一领域已进入了其发展历史上的第二次高潮。③

（一）当代俄罗斯大众文学的发展概况

当代俄罗斯大众文学经历了一个从发生到发展再到调整的过程，据此可以有条件地划分出复萌期、繁荣期、调整期三个发展阶段。需要说明的是，这种划分是相对的，仅是为了方便梳理起见，其间并不存在泾渭分明的时间界限。

1. 复萌期

这是大众文学的发生阶段，大致对应的时间是 80 年代末至 90 年代

---

① Shneidman N. N. , *Russian Literature*, 1995 – 2002: *On the Threshold of The New Millennium*, Toronto: University of Toronto Press, 2004, p. 12.

② 参见张捷《如何看待和评价苏联解体后的俄罗斯文学》，《文学理论与批评》2010 年第 6 期。

③ 在文化转型期，大众文学往往能够获得强劲的发展动力。在 19 世纪末 20 世纪初俄罗斯文化的"白银时代"，大众文学出现了前所未有的创作热潮。彼时大众文学诸体裁竞相争艳，大众作家济济辈出，维尔彼茨卡娅和恰尔斯卡娅的言情小说、罗德力克、别利亚耶夫的科幻小说、布尔加林和伊文的历险小说、叶夫斯基可涅夫的犯罪小说、卡缅斯基的情色小说以及众多匿名作者的侦探小说，都是当时深受大众读者喜爱的读物。20 世纪初，高雅文学和大众文学的界限一度出现了消弭的趋向，众多知名作家（如阿·托尔斯泰、卡达耶夫、莎吉娘）都曾涉足作为大众体裁的历险小说。此外，文艺理论界出于美学探索的需要，也曾加强对大众文学的关注（如形式主义学派的批评实践、什克洛夫斯基和维亚·伊万诺夫的历险小说创作）。这股大众文学热潮直到 20 年代末在苏联官方文艺理论界的强力干预下才正式宣告结束。学术界一般认为这个时期是俄国大众文学史上的第一个高潮发展期。

中期。之所以名之为"复萌期"，是因为大众文学在俄罗斯并非一种完全新质的现象，而是被中断了半个多世纪的通俗文学传统的延续和发展。

当代俄罗斯大众文学的生发首先是与解构苏联文化体系、反思官方文学合法性的历史进程紧密相连的，它在后方参与了 1980—1990 年代后现实主义和后现代主义文学对苏联文学的攻坚战，从审美概念上解构了社会主义现实主义文学，极大地动摇了苏联官方文学的读者基础。同时，文学的去国家化提供了具有自由精神的、反意识形态化的文化语境，这反过来又为大众文学的持续发展提供了重要的前提保障。

同 20 世纪初的情况一样，西方现代大众文化的激发是俄罗斯大众文学复萌的主要推动力。自 70 年代中期起，西方侦探小说就开始流入苏联。戈尔巴乔夫改革之后，随着官方文学观念约束力的日渐松弛，多年来驯服于单一美学原则的读者的审美口味和阅读习惯开始发生质的变化。作为对苏联宏大文学叙事的反拨，人们对大众文学表现出了浓厚的兴趣。读者的阅读需求使得 90 年代最初几年的文学市场形成了一个庞大的真空，这为西方各种快餐消费类文学作品的进入提供了良好的契机。在这段历史时期，翻译作品实际上占据着文学市场的鳌头。柯南·道尔、阿加莎·克里斯蒂、达希尔·哈米特的侦探小说，约翰·托尔金的奇幻小说，伊萨克·阿西莫夫、威廉·吉布森的科幻小说，丹尼尔·斯蒂尔、芭芭拉·卡特兰、茱蒂·麦娜的浪漫言情小说，以及马里奥·普佐、莱斯利·沃勒的犯罪小说等，都深受俄罗斯普通读者的青睐。据有关统计，1997 年俄罗斯出版的翻译文艺作品多达 3262 种，占当年总出版量的 35.9%，其中 90% 是大众文学作品。[①] 而在此前几年，这一比重大概还要大得多。

在翻译小说的刺激下，俄罗斯出版商开始寻找本国大众文学的源头，并相继出版了一些创作于 18—20 世纪初的俄罗斯通俗小说，其中包括科马罗夫、布尔加林、恰尔斯卡娅、别利亚耶夫等人的作品。由于这些小说的时代背景对当代读者而言过于久远陌生，其商业成绩甚是平平，相较于翻译小说显得微不足道。然而，这些小说对当代的大众文学创作毕竟还是

---

① Кабанова И., "Сладостный Плен: Переводная Массовая Литература в России в 1997 – 1998 – годах", *Волга*, №. 10, 1999.

产生了一定的影响，例如，尤兹法维奇创作的系列侦探小说中的主人公就是借自流行于 20 世纪初的多布雷伊①的侦探文学。

受到以上两类流行读物的影响，蛰伏已久的俄罗斯本土大众文学开始萌芽，图书市场上陆续出现了一些由本国作者写作的侦探小说、幻想小说和言情小说。这些作品在相当程度上借鉴了西方同类流行小说的体裁风格、题材取向和表现手法，在叙述模式、情节内容上具有明显的模仿痕迹，甚至出现了俄国作家以西方式的笔名发表作品的现象。这个时期的俄罗斯大众小说大都具有过强的模式性。在同一体裁内部，情节结构高度趋同，许多作品甚至是换汤不换药，例如在女性言情小说系列《魅力》（Шарм）中，灰姑娘的母题几乎成了统一的叙事范式。就整体而言，处于复萌期的大众文学由于原创性的缺乏，无论在艺术价值还是商业价值上都难以与翻译小说相匹敌。然而，正是在这个咿呀学语的阶段，一批后来颇具影响力的大众文学作家（如尤兹法维奇、多岑科、谢苗诺娃、玛丽尼娜等）开始陆续登上文坛。他们熟悉读者的期待视野，善于在吸收西方大众小说合理因素的基础上，从本国文学传统中汲取营养，积极探索俄罗斯大众文学的自我发展之路。正如作家别列津所言，尽管 20 世纪 90 年代初的俄罗斯大众文学"还有些拙劣"，体裁体系尚不完备，但这已经是"真正的大众文学"。②

需要指出的是，当代大众文学在其萌生之初就产生了两条不同的发展路线：一是填空式的模仿；二是综合式的创新。在接下来的几年之内，众多作家沿着这两条道路共同将大众文学推入了繁荣之境。

2. 繁荣期

从 90 年代下半期开始，随着文化市场化进程的日渐深入，本土大众文学开始从潺潺细流汇成了滔滔江河，并最终形成了席卷文坛之势，在几年之内就达到了发展巅峰。概言之，俄罗斯大众文学的繁荣主要表现在以下几个方面：

第一，在量化指标上远远超过了翻译文学和严肃文学。1995 年前后，迅速崛起的本土大众文学逐渐打破了西方小说一统天下的局面，这主要受到两方面因素的影响：一方面，本国作家的作品较之西方同类作品更契合

---

① 多布雷伊是俄罗斯小说家罗·安特罗波夫（Роман Лукич Антропов, 1876? —1913）的笔名，曾发表了 48 部以布吉林为主人公的侦探小说，是 20 世纪初俄罗斯的畅销书。

② 参见侯玮红《当代俄罗斯小说研究》，中国社会科学出版社 2013 年版，第 28 页。

俄罗斯读者的文化传统和文学需求，因而也就更容易唤起他们的阅读兴趣。另一方面，因为外国通俗小说的版权费和翻译费较为昂贵，出版本国作家的作品就具有更多的利润空间，这促使各出版机构在出版实践中采取了向俄罗斯作家倾斜的策略。与此同时，俄罗斯严肃文学的读者不断流失，其作品发行量逐年递减，有些作品甚至因为印数过少而无法开印。与之相反，大众文学的空间却越来越大，其作品发行量逐年增长。在世纪之交的文学格局中，大众文学作品实际上占了文学图书年出版量的绝大多数。2005 年的文学类图书印数排行榜显示，前十位都是大众文学作家，其中仅达利娅·顿佐娃小说的印数就占到了文学类书籍总印数的 8%。再如，从 1998 年至 2001 年，阿库宁小说的总印数仅有 100 万册（这对于严肃文学来说已不啻是天文数字），而到了 2005 年，这一数字就已突破了 2600 多万。在这种情况下，大众文学对读者的影响之深广是不难想象的。

第二，形成了相对完善的体裁体系和题材模式，出现了一个为数众多、层次不一的大众作者群体。这一时期，侦探小说、幻想小说、言情小说、恐怖小说、历史演义小说等诸文类都已摆脱了西方同类小说的影响，在建构自有文化模式的基础上逐渐形成了比较规范的题材范畴和诗学手法。一些民间文学形式在文化商业化大潮的冲击下也加入到大众文学队列中来——这里指的是那些脱离了口头传播途径，主要依靠纸质媒介流传的童话、歌谣、笑话等。体裁的多样化满足了读者不同层次的阅读需求，这一点反过来又保证了大众文学本身的兴盛。许多作家因此名利双收，比如俄罗斯大众文学的"三驾马车"——马丽尼娜、顿佐娃和阿库宁先后多次获得"年度作家"称号，然后在 2005 年又同时入选《福布斯》富豪榜。受大众文学创作所带来的名气与利益的驱使，一大批风格多样的通俗题材作家开始走上文学舞台，其中既有昙花一现、名不见经传的"写手"，也不乏卢基扬年科、达什科娃和古尔斯基这样的一些大师级作家。大量匿名作者和读者型作者的创作也对"大众文学热"起到了推波助澜的作用。这些作者大多具备完善的文学知识，专以袭仿、转述、改写别人的作品为基本写作手段，因而其作品的艺术价值往往不高，但却拥有大量的读者，获名无望但渔利不薄。著名批评家邱普里宁曾预见到了这种写作泛化现象，他于十多年前就曾指出，俄罗斯正在由一个"世界上最爱阅读的国家"变为"世界上最爱写作的国家"。① 如今，俄罗斯已经由神圣的"文学王国"变成了一片滋养大众文学的沃野。

第三，通俗文学期刊和大众文学系列丛书开始在社会文学生活中发挥重要作用。随着"大众文学热"的到来，渐次出现了为数众多的专门发表流行小说的杂志。这些杂志面向固定的读者群，一般只刊载某种固定体裁的作品，其中在大众读者中享有盛名的有《如果》、《幻想世界》（该杂志在2006年荣获"欧洲最佳幻想文学杂志"称号）等。一个值得注意的现象是，在大众文学热潮的冲击下，一些纯文学杂志也开始刊登大众小说。1999年，阿库宁的《加冕典礼，或最后一部小说》在著名的《新世界》杂志发表，引起了一场轩然大波。这一事件具有双重意义：一方面，这反映了世纪末俄罗斯严肃文学的生存危机；另一方面，这也说明了大众文学（主要是那些拥有较高文学价值的作品）已开始被接纳进文学殿堂，得到文学界的承认。

第四，随着大众文学的勃兴，文艺理论界和批评界开始注意到这一文学现象并展开了多方位的研究。1996年，《新文学评论》杂志出版了大众文学专刊，译介了西方的大众文化和通俗小说理论。2001年，在法国召开了关于玛丽尼娜创作的国际学术会议，引起了俄罗斯国内文学评论界的热议。2002年，剧评家鲍·杜赫出版专著《当代俄罗斯文学十杰》，在被奉为"十杰"的作家中有五人一般被认为是大众小说作家。② 此外，在《文学报》、《旗》、《新文学评论》等刊物上发表的各类针对大众文学作家和作品的评论更是多如牛毛。尽管这些文章著述不无片面甚至有失客观，但是这一事实本身无疑就是对大众文学影响力日益加剧的折射。

3. 调整期

纵观大众文学自发端到繁荣以来的历程，我们不难发现，俄罗斯文学的这一领域基本上处于自发性的发展阶段。这跟它的商品属性不无关系。由于大众文学创作主要按市场规律来组织，它的作品主要是作为文化商品而存在，因此一直以来创作界缺乏一种文艺美学探索的自觉。这导致了作品质量的参差不齐和普遍低下。在21世纪最初几年出版的大众读物中，

---

① Чупринин С. ，"Россия на Пути от Самой Читающей к Самой Пишущей Стране Мира"，*Знамя*，№.1，1998.

② Тух Б. ，*Первая Десятка Современной Русской Литературы: Сборник Очерков*，М.：Оникс 21век，2002.

不乏文学价值和商业价值兼具的优良之作，但更多的是庸俗甚至低俗的作品。随着读者消费心理的渐趋成熟，人们对那些纯粹靠轰动一时的感性材料吸引读者的低劣读物兴趣锐减，而一些文学价值较高的作品越来越受到欢迎。这似乎表明，俄罗斯大众文学正在进入一个继无序发展之后的调整期，其主要表现在以下几点：

第一，作品的题材和主题得到了一定程度的拓展和深化。近几年来的大众文学创作表明，一些作品在满足读者感性娱乐需求的同时，更多地选取那些具有社会意义和思想价值的题材，注重主题的开掘，表现出社会分析和人性探索的自觉。在阿库宁、玛丽尼娜、卢基扬年科、尤兹法维奇等人的小说中，既有对经典文学母题和艺术手法的借用，也有对当下存在状况和社会心理的关注。他们的创作在某种程度上提升了作品的艺术性，并一改严肃文学惯于间离当下现实的做法，成为最直接地反映周围生活现实、满足读者认知和审美需求的一种文学形式。可以说，大众文学是当代社会实现文化民主化的一个重要且有效的渠道。

第二，一些具有文学创新意识的作家开始突破既有模式，尝试多题材、多层次的大众文学写作，试图在大众文学范畴内探索审美表达的更多可能性。玛丽尼娜在确立了其"侦探小说女王"的地位之后，转而创作系列家庭小说《来自永恒的目光》，试图将时代意识以另一种更加复杂的文学形式反映出来，以实现其日常生活审美化的创作主旨。阿库宁则在写作了多部不同类型、不同系列的侦探小说之后，将自己的文学领地扩展到其他大众叙事体裁，开始雄心勃勃地实施其宏伟的"体裁"写作计划，其目的就在于为大众文学提供一套"标准样本"。最近两年，阿库宁又开始涉足历史学领域，他已出版的两卷《俄罗斯国家史》从大众视角对俄罗斯历史进行了通俗化解读，其风格既不同于卡拉姆津的历史编纂，也不同于一般的大众文学，而是介于历史与文学之间的一种混合式体裁。这些作家的创作不像严肃文学作家那样具有美学深度，甚至还不可避免地带有游戏性和商业性的成分，但他们在创作上的多面尝试无疑反映了当代大众文学进行文艺美学探索的自觉。

第三，随着文学史观的变化，俄罗斯学界展开了大众文学的系统化梳理和研究工作。进入 21 世纪以来，随着后现代主义多元价值观和艺术观的深入人心，学术界对大众文学的观念也发生了变化。研究者们开始从洛特曼、日尔蒙斯基和形式主义者们的学术著述中寻求重估大众文学的理论依据，并且从接受美学、文学社会学、文化研究等多维视角对大众文学进行了具体阐释。文艺学家雷特布拉特在《新文学批评》等期刊上连续发表了多篇论文来号召俄国内学者深入研究大众文学，社会学家古特科夫等人则以社会调查和统计学等方式描述了当代大众文学的发展态势。[①] 进入新世纪之后，许多中学和高校在文学教学实践中加入了大众文学内容，以大众文学现象或具体作家创作为研究对象的学位论文也呈现出逐年增加的趋势。在著名批评家维亚·奥格雷兹科的专著《如今谁在俄罗斯作文学》（2006）和批评家邱普里宁的辞书《今日俄罗斯文学：新指南》（2009）中，一些当红的大众文学作家的创作得到了肯定和细致梳理。圣彼得堡师范大学切尔尼亚克教授所著的《20世纪大众文学》（2007）与古比娜等人所编的《今日大众文学》（2009）是最近大众文学研究界取得的丰硕成果。这两本著作的研究者们不仅描述了大众文学现象，而且从理论上厘清了大众文学研究的诸多范畴。当然，这只是这一系统工程的初步探索，相信随着理论建设的日臻完善，俄罗斯的大众文学研究将在不断的调整中走向成熟。

（二）当代俄罗斯大众文学与总体文学进程的关系

由上可见，苏联解体以来的俄罗斯大众文学领域呈现的是一派狂欢式的繁华景象。就其发展的全貌来看，当代俄罗斯大众文学表现出了不同于西方大众文学的美学诗学特征，并且表现出汇入总体文学进程的发展趋向。在俄罗斯文学发展嬗变过程中，精英文学和大众文学绝非在各自封闭的状态下自行其道，而是始终处于相互影响、相互渗透的关系之中。一方面，尽管大众文学在形式与风格上与精英文学背道而驰，但它又兼收并蓄地从精英文学中汲取养分，将严肃小说的某些题材和形式元素转化为体裁模式，将畅销书作家的个性化手法固化为规范性手法，从而创造出自己的原型和模式。另一方面，精英文学也时常利用大众文学的母题和手法来完成形式的自我更新，"这时，过去处于文学主流之外，在文学性边缘的大众文化风格的载体，或民间文学风格的载体，便会列品入流，获准进入艺术沙龙和缪斯的殿堂"。[②] 这种互动交流在处于转型期的俄罗斯文学中表

---

① Рейтблат，"Русский Извод Массовой Литературы: Непрочитанная Страница"，*НЛО*，№. 77，2006；Он же，"Русский Габорио или Ученик Достоевского?" Шкляревский А.，*Что побудило к убийству*，М.：1993；Дубин Б.，*Слово—письмо—литература*，М.：НЛО，2001.

② 张冰：《陌生化诗学：俄国形式主义研究》，北京师范大学出版社2000年版，第298页。

现得尤为突出，维·佩列文、维·叶罗菲耶夫、弗·索罗金和塔·托尔斯泰娅这些"严肃"作家的小说中均不同程度地表现出了通俗化特征，而阿库宁、马丽尼娜等人的通俗小说也带有现实主义风格特征，并在一定程度上表现出经典化倾向。仅从大众文学的角度来看，当代大众文学的功能之一就是以简单化、标准化的方式来把经典文学转译到日常生活层面，其具体手法主要是改写和续写。

在后苏联大众文学中，经典改写发展出了一套独特的创作路数。作者在保留基本情节和性格类型的前提下，把那些还有现实性意义或者可以被开发出新的阅读价值的经典名著置于当代语境下进行改写或缩写，从而创作出第二性作品。著名的扎哈洛夫出版社曾在 2001 年推出"新俄罗斯小说"系列，收列其中的都是 19 世纪文学名著的改写版本，如《白痴》、《父与子》、《安娜·卡列尼娜》等。对经典的改写是一把"双刃剑"：一方面，大众文学为了迎合读者的阅读口味而使经典庸俗化，在改写中破坏了经典作品原有的思想底蕴和美学价值；但另一方面也不能不认识到，在新的社会历史条件下，经典文化也正是通过如此渠道才得以回归到大众层面，并扩大其在大众读者当中的影响力。

续写是在经典作品原有情节基础上对故事后续发展或人物后续命运的描写。与改写不同，续写一般偏离原著较远，并且质量也更加参差不齐。有些作品严格按照原来的故事逻辑进行合理想象，以"补白"的方式或严肃或反讽地拓展原著的叙事时空，如阿库宁对契诃夫剧本《海鸥》的续写即是如此。但更多的续写作品其实是商业化运作的结果，纯粹是为了满足那些有一定文学阅读经验但又对审美阅读无兴趣的读者的猎奇心理，所以其文学质量往往难以保证。经典续写在 20 世纪 90 年代曾经比较盛行，但进入调整期后，这一大众体裁的发展似乎已经山穷水尽，最近已很少有具影响力的作品面世了。

除了对文学经典的续貂，大众文学与精英文学或主流文学之间的互动还以各个层面的互文联系体现出来。这在瓦·扎洛杜哈、阿库宁、安·别尔谢涅娃等人的作品中表现得较为明显。扎洛杜哈的长篇小说《最后一个共产党员》充分利用了读者的文学记忆，在自己的文本与尼·奥斯特洛夫斯基的《钢铁是怎样炼成的》和高尔基的《母亲》之间建立了某种互文联系，以大众文学语言重写了社会主义现实主义的经典。阿库宁利用种种互文手法在自己的小说与经典文本和历史文本之间实现了联姻，展示了后苏联社会语境中大众文化对经典文学的侵蚀，以及具有差异性的多元文学话语的融合重构。这使阿库宁的创作在整体上表现出既不同于精英文学也不同于大众文学的文化间性，并因此导致了批评界关于阿库宁文化身份的争论。在此需要指出的是，大众文学使用的互文手法是其文化消费性的一种体现，一般不具有自我指涉性和讽拟性等后现代主义色彩。例如，别尔谢涅娃在小说《嫉妒的痛苦》中对奥勃洛莫夫、卡列尼娜等形象的互文指涉，以及叶·布拉科娃在《逐出天堂》中对普希金《黑桃皇后》中相关情节和场景的模仿，都是为了迎合读者的阅读期待而非表达某种反传统的审美诉求。实际上，这种被简单化了的互文手法已成为当代俄罗斯大众文学一个重要的写作策略，其目的就在于通过诉诸众所周知的文学文本，来唤起大众读者的文学记忆，并进而对读者更深层次的文化需求作出替代性补偿。

需要特别指出的是，文学两极之间的积极互动催生了一个介于精英文学和大众文学之间的庞大的中间地带。在这个充满创造力的地带活跃着米·维列尔、维·托卡列娃、鲍·阿库宁、列·尤兹法维奇等一批风格各异的作家，他们突破了雅俗题材的界限，采用了多层次的叙述结构，作品既有文艺美学层面的探索和实验因素，也有创作主旨上的游戏和娱乐指向。这种复杂的"间性"特征充分说明了转型期文学的民主化和雅俗相融的趋势。其实，这是文学史上经常发生的现象。每当旧的文学形式失去自身活力，已不能适应时代文化发展之时，先前被禁锢在边缘的文学形式便会粉墨登场，与之形成交流与融合关系，这必然导致文学创作中频频发生"越轨"现象。这是新形式的诞生期。20—21世纪之交的俄罗斯文学所处的正是这样一个时期。佩列文、阿库宁等人以对话式的艺术思维消解了森严的文学等级体系，融雅俗于一体，力图以此恢复文学的活力。尽管目前批评界对他们的看法臧否不一，但就总的文学进程来看，他们的创作显然是俄罗斯文学内部结构嬗变和多样化进程的形象体现及催化因素，并将对总体文学进程产生一定的影响。

第二章 文学的重构：阿库宁的文学创作

第一节 多体裁写作实验：阿库宁的创作道路

正是在如上所述的历史文化语境中，鲍里斯·阿库宁阔步走上文坛，并因其创作中所特有的典型特征而成为一种时代症候性现象。鲍里斯·阿库宁是俄罗斯作家、翻译家和日本问题专家格利高里·沙尔沃维奇·齐哈尔季什维利（Григорий Шалвович Чхартишвили）的笔名。齐哈尔季什维利于 1956 年出生于格鲁吉亚小城捷斯达芳尼的一个军官家庭，母亲是一位俄语语言文学教师。1979 年，齐哈尔季什维利从莫斯科大学亚非学院毕业，之后进入"俄语"出版社从事日语词典的编撰工作。戈尔巴乔夫改革时期，作为学者的齐哈尔季什维利曾翻译出版了许多日本作家和英美作家的文学名著，其中包括三岛由纪夫、井上靖、马尔科姆·布拉德伯里等名家的作品。翻译事业不仅帮助齐哈尔季什维利做好了文学写作的准备，还使他接触到了世界文学的别样风貌，从而得以用全球性视野克服俄罗斯文学的传统思维模式所带来的幽闭症。苏联解体后，他曾担任著名文学杂志《外国文学》的副主编（1994—2000），以及 20 卷本《日本文学选》的主编。1999 年，齐哈尔季什维利发表了风格独特的文学研究专著《作家与自杀》，这本书以新颖别异的视角探讨了一些世界知名作家的哲学观念和创作经验。与以往的文学研究专著相比，该书一扫严肃刻板的学究风格，行文自由随意，语言趣味盎然，因此深受普通读者的喜爱，在几年之内就已经两次再版。这样的编辑经历和文学研究经验让齐哈尔季什维利能够以更加开放而自由的姿态来理解文学，而不是执着于其同时代人对"文学将逝"的喋喋扼腕。

正当齐哈尔季什维利在学者的道路上越走越顺之时，俄罗斯大众文学步入了繁荣期。国内外各种各样的大众文学作品如洪水飓风一般，仿佛是一夜之间就占领了俄罗斯的大小书店、偏街陋巷。受到大众文学热潮的感染，齐哈尔季什维利自 1998 年开始以鲍里斯·阿库宁的笔名①发表侦探小说。仅在这一年，他一下子就推出了四部长篇小说，引起了读者和批评界的关注。自第一部作品《阿扎泽尔》起，阿库宁开始得到越来越多读者的认可，他的每一本新书几乎都是畅销书，甚至有人用"阿库宁现象"（феномен Акунина）来指称这一超越文学的文化现象，他的作品先后被翻译成十几种文字在世界上 30 多个国家出版②，并且已有多部小说被翻拍成电影。关于阿库宁所取得的商业成功，下面略引几组数字以为佐证：2002 年，小说《课外读物》以 30 万的印数打破了俄罗斯出版纪录，《新世界》杂志的编辑谢·卡斯蒂尔卡说，在十年内他从未见到过当代作家的新书可以有如此巨大的发行量。③ 根据 2005 年的出版统计数据，阿库宁小说的总印数达到了 2825 万册（仅俄罗斯国内发行量），在俄罗斯当代作家中位居第三。④ 如此辉煌的出版业绩无疑为出版机构和作家本人带来了不菲的物质利益。按美国《福布斯》杂志的说法，阿库宁的年收入在俄罗斯众作家中仅次于另一位侦探小说作家达利娅·顿佐娃⑤，是当之无愧的"俄罗斯文学新贵"。一方面，阿库宁的创作无疑是一个具有代表性的文化工业现象，是当代俄罗斯大众文学的典型代表；另一方面，这也是 21 世纪以来最具轰动性的文学现象之一。据俄罗斯《共青团真理报》的民意调查，阿库宁是 21 世纪第一个十年中最受欢迎的俄罗斯作家。⑥自获得俄罗斯反布克奖（Антибукер，2000 年）开始，阿库宁的创作就引起了文学批评界广泛的关注，许多知名批评家都曾针对他的作品发表过见解，有毁有誉，有褒有贬，这无疑从侧面反映了阿库宁创作的矛盾性和复杂性。

---

①　格利高里·齐哈尔季什维利是一位多面作家。除了著名的"鲍里斯·阿库宁"，他还分别以阿纳托里·布鲁斯尼京（Анатолий Брусникин）和安娜·鲍里索娃（Анна Борисова）的笔名发表历史小说和神秘小说。

②　Чупринин С., *Русская Литература Сегодня*：*Путеводитель*，М.：ОЛМА-ПРЕСС，2003，с. 56.

③　Костырко С.，"Книги"，*Новый мир*，№. 9，2002.

④　徐永平：《2005 俄罗斯出版数据解读》，《出版参考》2006 年第 24 期。

⑤　Огрызко В. *Кто Сегодня Делает Литературу в России*，М.：Литературная Россия，2006，с. 10.

⑥　*Комсомольская правда* от 2011 - 11 - 28.

　　到目前为止，阿库宁已经创作了 6 大系列、30 多部不同体裁的文学作品，包括小说、剧本、当代童话、小品文等。① 遍览这些作品就不难发现，阿库宁的整个创作仿佛是众多文学体裁的实验场。他从未将自己局限于某种固定模式，而是将各种大众文学体裁或大众化的体裁（后者如大众戏剧）并容于笔端，赋予它们新的表现形式。目前阿库宁正处于创作的旺盛期，因此对其创作不可能"盖棺定论"，然而循着其"多体裁写作实验"的演变轨迹，根据创作重心的不同，我们还是可以发现几个明显的转折点，以之为凭，可以大致将阿库宁的创作厘分为四个阶段：

　　从 1998 年到 2000 年是其创作的第一阶段。自第一部小说《阿扎泽尔》发表之日起，在两年多的时间内阿库宁主要以写作"新侦探小说"（*Новый Детектив*）为主。在这个小说系列中，阿库宁借鉴并创造性地接受了世界文学中各侦探小说体裁的艺术经验，将侦探小说叙事形式和俄国历史有机结合，展现了不同风格、不同题材的侦探小说的迷人魅力。整个系列实质上就是不同类型侦探小说的汇集，其中既有文学史上已得到公认的类型，如"间谍小说"、"密室侦探小说"、"政治侦探小说"，也有作者自拟名称的类型，如"阴谋侦探小说"、"雇凶谋杀侦探小说"、"骗子的故事"、"颓废主义侦探小说"等。当然，这些名称并不代表阿库宁的作品就是对已有类型的简单模仿，在他的小说中我们可以找到多种文学传统的杂糅。他将古典侦探小说、硬汉派侦探小说、心理侦探小说、社会推理小说和苏联警探小说的某些诗学特征各自抽取出来，有机融合在自己的创作中，创生了新的文化模式和叙述模式。然而"新侦探小说"最吸引读者的不仅是设计工巧的故事情节，还有细腻可感的叙事氛围。阿库宁模仿英国维多利亚时代古典侦探小说的风格，塑造了一个知识渊博、崇尚理性和科学、善于推理的侦探埃拉斯特·凡多林的形象，摹写了 19 世纪末俄罗斯和欧洲的广阔的社会现实。而作家之所以将其艺术视线投射到历史，是因为 19 世纪对他而言不啻为"完美的时代"："那时的文学是伟大的，对进步的信念是无际的，所有的犯罪行为都以雅致而审美的方式来被完成、被揭露。"（见小说封底）迄今为止，该系列仍然是阿库宁最畅销的小说作品之一，它不仅将阿库宁推向了"当代侦探小说大师"的宝座，还以复杂的艺术风格赢得了文学批评界的认可，其标志之一就是小说

---

　　① 可参阅本书后面的附录。

《加冕典礼，或最后一部小说》于 2000 年获得了俄罗斯文学大奖"反布克奖"。

从《佩拉盖娅与白斗犬》（2000）的发表至 2004 年是阿库宁创作的第二个阶段，这个阶段的主要特征就是作家的多体裁写作实验在侦探小说领域更趋成熟深入，并开始向民间创作和严肃文学空间延伸。在这一时期，阿库宁在继续"新侦探小说"写作之余，又开始了另外两个题材系列的创作，即"外省侦探小说"和"硕士历险记"。"外省侦探小说"系列共分 3 部，以扎沃尔茨克省的修女佩拉盖娅的历险为主线，以列斯科夫式的舒缓笔调和语言风格描述了 19 世纪末俄国外省的社会生活和宗教纷争。主人公佩拉盖娅身上有着克里斯蒂笔下马普尔小姐和契斯特顿笔下布朗神父的影子，但这个形象较之后两者更富文化历史内涵，因而也更为丰满生动。小说在叙事的组织上明显是对契斯特顿传统和哥特小说的继承，契斯特顿对侦探情节结构的简洁性和小说故事基础的历史性的强调，在佩拉盖娅系列中表现得殊为突出；而书中的某些情节设置（如《佩拉盖娅与红公鸡》中对在鸡鸣时分通过"洞穴"进行时空穿越的描写）所表现出的典型的哥特时空体特征，即多重时间和多重世界的互相关联①，也在很大程度上丰富了叙事的神秘氛围。概言之，在这三部小说中风格重于故事情节，文中对一些宗教问题的讨论更是显示出作家渊博的历史知识和深厚的人文学养。"硕士历险记"目前包括四部长篇小说，将这些小说联系起来的主人公是凡多林的后代尼古拉斯。该系列最显著的特点就是叙述上的双线结构：在平行的两个时空体中，历史与现实并行展开，叙述时空在 21 世纪的俄罗斯和17—19 世纪的沙俄来回切换，而在情节设置层面又有着明显的呼应。这种叙述结构给人以新奇的阅读感受，除了满足对历史的好奇之外，感兴趣的读者还可以利用历史语境来给当代俄国社会下诊断书，这无疑扩展了作品的历史文化意域，赋予小说以某种程度上的启蒙意蕴。总体而言，这两个小说系列都带有体裁混合的特点，如"外省侦探小说"综合了侦探小说、哥特小说和幻想小说的体裁特征，而"硕士历险记"则将侦探小说和历史小说统一在一个文本中。这一点同当代大众文学的体裁发展趋势是一致的。

---

① Тамарченко Н.，*Готическая Традиция в Русской Литературе*，М.：Рос. гос. гуманит. ун-т，2008，c. 28.

　　在这个时期，阿库宁的多体裁写作已经开始突破侦探小说领域，相继发表了童话故事集《写给傻瓜的童话》，剧本《海鸥》、《喜剧/悲剧》，以及小品文和短篇小说集《墓园故事》（署名为齐哈尔季什维利和阿库宁合著）。这几本书虽以大众化的文学形式写成，但书中鲜明的文学试验色彩妨碍了其在大众读者中间的传播。与之相反，一些文学研究者反倒对这几部作品表现出了浓厚的兴趣，并从美学建构角度进行了多维而深入的解读。① 其中，《墓园故事》的结构颇为独特有趣，很值得一提。在这本书里，小品文和小说按照不同的主题交叉排列：小品文作者齐哈尔季什维利仿佛信步走在墓园之中，通过墓志铭所载文字和由此引发的联想与长眠于此的古人进行着跨越时空的对话，诉说着对生命、历史和人类终极命运的沉思，字里行间透着一丝 18 世纪英国墓园派诗歌的朦胧忧郁之美；阿库宁的小说也同样以坟墓为背景展开叙事，行文风格极类果戈理早期作品的怪诞风格，整个故事充漫着一种神秘、诡异、恐怖，同时也不乏浪漫的哥特文学的审美氛围。就思想性和趣味性而言，《墓园故事》无疑是作家最具文学价值和审美情趣的作品之一。

　　阿库宁创作的下一个转折点大致出现于 2005 年。在这一年，他一连发表了三部以相应的体裁命名的作品《儿童读物》、《间谍小说》、《幻想小说》，这表明了作家的多体裁写作实验向大众文学其他体裁的转向。如果说"新侦探小说"系列是侦探小说各种变体的"聚合体"，那么，"体裁"（Жанры）系列就是大众文学不同体裁的"样本库"。按照阿库宁的设想，"体裁"系列中应包括所有发展成熟的近现代大众文学体裁。在他开列的名单中，除了已经发表的三类体裁之外，还包括《家庭小说》、《惊悚小说》、《生产小说》、《历史小说》等不同文体。遗憾的是，这项宏伟设计至今尚未实现。有学者指出，在"体裁"系列中纯粹公式化的写作导致了创作手法的苍白，阿库宁固有的艺术特色如细腻的风格模拟、语言游戏的多样性等俱已消失殆尽。② 但笔者认为，作为自命的大众文学"立法者"，阿库宁追求的是一种更贴近大众的通用的普泛模式，而不是

---

① Красильникова Е. П.，*Интертекстуальные Связи Пьес Б. Акунина и А. П. Чехова «Чайка»*，дисертация на соискание ученой степени кандидата，Елец. гос. ун-т им. И. А. Бунина，2008；Костова-Панайотова М.，"*Чайка Бориса Акунина Как Зеркало Чайка Чехова*" *Дети Ра*，№. 9，2005.

② Черняк М.，*Массовая Литература ХХ Века*，М.：Флинта. Наука，2007，c. 201.

创作个性。因为在大众文学中，越是共性的东西，就越容易成为模式因素，"体裁"系列正是对这些共性因素的综合。此外，从时代语境来看，阿库宁的"体裁"系列还是对世纪之交文艺界美学探索的应和。在 20 世纪末 21 世纪初的俄罗斯，人们普遍表现出对苏联时期的文学模式和文学原型的兴趣，并从后现代主义的视角对其进行重新呈现，在解构中传达出游戏和颠覆的快乐。阿库宁的"体裁"系列就是对这一美学倾向的折射。从已经发表的三部作品来看，《间谍小说》、《幻想小说》都是对相应的苏联时期流行的大众小说体裁范式的讽刺性模拟。在阿库宁的小说中，读者原曾熟悉的体裁元素丧失了其原有的稳定意义，在多重意义层面被展现出来，从中可以看出明显的后现代美学风格。

除了"体裁"系列之外，作家在这一时期继续其实验性大众戏剧创作，并于 2006 年发表了剧本《阴与阳》。这个剧本原是为俄罗斯青年剧院量身定做的，演出成功后又曾在俄国内多家剧院上演。故事围绕一把写有汉字"阴"与"阳"的折扇的神奇命运而展开，鞭挞了人性的贪婪丑恶。同一年，他推出了《硕士历险记》系列中最为复杂同时也是最有文学价值的一部作品《费·米》，书中对陀思妥耶夫斯基的生平和作品进行了戏拟，对经典名著《罪与罚》进行了侦探小说式的改写，以丰富充沛而又别具意趣的艺术想象力填补了陀思妥耶夫斯基的《罪与罚》一书中关于案件侦破情节的空白。

2007 年开始，阿库宁的多体裁写作实验似乎又发生了很大的转变：他不再拓展体裁范围，而是将主要精力投放到间谍小说系列《交谊酒会之死》的创作上。该系列目前由 8 部中篇小说组成，每两篇形成一个叙事单元，以不同的叙述视角展开。故事围绕第一次世界大战期间德、俄两国之间的间谍和反间谍斗争铺开，将形成于苏联时期的间谍小说体裁所刻意追求的惊险刺激、曲折瑰丽等审美特性发挥得淋漓尽致，让读者再次重温了尤里安·谢苗诺夫在 20 世纪 70 年代所带来的美妙阅读体验。这一时期的另一个显著变化就是作家又重新回到凡多林系列的创作中来。此前随着侦探戏剧在商业上的失利，阿库宁作品的市场份额不断下滑，为了挽救颓势、延续"阿库宁神话"，作家相继创作发表了以凡多林为主人公的短篇小说集《玉石念珠》和长篇小说《世界是个大舞台》、《黑色之城》。这三部小说在一定程度上找回了大众读者对"侦探小说家"阿库宁的信心。阿库宁在最近几年的创作似乎表明，他在试验了多种文学体裁之后，最终还是回归到了他最擅长的体裁——侦探小说（包括间谍小说）的写作中来，形成了其为时不长的创作历程中的一个回环。最近两年，阿库宁又开始涉足历史学领域，他已出版的两卷《俄罗斯国家史》从文化大众的视角对俄罗斯历史进行了通俗化解读，其风格既不同于卡拉姆津的历史编撰，也不同于一般的大众文学，而是介于历史与文学之间的一种混合式体裁。

　　以上四个阶段的划分是沿着体裁形式因素展开的，如果对阿库宁的创作进行一个总体上的概观，就可以发现，这几个阶段实际上是相互联系、相互交叉的。阿库宁的引人入胜之处并不仅仅在于对各种文体的把玩欣赏，还在于他以细腻动人的笔触所描述的那个超越现实、通往秩序而又不乏浪漫氛围的纯美的艺术世界。这是为被现实胁压的卑微者搭建的一座由智力游戏和审美体验筑成的"心灵小屋"，在这里，人们永远可以感受到正义和生命的张扬，从而达到对现世生活的"悦纳"。阿库宁的创作不仅体现了文学危机中文体形式的探索，而且隐含了更为深刻的人文价值取向。

　　作为一位主要在大众文学或消遣文学领域内创作的当代作家，阿库宁留给文评界的印象一直是功过难定、毁誉参半，这无疑肇因于其创作所固有的多面性和多层次性。如果将阿库宁的小说仅只看作一种通俗读物，那么，我们现在所讨论的问题也就不存在了。问题在于，他的作品绝不仅仅是供人消遣的侦探小说或历史小说等诸如此类的闲暇文学，这更多的是以大众体裁为外在形式组织起来的复合型艺术文本，是一个有着多重艺术建构和语义指向的符号体系，在其深层还蕴含着作者对走出当代俄罗斯社会文化危机的思索。因此，唯有在当代社会历史背景下对阿库宁的创作进行文化和文学上的多向度研究，才有可能全面地认识阿库宁现象及其小说文本所具有的现实意义。

第二节　"中间体裁"：当代文化与文学
语境中的阿库宁创作

一　文化转型的合法产物：文化的视角

在本书序言中我们曾提出，阿库宁的创作与当代俄罗斯大众文学之间是共生共荣的关系。其实，下此断语并非只是因为两者在时间上的巧合，而是因为它们都体现了明显的时代文化特征。文学和文化具有高度的内在统一性，这已经是学界的共识。巴赫金认为，文学是在文化的语境中生成的，在研究实践中他将拉伯雷和陀思妥耶夫斯基的创作置于人类文化的总体进程中进行考察，从而指出了两位文学巨擘的文化渊源和文化史价值。在《陀思妥耶夫斯基诗学问题》一书中，巴赫金明确指出，"不把文学同文化隔离开来，而是力求在一个时代整个文化的有区分的统一体中来理解文学现象"。① 程正民先生认为，巴赫金所言的"统一性"指的就是各种文化之间的相互关联和相互影响。② 因此，只有揭示"那些真正决定作家创作的强大而深刻的文化潮流"③，才可能真正理解一种文学现象。循着这一思路，我们可以发现阿库宁与文化转型之间的密切关联。可以说，正是世纪之交"强大而深刻的文化潮流"决定了阿库宁创作的总体风貌。

俄罗斯文化一向以思想性传统闻名于世，这导致了几百年来甚至连普通民众也是崇尚高雅文化而贬抑大众文化。然而，始自改革时期的俄罗斯文化转型彻底改变了这种状况。文化转型意味着艺术功能的转变以及各种文化向量的更替。今天来看，俄罗斯文化转型主要是在大众文化全球化潮流，亦即弗雷德里克·詹姆逊意义上的后现代主义浪潮中确定的，因而其实质在于"从前苏联的群众文化转向大众文化"。④ 随着商品化逻辑对人们思维影响的加剧⑤，意识形态文化完成了向消费性文化的质变，大众文化因之在俄罗斯获得了前所未有的话语权，并在很大程度上影响了文学观念和文学进程。对此前文已有讨论。需要指出的是，大众文化的这种影响是如此之巨，以致从根本上瓦解了统治人们几百年的、已被视为当然真理的文学观念。在转型中出现的新受众群体和文学的生产消费机制与精英浪

---

① 巴赫金：《巴赫金全集》（第五卷），河北教育出版社 1998 年版，第 365 页。

② 程正民：《巴赫金的文化诗学》，北京师范大学出版社 2001 年版，第 158 页。

③ 同上书，第 163 页。

④ Шишова Н., История и Культурология, М.：Логос，1999，цитата по 林精华《民族主义的意义与悖论——20—21 世纪之交俄罗斯文化转型问题研究》，人民出版社 2002 年版，第 294 页。

⑤ 弗雷德雷克·詹姆逊所称的后现代主义的基本动因即商品化。在他看来，后现代主义的文化已经从过去的"文化圈层"中扩张出来，进入日常生活，成为了消费品。参阅［美］杰姆逊《后现代主义与文化理论》，唐小兵译，北京大学出版社 1997 年版，第 156—162 页。

漫主义传统之间的矛盾改变了文学的基本构成和接受惯例，经典文学在当代读者那里已然失宠①，"重估一切价值"的倾向迫使文学创作从"灵魂工程"降格为商品生产，审美异变为消费，文学发生了根本性的位移，变成了当代大众文化价值的指示器。这直接导致了文学中心主义的危机，其结果就是文学阅读失去了社会文化生活的核心地位，而文学创作则被异化为真正意义上的商品生产。在这里，作者和读者都无一例外地受到商业规律的制约：

> 作家及其读者作为整个链条上最重要的环节，从未像现在这样被相互隔绝。不接受市场游戏规则的作家，只能从中消失；而不接受市场供货的读者，则注定要处于文学饥饿状态，或被迫再次阅读那些早已读过的陈物。那些认为文学依然存在的作家和读者，如今已被赶入了地下室。控制整个文学市场的是图书生产者。②

文学发展的内在逻辑已被外在的市场逻辑所取代。在此背景下，"鲍里斯·阿库宁"首先是作为一个商业性的文学规划（литературный проект，或译"文学方案"）而进入世纪末的俄罗斯文学的。从这一笔名的商标化的使用，到作品的策划、宣传、出版，莫不体现出商业运作的色彩。阿库宁充分意识到，"小说家存在于对话体系中。他总是一位讲述者，总是在观察读者的反应"。③ 读者期待视野成了影响阿库宁创作的重要因素。为了实现商业目的，他必须按"社会订货"写作，只不过这已不是苏联时期的意识形态订货，而是读者大众的市场订货。因此，阿库宁作为一种大众文化设计的结果，主要是文化经济活动中的一个商标，是真正意义上的"文学生产者"。一定程度上可以认为，阿库宁之所以选择侦探文学作为自己创作的体裁基础，就是缘自侦探小说在后苏联转型时期所拥有的巨大商业潜能，因为正如德国斯拉夫学家伯·门采尔所指出的那

---

① 一个有趣的例子是，契诃夫名剧《瓦尼亚舅舅》被一家食品公司用作罐装蔬菜的商标，其广告语是："只有在图书馆和食品店里才有'瓦尼亚舅舅'。"经典文学形象被作为广告形象纳入经济生活，这一事实从侧面反映了文学经典在当代大众意识中已经降格为直接意义上的商品。

② Черняк М., "Игра на Новом Поле", *Знамя*, No. 11, 2010.

③ Черняк М., *Массовая Литература XX Века*, М.：Флинта. Наука, 2007, c. 245.

样，这种体裁"既对伴随着犯罪率的增长而出现的新的现实，同时也对集体性的恐慌做出直接的反应"①，它以此满足大众对周围现实的认知需求。另外，阿库宁对后现代主义诗学手法的大量运用也表现出相当程度的商业自觉，因为这些"借来的"艺术手法显然是吸引那些具有美学辨别力和文学判断力的"精英读者"的有效途径。事实上，阿库宁文本的多层次性本身就是文学商业化的产物，它可以保证作品在具有不同教育程度、智力水平和美学素养的各社会群体中为自己找到尽量多的潜在读者。佩拉盖娅历险系列之所以拥有如此众多的读者，原因之一就在于其文本中多层次话语（我们至少可分出文化历史、宗教哲学、大众文学三种话语）的并置。简言之，阿库宁的文学创作作为一种文化现象首先是文化商业化进程的产物，它更多的是对读者期待和大众文化需求的应答，遵循的是文化工业的资本逻辑。

近二十多年来在商业化的推动下，俄罗斯文学急遽地向大众文学倾斜，大众化的娱乐性阅读逐渐取代了思想性阅读而成为主要的文学接受方式。在谈到自己的创作动机时，阿库宁坦承金钱、荣誉都是促使他进行侦探小说创作的推动力，但他同时又否定了这些因素的主导性，因为对他来说主要的不是商业成就本身，而是得到这些东西的条件，即"什么都不能牺牲——无论是自由、良心，还是自尊"。所以，他认为写作"不是工作，而是消遣"②。前已有述，娱乐化是大众文学主要的功能取向。阿库宁所谓的"消遣式写作"，实际上对应的就是读者的"娱乐性阅读"。恰如金庸所言，通俗小说写作的妙处就在于"娱人且娱己"："自己胡思乱想，几千几万人跟着自己胡思乱想，会觉得很有趣"。③ 阿库宁同样将文学看作是作者与读者共同参与的娱乐活动："我不想训导读者，也不想指引他们。我只想和他们一起游戏。"④ 他认为文学是多面的，其娱乐功能与人文认知价值同样不可偏废，"我不相信游戏会比寻求真理更无关紧要。事实上很难判断人类价值的等级，或许它们都同样价值连城或不值一文——对此我一无所知"。⑤ 从整个的文化转型的背景来看，写作与阅读

---

① Менцель Биргит.，"Что Такое Популярная Литература"，НЛО，No. 6，1999，c. 401.

② Грачев С.，Борис Акунин: Я Осуществил Национальную Мечту，АиФ от 2005 - 7 - 6.

③ 金庸:《金庸散文集》，作家出版社 2006 年版，第 237 页。

④ Купина Н. и др.，Массовая Литература Сегодня，М. : Флинта. Наука，2007，c. 114.

⑤ Там же.

在娱乐化上的契合，反映了阿库宁的创作在价值取向上的商业化，这也是他的创作有别于严肃文学的根本特征之一。

在文本形式层面上，阿库宁小说契合了大众文学通俗性的特征，在题材选择、情节设计、形象结构、主题表达等方面都是对大众文化通俗化生产原则的实践。在几年的"合作"中，阿库宁与读者之间形成了一种心照不宣的契约关系，其创作的程式化、系列化本质上取决于读者的接受期待视野。作为一种面向大众的、削平了"深度模式"的审美形式，大众艺术容不得深奥抽象的理论话语的存在，因而被纳入其视野的一切思想观念都应被折射为大众意识的内容，才能成为反映客体。由于大量互文本的存在，阿库宁的小说营造了一种"高雅文学"的假象，其实略加分析我们就可以发现，这些看似宏大的题材以及深刻的主题在阿库宁那里都已经失去了其原有的深刻所指。如小说《死神的情妇》、《阿扎泽尔》、《土耳其开局》与《五等文官》中对 19 世纪末 20 世纪笼罩俄国的颓废主义和虚无主义思潮的描写，即是如此。美国文化学家默克罗比认为，作为一种消费性文化，大众文化在向人们提供越来越多的文本的同时，悖论性地提供了越来越少的意义。① 这肇因于不断的自我摹袭而导致的文化"内爆"。阿库宁的创作在一定程度上即是这种"内爆"的体现，其结果就是创造了一种"不断增长却并不那么丰富的"语言景观②。需要指出的是，尽管阿库宁小说的意义域不像严肃文学那样广袤深刻，但还是有别于其他一些通俗题材作家的创作，这与其创作中显在的实验性有着千丝万缕的联系。在剧本《海鸥》、《哈姆雷特：版本之一》和小说《幻想小说》、《间谍小说》中，阿库宁对经典名著的用典（аллюзия）以及对苏联文学体裁的讽拟，即被一些批评者视为作家对后现代审美观念的策应，这些作品的意义也因之获得了完全不同于大众文学的阐释。

在文本存在形式上，阿库宁的创作也表现出鲜明的大众文化倾向。作为电子文化时代的弄潮儿，阿库宁认为文学文本能够也应该以不同载体、包括电子媒介形式存在。他最近的作品《黑色之城》就同时以多媒介方式发表，其中包括纸质单行本、普通电子书和音频电子书等，他相信每一种文本媒介都会找到自己的读者。在 2014 年年初，阿库宁还与一家美资

---

① ［美］安吉拉·默克罗比：《后现代主义与大众文化》，田晓菲译，中央编译出版社 2000 年版，第 27 页。

② 同上。

公司合作推出了"阿库宁之书"（Akunin Book）电子阅读器，其中收录了"凡多林历险小说系列"的全部作品，并且还将定期推送阿库宁的博客文章和脸书（Facebook）文章。此外，阿库宁还非常善于利用多媒体手段进行创作，其影响度极高的博客《热爱历史》就是一个颇值得注意的当代文化现象。我们知道，博客作为电子文化时代一种新兴的言语体裁，综合了文字、图像、声音等跨媒体技术，具有很高的自由度和民主性。阿库宁充分发挥了网络空间的动态性、多媒体性和对话性等特性，把自己的博客发展成为一个开放式的文学创作试验场，并视之为"未来文学的雏形"：

> 博客作为文本存在的新形式早就使我感兴趣。那些以插图、视频片段、声音以及最主要的一点——读者的参与为重要成分的简短故事，在我看来就是未来文学的雏形。……这就是为什么博客对我来说不只是在新的、大家不习惯的场地上的游戏，这也是文学试验场。①

作为打着"阿库宁"商标的一种文化产品，博客《热爱历史》也是阿库宁文化产业的一部分。在这里，网络文本与小说文本彼此呼应、相互映照，将阿库宁的小说纳入到一个更大的、传统文学疆界之外的体系之中。小说文本的存在从此不再是静态的，它参与到复杂的文本关系网络之中，并允许读者将自己的文化、自己的阅读经验带入文本之中，成为真正的"合著者"。这不仅影响到人们的阅读习惯，而且也从根本上改变了印刷文化时代的一些基本概念，如"作者"和"作品"等。大众文化对传统文学观念的冲击，在很大程度上改变了转型期文学的总体风貌。

文化转型期的文学任务之一是探索新的文学样式和文学风格，以回应新时代的精神诉求。因转型期所特有的文化狂欢特性，这种探索往往表现为对诸种已有文学形式的整合以及在此基础上产生的新观念、新形式。白银时代文学领域中象征主义、阿克梅主义、新现实主义以及十月革命后盛极一时的"红色平克顿"小说，无不表现出这种整合式创新的特征。公正地说，阿库宁未必能够成为未来新文学的创立者，但他的创作却无疑体

---

① Акунин Б., *Любовь к Истории*, М.：ОЛМА Медиа Групп, 2012, с.6.

现了上述的转型性质。在苏联解体之初，价值观多元化结果表现为价值的迷失①，由此导致了俄罗斯人在文学阅读上往往带有很明显的非理性倾向，具体表现为对西方大众小说不加选择的消费。这固然是对长期独霸文坛的苏联官方文学的反拨与弃绝，然而从问题的另一面来看，这又何尝不是西方文化冲击导致的"文化休克"的恶果？在短暂的"休克"过后，人们发现这些内容肤浅的作品除了满足对西方文化的好奇之外，带来的更多的是精神空虚。随后兴起的本国大众文学依然未能填补这种空虚，反而南辕北辙地以艳丽的封面和低俗的内容吸引读者的眼球。越来越多的读者发现，大众文学过分强调日常生活叙事和感性享乐刺激，带来了诸多负面效应。他们需要一种通俗但不庸俗也不低俗的"传统"文体。正如洛特曼在谈到"读者订货"时所说的那样，转型时期的读者期待带有一种内在矛盾性："读者希望他的作者是位天才，而与此同时，他又希望这位作者的作品通俗易懂。"②

就在这样的境况下，阿库宁试图创造一种俄罗斯先前未曾有过的"中间体裁"（средний жанр），以满足文学市场新出现的消费需求，同时也是为了实现其所谓的俄罗斯的"民族梦想"。③ 这种"中间体裁"被阿库宁视为填补俄罗斯文学传统之中的空白的尝试，因为在他看来，俄罗斯有高雅文学和低等文学，但却没有"被称为消遣小说的主流文学"。很显然，阿库宁所谓的"中间体裁"与批评家谢尔盖·邱普里宁提出的"中间文学"（миддл-литература）的概念几乎是异曲同工。从阿库宁的创作实践来判断，"中间体裁"实质上更多的是对多种文学传统的整合形态。它将大众文学的形式和严肃文学的材料糅合在一起，在向读者提供消遣性阅读的同时，也提供了似乎已被遗忘的文学审美享受。阿库宁的小说与经典作品之间丰富的互文性，对大众读者来说不仅是一种精致的文本游戏手法，它还在情节结构、体裁范式和修辞手法等层面提供了严肃文学留存在读者记忆中的审美形象，从而营造了一种更乐于被接受的高雅艺术的虚像。阿库宁试图以一种新的小说类型——"审美智性小说"（aesthetic and

---

① 张冰：《白银时代俄国文学思潮与流派》，人民文学出版社 2006 年版，第 14 页。

② Лотман Ю. , *Культура и Взрыв*, Цитата по Черняк М. , *Массовая Литература XX Века*, М. ：Флинта. Наука，2007，с. 230.

③ Грачев С. , *Борис Акунин：Я Осуществил Национальную Мечту*, АиФ от 2005 – 7 – 6.

intellectual novel)① 来填补所谓的"高雅文学"和"大众文学"之间的缺口，在这种小说作品里，后两者之间所形成的文化断裂已然消失。这种尝试打破了长久以来文学内部的分化格局，将文学两极的互动作为特殊的文本生产机制，形成了一种与转型期文化的狂欢特性极为契合的文学风格。他的创作仿佛是陈腐的文坛里的一缕清风，为正在蹒跚学步的本土大众文学树立了一座难以超越的里程碑，同时亦为囚居象牙塔的高雅文学打开了一扇通向大众读者的小窗，并在一定程度上影响着当代文学观念的重构。

　　阿库宁的"中间体裁"是对读者阅读转向的反应，但这绝不是一味的迎合。大众文学在读者与作者的关系上过度强调读者期待视野的导向作用，这导致了创作的被动性和陈腐化。实际上，艺术生产和消费之间的对立并非如此截然分明。马克思在论述生产与消费的关系时指出，"两者的每一方由于自己的实现才创造对方，每一方都是把自己当作对方创造出来的"。② 虽然马克思讲的是经济活动，但这一原则同样适用于文学写作与接受之间的关系：写作影响、创造着接受，接受反过来也创造、影响着写作。在"中间体裁"的创作中，阿库宁尽力摆脱大众文学"市场订货"式的写作程式，强调自己的创作主体地位。早在十多年前，他就曾提出如下设想：

> 　　我想创造一种新的作者功能模式，位于其中心的不是出版商或文学代理商，而是作家本人，在作家周围的才是出版社、电影改编、剧院、互联网等等。我自己想成为这个乐队的指挥，因为，这是我的音乐。③

　　由上可见，阿库宁对大众文学的超越在于，他在重视读者期待视野的同时，也未偏废创作者的主体性，实际上，他的小说经常通过故意逆反读者的期待而达到一种陌生化的叙事效果；他与精英作家的疏离则体现在，他不自拘于对象牙塔进行修补，而全然无视目标读者的期待视野。这使他

---

① Olga Sobolev, Boris Akunin and the Rise of the Russian Detective Genre, *ASEES*, vol. 18, Nos 1 - 2 , 2004, p. 64.

② 马克思：《政治经济学批判导言》，载《马克思恩格斯选集》（第2卷），人民出版社1995年版，第11页。

③ Черняк М. , "Игра на Новом Поле", *Знамя*, No. 11, 2010.

可以超越两者，获得某种新的艺术感受和艺术视觉，创造新的艺术价值。接受美学理论家姚斯曾指出，读者的期待视野可以树为一种审美尺度："一部文学作品在它发表的历史时候以何种方式适应、超越、辜负或校正读者的期待，显然为确定它的美学价值提供了一种标准。"① 这为我们确定阿库宁创作的美学价值以极大的理论启发。阿库宁顺应了世纪之交文化转型的大潮，但他在文学创作中并未随波逐流，而是独辟蹊径，寻求创作与接受、艺术与消费、大众文学与高雅文化的结合。他的作品既是对文化大众阅读期待的"适应"，又是对它的"超越、辜负"和"校正"。纵观阿库宁十多年的创作历程，我们可以发现他在秉承侦探文学基本范式的同时，始终致力于对既有模式的突破创新。在他已发表的 30 多部作品中，没有任何作品在叙述模式上是完全雷同的。这一点使得其创作与当今大众文学明星达丽娅·顿佐娃、亚历山德拉·玛丽尼娜等人的创作迥然相异。后两者的作品尽管分为不同的系列、描写了不同的题材，但其叙述模式的重复性是非常明显的，敏锐的读者在阅读了一两部小说后，对她们的其他小说也就有了大致的认识。然而阿库宁从不止于某种固定的模式：在大仲马式的历险故事（《阿扎泽尔》）之后，作家立刻转向了场面恢宏的战争散文式的间谍小说（《土耳其开局》），在读者刚刚以为了解了这位作家的叙事风格之时，阿库宁又马上推出了古典式的"密室推理小说"（《利维坦》）……在阿库宁这里，不同的体裁模式都获得了合法的存在。作家本人将多种体裁写作归结为与读者游戏的手段，以及自己的个性创作心理：

　　　　我尝试从恐怖小说到骗子小说的所有具有紧张情节的体裁。我和读者所玩的游戏的规则之一，就是不断地改变游戏规则。②
　　　　对我而言，重复是很枯燥的，而克服阻力却非常有趣。在俄语中好像没有 challenge（挑战）这个词语，或是相似的其它什么词。我故意增加自己的任务的难度。③

　　阿库宁小说创作的系列化倾向，归根结底也是其"以读者导向为核

---

① 转引自张首映《西方二十世纪文论史》，北京大学出版社 1999 年版，第 277 页。

② Шаманский Д.，Plus Quam Perfect.（www. gramota. ru/biblio/magazines/mrs）

③ Вербиева А.，"Борис Акунин: Так Веселее Мне и Интереснее Взыскательному Читателю..." *Независимая Газета*，1999 - 12 - 23.

心"的创作观念的体现。他的每一个小说系列都有明确的读者市场目标，都是为了满足某些特定的读者群体的阅读需求而创作出来的：

> 我的长篇小说事业是一个三角形（треугольник）：其中，"文学"系列是"外省侦探小说"，其主人公是修女佩拉盖娅，"半文学"系列讲的是艾拉斯特·凡多林的故事，而最新的系列（指"硕士历险系列"——引者注）则是"非文学性的"。①

　　这个"三角形"撑起了阿库宁小说的艺术大厦。这座大厦向几乎所有的参观者开放，不同艺术水准、不同审美取向的参观者在这里均可获得相应的审美享受。如上的引文足以证明，阿库宁对读者的阅读心理有着自觉而深入的了解，他的创作之路就是主动认同读者阅读心理差异，并不断超越和校正读者期待视野、通过引导读者的阅读取向对社会文学观念施加影响的过程。正是得益于对雅、俗的有意识地去分化，阿库宁的作品拥有一个极为庞杂多样的读者圈子，其中既有侦探小说的拥趸，也不乏经典文学和外国文学的崇拜者。阿库宁的创作风格在相当程度上弥合了社会文学观念的分化，并进而影响到当代俄罗斯读者对文学的整体认知。
　　苏珊·桑塔格说过，在文学凋敝的时期，作家"作为情人的天赋"对文学的影响力更为显著，因为这时的读者"可以忍受一个作家的不可理喻、纠缠不清、痛苦的真相、谎言和糟糕的语法——只要能获得补偿就行，那就是该作家能让他们体验到罕见的情感和危险的感受"。② 让今天的读者欣喜不已的不再是俄罗斯经典文学中所固有的那种"理智的责任"，而是阿库宁小说中所表现出来的这种具有诱惑性的"情人的天赋"：他的小说既满足了人们对大众叙事的好奇心和刺激感，又满足了他们对传统文化的补偿性的依恋。作为世纪之交俄罗斯社会审美观念消费化、娱乐化转型的产物，阿库宁的创作无疑是一个大众文化现象。他不是在追求自己独特的风格以传达自己独特的经验和感受，恰恰相反，他更多的是在通过复制或戏拟他人的创作风格来营造一种读者喜闻乐见的文学氛围和阅读感受，并凭之娱乐读者。然而从问题的另一方面来看，阿库宁并没有迷失

---

① Цитата по Макалкин А.，"Россия，Которую Мы Не Потеряли"，*Сегодня*，2000 – 7 – 28.

② 苏珊·桑塔格：《反对阐释》，程巍译，上海译文出版社2011年版，第56页。

在大众文化的洪荒乱流之中，而是试图将作品的商业价值与体现在戏拟风格之中的作者个性融合在一起，以开阔的文学视野和独特的书写方式实现对雅俗的超越，从而实践了一种充满活力的审美话语形式。就整个历史文化背景来说，阿库宁的中间体裁作为一种合成性艺术形态，是对"诗性合成"观念的有意识的追求。① 20 世纪末 21 世纪初的俄罗斯文学进程的突出特征之一，就是传统样式和典范体裁的稳定性遭到了无情的破坏，整个文学界都在寻找一种契合时代动态特征的新的体裁结构。阿库宁综合了诸种形式和内容元素重组而成的"中间体裁"，就是这一文学探索历程之中的一个代表性现象，它内在地契合了文化转型期的总体精神。无论将来阿库宁会得到何种总体评价，他在世纪之交的俄罗斯文学特别是大众文学审美价值重构中的重要地位是不应被忽视的。

二　超越雅俗的文学对话：文学的视角

从文学社会学的观点来看，阿库宁的"多体裁写作实验"绝非作者创作个性和读者期待视野所能尽释，在根源上这是社会审美语境在文学创作领域的折射。文体形式并非与社会影响绝缘的纯粹的文学本体因素，而是社会演变在艺术领域的一种反映和体现。巴赫金在《生活话语与艺术话语》一文中指出，艺术内在的是社会学的：

> 艺术之外的社会环境在从外部作用艺术的同时，在艺术内部也找到了间接的内在回声。这里不是异物作用于异物，而是一种社会构成作用于另一种构成。"审美的领域"，如同法律的和认识的领域，只是社会的一个变体。……在艺术社会学中，没有任何"内在的"任务。②

在阿库宁所处的时代，刚刚被解除了精神镣铐的俄罗斯正经历着远未完结的社会分化，在自由、民主的氛围中，社会的碎片化越来越明显，并由此而导致审美立场的多元化。在这种条件下，审美语境被分割为无数的空间，任何审美交流都带有一定的个别性质，它们"相互重叠、交叉，

---

①　张建华教授认为，体现了"诗性合成"意识的合成性艺术形态的勃兴和繁荣，是 20 世纪 90 年代以来俄罗斯文学形态变化的重要标志。可参见张建华等主编《20 世纪俄罗斯文学：思潮与流派（理论篇）》，外语教学与研究出版社 2012 年版，第 303 页。

②　［苏］巴赫金：《周边集》，河北教育出版社 1988 年版，第 80 页。

彼此进行着隐秘的对话"。① 如果对世纪之交的审美语境再加以仔细审视，即可发现审美立场的多元和对话并不仅仅局限于不同的社会阶层，在同一个体内部也存在着审美观念的分裂。世纪末危机对个性形成的影响是深远的，每个人在寻求个性认同的过程中都会诉诸不同的文化思想，相应地也就会形成不同的审美理念。反映在文学中，这些不同首先就体现为阅读取向的差异。这种差异既存在于不同的社会群体之间（如文化精英阶层与大众阶层的分际），也存在于单一个体内部（同一个读者对多文类、多层次文学的喜爱）。这使转型期文学呈现出完全不同于苏联文学的特性，即各种不同的甚至是矛盾的艺术原则同生共存且相互渗透，并出现了一些由各种体裁和文本元素综合而成的矛盾的文学形式。阿库宁创作的多体裁性、其作品显在的多重结构本质上就是对这种社会审美对话的文学"内在回声"，其内在矛盾性源自审美语境的分化和冲突。因此，任何一个严肃的研究者都不应将阿库宁的创作简单地归入"低俗文类"了事，正是在阿库宁看似纯然游戏的多体裁写作中，多元审美立场找到了一个对话的空间。在这里，对话不仅外在地表现为其创作所特有的多体裁性，还内在地体现为文本中雅、俗文学元素之间的共容和互动，后者反映了去中心化了的当代文化主要的审美取向。

严肃文学与大众文学之间对话的展开不仅仅是时代的要求，它还需要独特而敏锐的艺术视角。在俄罗斯文学史上，古典主义取向的诗学思想影响甚巨，这直接导致了长期以来根深蒂固的文学等级观念。按照这一观念，所谓的"高雅文学"以立法者的状态高高在上，而大众文学（更宽泛地说，通俗文学）则始终处于文学的边缘。在这种情况下，因为平等的精神基础的缺乏，文学两翼之间的对话是不可能展开的。苏联时期的官方文学更是以其绝对的理论话语霸权将诸种大众文学体裁或清除或同化，最终形成了唯我独尊的独白式文学格局。只是到了苏联解体前后，随着官方文学主导地位的丧失，各种边缘文学和支流文学才又重新登上历史舞台，并在后现代主义强调"差异"、颠覆权威和"去中心化"的纲领下，获得了合法的生存空间。在这种开放式的语境中，近二十年来最为轰动的文学现象就是大众文学的蓬勃兴起，并在与严肃文学的角力中逐渐走向文学生活的中心。然而，当时的文学界还缺乏对话意识，严肃文学与大众文

① 邱运华：《俄苏文论十八题》，安徽教育出版社 2009 年版，第 58 页。

学之间主要还是一种对立共存的关系。其原因部分地在于，虽然大众文学是由民间产生、面向民间的文学，但由于其在当代社会的工业化和商业化，前工业时代所特有的狂欢式的传统要素已经几无所存，而是变成了面向市场的稳定甚至僵化的文学形式，失去了民间文化固有的狂欢本质。

　　这就是阿库宁初登文坛之时的文学环境。阿库宁是以侦探小说作者的身份登上文坛的，但他并没有将自己的艺术视野仅局限在这一题材范围内，而是以"消遣写作"的姿态，凭借自己深厚的文学素养，大胆地突破了体裁围限，以狂欢式的艺术思维来理解大众文学创作，从而获得了一种崭新的艺术视觉。这种艺术视觉实即巴赫金所说的狂欢化：

　　　　狂欢化——这不是附着于现成内容上的外表的静止的公式，这是艺术视觉的一种异常灵活的形式，是帮助人发现迄今未识的新鲜事物的某种启发式的原则。①

　　正是这种狂欢化的艺术视觉赋予创作者以"交替与更新"的精神，把一切表面上稳定的、现成的东西都加以相对化，促成了一种开放的创作心态和兼收并容的创作手法，在这种艺术视觉的观照下，传统的文学层级秩序和价值属性得以重置，横亘在严肃文学和大众文学之间的高墙在瞬间倒塌。在阿库宁的艺术视野里，世纪之交的文学情势就是这样的一种大型对话的开放式结构：被广场化了的严肃文学和大众文学在相遇中发生着千丝万缕的联系，展开了多种多样的交流对话。而作家的任务就是将两者之间的对话内化为作品内不同元素的交融，通过题材、主题和文体的融合而获得同一性，从而创造一种"迄今未识的新鲜事物"。在唯·佩列文、弗·索罗金、维·耶罗菲耶夫和阿库宁等人的作品（特别是非正统的狂欢式语言的运用）中，都不难发现这种越界与对话的痕迹。但与前三者不同的是，阿库宁的对话是从文化大众的角度发起的，因而他的创作主要反映了大众对"高雅"文学的重新"观看"。

　　与这种"观看"方式相应，作家采用的对话策略是既解构又建构，即对原有文学等级秩序进行颠覆式的价值转换。更确切地说，这是一种将经典文学大众化的策略。瓦尔特·本雅明在《机械复制时代的艺术作品》

---

① ［苏］巴赫金：《巴赫金全集》（第五卷），河北教育出版社 1998 年版，第 222 页。

中提出，文化工业对艺术作品的大量复制促进了文化的平等化和社会的自由化。而对自由与平等的强调，恰恰是俄罗斯社会文化转型期的主流价值追求。阿库宁的创作手法就体现了这种价值观念的转变。他致力于改写高雅文化的艺术形式并将其转化为大众文学语言，所以他对经典文学的借用更多的是一种"降格"手法。在他的作品中，经典文本被从文学殿堂拉到大众的水平面，各种引用和用典被简化为指向叙事表层的连接符，它们被按照大众文学的原则重新建构起来，在新的文本结构中产生了新的审美功能。在这里解构与重构是一体的、共时的。作为一种大众文化现象，阿库宁创作的创新性首先体现在将经典文本"商标化"，利用种种互文手法在自己的文本和经典文本之间建立起某种联系，在唤起读者的经典文学阅读经验的同时，也营造出一种"映像的迷宫"，从而在一定程度上增加阅读的趣味性。在其处女作小说《阿扎泽尔》中，阿库宁将男女主人公分别命名为埃拉斯特和丽莎，很显然，这是利用对卡拉姆津名著《苦命的丽莎》的暗指所组织的一场语言游戏。虽然原作中隐在的社会批判激情和显在的感伤叙事氛围却已荡然无存，但是这一互文却暗示了小说情节的发展，成为别开生面的文本游戏手段。在剧本《海鸥》中，阿库宁更是肆无忌惮地颠覆了契诃夫原作的人物形象、叙述基调和主题思想，所有出场者均被纳入到作者重新构思的一桩典型的阿加莎·克里斯蒂式的密室杀人案件之中，共同演出了一场别开生面的猜谜游戏。处于契诃夫原作核心的人性挣扎的主题消失了，所有人物成了阿库宁展开智力游戏的道具。由上可见，充斥阿库宁小说文本中的文学掌故已然经过了价值转换，它们主要是作为增强作品娱乐性的手段而存在的。诚如朱自清所言，这"只当作对客闲谈，并非一本正经……这也是给大家看的，看了可以当作'谈助'，增加趣味"。①

这是阿库宁从文化大众的立场出发对文学名著作出的"异样"解读，这种解读方式所蕴含的是超越了雅俗的对话，而其作品就是这种对话得以展开的场地。一方面，阿库宁在创作中继承并整合了爱伦·坡以来的侦探叙事传统，以之作为基本的叙事框架；另一方面，他又以开放式的艺术思维，广纳兼收经典文学的题材母题、表现手法和艺术风格，以之作为充实文本的血肉，在此基础上形成了自己独特的创作套路，从而保证了其非凡

---

① 朱自清：《论雅俗共赏》，生活·读书·新知三联书店 1983 年版，第 3 页。

的商业成功。批评家托波洛夫曾颇富洞见地指出，"阿库宁取得了罕见的成就，原因就在于他（或许也只有他一个人）成功地融入到了从经典文学到庸俗文学（бульварная литература）的转折之中，制造了兼具这两类文学的表面特征的产品"。① 这一点使阿库宁在当代俄罗斯缤纷芜杂的文学语境中显得卓然不群，但同时也使研究者很难从整体上对他的创作予以准确定位。作为对文化转型的文学反映，他的创作具有明显的娱乐性、通俗性、商业化以及语言和情节结构的模式化等大众文学特征；而从问题的另一面来看，复杂的互文联系又将其创作纳入严肃文学的历史语境中，通过与经典文学的联想来增加文本饱和度。这种亲缘关系突破了大众文学的体裁界限，使作品呈现出类经典化倾向。阿库宁对经典作品的主题、形象和手法的借用，解决的绝不仅是商业问题，它还代表了大众文化语境下后现代主义文学美学的独特视角。因此，阿库宁的作品可以说既属于大众文学又属于严肃文学，或者说既不属于前者也不属于后者，他走的是介于两者之间的"第三条文学道路"。在这一点上，我们基本同意俄罗斯文学批评家切尔尼亚克关于阿库宁的小说是"消遣文学"的界定。哈利泽夫在《文学理论》中对这一概念的阐说也同样适用于阿库宁的创作，即这是一种"带有形式折中性"② 并"符合了同时代人精神和智性需求"③ 的文学。正是通过这第三条道路，阿库宁超越了严肃文学与大众文学的分界，为两者之间的通约和大众文学的良性发展提供了一条思路。

从根本上说，对阿库宁的创作进行最终定位的困难，缘自其所谓的"中间体裁"在文本组织上的双重编码和双重指向（двуадресность）。按照罗兰·巴尔特的观点，任何叙事都是各种不同符码的交叉融合，即文化符码、象征符码、阐释符码、意素符码和布局（情节）符码④，每一种符码都各具自己的意义。这样一来，一个文本就容纳了多种不同的意义域。对于大众文化文本而言，前三种符码是构成文本肌质的主要成分，而后两种符码，特别是象征性符码因为会对感性认知制造困难，所以分布较少。阿

---

① Цитата по Коренкова Т. , "Б. Акунин Как Фауст Русского Постмодернизма", *Мир литературы. К Юбилею Профессора А. С. Карпова: Сборник Научных Трудов*, М. : РУДН, 2010, с. 277.

② Хализев В. , *Теория Литературы*, М. : Высшая школа, 1999, с. 134. 本书国内译为《文学学导论》。

③ Там же, с. 132.

④ ［法］罗兰·巴特：《S/Z》，屠友祥译，上海人民出版社 2012 年版，第 27—33 页。

库宁通过对雅俗文体的越界融合了多元符码要素，并对经典文本的原有叙事符码进行强化、转换或重置，凭之扩展了侦探小说的意义域，使自己的小说文本在结构上具有了双层次性或多层次性（двухуровневая или многоуровневая организация текста）①，从而指向不同的目标读者群体，满足不同的文化需求以适应不同的阅读策略。阿库宁在同一文化空间中并容了严肃文学和大众文学的某些元素，以此赋予文本以"媚俗"和"媚雅"的双重组合结构。在融合多种叙事模板和艺术手法的基础上，阿库宁逐渐形成了自有的体裁—风格体系。乌拉尔联邦大学的塔·斯尼基列娃和阿·巴契聂诺夫这样总结阿库宁小说的结构公式：经典侦探小说＋历史调查侦探小说＋风格化小说＋后现代主义讽刺小说。② 这个公式虽然有把问题简单化之嫌，但仍不失准确地把握住了阿库宁小说文本结构的多层次特征。应该说，这样的文本结构既是对不同受众的复杂多元需求的迎合，在更大的文化背景下亦可被视为后现代语境中"填平鸿沟"（莱斯利·费德勒语）美学原则的体现。阿库宁的文学史意义就在于，他在消解传统的高雅文化与大众文化二元对立观念的基础上，开拓了文学的第三空间，在多元化的文学语境中构建了一种新型的书写模式。所以，他的文学创作绝不仅仅是商业文化现象，它也是一种复杂的文学现象和美学现象，以其独特视角在客观上反映了20—21世纪之交俄罗斯文艺美学发展的复杂性和多面性。

最后需要说明的一点是，对阿库宁的如上界定并非折中的权宜之计，实际上这是符合当代俄罗斯文学的发展现状的。20世纪90年代以来的文学进程表明，传统的严肃文学和大众文学二分法已经难以囊括所有的文学作品，文学本身进入了一个涅姆泽尔所说的"中间阶段"。③ 在一些当代著名作家如叶夫图申科、巴克兰诺夫、佩列文、弗·索罗金等人的创作中，或融入了通俗小说的诸多要素，或充斥着对世俗都市日常生活的细致摹写，总之都在不同程度上表现出对大众艺术价值原则的接受。与之相反，在一些往往被认为是大众文学作家如斯特鲁加茨基兄弟、尤兹法维奇

---

① Скоропанова И. , *Русская Постмодернистская Литература*, М. : Флинт. Наука, 2001, с. 71.

② Снигирева Т. и Подчиненов А. , " Исторический Роман: Версия Б. Акунинна ", *Пушкинские Чтения 2013. Художественные Стратегии Классической и Новой Литературы*: *Жанр, Автор, Текст*, СПб. : ЛГУ им. А. С. Пушкина, 2013. с. 50.

③ Немзер А. , *Замечательное Десятилетие Русской Литературы*, М. : Захаров, 2003, с. 8.

等人的作品中，主题思想、表现手法和语言、情节等形式要素却呈现出创新性和高雅化的倾向。这样一来，在文学的两极之间就产生了一个庞大的中间地带，整个俄罗斯文学也因此呈现出一种"极为复杂的文学形态"。① 就 20 世纪 90 年代末期的俄罗斯文学状况而言，这个中间地带是文学创作极为活跃、极具生命力的板块，是旧形式不断消亡，新形式不断创生的"温床"，是严肃文学和大众文学之间界线渐趋模糊、直至消弭的地域。洛特曼在论述文学内部嬗变时尝言，高雅与低俗、精英与大众之间界线的消失是美学规范交替的典型表现。② 如果洛特曼所言不谬，那么，作为文学转型过程中"第三条道路"的探路人和代表者，阿库宁的创作所具有的美学价值和文学史意义绝非大众文学的研究视野所能涵盖。这在很大程度上取决于阿库宁目前正在进行的"对话"的广度和深度，也受制于研究者不同的评价视角。

第三节　继承与再构：文学史
视野中的阿库宁创作

在巴赫金的理论视野中，对话是其哲学美学思想的基础，在他看来，生活、艺术、语言的本质无一不是对话，对话也因此被赋予了本体论地位。对话是开放的，具有"根本上的不可完成性"，"一切都是手段，对话才是目的"，"对话结束之时，也是一切终结之日。因此，实际上对话不可能也不应该结束"。③

应当指出的是，巴赫金所说的"不可完成性"，并非意指对话只是不断否定的过程，对话也包含着对新事物的肯定，只是这种肯定是相对的、暂时的。对话实际上是一个否定和肯定不断交替、螺旋式前进的辩证过程。其中，每一个新事物都是使对话得以延续的触发器。这是一种理想的对话状态。然而在本书中我们借用巴赫金对话思想的初衷，是因为它提供了一种全新的艺术视觉，使我们可以跨越文学的内部疆界，在雅、俗文学

---

① 张建华：《论后苏联文化及文学的话语转型》，《解放军外国语学院学报》2008 年第 1 期。

② Лотман Ю.，*Избранные Статьи*，том 3，Таллин，1994，с. 243.

③ ［苏］巴赫金：《巴赫金全集》（第四卷），河北教育出版社 1998 年版，第 340 页。

的共融互通中达到某种新形式。也就是说，我们打破了永无完结的对话链条，停留在它的创新环节上。所以在此需要做一个声明：上文在探讨阿库宁创作的"对话"属性时，这个词是有条件地被使用的，并非完全意义上的巴赫金式的对话，为示区别，我们不妨称之为"有限对话"。

　　"有限对话"的实质是继承与再构，继承即是将已有的事物纳入对话域，再构就是通过对话达到创新。法国符号学家克里斯蒂娃指出，"任何文本都是其他文本的吸收和转化"①，艾略特也不认为传统是僵死的残骸，而是"同时共存的秩序"，因为"新的作品必须既改变又遵循传统"②，在世界文学史中，一种文学传统总是会以或隐或显的方式制约着后来者的创作，并对某些作家的创作起到构成性作用；而作家的"每一段陈述也还总是处在其他陈述结成的网中……文学作品总是在和它自己的历史进行对话"。③ 作为创作主体的作家对体裁、风格和形式的选择，很大程度上受到之前文学历史发展的制约，而他的才能，往往就表现在他对某个特定文化时代的呼声所具有的感知力和表达力。④ 也就是说，任何一种文学创作实际上都是作者与历史和当代对话的结果，在客观上是某种时代精神的体现。综观阿库宁不同体裁的作品，不难发现其中有着很深的文学史渊源，在他的作品中，侦探文学的经验和经典文学的传统巧妙地结合在一起，在体裁模式、语言风格、主题思想、人物形象诸方面，都可以看到他人的影子。可以说，他的创作就是对多种文学传统的继承性吸收和创造性转化，是对多文体的综合实践和风格独具的越界游戏。同时我们也应该认识到，这样的文本结构程式由于建构了多重文本身份（既是侦探小说，也是准历史小说；既是大众文学，也往往被视为严肃文学），能够生产出多重阅读主体立场以迎合不同读者的口味。所以，笔者认为，这种结构程式不仅是多种异质文学传统影响的产物，它更是一种商业化策略。这也是为什么阿库宁的作品长期位居畅销书之列的重要原因。

　　总体来看，阿库宁创作的文学影响源异常广泛，主要可分为以下几类：侦探文学，其中包括西方古典侦探小说、苏联警探小说、"红色平克

---

① 转引自朱立元《现代西方美学史》，上海文艺出版社1993年版，第947页。
② ［英］拉曼·塞尔登编：《文学批评理论——从柏拉图到现在》，刘象愚等译，北京大学出版社2000年版，第434页。
③ ［法］萨莫瓦约：《互文性研究》，邵炜译，天津人民出版社2002年版，第10页。
④ 张冰：《陌生化诗学：俄国形式主义研究》，北京师范大学出版社2000年版，第10页。

顿"小说等；俄罗斯历史小说传统；俄罗斯经典文学作品，包括契诃夫、列斯科夫、陀思妥耶夫斯基、列夫·托尔斯泰、布尔加科夫等人的创作；西方叙事文学作品，如查尔斯·狄更斯和莎士比亚等经典作家的代表作。下文分别就阿库宁的作品与侦探小说和经典文学之间的联系，从两个方面简单地考察一下这些文学传统对阿库宁创作机制的形成所产生的影响。

一　阿库宁与侦探小说

就体裁属性来看，尽管阿库宁的作品呈现出明显的杂体性特征，但其主要情节、基本主题和人物关系无疑都是基于侦探小说的各种体裁变体建构而成的。因而，除了需要在文化和文学的宏观背景下考察这一文学现象之外，还必须在体裁历史的范畴内探究其创作的体裁诗学内涵。这是全面理解阿库宁创作难以回避的问题。下面我们先就世界文学史和俄罗斯文学史上侦探小说的体裁嬗变作一番简单的回顾和梳理，并就体裁因素的继承与突破来对阿库宁的创作进行一番审视。

（一）侦探小说的体裁演变

侦探小说是有着特殊题材范围及情节结构类型的文学作品，是一种以善恶冲突为主题、以犯罪行为及对其调查侦破为内容的叙事文学样式。不同的时代背景下，侦探小说的内涵和外延也不尽相同。一般而言，侦探小说有广义和狭义之分：广义上这是对所有包含疑案及其侦破情节结构的作品的统称；狭义上的侦探小说指的则是以逻辑推理为叙事主线的古典式侦探小说。

在世界文学史中，侦探文学有着很深的历史渊源。有的研究者甚至将其源头追溯到古希腊文学和圣经文学。① 但是，作为一种特殊的文类，它却是在法制观念、科学精神和实证哲学的历史语境中诞生的。学界一般认为，侦探小说发轫于爱伦·坡的《莫格街谋杀案》（1841）。此后，这种被契斯特顿称为"最早的通俗文学形式"的体裁经历了短暂的沉寂期之后，在西方文学中以惊人的速度发展，出现了不同的题材模式和体裁变体，成就了许多小说大师。侦探小说是大众文学诸体裁中发展最充分、拥有读者最多的一个文学样式。

爱伦·坡的侦探小说只占其创作的很小一部分，却是其"技术成就

---

① 黄泽新、宋安娜：《侦探小说学》，百花文艺出版社1996年版，第178—189页。

中最重要的部分"①，深刻影响了波德莱尔的文学观念。他第一个将谜案的侦破过程作为艺术描写对象，因之被后世尊崇为侦探小说的立法者，后世许多作家就是从效法爱伦·坡开始自己的文学创作道路的。爱伦·坡奠定了侦探小说的基本叙事原则，在情节结构、角色设置、人物形象等文本层面创制出了沿袭至今的典型模式，一般被称为"爱伦·坡模式"。19 世纪末，随着欧洲各国工业生产的发展，侦探小说得到了广泛流行，"不仅成为风行报刊上每期必不可少的连载读物，成为大都市市民趋之若鹜争相传抄的出版物，而且以它独特的美学风范，长驱直入文学的领域"。② 这个时期主要的作家有威廉·柯林斯、柯南·道尔、契斯特顿、埃米尔·加波里奥以及莫里斯·勒白朗，他们都把爱伦·坡模式树为自己的基本创作原则，同时附加一些创新性的手法，将爱伦·坡开创的逻辑推理艺术推向了新的发展阶段。这些作家一般被称为"古典侦探小说派"。

　　在古典侦探小说中，英国作家柯南·道尔的福尔摩斯探案系列已成为世界文学中的经典。多样的题材、紧凑的情节、简练的语言、惊险的氛围是柯南·道尔系列小说最主要的诗学特征，他对侦探文学的贡献还在于塑造了一个知识渊博、善于推理、勇敢沉着同时又不乏同情心的私人侦探形象。由于小说所产生的广泛影响，这个形象已经走出了文学文本，变成了人们意识中的一个"真实的人物"。据说，至今尚有许多福尔摩斯的崇拜者前往小说中标示的福尔摩斯的住处膜拜，为此伦敦政府不得不设置了一个专门处理此等事务的办公室。对侦探小说的体裁做出开拓性贡献的还有另一位英国小说家契斯特顿。契斯特顿继承并发展了爱伦·坡《被窃之信》中的心理学因素，沿着不同于道尔的另一个方向开掘体裁潜力与内蕴。他的主人公是一位谦虚、甚至有些腼腆的布朗神父，他尊重科学，但是不唯科学是瞻，他更注重从内部即人的内心世界来寻找犯罪动机。对契斯特顿来说，以文学形式研究犯罪是研究人性的艺术途径。他一改侦探小说在叙事上的单调，把深刻的哲学观点和对人性的深沉思考糅合进故事情节，试图在大众化的体裁中解决精英文学的艺术任务，从而增进了雅俗交流，提升了侦探小说的艺术价值。

　　到了 20 世纪，西方侦探小说发展的多样化趋势益加明显。这里既有

---

① ［德］本雅明：《发达资本主义时代的抒情诗人》，张旭东等译，生活·读书·新知三联书店 1992 年版，第 61 页。
② 黄泽新、宋安娜：《侦探小说学》，百花文艺出版社 1996 年版，第 198—199 页。

对古典风格的继承，又出现了一些新的风格流派，包括心理侦探小说、硬汉侦探小说、社会推理小说等。

英国女作家阿加莎·克里斯蒂的创作是古典侦探小说发展的巅峰。她借鉴了爱伦·坡的"密室案件"模式，将故事空间聚焦于一处，如车厢（《东方快车谋杀案》）或是孤堡（《孤岛奇案》）等，以空间上的封闭性来使情节高度戏剧化，因而她的小说情节设计极其工巧，悬念迭生，奇瑰曲折。她继承了柯南·道尔简洁凝练的叙事风格，削去了一切与情节无关的枝枝蔓蔓，小说中的每一句话、每一个动作都可能构成解开谜底的关键。她还吸取了契斯特顿研究犯罪心理的经验，将外部证据和内部动机结合起来，使逻辑推理显得更为真实可信、无懈可击。这样的叙事特点有助于克里斯蒂充分发挥侦探小说的智性因素，因而她的小说文本看起来仿佛是智力练习册，或者说更像是读者与波洛或马普尔小姐展开智力竞赛的竞技场。由于克里斯蒂不太关注人物分析和背景描述，她的小说在结构上略显抽象。但是，正因为血肉不够丰满，结构自身的特性被凸显出来，这反倒使整个故事充溢着侦探小说别具一格的奇峻险巍的美感。

克里斯蒂无疑是个讲故事的能手，但是，对故事自身的过分关注妨碍了她对社会现实的艺术把握。阿达莫夫在谈到侦探小说的情节时指出："侦探小说，准确地说，它的情节总离不开回答三个主要的、神圣的问题：是'谁'，'如何'和'为什么'作案？……各种不同类型的侦探小说的区别，就在于作者如何描写导致揭开谜底的后两个问题、后两条线。第一条线——'如何'作案的问题，属于写景的'叙事小说'；第二条线——回答'为什么'的问题，属于心理和社会性的'探索性小说'。"① 如果我们同意阿达莫夫的这个看法，那么，克里斯蒂的作品无疑应当归入"叙事小说"，而比利时作家乔治·西姆农（又译西默农）的作品则理所当然地属于"探索性小说"。

作为心理侦探小说的代表作家，西姆农更加注重典型形象的刻画，他笔下的警探梅格雷的形象中蕴含着丰富的社会性因素，他不仅是理性与科学的代言人，更是人性的化身。较之以前侦探小说中的主人公形象，梅格

---

① ［苏］阿·阿达莫夫：《侦探文学和我：一个作家的笔记》，杨东华等译，群众出版社1988年版，第79页。

雷的形象更具立体感和真实感。西姆农的创新之处还表现在对传统侦探叙述模式的反拨。他反对将制造悬念作为首要的艺术任务，而是转以阿达莫夫所说的"第二条线"为主，也就是说不仅要揭开谜底，更要找到犯罪的心理原因，揭示复杂的人性和深刻的社会问题。为了完成这一艺术任务，西姆农运用现实主义笔法塑造了众多典型人物，描写了多样的典型环境。这在客观上拓展了侦探小说的艺术视野。可以说，西姆农是继契斯特顿之后将侦探体裁引入文学正殿的第二人，无论在心理分析的深度上，还是在反映社会现实的广度上，西姆农都达到了侦探文学前所未有的高度，后辈作家中鲜有能企及者。

美国"硬汉派"小说①完全沿着另外一条道路扩展了侦探小说的题材范围。达希尔·哈梅特和雷蒙德·钱德勒等人强调动作与力量的审美价值，他们在自己的作品中对以推理为能事的经典侦探形象进行了彻底颠覆，而代之以英勇善斗的力量型的主人公。这些主人公大都不善明察秋毫，但无一例外都是体格健伟的硬汉，具有百折不挠的性格，是美国个人英雄主义的化身。小说情节的结构也相应地作了调整，放弃了冗长的推理陈述，转向刺激性的历险和打斗描写，更多地张扬对力量的尊崇。这一点迎合了当时美国大众意识中对理性的失望以及对力量的崇拜心理，因此这一派小说在 20 世纪上半期曾轰动一时。硬汉派侦探小说不注重心理分析，在心理描写上模式化痕迹较重，这是它的不足之处，但毋庸置疑的是，它在题材上所做出的开拓是对侦探文学的有益补充。阿库宁笔下的凡多林形象所具有的行动特性，很显然是受到了硬汉派侦探小说的影响。

50 年代末，以松本清张、森村诚一等人为代表的日本社会推理小说兴起。这一派侦探小说着眼于社会现实，既沿用逻辑推理的结构形式，也发展了社会批判的主题。他们对侦探文学的贡献在于强化了侦探小说的社会干预力，提升了侦探小说的思想价值。日本社会推理派的批判现实主义倾向以及"为生活而艺术"的创作主张，在某种程度上影响了俄罗斯侦探小说作家包括阿库宁的小说创作。

---

① 奥斯汀·弗里曼认为，侦探小说区别于其他散文体裁的最重要的特征就是它的智力性，所以硬汉派小说不应被归入侦探小说（见 Фримен Остин，"Искусство детектива"，Строева А.，*Как Сделать Детектив*，М.：Радуга，1990.）。很多论者持有类似的观点。这是指狭义上的侦探小说，即推理侦探小说。在本书中，这个术语是指广义的侦探小说体裁，硬汉派小说也应当被划入此列。

除了以上几大流派，在 20 世纪还出现了带有元小说性质的玄学侦探小说或曰"反侦探小说"（anti-detective fiction，翁贝托·埃科的《玫瑰之名》为代表），这主要是欧美一些后现代作家对古典侦探小说的解构式写作，在创作手法上呈现出戏拟、语言游戏、自我指涉等后现代主义的美学特征。玄学侦探小说对俄罗斯作家的影响极为有限，但是它的某些形式特征在阿库宁的作品中亦有所体现，对此我们在后面还将展开讨论。

（二）俄罗斯侦探小说的源流

在 19 世纪俄罗斯文学传统中并没有出现当代意义上的侦探小说。虽然在当时一些现实主义作家的创作中出现了犯罪甚至破案的因素，如列斯科夫和陀思妥耶夫斯基的小说中对谋杀、调查的描写，但是这些因素在作品中是第二位的，是作者为了进行社会分析或道德探索而采用的素材。尽管陀思妥耶夫斯基承认自己在创作《罪与罚》时受到了爱伦·坡侦探小说的影响①，但其小说中犯罪与破案情节显然是艺术手段而非艺术目的本身，罪与罚的母题在这里是被作为形而上符号而使用的，是作家进行哲学思考的着力点。19 世纪 60 年代开始，图书市场上出现了尼·阿赫沙鲁莫夫②的以犯罪为题材的小说，这些作品是对陀思妥耶夫斯基小说的模仿之作，在丧失了原创价值的同时也抽出了陀氏创作中深刻的思想性，是当时极为畅销的大众读物。但是，这些小说与西方传统的侦探小说相比仍有本质上的差别，不能算是现代意义上的侦探小说。

在 19 世纪末 20 世纪初，俄罗斯出现了一些经常在报纸杂志上发表犯罪和侦探题材小说的作家，其中较为著名的有尼·盖伊采③、亚·什克利亚列夫斯基④等人。一般认为，这是俄罗斯本土侦探小说的雏形。在俄罗斯，当代意义上的侦探小说最初是以"伪翻译文学"登上历史舞台的。

---

① 任翔：《文化危机时代的文学抉择》，北京师范大学出版社 2006 年版，第 216 页。

② 尼·阿赫沙鲁莫夫（Николай Дмитриевич Ахшарумов，1820 - 1893），19 世纪俄罗斯作家，据传与陀思妥耶夫斯基私交甚好，曾发表与陀氏作品同名的小说《双重人格》、《赌徒》等。

③ 尼·盖伊采（Николай Эдуардович Гейнце，1852 - 1913），俄国散文家、戏剧家、律师。

④ 亚·什克利亚列夫斯基（Александр Андреевич Шкляревский，1837 - 1883），俄罗斯通俗小说家，主要作品有《未破之案》、《无痕迹的谋杀》等。

19世纪与20世纪之交，"平克顿读物"① 在商业上所取得的前所未有的成功极大地震撼了本土大众文学作者，在市场的刺激下，他们开始了对西方小说的模仿。实际上，许多当时畅销的平克顿小说皆出自俄国作者之手，但一般假托译作或匿名发表。这种障眼法延续了很久，直到1924年，莎吉娘还以美国式的笔名吉姆·道拉尔发表《麦斯·门德》。读者对这些托伪之作的喜爱程度，我们可以通过作家莉·金兹堡的描述来感受一番，她在《平克顿侦探所》（1932）的后记中写道，"商人、小官吏、中学生和大学生，还有青年工人，无不*如醉如痴*地（*запоем*）阅读'娱乐'出版社推出的愚昧不堪、平淡无奇的拙劣读物"。② 在对西方侦探小说的模仿中，有些俄罗斯作家开始有意识地将其叙述模式与本国题材相结合，促进了本土侦探小说的发展。自1903年始六年间，罗·安特罗波夫以罗曼·多布雷依的笔名发表了"俄罗斯侦探天才伊·德·布基林"系列，小说以彼得堡警察局局长布基林为原型，借鉴了当时流行的平克顿小说的写法，成功地塑造了一个勇敢机智的俄罗斯神探的形象。20世纪末，这个形象在列·尤兹法维奇的历史侦探小说中再次"复活"，成为最受当代俄罗斯读者喜爱的侦探形象之一。

　　十月革命后，侦探文学主要以"革命历险小说"形式出现，人们一般使用布哈林在一次讲话中用到的一个词组来命名这类小说："红色平克顿"。在20年代，红色平克顿小说形成了一股洪流，当时任何其他的文学体裁在发行量上都无法与之相比。在这些作品中较为著名且流传广泛的有玛·莎吉娘的《麦斯·门德，或彼得格勒的美国佬》③ 三部曲、《瓦希洛夫漫游奇境》、爱伦堡的《D. E. 托拉斯：欧洲覆灭史》、莉吉雅·金兹堡的《平克顿侦探所》等。这些作品借鉴了平克顿小说的一些成功元素，如善恶分明、易于辨认的角色模式，以及电影化的情节模式等，其中最重

---

　　① "平克顿读物"是俄罗斯批评界对20世纪第一个十年间充斥文坛的侦探小说的蔑称，它源自美国的"十美分"廉价小说（dime novel），其主人公除了平克顿之外，还有尼克·卡特、福尔摩斯（并非柯南·道尔笔下的福尔摩斯）等人。作为此类读物原型的平克顿小说最初出现于19世纪70年代，作者是美国著名的平克顿侦探事务所的创始人阿兰·平克顿及其子弗兰克·平克顿。

　　② Цитата по Ковалева В., *Русская Советская Повесть* 20–30–X *Годов*, Ленинград：Наука, 1976, с. 422. 斜体为引者所标。

　　③ 巴格马洛夫把莎吉娘的这部侦探小说放在象征主义的文学语境中考察，认为这是莎吉娘"最好的散文作品"。参见 Богомолов Н.，"Авантюрный Роман Как Зеркало Русского Символизма"，*Вопросы литературы*，№. 6，2002，с. 43。

要的变化就是将侦探角色的功能做了调整：他们不再是为资产阶级服务的私人侦探，而是无产阶级利益的代表者和维护者；他们的斗争对象也不再是无阶级性的普通犯罪行为，而是帝国主义和法西斯主义的破坏活动。除此之外，它基本上还保留了平克顿小说的内容和形式特征。尽管"红色平克顿"小说具有明显的意识形态工具性，但它仍然体现了大众文学的本体性特征，发挥着娱乐和调谐功能。"红色平克顿"小说根本性的缺陷在于它的过强的模仿性，这一缺陷致使它在 30 年代遭到了文学批评界的猛烈批判，该题材的创作随之迅速终结。

随着"文学国有化"的完成，大众文学的生产不再受制于市场，而是转由党的文化政策和国家意识形态来决定。传统侦探小说对犯罪行为的描写及其固有的揭露性特征有悖于社会主义现实主义美化苏俄的观念化创作宗旨，因而被季纳莫夫等人斥为"资产阶级体裁"。从 20 年代后期开始，侦探小说就同被指为"低级趣味文学"的通俗作品一起被清除出各地图书馆。随着私人出版机构相继被关停，侦探小说的出版也基本陷入停顿状态。在这样的历史环境下，侦探小说创作被迫作出调整以获得继续生存的机会，有的作者在"儿童文学"的幌子下继续进行写作，而更多的作者则为了适应国家政治的要求，发展了侦探文学中一个新的变体即"苏维埃警探小说"①———一种"被高雅化"了的大众文学体裁。

苏维埃警探小说从创作题材的角度可以分为两类：一类是社会心理警探小说，另一类是纪实性警探小说。② 第一类与西姆农的小说有些相近，在这里侦探情节与社会分析相结合，犯罪被作为一种社会现象加以研究，犯罪的根源一般被归结为资本主义体制的余毒或者资产阶级道德观的恶劣影响，因此犯罪现象是可以通过社会革命和社会教育的途径来克服的。这一类作品秉承社会主义现实主义的创作原则，适应国家巩固法律和道德秩序的潜在要求，因而其中有些作品被文学批评界归入到苏联主流文学之中。在这个题材领域创作的主要作家有列夫·奥瓦洛夫、瓦伊聂尔兄弟、舍斯塔科夫、阿·阿达莫夫、尼·列昂诺夫。第二类警探小说的情节基础

---

① 俄文为 советский детектив 或 милицейский детектив，是苏联中后期出现的刑事侦查题材的小说。其主人公是民警而非私家侦探，在情节布局方面也与传统侦探小说存在着较大差异，为了标示这种差异性，我们不妨译为"警探小说"。警探小说包含在广义的"侦探小说"范畴内。

② 这种分类参考了科瓦廖夫的观点。参见 Ковалева В.，*Русская Советская Повесть* 20 – 30 – *х Годов*，Ленинград：Наука，1976，с. 441。

往往是国家或意识形态意义上的斗争，这类小说着重描写苏联密探如何与敌人斗智斗勇，识破其阴谋诡计从而维护国家和人民利益的过程，在人物、情节和结构方面颇类同一时期在英美流行的间谍小说。尤利安·谢苗诺夫是在此题材范围内创作的最受欢迎的作家。他关于二战期间及战后谍战的小说在苏联后期甚为风行，其中有些作品（如《彼得罗夫卡 38 号》、《春天里的十七个瞬间》）被搬上了银幕，今天仍是许多观众喜爱的剧目。谢苗诺夫笔下的苏联特工人员施季里茨（伊萨耶夫）以其机智勇敢的形象博得了人们的好感，这个形象至今仍活跃在笑话逸事等多种形式的民间创作中。

　　苏维埃警探小说不同于此前侦探体裁的任何一个流派，它在保留了侦探小说的某些本质特征如犯罪的母题、锐化的情节的同时，又在多个方面校改了其传统模式。警探小说中的人物形象被赋予了具体的社会属性，人物性格被动态地展示和刻画出来，因而更接近于社会心理小说中的人物形象。在小说《形形色色的案件》中，阿达莫夫克服了古典侦探小说中人物形象固态化的缺陷，把塑造人物形象作为自己主要的艺术任务。他采用心理描写等现实主义的艺术手法，描述了谢尔盖从一个懵懂青年成长为优秀侦查员的历程。与其说谢尔盖是像福尔摩斯那样的正义与秩序的符号，毋宁说这是阿达莫夫为读者树立的一个"道德标兵"。这个形象的教育意义远甚于其作为秩序维护者的意义。此外，苏联警探小说在叙事上也表现出了一定的创新性，许多作品在主情节之外附加了副情节，以及大量的非情节性要素。例如在上述小说中，除了谢尔盖和他的同事们与形形色色的犯罪分子作斗争的情节，作者还引入了谢尔盖的爱情情节。需要指出的是，这种爱情描写同样是出于教育目的，因为它"只会把读者带入更为深刻的感情中去，而且它还会触及极为尖锐的道德和社会问题"。[①] 阿达莫夫在小说中还描述了一定范围的社会生活，从而丰富了作品的生活容量。苏维埃警探小说做出的这些可贵的探索，客观上提高了侦探体裁的艺术价值，被后来的俄罗斯侦探小说继承并发扬。

　　由于苏维埃警探小说过分靠近政治，在情节布局上显得平淡无奇，体裁审美潜力得不到充分的发挥，很快就使读者产生了审美疲劳。到了 60 年代中后期，西方作家的古典型侦探小说借着"解冻"的春风重又悄悄

---

① ［苏］阿·阿达莫夫：《侦探文学和我：一个作家的笔记》，杨东华等译，群众出版社 1988 年版，第 136 页。

地回到了读者中间，以其特有的魅力吸引着每一位侦探小说爱好者。仅在
1966—1970 年四年间，在苏联的各种文学杂志上就刊载了克里斯蒂的 15
部侦探小说，这些杂志的发行量因之迅速攀升。① 在黑市上，克里斯蒂小
说的售价更是虚高得惊人，据有的俄罗斯学者提供的数据，其小说集的售
价是当时公开出版的其他文学作品的百倍还多。② 这从一个侧面反映了苏
联读者对经典侦探小说的巨大需求。

通过以上分析可见，俄罗斯侦探小说是在模仿中起步，而止于"正
统化"或国家化的。换言之，它始终未能摆脱外在因素的束缚而走上自
主发展之路。直到 20 世纪末期，随着大众文学的整体勃兴，俄罗斯侦探
文学才真正获得了前所未有的蓬勃生命力，迅速进入了其发展史上的繁荣
期。在这一点上，文学评论者列夫·卢里耶的说法是切合实际的：

> 　　我们的经典文学和英国文学不同的是我们没有侦探小说。我
> 们有过法国式的警探小说，然而像布朗神父、奥古斯特·杜平③
> 这样的主人公不是俄国传统所固有的。俄罗斯作家从拉吉舍夫到
> 索尔仁尼琴都歌颂自由，号召对堕落者的怜悯，他们是圣者、律
> 师、政治活动家。……那时趣味性被认为是成色低的标志，是统
> 治体制及其拥护者的敌人。然而不久前在我们眼前发生的文学从
> 政治中的剥离，却将数以千计的侦探小说、惊悚小说、历史小
> 说——先是翻译过来的，而后是俄国的——扔向图书市场。④

在苏联解体后的新的市场经济条件下，图书出版完全取决于市场的需
求，这无疑彻底解放了读者的阅读偏好，刺激了侦探小说的发展。但是，
侦探小说在俄罗斯的流行并不仅仅是商业运作的结果，这一文学现象实际
上是社会意识的外在表现和要求。20 世纪 90 年代的俄罗斯政局多变、经
济滑坡、法制败坏，生存危机感充塞着整个社会。生活在社会底层的普通

---

① Adele Barker, *Consuming Russia：Popular Culture, Sex and Society Since Gorbachev*, Durham：
Duke University Press, 1999, p. 165.

② 请参阅 Мясников В. , "Бульвраный эпос", *Новый Мир*, №. 11, 2001。

③ 布朗神父是英国作家契斯特顿小说中的侦探主人公，杜平是爱伦·坡笔下的著名侦探形
象。

④ Лурье Лев, "Акунин Как Учитель Истории". （http：//www. expert. ru/printissues/north-
west）

人感觉到周围到处是混乱与无序，而国家又无力给他们一个美好的未来（对那些有苏联怀乡情结的人来说，是"美好的过去"），无助的大众只好遁入幻想，借助侦探小说来"在一个杂乱无章的时代里拯救秩序"（博尔赫斯语）。这是侦探小说在90年代的俄罗斯特别盛行的社会心理原因之所在。据1995年进行的一项针对读者阅读状况的社会调查的结果，在俄罗斯有31.82%的男性读者和26.23%的女性读者将侦探小说列为自己最喜爱的读物。[1] 这表明在俄罗斯，如同在英美等国家一样，侦探小说已成为最为大众化、接受面最广的一种文学体裁。

20世纪末俄罗斯文学的一个突出现象就是侦探小说的蓬勃发展。作为一种成熟的大众小说形式，侦探小说目前大概拥有最庞大的创作群体和最多样化的创作题材。苏联解体后的短短几年间，俄罗斯文坛就涌现了一大批侦探小说作者。俄罗斯国家图书馆2006年编写的《当代国内侦探小说：作家书目指南》中，共收录了近四十名具有市场感召力的侦探小说作家[2]，其中每个作家都有自己的写作风格，他们分别沿着不同的题材模式掘进，共同促进了侦探文学在世纪之交的繁荣。按照题材范围和美学风格的差异，我们可以在当代俄罗斯侦探小说中区分出如下几种副体裁：讽刺侦探小说、历史侦探小说、经济侦探小说、政治侦探小说和古典式侦探小说等。这些副体裁既显示了侦探小说在当代语境中的题材风格衍变，也在客观上反映了当代人理解现实的视角差异。从社会效果来看，由于拥有巨大的发行量，侦探小说对大众意识产生着不容小觑的影响。有的学者甚至认为，侦探小说在某种意义上取代了摹写生活和反思现实的传统哲理小说，在后苏联文学中占据着无可替代的重要位置。[3]

历史侦探小说是俄罗斯侦探文学中获得长足发展的一种副体裁，其基本特征就是侦探情节与历史背景的联姻。这类小说的故事背景一般是十月革命前的俄国，除了侦探故事之外，对历史的重新阐释也是小说的卖点之一。在这一题材范围内创作的主要作家有鲍·阿库宁、列·尤兹法维奇、尼古拉·斯维钦、谢·卡尔普辛斯基和叶·巴斯玛诺娃等。尤兹法维奇是

---

[1]　"Кто Вы, Покупатели Книг", *Книжное Обозрение*, № 33, 1996, с.3.

[2]　Еремина И., Ярошенко Е., *Современный Отечественный Детектив: Биобиблиограф-ический указатель*, М.: Пашко дом, 2006.

[3]　Shneidman N., *Russian Literature*, 1995-2002: *On the Threshold of the New Millennium*, Toronto: University of Toronto Press Incorporated, 2004, p.155.

第一位综合了历史小说文化模式与侦探小说情节模式的俄罗斯作家。他从历史学研究中发现了灵感，从 20 世纪 80 年代开始相继写出了以布基林①为主人公的三部曲，其终篇之作《风伯爵》在情节结构、形象塑造及语言修辞等方面都达到了较高的艺术水准，曾获得第一届"国家畅销书奖"（2001 年）。作为这一畅销题材的探路者，尤兹法维奇却将自己的成就归功于阿库宁："是阿库宁普及了历史侦探小说，我当前的名气在很大程度上应归功于他。要知道，我关于布基林的三部小说中的前两部早就写成，而只是到了现在，它们才开始流行起来。"② 阿库宁在当代侦探小说史中的地位由此可窥一斑。

（三）阿库宁对侦探小说传统的继承与整合

作为历史侦探小说体裁的缔造者③，阿库宁在体裁模式建构方面主要受惠于古典侦探小说传统，对此阿库宁本人亦不避讳。④ 其创新之处在于，他从古典侦探小说的体裁传统出发，博采众家之长，将不同体裁变体的题材、手法、场景、形象等元素结合起来，创造了一种新式的侦探小说写作模式。总的来说，阿库宁的系列小说整合了侦探小说的体裁优势，满足了人们对神秘化叙事的好奇。究其根源，这是阿库宁获得市场成功的根本原因之一。

阿库宁对古典侦探小说传统的继承首先体现在其作品主题和形象的基调，这里指的是作为结构性主题的善恶斗争和善必胜恶的定式，以及作为

---

① 布基林形象最早出现在作家罗曼·安特罗波夫（1876？—1913）（笔名罗曼·多布雷依）的侦探小说中，在 20 世纪初，这个形象曾是为数众多的连环画册和廉价小册子的主人公，有"俄罗斯的平克顿"之称。

② Березин В.，"От Унгерна до Путилина"，Независимая，2001 - 5 - 30.

③ 如前文所述，该体裁的探路者是列·尤兹法维奇，但他的小说在阿库宁出现之前一直未获读者市场的认同，直到 2001 年之后，借着阿库宁小说热销引起的"历史侦探小说热"，他才被接受为历史侦探小说作家。就笔者所掌握的资料看，阿库宁的创作并未受到尤兹法维奇的任何影响，而他作为历史侦探小说领军人物的地位则是毋庸置疑的，所以有学者认为阿库宁是该体裁的缔造者（Elena V. Baraban.，"A Country Resembling Russia: the Use of History in Boris Akunin's Detective Novels"，SEEJ，No. 3，2004，p. 396）。从历史侦探小说发展的总体情况判断，此说是有其道理的。

④ 在一次访谈中，阿库宁谈到自己的创作与侦探小说传统的联系时说："我很清楚，我心里将谁视为自己的（文学）前辈，但我不能确信他们会承认我是他们的后继者。在侦探文学中，他们是柯南·道尔、斯蒂文森等……"转引自 С. П. 索罗金《凡多林的双重性，或阿库宁的〈凡多林系列〉语境中的东方传统和西方传统的融合》，《雅罗斯拉夫师范学报》（人文社科版）2011 年第 1 期。

结构性角色的侦探、罪犯等人物形象的定型性特征。这是侦探小说作为一种叙事体裁所特有的本体性要素，因此作为一种体裁变体，历史侦探小说自然难以越规逾矩。在阿库宁这里，善与恶、罪与罚总是处于激烈的对立状态。尽管凡多林、佩拉盖娅的形象较之杜宾、福尔摩斯、波洛等人更具历史感，也更生活化，但这个人物形象的一些基本特征，如知识渊博、善于推理、行动迅捷、悲天悯人等，莫不是继承自文学史上的这些先辈形象。

　　其次，阿库宁对古典侦探小说的继承还表现在叙事的组织形式上。为了保障小说的可读性，阿库宁在情节布局上借鉴了爱伦·坡、契斯特顿、柯南·道尔、克里斯蒂等人的结构原则，继承并发扬了古典派侦探小说情节曲折、悬念丛生、逻辑严密的诗学特征，构拟了引人入胜的故事情节。他的绝大多数作品依然遵奉了古典侦探小说的主体架构，这在情节结构（设谜—解谜—释谜三段式）和角色设置（侦探—罪犯—受害者三角式）等方面表现得尤为突出。或许是因为对经典侦探小说的过分依赖和热衷，阿库宁有的作品甚至存在明显的模仿痕迹，如长篇小说《利维坦》中的部分情节与场景设置与克里斯蒂的名作《尼罗河上的惨案》极为相近，短篇小说《1882 年桌边闲谈》① 和爱伦·坡的《玛丽·罗热疑案》在情节结构上也有诸多重合之处。这固然不是单纯的无创造性的模仿，就像大众文学中经常发生的那样，但这至少说明了古典派小说传统对阿库宁的影响之深。

　　然而，在继承古典侦探小说的同时，阿库宁并不自拘于其中，而是广纳博收，从在历史长河中形成的诸种侦探文学叙事传统中汲取养分，形成了自己独特的写作风格。较之古典派小说，可以发现阿库宁的侦探小说有以下五个特点：

　　第一，主题视域更加开阔深入。除了古典侦探小说固有的善与恶、罪与罚的主题之外，阿库宁的作品发挥了心理派侦探小说的人性探索主题，揭示了深刻的内在心理现实，如权力欲望的膨胀、自我意识的放大、天使与恶魔的双重人格等。此外，他还借鉴了日本社会推理小说的社会分析主题，从多侧面反映了俄国社会存在的诸多问题，如悲观主义社会情绪的弥漫、革命与恐怖主义的联系、宗教信仰与政治斗争的纠葛，等等。小说中

----

① 小说集《玉石念珠》中的一部短篇小说。

所描述的种种犯罪现象，无不关涉上述两种现实（内在心理现实和外在社会现实），并进而对人性的堕落和社会的不合理进行了隐潜却极富力度的批判。

第二，人物形象更加圆润丰满，塑造手法更趋丰富多样。在主要人物形象的塑造上，阿库宁善于吸收前人的经验，将广受读者喜爱的形象中最为吸引人的特征抽取出来，辅以时代特色和心理个性，形成自己的人物。凡多林就是这样一个综合式的形象。在文学家族谱系上，凡多林遗传了杜平超乎常人的推理能力和福尔摩斯善于行动的个性，继承了梅格雷探长的凡人品格。较之前两者，凡多林更具"人格化"，尤其在对女性态度和生活观念等方面，显得较为真实可信，让读者觉得更加可亲可爱；比之后者，凡多林的形象更富神秘色彩，他的所思所为有时显得不可思议，一俟揭开谜底，却完全合情合理，这种"神格化"无形中唤起了读者强烈的好奇心。在形象的塑造手法上，阿库宁借鉴了西姆农对人物心理的描写技巧，侧重表现人物精神世界与社会现实之间的关联，成功地塑造了一个个令人印象深刻的心理典型。在他的小说中，无论是自命的救世主（《阿扎泽尔》中的埃斯特尔夫人、《佩拉盖娅与红公鸡》中的波别金），还是变态的躁狂者（《布景师》中的索茨基），都没有完全脱离其赖以存在的社会环境，在作者看来，这些心理形象无一不是个性心理和外在现实相互作用的产物。

第三，小说细节更加丰富可感。柯南·道尔和克里斯蒂小说的魅力来自情节本身的张力，故事纯以巧妙的构思取胜，推理之严丝合缝每每令人拍案叫绝。在侦探情节之外，古典派作家着墨甚少，这造成了作品奇峻瘦硬的风格，很有"骨感"之美。相比之下，阿库宁小说的构思虽然逻辑性也很强，但他似乎更善于描写生活细节和现实场景，这仿佛是在侦探情节的骨架上填充了颇富感性的血肉，小说结构因而显得敦厚丰润。文本中描写比重的增加，部分的源于阿库宁对"红色平克顿"小说中历险因素和旅行母题的继承。阿库宁的主人公们总是奔波于不同地域，经历着各种紧张曲折、扣人心弦的冒险，例如凡多林曾在维多利亚时代的伦敦（《阿扎泽尔》）、俄土战争时的土耳其（《土耳其开局》）、明治维新之后的日本（《金刚乘》）调查案情，而佩拉盖娅系列小说中的某些情节则发生在圣城耶路撒冷、外省庄园和异教徒村落（《佩拉盖娅与白斗犬》、《佩拉盖娅与红公鸡》）。在对主人公历险故事的描写中，作者同时展示了充满神秘魅力的异域历史画面，从而引领读者进行了一次次丰富多彩的时空之旅。书中对主人公历险经历和异域风情的多笔调描写，纠正了古典侦探小说不重视静态描写的偏误，极大地增强了小说的可读性，并赋予文本以多重审美维度。

第四，智慧美和力量美并举。自爱伦·坡奠定了侦探小说"以智胜恶"的基调之后，柯南·道尔和克里斯蒂又通过自己的巅峰写作巩固了这一主调在体裁建构中的地位，从而营造了一种关于智慧和理性的现代神话。然而，随着20世纪中期以来异化、荒诞、无序等现代性体验的侵染，理性的"天然"地位在西方文化中受到越来越多的质疑，这导致了硬汉派侦探小说的崛起。苏联的解体以及后苏联时期混乱的社会现实，使普通民众很难再认同社会进步基于人类理性的传统观念，他们转而对力量的真理性产生了浓厚兴趣，希望有一种强大的正义力量能够救己于水火。在深受社会突变的困扰而暂时失去现实认知力的大众读者那里，硬汉派小说实际上被当作某种意义上的当代神话来阅读，人们正是靠它来释放无意识的恐惧并满足自己对真理和正义的想象。此外，90年代末特别是普京执政以来，民族主义思潮在俄罗斯强势抬头，越来越多的俄罗斯人希望重建随着苏联解体而失去的大国地位和强国形象，人们在硬汉派小说所张扬的强权思想中找到了这种诉求的合法性。因此，20世纪末的俄罗斯是一个"需要英雄人物的时代"，正如高尔基在一百年前所说的："大家都希望有令人鼓舞的东西，开朗明快的东西，希望有不是酷似生活，而是比生活更高、更好、更美的东西。"① 在时代氛围的影响下，阿库宁调和了文本的成分比例，吸收了硬汉派侦探小说的某些叙事元素，以迎合当代读者的期待视野。在他的一些小说中（如《金刚乘》），爱伦·坡和克里斯蒂式的冗长的推理陈述被大量剪减，代之以极具刺激的历险情节和打斗场景，更多地张扬对力量和神秘的尊崇，表现出迥异于古典侦探小说的审美取向。应当认为，这是对侦探小说审美疆域的另一向度的开拓。

第五，在文学与现实的关系上，阿库宁更接近苏联警探小说的现实主义风格，不仅注重对现实的典型性反映（特别是在《硕士历险系列》中），而且如同阿达莫夫、谢宁等人的作品一样，他的小说也同样充溢着

① ［苏］高尔基：《文学书简》（上卷），曹葆华等译，人民文学出版社1962年版，第66页。

人道主义关怀和道德探索激情。但与前者相比，其探索领域显然已经超越了个人道德层面，触及了社会道德范畴。小说《死神的情夫》其实就是阿库宁对贫穷、冷漠的社会现实的无情嘲讽。这无疑掘进了小说的意义领域，提升了其思想价值。

　　由上可见，阿库宁的小说创作是对侦探文学诸种传统的继承和整合。在此基础上，他又不拘泥于传统，时常突破既有的侦探叙述结构，创生个性化的叙述模式。众所周知，侦探小说建基于两个正反相成的故事之上，即犯罪故事和侦查故事。法国结构主义理论家托多罗夫曾指出，犯罪故事结束于侦查故事开始之处，第二个故事只不过是原原本本地复现了第一个故事的内容，所以，侦探小说中这两部分之间是一种"匀称的对峙"关系。① 在传统叙述范式中，第一个故事是缺席的，它通过第二个故事以反向或扭曲的方式呈现。借用俄国形式主义的术语，第一个故事是"本事"，即按实际时间和因果关系排列的、故事发生时的本然形态，而第二个故事则是"情节"，即故事经过艺术加工之后所呈现出来的形态。一直以来，侦探小说都是通过情节技巧来提升自身的美学魅力。对情节的重视，使得自爱伦·坡以来的作者对限知叙述视角的多样化利用投以极大的注意力。然而在多年的体裁发展中，单一视角的审美潜力已受到众多的质疑，因为它限制了神秘化技巧的发挥，引起了读者在侦探小说阅读中的审美疲劳。阿库宁在《五等文官》、《阿喀琉斯之死》等几部小说中打破了传统的单一线性叙事框架，将犯罪故事和侦查故事并时呈现出来，构筑了一种新型的悬念机制。从根本上讲，这种悬念源自视角差产生的叙事张力。全知和限知多重视角的自由切换造成了读者与人物之间信息的不对称，读者仿佛与作者结成了同盟，他从作者那里获知的信息远比人物多得多。例如，《五等文官》一开始就告诉了读者谁是罪犯，但是书中的人物（侦探）却不知情，于是，侦探如何揭开谜案便成了留给读者的悬念。阿达莫夫在谈到侦探小说的情节时指出，作案者、作案过程与作案原因是三个"神圣的问题"，这三者实际上也是制造悬念的关键环节。但阿库宁又附加了第四个环节，即"如何破案"，从而形成了新的悬念机制，使这几部小说成了风格独具的侦探叙事文本。从阿库宁创作的实验性角度讲，这应被视为作者发掘情节潜力的一种大胆尝试，也是其文体创新意识的体现。

---

① 任翔：《文化危机时代的文学抉择》，北京师范大学出版社 2006 年版，第 190 页。

二 阿库宁与传统文学

上面我们讨论了阿库宁的创作与侦探小说传统的联系，从中可以发现，阿库宁的创作并非单纯地对某类侦探小说传统的继承，而是在继承的基础上对多种体裁变体的综合。在此过程中，阿库宁感觉到了侦探小说体裁审美潜力的局限。自爱伦·坡以来的一百多年中，侦探小说作为一种大众体裁已发展得极为成熟，它在 20 世纪 30 年代"黄金时代"以来的广泛流行更是有目共睹。然而，"一种流派或风格风靡天下之时，往往也是其衰落与败亡之机"。① 在文化工业的大力助推下，侦探小说形式已然僵化，其审美模式亦已标准化。在当今俄罗斯文坛，虽然侦探小说在发行量上遥遥领先，但堪称典范的作品实则乏善可陈，这种大众文学体裁已经走到了必须突破刻板范式、革新审美形式的历史关头。作为对这一时代呼求的策应，阿库宁将创新的视线投到了经典文学领域。他将"综合"方法推演至整个文学领域，广泛摄取其他文类的内容和形式元素，在侦探小说的叙事框架中加以重构，从而使自己的作品更具接受上的广谱性。"广泛对话"的艺术思维使阿库宁得以突破体裁界限，创生出独异于前人、至今方兴未艾的大众小说形式，给沉浸在顿佐娃、达什科娃和玛丽尼娜等人的小说中的读者带来了新奇、陌生的美学感受，制造了一个令人瞩目的文学现象。

（一）阿库宁与历史小说

历史小说是阿库宁体裁创新的另一个重要影响因子。侦探小说为阿库宁的创作提供了基本结构框架，但同时也显示出传统叙事模式的苍白和神秘化技巧的无力。阿库宁意识到，必须找到新的题材源泉和文化模式，创构新的体裁形式，才能进一步发挥侦探小说的审美潜力。为此，他将其艺术视野投向了俄罗斯文学中一个影响深远的叙事形式——历史小说。众所周知，从史称"俄罗斯司各特"的米哈伊尔·扎戈斯金（1789—1852）的作品《1612 年的俄罗斯人》（1829）算起，历史小说在俄罗斯已历经了近两个世纪的发展演变。经过普希金、列夫·托尔斯泰、阿·托尔斯泰以及瓦连京·皮库利等一批"高雅作家"和"通俗作家"的共同努力，俄罗斯历史小说得到了长足发展，并呈现出多姿多彩的历史叙事模式和体裁审美形态，俄罗斯文学因之形成了深厚而悠久的历史小说传统。这在客

---

① 张冰：《陌生化诗学》，北京师范大学出版社 2000 年版，第 184 页。

观上培育了社会各阶层读者对历史叙事的浓厚兴趣。故此，阿库宁将自己的故事置放于某种明确的历史背景之中，综合了历史小说的文化模式与侦探小说的情节模式①，利用历史本身的神秘性和历史小说的表现技法来增强小说的可读性、丰富侦探小说的艺术世界，收到了良好的阅读效果。

通过阅读"新侦探小说"系列和"外省侦探小说"系列不难发现，阿库宁的小说在艺术形式上借鉴了普希金名著《上尉的女儿》的经验，将虚构人物和历史人物糅合在一起，把历史叙事作为侦探叙事的背景来处理，有力地增强了作品的真实感和艺术感染力。他的小说涵盖了很长的历史时期（从 17 世纪直到 20 世纪末），其中对历史环境的逼真复写、对重大历史事件的艺术反映，让许多论者认为应将其归为历史小说而非大众文学。② 但在我们看来，这个看法很值得商榷。诚然，历史事件在阿库宁的小说中是通过叙述者的狭窄视角来展现的，因而丧失了其应有的宏观形式，具有不连贯性和碎片化特征，这是阿库宁与普希金共有的叙事形式特征。但如果仔细审视一下，就不难发现这种相似只是表面上的。在普希金的小说中，普加乔夫作为联系两个叙事层面的枢纽人物，对格利尼奥夫的爱情和命运起着决定性的作用，因此他才是实际上的中心人物。③ 作者意在通过虚构故事艺术地展现真实的历史事件，阐述严肃的历史认识和历史意识。通过话语的这种潜在置换，历史话语从背景转变为前景，成为表现作者的政治主张和历史观念的载体。④ 相形之下，作为前景的爱情故事反倒显得不那么重要了。这种双重话语叙事策略在阿库宁的小说中却呈现为另一番情状，普希金小说的语义模式在阿库宁文本中已不再奏效。在这

---

① 美国学者约翰·卡维尔蒂认为，模式化是大众文学的本体属性和主导原则，每一种大众文学体裁都有其内在的结构规律即模式。这种结构规律在卡维尔蒂看来，就是"众多特殊的文化公式以及较通用的叙述形式或叙述原型的组合或者综合"。换言之，模式包括两方面：一是文化模式，二是叙述模式或曰情节模式，两者的组合即大众小说的体裁模式。请参阅 Кавелти Дж.，"Изучение Литературных Формул"，Новое Литературное Обозрение，№ 22，1996。

② Черняк М.，*Массовая Литература XX Века*，М.：Флинта. Наука，2007，с. 192；Ереми на И.，Ярошенко Е.，*Современный Отечественный Детектив*：*Биобиблиографический Указатель*，М.：Пашко дом，2006，с. 12.

③ 曹靖华：《俄国文学史》（上卷），北京大学出版社 2007 年版，第 85 页。

④ 徐葆耕教授认为，普希金在《上尉的女儿》中改变了当时上流社会对于农民起义"恶魔式"的印象，写出了尚未被思想家们发现的"农民的逻辑"，从而在事实上提出了多元性真理这样一个极具现代性的问题。请查阅徐葆耕《叩问生命的神性》，广西师范大学出版社 2009 年版，第 60—61 页。

里，历史事件和历史人物主要是作为侦探叙事或历险叙事的材料而存在，其独立话语地位显得颇为可疑，至少它是被遮蔽在通俗故事话语之下的。在普希金和列·托尔斯泰的历史题材小说中，历史真实与艺术虚构的完美结合搭建了巨大的思想空间，其间深蕴着作者复杂的历史观念及其对国家民族命运的深沉思索，因而体现了文化精英主义的价值取向。然而在阿库宁的小说中，历史事件往往丧失了其应有的社会历史意义和思想价值，转变为一般性事件并被纳入侦探故事的链条之中。比如，深刻影响了俄国命运的俄土战争和日俄战争在阿库宁那里被呈现为间谍事件（《土耳其开局》、《金刚乘》第一部），同样，曾决定俄国历史走向的风起云涌的革命运动也被简单地解释为恐怖犯罪行为的诱因（《五等文官》）。这就是说，在阿库宁的创作思想之中，历史复现处于次要地位，他无意于通过表现一个概括的艺术世界来演示历史进程，也不是本着历史主义的态度去解释历史，而是让历史细节臣服于虚构的故事情节，成为后者的一枚棋子。历史本体在叙事中的边缘化，是阿库宁的小说与传统历史小说的根本区别之所在。

可见，阿库宁的历史侦探小说与真正的历史小说是貌合而神离的。从小说反映历史的"逼真性"的角度来看，似乎也可得出相同的结论。托多罗夫在论述文学的逼真性时，曾区分了这个概念所依据的三种不同的参照关系：其一，与现实的关系；其二，与另一种文本，即公众意见的关系；其三，与体裁规则的关系。[①] 阿库宁小说中两个大的叙事层面，即侦探叙事和历史叙事的所述之"实"分别对应的是第三种和第二种"逼真性"。他的历史叙事更多地源自对经典文本的阅读印象[②]（通过文本中俯拾皆是的互文性来实现）和对那段历史的公众性想象，是"对历史反映的反映"，而非对真实历史存在的客观反映。也就是说，历史本身并非阿库宁文学创作的艺术表现客体，这一点使得他的小说与阿·托尔斯泰、阿尔达诺夫和皮库利等历史小说作家的创作观念迥然相异。从创作动机来看，阿库宁无意于对历史真相探幽发微、博考文献，更无意为历史人物树

---

① ［法］托多罗夫：《巴赫金对话理论及其他》，蒋子华等译，百花文艺出版社 2001 年版，第 76—78 页。

② 例如安纳多利·维切夫斯基曾写道，"在阿库宁的书中，19 世纪俄国文学取代了俄国历史"。请查阅 Vishevsky Anatoly, "Review: Answers to Eternal Questions in Soft Covers: Post-Soviet Detective Stories", *The Slavic and East European Journal*, No. 4, 2001, p. 737.

碑立传。作家本人曾公开承认自己作品中历史内容的虚构性，指出书中的历史描述只是他对历史的个性化解释：

> 当我引入历史人物时，我稍微地更改了他们的名字，以使人们明白：这不是历史人物而是我的人物。并且我所描写的俄罗斯也不是完全真实的历史上的俄罗斯。按时兴的说法，这是一个像俄罗斯的国家。①

事实上，历史对于阿库宁而言就是大仲马所说的"一个用来挂我的小说的钉子"，即叙事得以展开的时代背景。在一次访谈中，阿库宁谈到了他对大仲马创作观念的自觉师承，他说："我希望人们把我看作是大仲马、柯南·道尔、斯蒂文森的继承者，我没有跻身于严肃作家的野心。"②在对历史题材的处理上，阿库宁的确与大仲马一脉相承，历史内容在他的小说中是印象化、模式化的，其首要任务是为侦探叙事提供一个优美的布景，赋予小说艺术世界以逼真性。这使阿库宁的作品与历史小说在创作主旨上大异其趣。严格来讲，他的小说不能算是真正意义上的历史小说，而只是借用历史小说的形式来建构他的叙述模式。虽然他的一些作品在描写历史人物和历史事件方面笔力很是集中，但作者不是用历史家的眼光去展现历史生活、探索历史规律、阐释历史意义，而是用大众小说作家的思维去进行演义，把历史完全纳入虚构故事之中。他在面对历史材料的时候，不是忠实再现历史细节、思辨历史本相，而是在展示基本历史事实的基础上，增加大量虚构因素，对其进行戏剧性地转述，使之转化为犯罪事件的结果或诱因。从俄土战争（《土耳其开局》），到索巴列夫将军之死（《阿喀琉斯之死》），再到霍登广场惨案（《加冕典礼，或最后一部小说》），所有这些历史事件在阿库宁的小说中均被呈现为犯罪性事件，从而形成了对历史的蓄意偏离和游戏式曲解。因此，要想在阿库宁的创作中寻找关于19世纪俄国生活的真实历史经验，只能是缘木求鱼。

可见，阿库宁小说中的历史书写实际上是对大众文化消费主义本质的

---

① Цитата По Черняк М., *Массовая Литература XX Века*, М.：Флинта. Наука，2007，c. 192.

② Семенова Е.，"Дети Мисс Марпп，Аргументы и Факты，№. 20，май 2002.（http：//gazeta. aif. ru/online/aif/1125/18_ 01）

一种体现，他把已走入历史长廊的文化现象和文化文本都作为自己的素材源泉，从中择取那些能够引起读者兴趣的素材来进行文学生产或再生产，以消费历史的态度来迎合当代大众读者的文化消费需求。也就是说，阿库宁的历史叙事不是对历史进行重新定位，而是一个文化意义生产的过程。新历史主义理论认为，所谓历史只是一种被组织起来的、带有本质虚构性的叙事，海登·怀特更直接地指出，叙事是"一种元代码，一种人类普遍性"①，所以历史学家只能在叙事形式之中把握历史。也就是说，历史和小说一样都是话语形式，它们无法再现客观事件本身，而只是建构表意体系，我们借此体系制造过去的意义。② 阿库宁在历史文本和大众文学文本之间找到了一个契合点，他将历史变成了故事，以自己对历史的想象性塑形和个性化阐释来制造意义，凭之娱乐读者、满足读者的阅读期待和心理需求。③ 对阿库宁而言，历史不再是终极的客观存在，历史书写就是通过选择和叙事定位将真实的历史事件（如《加冕典礼，或最后一部小说》中对霍登广场事件的描写）和艺术虚构混合成"历史事实"。在阿库宁的文学视野中，历史同故事一样都是游戏和消费的对象。这是阿库宁与其读者的共谋，因为作为接受主体的大众关注的不是历史的真实存在形态和深层意义，而是在阅读中获得一种愉快的认知和审美体验。阿库宁的读者大多既乐于接受其小说的虚构性，同时又乐于把小说的"真实性"基础与自己的历史知识进行印证。而阿库宁之所以诉诸历史题材，根本上讲就是为了增加作品的历史厚重感，以求得与读者审美情趣、思想感情及猎奇心理的沟通。由此可见，阿库宁对历史小说传统的继承主要在于艺术形式的借用，他所做的是基于大众文化消费理念的历史重构，简言之就是"只取一点因由，随意点染，铺成一篇"④，在通俗小说的叙事框架内"讲述过去的故事"。

由此可见，阿库宁的小说创作与"混仿文化"之间具有深刻的亲缘

① ［美］海登·怀特：《形式的内容：叙事话语与历史再现》，董立河译，文津出版社2005年版，第2页。
② ［加］琳达·哈琴：《后现代主义诗学：历史、理论、小说》，李扬等译，南京大学出版社2009年版，第88页。
③ 例如，阿库宁有意无意地借助历史叙事来重塑俄国的帝国形象，以疗治当代俄罗斯人的"历史怀乡病"。可参阅本书第四章第二节。
④ 鲁迅：《〈故事新编〉序言》，载《鲁迅全集》（第二卷），人民文学出版社2005年版，第354页。

性。"混仿（pastiche）文化"是弗雷德里克·詹姆逊在界定后现代主义的基本特征时所使用的一个概念，意指出现于后现代的、以丧失了文化政治动机的"空洞的戏拟"为主要标志的文化。混仿文化以对旧风格的模仿和互文为主要生产手段，因而这是一种"引用的文化"，呈现出平面化、无深度的总体特征。詹姆逊在分析后现代混仿文化的典型案例"怀旧影片"时强调，怀旧电影与历史电影是截然不同的两码事，前者"并未直接描述关于过去的总体性图景，却通过塑构特有的艺术对象的感觉与形态，为我们营造出古老的、'过去'的氛围"。① 不难发现，这一判语同样适用于阿库宁的"历史侦探小说"。阿库宁的小说基于复杂的互文机制而写成，其中的文化符码所指涉的经常是特定历史时期的文学作品中被文本化了的历史，而非作为客观存在的"大写的"历史；在语言层面，作者试图通过对经典文本的风格模拟来重现 19 世纪俄国的社会氛围和社会习俗②，以满足人们"对传统的想望"和"继承优美俄语的愿望"。③ 作者不是在书写历史，而是在用"审美风格的历史"取代"真实的历史"。显然，在这样的小说中我们是无法找到货真价实的历史的。

通过如上的分析可见，阿库宁的小说并不像传统历史小说那样去试图建构宏大的历史体验。然而，有悖于詹姆逊关于后现代文本只是没有深度的、纯粹而随意的"能指游戏"的断言，阿库宁的历史书写并未完全丧失指涉世界的功能（尽管有时是经过他人文本的折射才可指涉世界）。尽管它不能提供詹姆逊所谓的"真正的历史性"，但它仍然具有俄罗斯文学传统的目的性，并试图创造一套完整的历史意识。众所周知，苏联解体对俄罗斯大众意识的冲击是巨大的、根本性的。在苏联时期，官方文化体系向人们提供的是一整套的意识形态，通过这种意识形态的折射，世界被呈

---

① Jameson Fredic, "Postmodernism and Consumer Society". 转引自［英］约翰·斯道雷：《文化理论与大众文化导论》，常江译，北京大学出版社 2010 年版，第 238—239 页。

② 关于后一点可参阅 Ранчин А. "Романы Б. Акунина и Классическая Традиция", НЛО, No. 67, 2004。

③ 古比娜等人认为，当代文化和语言环境催生了两种类型的大众读者：一些人希望继承优秀的俄罗斯语言传统，以对抗当代俄语的粗野与庸俗，因此出现了对"轻松的"历史小说和"古装"小说的社会需求，阿库宁的作品即为了满足这种需求，所以他被认为是"语言大师"；另一些人则以语言载体的身份进入"语言狂欢"之中，他们将低俗语言视为当代文化的标志，对文化传统表现出漠然、讽刺或者颠覆的姿态，由此出现了对格斗小说、硬汉侦探小说和言情小说的阅读需求。请参阅 Купина Н. и др., Массовая Литература Сегодня, М.：Флинта. Наука, 2007, с. 66－67。

现为一个有序统一的存在。苏联的解体无情地打破了世界形象的完整性。面对后苏联时代"破碎的现实"，大众迫切需要一种还世界以统一性的叙事形式，以此冲销失去家园的危机感。作为对这种需求的回应，阿库宁的小说提供了一系列充满怀乡意象的历史叙事，因为这种叙事可以"为破碎的世界提供其理论形式……最能让人去获得一个连贯的叙事"。[①] 阿库宁所描写的"历史"背弃了历史小说的宏大叙事传统，却在对俄罗斯文学经典的风格模拟中体现出一种怀旧的历史形象。从《阿扎泽尔》开始，阿库宁的小说就致力于营造这样一种历史形象，并试图以隐喻的形式，通过对失去确定性的、被质疑的历史的重新建构使读者获得一种关于现实的确定性。因此，阿库宁小说中的历史叙事并非毫无意义的戏说和互文游戏，其中也并不存在历史的荒谬性和不可知性等这样一些后现代主义的极端历史观念，阿库宁只是在"混仿的快感"中叙述自己的历史，或者更准确地说，是在建构自己关于历史的文本。这完全不是否定历史编写的价值，而是试图在新的大众文化条件下重新确认这种价值，使之符合文化大众的心理需求和审美需要。虽然小说中的历史意识因此显得散碎而不够严肃，但其中依然体现了相对明确的历史观念，并且与当代俄罗斯文化中的历史书写形成了暗中对话。对此我们还将在本书第五章中展开更详细的论述。

（二）阿库宁与俄罗斯经典文学

作为20—21世纪之交俄罗斯文化中的一个"症候性现象"，阿库宁的创作是俄罗斯文学进程中一个重要的环节，它体现了俄罗斯当代大众文学与经典文学之间的一种特殊联系。其实，关于阿库宁与俄罗斯经典文学的密切关系，如今已是一个老生常谈的问题。早在2004年，批评家安德烈·兰钦就在其长篇论文中对阿库宁的选材原则进行了分析，他指出，作家为自己的小说选取的不是"原材料"，而是经过高雅文学——主要是19世纪文学——折射和描绘的二手材料。[②] 这一看法是颇有见地的，它足以确证前文已经指出的阿库宁创作与大众文化和大众文学多面共通的联系。在当代俄罗斯，由于商品化逻辑的渗透，大众文学往往表现为"第二性文学"，即消费经典文学的文学。这类作品并不指向外在的生活现实，而是以对已有文本的指涉来丰富自己的内容。阿库宁的创作就表现出明显的

---

① ［美］詹明信：《晚期资本主义的文化逻辑》，陈清侨等译，生活·读书·新知三联书店1997年版，第26页。

② Ранчин А. "Романы Б. Акунина и Классическая Традиция", *НЛО*, No. 67, 2004.

"第二性文学"特征。他的佩拉盖娅三部曲中，分别有对列斯科夫《大堂神父》、契诃夫《黑衣修士》和梅里尼科夫—比乔尔斯基《在树林中》的改写成分，在其他两大小说系列中，对俄罗斯文学的引用和用典更是比比皆是。这导致了两个相互矛盾的结果：从消极的角度看，这反映了作者创造力和文本审美潜力的匮乏乃至审美机制的僵化；从积极的角度看，与传统文学的紧密联系拓宽了阿库宁作品的审美领域，为侦探小说这一备受歧视的大众文类赢得了众多来自文化上层的读者。

　　纵观阿库宁的整个文学创作，可以发现俄罗斯经典文学对其小说文本的影响主要体现在三个层面，即语言、主题和形象层面。

　　诗人曼德尔施塔姆曾说过："离开语言就等于离开历史。"这句话反过来讲就是，要走进历史就必须先走近语言。阿库宁的文学语言是对 19 世纪文学出色的风格模拟，对此早已有学者论及。① 学术界一般认为，作家对经典文学语言的娴熟运用营造了一种怀旧氛围，而这正是他的作品之所以拥有如此众多的精英阶层读者的一个重要原因。总的来看，阿库宁在语言上对经典文学的借鉴表现为两方面：一是显在的引用，二是隐在的风格模拟。前一种情况比较容易被发现，如《课外阅读》中"父与子"一章的结尾就是对屠格涅夫同名小说结尾的逐字逐句的引用。② 引用可以唤起读者的文学记忆，原文和受文一道在读者的脑海中交织，形成一种特殊的审美体验。第二个方面指的是阿库宁对某些作家的修辞手法、选词倾向、句法特点等语言风格的模拟，这种情况比较隐蔽且复杂，由于差异性较小，有时很难辨认，需要读者仔细体会文本中多姿多彩的语言风格。例如，在《佩拉盖娅与白斗犬》、《佩拉盖娅与红公鸡》中读者可以感受到列斯科夫式的轻松灵动，以及叙事节奏的舒缓有致；从《土耳其开局》对战争场面的描写中依稀可辨托尔斯泰式的从容大气；而《死神的情夫》和《黑桃王子》的语言风格则透出狄更斯式的清晰简洁和果戈理式的幽默风趣。风格模仿的对象往往不是一篇特定的文本，而是被模仿作家的总体风格。一般来说，阿库宁的仿写既是出于对被模仿者的欣赏和师法，又暗含着大众文化所特有的玩味和调侃色彩。

---

① Арбитман Р. , "Бумажный Оплот Пряничной Державы", *Знамя*, No. 7, 1999；Курицин Вя. "Работа над Цитатами：По Поводу Премии Аполлона Григорьева", *Неприкосновенный Запас*, No. 3, 1999.

② Акунин Б. , *Внеклассное Чтение*, М. : ОЛМА-ПРЕСС, 2005, с. 375 – 376.

上述的引用和风格模拟手法是阿库宁构拟"经典文学语言"形象的重要手段。除此之外，为了营造一个逼肖的历史语言环境，阿库宁还利用其深厚的语言文学修养，在整合 19 世纪文学语言的基础上，复活了大量的古旧语汇和表达方式（其中有些借自 19 世纪俄罗斯文学作品，有些则是取自当时的档案和出版物①），描写了沙俄时期的莫斯科街头流行语言、偷盗团伙与黑社会组织的黑话、行话等。然而作者对这些看似原汁原味的"古董"的使用不是没有节制的，他的筛选标准是那些有一定文学修养的读者的阅读经验②，所以他的作品读起来非但不让人觉得生涩，反而给人一种历史纵深感和审美愉悦感。这足以证明阿库宁驾驭语言的高超技巧和丰富的艺术想象力，这应该是与他多年的文学翻译和研究经验分不开的。

尤值一提的是，阿库宁笔下的人物大都富有语言个性，贵族、官员、小偷、妓女、马车夫等不同出身、不同职业者的所言所述都与其身份、性格极为切合般配。由于描写了不同阶层和不同时期的社会生活，他的作品在文本语言层面上仿佛是各种社会语言的大杂烩，这里既有冠冕堂皇的官方语言，也有街头里巷的流行口语，既有高雅的贵族语言，也有低俗的市井俚语。然而，阿库宁不是自然主义地再现这些社会杂语③，而是对它们进行必要的艺术加工、提炼和典型化，从而赋予其一定的艺术感染力。

在小说主题和人物形象塑造方面，俄罗斯文学传统对阿库宁小说的影响也非常显著。阿库宁对侦探体裁的超越首先表现在他对现实主义文学经典文本的吸收与利用。我们知道，自 19 世纪以来，现实主义便是俄罗斯文学和文化的主流观念。它不仅是一种艺术观，更是这个北方民族的世界观。以文学来反观现实，是俄罗斯人惯常的思维方式。所以现实主义文学对俄罗斯的影响是巨大而深远的，这种影响也反映在阿库宁的创作中。由于纳入了广阔的社会生活内容，阿库宁的小说在侦探体裁固有的善恶主题

---

① 2001 年 3 月，阿库宁在接受英国 BBC 采访时，单谈到自己对历史的了解主要是通过阅读获得的："我坐在档案馆里阅读专业性书籍，当然也包括当时的报纸。"（http://news.bbc.co.uk/hi/russian/news/newsid_ 1221000/1221671.stm）

② 阿库宁曾宣称，俄国人最珍贵的财富就是他们伟大的文学，所以他通过对俄罗斯文学的明征暗引，迎合的是那些"熟练的"读者（sophisticated readers）的阅读品位。见 Elena V. Baraban, "A Country Resembling Russia: The Use of History in Boris Akunin's Detective Novels", *SEEJ*, No. 3, 2004. p. 396.

③ 对俄罗斯大众文学语言的庸俗化，大量黑话、俚语、不雅语的自然主义地使用，俄罗斯语文学家古比娜等人有着详细透彻的分析。参见 Купина Н. и др., Массовая Литература Сегодня, М.: Флинта. Наука, 2007, с. 84 - 103。

之外，又加载了一些现实主义文学的传统主题，如普希金式的"小人物"主题（《黑桃王子》）、陀思妥耶夫斯基式的"被侮辱与被损害的"主题和高尔基式的"在底层"主题（《死神的情夫》）、阿尔志跋绥夫式的颓废主义和虚无主义主题（《死神的情妇》）等，不一而足。此外，阿库宁小说中的宗教主题（外省侦探小说系列），明显受到陀思妥耶夫斯基思想和俄国象征主义诗派的影响。较之同时期其他侦探小说作家（如声名显赫的达利娅·顿佐娃和亚·玛里尼娜），阿库宁的小说主题更显丰盈开阔，涵义更加深刻隽永，整个写作风格也更接近于现实主义文学传统。当代著名作家和批评家德·贝科夫曾在一篇评论文中称阿库宁为"最后一位俄罗斯经典作家"，他认为阿库宁的创作是俄罗斯文学中对"主要民族精神财富"进行认真审视的第一次尝试，是"文艺学著作"。① 显然，贝科夫的评述不无夸张之处，然而他关于阿库宁创作中渗透了俄罗斯传统文学要素的认识，还是有其准确性和正当性的。

　　主题域的扩大在一定程度上丰富了小说的思想视域，也为人物形象塑造提供了更广阔的施展空间，它允许阿库宁在克服传统侦探小说人物形象符号化的缺陷的基础上，在人物与环境的关系中展示人物性格的成长和发展。以小说中的侦探形象为例。从爱伦·坡到柯南·道尔和克里斯蒂等人的侦探小说，都无一例外地采用定型化的人物，例如福尔摩斯的性格在第一部小说《血字的研究》中就被直接描述出来，而后便被剥夺了进一步发展的权利。正如欧洲历险小说中的人物一样，在这里人物从属于情节，"脱离了情节，这人变成了空洞之物了"。② 与此不同，阿库宁笔下的埃拉斯特·凡多林有一个性格发展的过程：从谦卑胆怯的书记员到果敢坚毅的侦探，这个形象的社会历史规定性越来越明显，随着生活经验的积累而改变着形象内涵。这种艺术手法与现实主义传统无疑是一脉相承的，它拉近了阿库宁的创作与严肃文学的距离，拓宽了小说人物形象的审美疆域。

　　此外，阿库宁还将俄罗斯文学中一些令人印象深刻的人物类型引入自己的作品，以之为基础在两个向度上塑造自己的人物形象。第一个向度是继承与深化。譬如在佩拉盖娅系列和《阿扎泽尔》等小说中，作家以陀思妥耶夫斯基笔下的宗教大法官为原型塑造了东正教最高会议总检察官波

---

① Быков Д., *Блуд Труда. Эссе*, СПб.：Лимбус Пресс，2007，с. 82.
② ［苏］巴赫金：《巴赫金全集》（第五卷），河北教育出版社1998年版，第138页。

别金和英国"慈善家"埃斯特夫人的形象，在陀思妥耶夫斯基之后从
"面包与自由"问题的角度再次描画了两种价值体系的对立，从而谴责了
那些妄图用"面包"和暴力控制国家乃至人类的野心家，影射了所谓
"进步社会"的反自由本质。这两个人物是阿库宁小说着墨不多但却最为
惊心动魄，又颇具哲理深度的形象。他们延继了大法官的反基督精神，同
时又通过种种犯罪行为暴露出其反人类本质，在一定程度上是对大法官形
象的具体化和深刻化。通过这两个人物形象的塑造，阿库宁揭示了陀思妥
耶夫斯基"宗教大法官"传说的现实性。在小说《佩拉盖娅和白斗犬》
中，作者以同样的手法塑造了一个乞乞科夫式的社会冒险家布宾佐夫的形
象。与强取豪夺唯利是图的新兴资产阶级乞乞科夫的形象不尽相同，布宾
佐夫的形象中包含了宗教大法官对世俗权力的欲望。显而易见，这个人物
形象是对乞乞科夫典型形象的进一步发展，它展示了在一个腐朽堕落、蒙
昧碌碌的社会中，新生统治阶层如何顺利地走上社会政治生活和宗教生活
的前台并开始扮演历史主要角色的。这部小说中的一些场景和情节模仿了
果戈理的《钦差大臣》和《死魂灵》（如对接待宴会的描写），但影射的
却是当代俄罗斯社会现实。在此，布宾佐夫形象所承载的社会批判价值是
不言而喻的。

　　另一个向度是戏拟，这也是阿库宁更为常用的手法。戏拟的形象在契
合主题的同时，也增添了几多游戏趣味。例如，在小说《黑桃王子》中，
作者继承了俄罗斯文学关注社会底层的传统，延展了"小人物"的传统
母题，塑造了一个命运乖蹇而又有点多愁善感的宪兵局通信员邱里潘诺夫
的形象。在邱里潘诺夫的心理肖像描写中，我们可以发现熟悉的阿卡基·
阿卡基耶维奇和杰武什金的影子。正如对历史小说的借鉴一样，作者对这
个形象原型的模仿是表面化的，邱里潘诺夫身上已没有了阿卡基耶维奇和
杰武什金形象中那种痛苦、荒诞的生活体验，也没有了深刻的人道主义价
值追求。在这个形象身上，"小人物"的文学史内涵已被剥离、扭曲，它
丧失了丰富的社会心理内容，从一个心理性形象蜕变为推动叙述发展的功
能性人物（充当视角人物）。同其文学前辈相比，邱里潘诺夫的"小人
物"形象是简单化、图式化的，这与其说是一个实体形象，毋宁说是一
个能够唤起人们文学记忆的文学符号。

　　邱里潘诺夫形象的塑造反映了作者对经典形象"扁平化"的重构原
则，这也是大众文学创作的基本技法之一。"扁平人物"是英国文艺理论

家福斯特提出的一个概念，指的是基于单调的观念或品质塑造而成的类型人物或漫画人物。① 在阿库宁的小说中，许多源自他人作品的人物形象在脱离原有语境之后，其思想内涵亦被剥离，转变为概念化的扁平人物。这一原则更加典型地体现在剧本《海鸥》对人物形象的处理上。这个剧本自身就是以续写（сиквел）的形式对契诃夫《海鸥》的戏拟，其第一幕与契诃夫剧本的最后一幕前后接榫，第二幕则融入了侦探小说元素，以八组闪回场景推测了特列普廖夫的死因。这样一来，契诃夫充满象征意味的社会心理剧就被演绎为紧张悬疑的情节剧。尽管阿库宁自言他的创作动机是出自对契诃夫戏剧思想的"困惑"，或如有的学者所言是缘自"向契诃夫致敬"的欣赏心态②，但是他从后者所描绘的"平静的旋涡"中"打捞出的这样几个魂灵"显然已经丧失了深刻的心理内涵，被符号化（代表人性不同侧面的符号）和功能化（织就悬疑之网的功能人物）了。这样做的结果就是，契诃夫存在主义式的悲剧意识被置换并浅化为关于人物命运的悲剧情节，完成了从精英文化文本到大众文化文本的审美转化。

这种"信息的压缩"和"认知的转化"，是阿库宁重构经典文本的主要手法。他对经典的重构就是通俗化、大众化的"俯就"，其目的是设置一种别有趣味的文学游戏，打破文学传统的标准和规范，让经典以更加通俗的方式走近大众。③ 需要指出的一点是，这与大众文学中某些低俗化的改写或续写有着本质的区别。例如，1996 年俄罗斯某出版社曾发行《战争与和平》的续篇《皮埃尔和娜塔莎》，书中除了对托尔斯泰的主人公皮埃尔和娜塔莎的情感生活进行了改写之外，还以自然主义的笔法描写了大量的性爱场景。这显然不是普及经典，而是毁坏经典了。虽然阿库宁采用了平面化、通俗化、游戏化的改写手法，其中也有对经典文学话语的解构意图，但总体而言，他并未完全背离经典作品的基调。概言之，阿库宁所从事的是一种界于传统文化和大众文化之间的"严肃的"越界游戏。关于阿库宁文学游戏的文化指向和美学价值，我们也将在后文展开详细讨论。

---

① ［英］E. M. 福斯特：《小说面面观》，冯涛译，人民文学出版社 2009 年版，第 57 页。
② 苏玲：《向契诃夫致敬——评鲍里斯·阿库宁的〈海鸥〉》，《文艺报》2010 年 2 月 12 日。
③ 根据俄罗斯研究者玛·切尔尼亚克的观察，在当今俄罗斯，阅读 18 世纪和 19 世纪经典长篇小说的人数越来越少，人们主要通过形形色色的续写、改写、缩写以及百科全书和影视版本来获知经典文学的信息。参见 Черняк М. ，"Массовая Литература Конца XX – Начала XXI Века：Технология или Поэтика？"，Филологический Класс，No. 20，2008，c. 8。

　　（三）阿库宁与西方经典文学

　　作为一名俄语作家，阿库宁是在俄罗斯文化的熏陶下成长起来的，深厚的俄罗斯文学传统已经融入他的文化血液之中。然而，这并不妨碍他从西方经典文学中汲取营养。欧洲文学中的一些经典著作也在一定程度上影响了阿库宁的创作，为他提供了取之不竭的营养源泉，其中英国文学特别是狄更斯小说对阿库宁创作的影响更是显而易见。这一方面固然是因为英国经典文学和狄更斯小说在俄罗斯读者中的广泛普及性有助于"营造"一种熟悉的阅读感受，在创作中利用这些文学元素可以最大限度地迎合隐含读者的期待视野；而另一方面，这也是阿库宁"风格模拟"写作策略向世界文学延展的结果。

　　众所周知，俄罗斯读者对自莎士比亚以来的英国文学的偏爱由来已久。阿库宁所任职的《外国文学》（Иностранная литература）杂志数十年来就曾向本国读者译介了大量的英国文学作品，其中既包括经典作品，也有新人新作，并且不乏布克奖和诺贝尔文学奖的获奖作品。在冷战时期，《外国文学》杂志甚至成为苏联人民突破意识形态铁幕、了解外面世界的重要媒介，因而被诗人约瑟夫·布罗茨基称为"展望整个世界的窗口"。此外，尽管苏联长期实行文化闭锁政策，但莎士比亚、雪莱、狄更斯等一些西方经典作家的作品因与官方意识形态鲜有抵牾，在几乎整个苏联时期都还能正常出版，读者也比较容易接触到这些作品。历史地看，俄罗斯读者对英国经典文学的偏爱在客观上对社会大众意识的形成产生了深刻的影响。正如俄罗斯研究者娜·波塔尼娜所指出的那样，同英国经典文学一起进入俄罗斯大众意识的，还有这样一些观念，如"纯粹英国式的沉着"、"诚实游戏的原则"、自尊感、个性的自由和独立、对家园的爱重、接物待人的诚实态度、真正而非矫作的爱国主义等等。① 这些观念作为近代西方人文主义传统的核心价值，在构筑后苏联时代俄罗斯人的文化追求、人格理想和文学期待视野的过程中发挥过重要作用，并在相当程度上影响了俄罗斯当代社会意识的构成。

　　作为一种大众文化形式，阿库宁的创作在一定程度上就是对社会意识的反照和应答。随着英国文学输入到俄罗斯大众意识的上述所有这些观

---

　　① Потанина Н. "Диккесовский Код Фандоринского Проекта", Вопросы Литературы, No. 1, 2004.

念，对阿库宁小说中的人物形象塑造产生了显著的影响，其中最为典型的代表形象就是艾拉斯特·凡多林和尼古拉斯。从社会心理角度来看，艾拉斯特和尼古拉斯优雅、理性、沉稳、真诚的绅士形象契合了身处后苏联社会乱象之中的俄罗斯人的人格理想；而两位主人公对个性自由和精神独立的强调，则折射了大众意识中对自我建构和重返秩序的渴望。事实上，阿库宁意欲通过这两个形象及其系列故事所表达的"世界的可预见性和规整有序性"，恰恰是维多利亚时代的文学特别是狄更斯小说的典型主题。① 正是通过对这些主题的摹写②，阿库宁试图让接受者在似曾相识的阅读氛围和轻松愉快的文学游戏中远离紧张生活的压力，在对现实的暂避中获得心灵的慰藉。对阿库宁而言，这种风格模拟手法主要是唤起接受者文学记忆的一种"文学营销"策略。

在小说《死神的情夫》中，不难发现能够激活读者阅读期待的狄更斯小说的体裁符码和主题符码。这部小说是"颓废主义侦探小说"《死神的情妇》的姊妹篇，但两者在主题和风格上有着很大的差异。《死神的情夫》显然受到了狄更斯脍炙人口的畅销小说《雾都孤儿》的影响，阿库宁甚至直接将其体裁命名为"狄更斯式侦探小说"，以示小说与狄更斯作品之间千丝万缕的联系。在这部作品中，作者既借用了狄更斯社会历险小说和侦探小说③中人物形象和情节结构元素，甚至章节标题也刻意戏拟了狄更斯的修辞模式，同时在行文风格上也复制了狄更斯式的现实主义风格。有趣的是，阿库宁小说中的章题既是对本章主要内容的概括（如《雾都孤儿》那样），同时又借助复杂的互文联系形成了一种盎然生趣的文字游戏，这使得整部小说的叙事语调始终界于严肃和游戏之间。除了对结构形式的戏拟，阿库宁还将狄更斯的人物形象和核心主题引入自己的小说，借之展现 19 世纪末的俄国社会现实。我们只要将《死神的情夫》和

---

① 阿库宁认为，狄更斯艺术世界的迷人之处就在于其"可预见性"和"有序性"。请参阅 Потанина Н. "Диккесовский Код Фандоринского Проекта" *Вопросы Литературы*，№.1，2004。

② 当然，由于所要描塑的艺术时空的限制，阿库宁不可能完全照搬 19 世纪英国社会小说的思维模式。在其作品的叙事结构和借鉴而来的形象、主题之间，甚至还存在一些矛盾之处。例如，阿库宁不似狄更斯那般对秩序怀有坚定信心，他一方面试图向读者证明失序状态可以被纠正，而另一方面又对秩序的最终复归抱有怀疑态度（小说《阿扎泽尔》与《佩拉盖娅与红公鸡》的结尾可资为证）。

③ 狄更斯曾写过真正意义上的侦探小说，如《三件侦探轶事》和未竟之作《艾德文·德鲁德之谜》。

《雾都孤儿》中的人物形象及其功能角色作个比较就会发现，这两部作品的形象体系几乎是完全对称的，如经受了社会考验的主人公辛卡对应着狄更斯笔下的奥利弗·退斯特，具有博爱精神的庇佑者凡多林对应着布朗洛，精神高尚的堕落美神"死神"对应着南希，等等。小说主人公辛卡的人生遭际和奥利弗·退斯特的命运轨迹也极为相似：两位小主人公都在社会下层和犯罪世界中挣扎，都显示出了个性精神和道德操守的坚贞，都有着对真与美（《雾都孤儿》中的露丝·梅莱和《死神的情夫》中的"死神"）的本真追求。两部小说同样都发挥了道德考验和社会批判的主题，也都同样表现了善定胜恶的思想以及对人性道德的信念。上述所有这些相近之处，将阿库宁的《死神的情夫》与《雾都孤儿》密切联系在一起。当然，这两部作品在读者的接受视域中不可能完全融合。与狄更斯作品不同的是，在阿库宁的小说中，如上这些形象和主题的独立性及其理想主义色彩因为侦探叙事的强势话语而明显淡化，退居到次要的地位。就像《黑桃王子》里面的邱里潘诺夫的形象一样，辛卡的形象也是其文学前辈的一个酷肖然却单薄的影子。这就是说，退斯特形象丧失了其原有的社会历史内涵，在阿库宁的小说中变成了关于 19 世纪文学的一个历史记忆和人物模式。在这个意义上可以认为，辛卡的形象就是退斯特在大众意识中的一个映像，它的作用就是唤起读者对作为"参照物"的先例作品的记忆，并借助这种文学记忆来图解当前作品中所描写的社会现实，或同作者一起参加一场别开生面的文学游戏。

　　狄更斯对阿库宁创作的影响由此可见一斑。当然，这种影响并非直接的纵向继承关系。阿库宁不是在师法狄更斯，而是通过对其文本的戏拟，将其作品作为后现代式的文学游戏的材料。在后来创作的《课外阅读》中，阿库宁继续沿用了这一手法，在自己的小说与狄更斯的另一部名著《远大前程》之间建立起了互文联系。这部小说第七章的标题被直接命名为"远大前程"（Большие надежды），而该章的结尾部分则几乎是一字不落地"抄袭"了《远大前程》的结尾。[①] 由于这段引文在狄更斯小说中的语义较为固定且广为所知，它与新的文本语境的差异和冲突就显得格

---

① Акунин Б., *Внеклассное Чтение*，том 1，М.：ОЛМА-ПРЕСС，2005，с. 223. "抄袭"作为互文性的一种表现，是指逐字逐句地重复，但不标明出处，亦不指出互异性。法国学者萨莫瓦约认为，只有出于玩味和反其道而行的抄袭才具有真正的文学意义。可参见［法］蒂·萨莫瓦约《互文性研究》，天津人民出版社 2002 年版，第 39 页。

外明显，语义与修辞的脱节使受文在整体上表现出强烈的反讽色彩。阿库宁小说的主人公尼古拉斯对爱情幸福结局的"严肃庄重"的想象，因此被蒙上了一丝调侃的色调。在这里，经典形式的故意误用一方面造成了荒唐和滑稽之感，另一方面也表达了对《远大前程》主题思想的颠覆。对于经典文本的如此借用和玩味，让熟悉狄更斯的读者在会心一笑的同时，也对阿库宁小说创作的特殊文学意义有所思考。

狄更斯并不是阿库宁在西方文学宝库中问道取经的唯一借主，进入其"中间体裁"艺术视野的，还有莎士比亚的经典名著。2002 年，阿库宁出版了剧本《哈姆雷特：版本之一》（*Гамлет. Версия*），在大众文学视野中对莎翁的文本进行了重新读解。莎翁原作的结构母题在阿库宁的剧本中几乎全部得到再现，但这些母题被组织在一个完全不同的情节之中。阿库宁发展了原作中一条本不起眼的线索，对人物的角色关系进行了重新组合，然后套用间谍小说的叙事模式，把整个事件解释为觊觎丹麦王位的挪威王子福丁布拉斯与其密探贺拉旭的政治阴谋。他还借用影视等当代大众传媒中常见的情节，对莎翁剧本中一些有待解释的空白做出了补充。譬如，为了解释王后乔特鲁德在老国王之死中的角色和作用，阿库宁虚构了她与僭王克劳狄斯之间的私情，并将其指为谋杀案的合谋者；再如，在阿库宁的剧本中贺拉旭被塑造为一个有着双重生活的间谍形象，这就解释了在莎文中他缘何对哈姆雷特的复仇事业如此热衷。不仅如此，阿库宁还对哈姆雷特的形象做了很大改动，将其描绘成一个脏话连篇的酒色之徒。甚至连那句人人皆知的哈姆雷特式的思考"活着还是死去"，也遭到了作者的游戏性模仿：

> 假如世上存在灵魂，
> 也就意味着还有另一个世界，
> 那是我们死后的归宿。
> ……
> 还瞎谈什么"活着还是死去"！①

文字游戏把一个有着复杂的本体论深度和存在论意义的哲理命题，替换为一个通俗简单的大众逻辑话语。在当代文化语境中，这样的讽刺性模仿带有明显的解构意向。哈姆雷特在苏联主流批评话语当中一直被尊崇为

---

① Акунин Б., "Гамлет. Версия", *Новый Мир*, No. 6, 2002, с. 71.

人文主义者的典型，甚至被称为"人民思想的代言人"和"人类解放的斗士"。① 这种被经典化的批评导向一直持续到苏联解体之后。阿库宁通过改写莎剧的经典性，间接地否认了哈姆雷特的"人文主义者"的形象，以此与主流批评话语展开了隐形对话。由此可见，阿库宁对莎士比亚文本的改写，主要还是一种大众化的降格和后现代式的颠覆。阿库宁文本的多层次性，决定了其在接受上的多向度性。他将一部严肃的历史剧化简为引人入胜的通俗故事，将原作崇高的悲剧审美品格降格为讽刺性的情节剧，从而把经典作品纳入当代消费文化领域。而对于那些"严肃的"读者和批评家来说，除了欣赏阿库宁文本中出色的语言风格模拟之外，在后现代文化的互文性语境中对这个剧本进行解读，也一定会有所发现。②

　　综合上述内容可以看出，阿库宁的创作在方方面面与不同时期、不同流派的文学有着千丝万缕的联系，实际上很难对他的文学谱系进行全面周到、不分巨细的描述。在本节中我们只是对他的创作与文学传统的联系作了宏观描述。由于摒弃了体裁和文体的清规戒律，打通了雅、俗文学的樊篱，不同的文学元素在阿库宁这里交汇、碰撞、融合，形成了独特的写作风格。正如尼·亚历山大洛夫所曾指出的，阿库宁的小说创作在细腻的风格模拟、"历史材料"的使用、主人公形象塑造和小说情节建构技巧等方面都是一项无与伦比的新发现。③ 其实，任何一种文学创作都会受到前人传统的影响，任何创新都是在与传统对话基础上的创新。或者说，创作本身就是一个继承和再构的过程。阿库宁对此有着清醒的认识，他曾在采访中表示："为了创造某种新的东西，需要改写大量他人的文学经验。"④ 在继承风格各异的文学传统的同时，阿库宁又将被植入的他人话语纳入自己的再构体系，作品因之获得了接受上的多层次性：它既是一般意义上的大众文学（侦探小说或历史演义小说），又是妙趣横生的"文艺学著作"，

---

　　① ［苏］阿尔克斯特：《英国文学史纲》，戴镏龄等译，人民文学出版社1980年版。

　　② 例如，叶·杰米乔娃从后现代主义的文本策略层面，对阿库宁的《哈姆雷特：版本之一》和彼特鲁舍夫斯卡娅的《哈姆雷特：前幕》（Гамлет. Нулевое Действие）做了比较阅读。参阅 Демичева Е. , "Постмодернистские Интерпретации Гамлетовского Сюжета в Современной Русской Литературе", Известия Волгорадского гос. пед. Университета, №. 2, 2007. c. 120 – 124。

　　③ Чупринин С. , Русская Литература Сегодня: Новый Путеводитель, М. : Время, 2009, c. 96.

　　④ Хмельницкая, "Борис Акунин: Я Беру Классику, Вбрасываю Туда Труп и Делаю из Этого Детектив", *Мир Новостей*, №. 27, 2003.

被许多研究者视为后现代文本加以阐释。作为文学史链条上特殊的一环，阿库宁的创作表现了接受和阐释的复杂性。

　　以上我们从文化和文学背景的角度对阿库宁的创作进行了简单的梳理，并在文学坐标系中标出了阿库宁的位置。在此不妨将本章的主要观点概括如下：作为俄罗斯文化转型的合法产物，阿库宁的出现既是文学边缘化和商业化的结果，也是大众文化时代艺术价值观念变迁的体现，他的创作本质上是对社会审美分化现状的反映。广阔的艺术视野使得阿库宁的创作成了异质文化的对话场，不同的审美观念、文学风格、体裁模式熔为一炉。在这里，传统与时代、共性与个性、高雅与通俗找到了契合点，悖论性地统一为一个艺术整体。

　　阿库宁的创作本质上是对传统文学理论和批评观念的一种挑战。面对这一文学现象，我们不得不思考如下的问题：应以何种范式来对其进行研究？在本章中，我们的任务主要是把他的小说写作当作一种文化和文学实践从外部进行界定，考察它是如何受到文化现实的影响，又是如何与传统文学形成互动，共同书写世纪之交俄罗斯文学图谱的。但是，如果仅仅将阿库宁的创作理解为一种消费文化形式，就必然会忽视其作品丰富的文学价值。这是因为，阿库宁的小说不仅是"文化快餐"，它还是从大众视角建构的一种叙事形式，其中包含着作者对艺术、社会、人生的理解和表现。所以，在对阿库宁的文学世界进行了宏观把握、标示了其在文化文学之林的位置之后，我们还应该回归到传统批评轨道上来，对他的文本加以细读，发掘其中独特的形式审美价值和深邃的内容及思想意旨。接下来，我们就尝试从这几个方面对阿库宁的小说创作进行解读分析。

第三章　审美的狂欢：阿库宁
小说的狂欢化构型

现实主义文学理论认为，文学的形式要素与社会发展状况之间存在着密切的内在联系，卢卡契就曾指出文学表现风格的变化实质上"是社会现实本身变化的反映"①。阿库宁小说的文本形态和叙事风格，在某种程度上就是对当代俄罗斯社会文化中的狂欢意识的文学反映。在狂欢化理论的创立者巴赫金看来，民间文化特别是狂欢化文化对文学发展的影响是巨大的。他在研究陀思妥耶夫斯基和拉伯雷的著作中，考察了两位作家的创作与民间诙谐文化的内在联系，认为狂欢化传统是他们获得新的艺术视觉、展现世界对话本质的根本因素。他还指出，狂欢化不仅决定着作品内容，而且还具有构筑体裁的作用②，在阐述复调小说和怪诞现实主义小说与狂欢节的历史渊源时，他详细梳理了狂欢体文学自庄谐体到复调小说的历史演变。由于对狂欢节本真体验的缺失，狂欢体作为一种体裁模式可能很难在今天找到继承者，然而作为一种体裁实质，却仍然可以在当代文学中听到袅袅余音。阿库宁的小说就是发出这种"余音"的作品之一。当然，这不意味着阿库宁是在直接地有意识地效法这一体裁，而是说他部分地发挥了小说这种"最具狂欢性的体裁"③的客观记忆，一定程度上复活了文学的狂欢式格调。

从根本上讲，这是同其所处的时代分不开的。任何一个文化转型期，都或多或少地体现了狂欢式的世界感受。虽然狂欢节作为一个社会生活现象已然式微，但它作为一种集体记忆却无法彻底抹除，巴赫金更是将其提高到哲学高度，认为它在对等级秩序和既定规范的背离中获得了源源不断

---

① 卢卡契：《托尔斯泰和现实主义小说的发展》，载《卢卡契文学论文集》（2），中国社会科学出版社1981年版，第342页。

② ［苏］巴赫金：《巴赫金全集》（第五卷），河北教育出版社1998年版，第173页。

③ 程正民：《巴赫金的文化诗学》，北京师范大学出版社2001年版，第24页。

的创造力："狂欢节的世界感受，具有强大的蓬勃的改造力量，具有无法
摧毁的生命力。"① 近代以来，节庆狂欢精神虽然变得狭隘而微弱了，但
它"依然继续滋养各个领域的生活与文化"。② 即使在今天，狂欢式的格
调仍然在文化发展中留下了自己特殊的印迹，而这种印迹最明显的时期就
是文化转型期。蒋述卓等一些学者注意到，狂欢化这一概念不仅被巴赫金
用作对拉伯雷小说特征的描述，事实上作为一种文化理论话语资源，"狂
欢化"更重要的意义在于对社会转型期文化特征的概括上，因为"它揭
示了某些非官方的民间话语存在的必要性，还为拒斥权威专制话语提供了
不可多得的理论依据。在隐喻意义上，狂欢化实际隐喻着文化多元化时代
不同话语在权威话语消解之际的平等对话"。③

在 20 世纪末 21 世纪初的俄罗斯文化中，这种多元对话、交替更新的
特征得到了生动鲜明的体现。作为文化转型的合法产物，阿库宁的创作与
文化转型之间具有某种内在的同构关系，这首先表现在它以狂欢化的艺术
思维将异质的审美元素一并纳入自己的作品，试图化解精英审美理念和大
众审美理念之间的矛盾，在狂欢化的审美中实现对雅俗的超越。具体而
言，阿库宁小说的狂欢化特性呈现为文本间复杂的互文性联系和文本内元
素的狂欢化处理，以及体裁上的反规范性、杂体性和对话精神。本章将在
分析俄罗斯文学狂欢化语境的基础上，对阿库宁小说的文本建构进行梳
理，以映照出文化转型期的文学重构特征。

第一节　审美狂欢语境的形成

一　转型期的文化狂欢

作为巴赫金文化诗学的核心概念，狂欢节是巴赫金理解人类文化历史
的一个独特视角。他认为在中世纪和文艺复兴时期，狂欢节是社会生活中
极为重要的一部分，它赋予人们不同于常规生活的体验和感受。巴赫金
说，那时候的人似乎有两种生活："一种是常规的、十分严肃而紧蹙眉头

---

① ［苏］巴赫金：《巴赫金全集》（第五卷），河北教育出版社 1998 年版，第 141 页。
② ［澳］约翰·多克：《后现代主义与大众文化：文化史》，吴松江等译，辽宁教育出版社
2001 年版，第 254 页。
③ 蒋述卓、李凤良：《对话：理论精神与操作原则》，《文学评论》2000 年第 1 期。

的生活，服从于严格的等级秩序的生活，充满了恐惧、教条、崇敬、虔诚的生活；另一种是狂欢广场式的自由自在的生活，充满了两重性的笑，充满了对一切神圣物的亵渎和歪曲，充满了不敬和猥亵，充满了同一切人一切事的随意不拘的交往。"① 这两种生活间有着严格的时间界限，它们不是共时并存而是历时交替的关系。在常规生活里，人们处在严格的权力关系结构中，受到各种现有制度和规范的约束，这样的人是失去了本真自由的被等级秩序异化的人。狂欢节则是常规生活的调节机制，它"在官方世界的彼岸建立第二个世界"②，这个世界颠覆了一切等级、秩序、特权和禁忌，使人们暂时摆脱普遍真理和既定秩序，过着一种自由的、属于自我的生活。狂欢节是大众的全民性节庆生活，在这里所有人亲昵随便地交往接触，人们在快乐的交往中复归到自身，重新又感觉到本真的自我，获得人性的解放。在营造第二种生活的同时，狂欢节又不完全脱离官方世界，而是打破壁垒闯入常规生活领域，以交替和更新的狂欢精神对僵化凝固的制度提出挑战，促使社会生活发生变革。狂欢节不仅是生命本能宣泄的节庆活动，它还以其对差异的强调对社会历史的发展主线进行校正，成为推动历史发展的积极力量。

巴赫金认为狂欢节的生命力在于"强大的蓬勃的改造力量"。它是不被常规生活所接受的世界观的胜利，但却不是对常规生活的简单排斥，它容纳了后者并将其作为多样性世界的一部分，在开放性的世界图景中进行着颠覆和创造。一方面，狂欢节是反仪式的，是"对他者的节日庆典"，是"社会组织中的一道裂缝"③，它通过张扬平等对话和交替更新的精神消解思想独白，对一切神圣之物进行脱冕、降格、俯就，颠覆等级规范，成为挑战权威的一种思辨话语。另一方面，正如巴赫金所言，狂欢节中"如同没有绝对肯定一样，也没有绝对的否定"，它总是在颠覆的基础上进行创造，建立自己的平等自由的世界。因此，狂欢节是真正的时间盛宴④，是复兴和再生的力量，它"以其'快乐的相对性'、狂欢式的双重

---

① ［苏］巴赫金：《巴赫金全集》（第五卷），河北教育出版社1998年版，第170页。

② ［苏］巴赫金：《巴赫金全集》（第六卷），河北教育出版社2009年版，第6页。

③ ［美］克拉克、霍奎斯特：《米哈伊尔·巴赫金》，语冰译，中国人民大学出版社2000年版，第390页。

④ ［英］马尔库姆·V. 琼斯：《巴赫金之后的陀思妥耶夫斯基》，赵亚莉译，吉林人民出版社2004年版，第118页。

性，不断地颠覆，不断地建构维持着思想文化领域里的'生态平衡'，生生不息，永葆活力"。① 巴赫金之所以借重狂欢节来建立自己的诗学体系，正是因其生生不息的理想精神和创造力量可以突破陈陈相因的线性发展逻辑，在对话中发现那些迄今未明的新事物，促进文化和文学整体的健康发展。在这个意义上，狂欢节及其哲学形态——狂欢式的世界感受是社会生活必不可少的积极推动因素。

作为一种节庆活动，狂欢广场式的生活是短暂的。即使在狂欢节最兴盛的中世纪和文艺复兴时期，一年中也仅有约四分之一的时间是狂欢节庆期。在近代之前的欧洲，狂欢节过后便是戒律森严的四旬斋。② 在当代社会，狂欢节更是失去了赖以存在的社会历史语境，踪迹难觅了。然而，狂欢式的世界感受并未随着狂欢节日一同退去，"狂欢式——这是几千年来全体民众的一种伟大的世界感受。这种世界感知使人解除了恐惧"，它"为更替演变而欢呼，为一切变得相对而愉快，并以此反对那种片面的严厉的循规蹈矩的官腔"。③ 由此可见，在巴赫金的理论中，狂欢节已经内化为一种世界观，活跃在民众的思维中，影响着他们对一切社会生活范畴的认识。狂欢节被理解为反对严肃和僵化制度的一种潜在力量，是沉闷枯燥的严肃文化的解毒剂。因此，对巴赫金所言的"狂欢节"一词应作广义上的理解：它指的是狂欢节、狂欢式、狂欢情绪、狂欢意识等④相关概念的集合。人们对狂欢节的历史记忆，以及对平等对话、交替更新的精神价值的诉求，在人类心理中形成了一种"狂欢节冲动"。这是推动人类文化发展的内在驱动力。"狂欢节冲动"在大多数情况下是隐在的、间接的，但在条件合适的历史时期，它就会变得蓬勃有力，以其逆向与颠倒的逻辑抹煞主流和边缘、上层和下层、高雅和通俗之间的界限，破除传统的二元对立思维模式，对社会文化进行直接地狂欢化。这就是文化的转型期。

需要指出的是，狂欢节冲动是源自民间的文化意识，它代表的是下层民众的世界观。所以，只有当民间文化得到认可、出现了对主流文化

---

① 夏忠宪：《巴赫金狂欢化诗学研究》，北京师范大学出版社 2000 年版，第 22 页。
② ［澳］约翰·多克：《后现代主义与大众文化：文化史》，吴松江等译，辽宁教育出版社 2001 年版，第 367 页。
③ ［苏］巴赫金：《巴赫金全集》（第五卷），河北教育出版社 1998 年版，第 212 页。
④ ［苏］巴赫金：《巴赫金全集》（第六卷），河北教育出版社 2009 年版，第 604—605 页。

"离异"倾向的时期，才可能出现真正的文化转型期。我们知道，在人类阶级社会发展史上，作为整体的文化都是由两部分组成的：一个是官方文化（一般即主流文化），它代表了统治阶级或主流意识形态的文化旨趣，是精英审美观念的体现；另一个是民间文化（一般即边缘文化），它反映了社会民众的文化趣味，是大众审美观念的体现。按巴赫金的看法，在官方文化的象征中只有"小经验"，它仅对一个时代内部的变化和相对的稳定性感兴趣，其中是"故意的隐瞒、谎话、各种救世的空想、单一而片面的评价"；而民间文化体现的则是"大经验"，它所关注的是大时代的更替和永恒的稳定性，对它而言世界是开放的、未完成的。① 所以，官方文化是独白的，它强化等级制，倾向于以其霸权话语压抑贬低民间文化，遮蔽来自民间的声音；而民间文化却是对话的，它主张打破一切疆界，在对话中进行交流，"民间文化强调界限的相对性、越界的合理性，认为每一个在边界上交往的主体，只有通过与另一个交往主体越界融合，在自我中融入非我，才能使自己变得更富活力，更为强大"。② 官方文化因独白而形成向心力，民间文化则由对话而产生离心力，"前者力图实施一种秩序给这个混乱的世界，后者则力求有意或无意地破坏这一秩序"。③ 在一些西方文化学家那里，民间文化被视为社会内部符号性抵抗的主要源泉，是能动地生产意义和经验的领域，因此它与官方文化的对立构成了社会文化史的主要风貌。在相对稳定的历史时期，官方文化处于主导地位，由于它的挤压，民间文化往往处于沉默失语状态。例如，在官方话语占绝对统治地位的苏联文化中，一些曾出现于 20 世纪初的大众文学体裁，最终都被逐出文学疆域，或被同化为社会主义文学，转而采用严肃语调以求得生存（如科幻小说和侦探小说）。而在社会危机和文化断裂的历史时期，随着原有文化结构和统一文化神话话语的解体，主流文化的缺位给了民间文化走出沉默的权力和机遇，这时狂欢节冲动就会被激活，以欢乐和创造性的文化狂欢形式，来实现"不同话语在权威话语隐遁时刻的平等对话与交流"。④ 多元和对话就会成为时代的主调，文化发展由此进入废旧立新、

---

① ［苏］巴赫金：《巴赫金全集》（第四卷），河北教育出版社 1998 年版，第 93—94 页。另可参阅段建军、陈然兴《人，生存在边缘上》，人民出版社 2008 年版，第 137 页。

② 段建军、陈然兴：《人，生存在边缘上》，人民出版社 2008 年版，第 147 页。

③ 张冰：《对话：奥波亚兹与巴赫金学派》，《外国文学评论》1999 年第 2 期。

④ 刘康：《对话的喧嚣：巴赫金的文化转型理论》，中国人民大学出版社 1995 年版，第 7 页。

百家争鸣的转型期。

今天来看，苏联之后的俄罗斯正是经历了这样的一个"文化的狂欢节"：整个的社会文化生活都脱离了常规，"翻了个个儿的"，在总体上呈现出杂多性、未完成性和变易性的特征。恰如狂欢节是"毁坏一切和更新一切的时代才有的节日"① 一样，转型期也是人类文化发展历程中发生重大转折甚至根本逆转、在旧的废墟上重新建设的时期。具体地来说，当代俄罗斯文化转型期的狂欢特征主要表现为以下三点：

首先，是文化的大众化。世纪之交俄罗斯文化转型中一以贯之的红线就是大众化转向。苏联社会秩序的瓦解宣告了单极文化体制的终结，久被压抑的大众文化传统得到蓬勃发展，并渗透到社会和整个文化之中。大众文化在其本质上是一种自娱自乐的文化，它包括了对日常生活和大众世界感受的肯定，让人们在快乐的体验中感受到自由的可贵和自身的价值，从而得以回归本真自我，焕发勃勃生机。它不仅改变了人们的审美趣味，而且从价值观上解构了以极权为标志的苏联意识形态，揭示了苏联官方致力于塑造的文化形象的伪崇高，从而通过对权力的抵抗和规避来推动整体文化的多元化进程。由于意识形态话语的弱化，当代俄罗斯大众文化已经难以适用西方文化批判学派的概念，因为其主体已不是统治阶级，而是文化层级中占绝大多数的大众。也就是说，当代俄罗斯大众文化主要呈现为"民间性"。所以我们认为，1990 年代俄罗斯文化大众化的实质更多地呈现为民间化亦即狂欢化。作为一个文化和审美概念，大众文化的诉求就是狂欢节概念的核心。② 恰如文艺复兴时期的狂欢节，20 世纪 90 年代俄罗斯大众文化的勃兴更多的是一种源自民间的全民性文化活动，是一种思想解禁之后的文化狂欢。不仅如此，大众文化还通过与精英文化及正统思想的相互影响、相互渗透而成为"所有人的文化"，这在客观上促生了一种自由的历史意识，拉近了高雅与低俗、严肃与诙谐之间的距离和等级差异，从而开拓出一片等级模糊、带有狂欢意识的公共文化领域。在今天，全民性的大众文化热潮已是不争的事实。就像狂欢节的广场演出一样，大众文化席卷了整个社会，事实上任何人都无法完全置身事外。就其全民性和解放力量而言，以大众文化繁盛为主要特征的 20 世纪末 21 世纪初的俄

① ［苏］巴赫金：《巴赫金全集》（第五卷），河北教育出版社 1998 年版，第 163 页。
② 刘康：《对话的喧嚣：巴赫金的文化转型理论》，中国人民大学出版社 1995 年版，第 202 页。

罗斯文化转型期与狂欢文化的确有着某种外在和内在的契合。

　　其次，是文化的平等共存和多元共生。后苏联俄罗斯文化生态的一个突出特征，就是从列维—斯特劳斯意义上的"冷文化"（холодная культура）向"热文化"（горячая культура）的转变。苏联的解体宣告了以经典化和等级制为特征的统一的社会主义文化的破产，而新生的俄罗斯联邦实行自由宽松的文化政策，在自由主义、欧亚主义、民族主义等众多社会思潮风起云涌的表象下，实则掩盖着主流文化规范的缺失，这就使得"官方文化"的位格出现了空缺。在文化离心力的作用下，精英主义的文化观念及其所尊奉的原创性神话遭到亵渎，随着种种禁令和限制的取缔，长期影响人们的文化等级制以及与此相关的畏惧、恭敬等文化接受心态也消弭于无形，原先被等级世界观所禁锢的东西重新回到文化视野中：大众文化在资本的助力下异军突起，民族文化和宗教文化在复兴中发出了有力的呐喊，种种外来文化和亚文化形态也粉墨登场，——所有这些共同构筑了一个众声喧哗的狂欢式广场，高雅文化的严肃和威严在其中受到了质疑和挑战。如同在狂欢节上一样，在这里高雅与通俗、崇高与卑下、优雅与粗鄙同处一处，共同加入到文化大合唱之中。由于任何一支都暂时无力占据中心主流位置，所以转型期的俄罗斯文化表现出兼容并包的精神，相互之间形成了横向而非垂直的联系。事实上，在整个俄罗斯文化转型期，并不存在严格的中心和边缘的界沟。"非中心化"使得整个文化界洋溢着一种平等自由的精神。

　　最后，是多元文化的对话。在文化转型期，诸种文化形态的共存既是历时的、跨传统的，又是共时的、跨国界的。一切历史上的文化样式都暂时打破了时间线性，共同投射在一个充溢着平等民主氛围的空间内，在对话和交流中改变着自我也改变着他者。在这个过程中，文化全球化起到了非常重要的作用，它推动了横向对话机制的形成，促进了俄罗斯文化肌体的新陈代谢。世纪末的俄罗斯是一个产生"越界的快感"的时期。一方面，大众文化以其诙谐嬉笑的态度为严肃文化脱冕。一些当代大众文化产品本身即带有鲜明的狂欢式形式［如迪斯科舞会、电视节目"木偶剧（Куклы）"，以及书摊上随处可见的经典文学作品的改写版］，它们在快乐的游戏中瓦解了高雅文化的价值和意义，蚕食着后者的领地。另一方面，在"快乐的相对性"精神的映照下，严肃文化自身也时常进行自我降格，与他性文化展开交流。在对话意识的统摄下，严肃文化与大众文化、上层文化与下层文化之间的疆界逐渐模糊，在它们之间出现了一种相互渗透、相互影响的互动局面。如此一来，在对雅俗的越界中，文化整合成了一个开放的宏大体系，在这里没有一个事物和思想是完全凝固的，一切都处在重构和更新之中。对话促进了文化的多样性发展，相较苏联时期，今天的俄罗斯文化无疑要丰富充盈得多。

世纪之交的俄罗斯文化呈现出大众化、非中心和多元对话的倾向，而这正是狂欢节的典型特征。就像狂欢节一样，文化转型期是民间文化和大众文化勃发的时期，官方文化和严肃文化所塑造的审美神话分崩离析，种种不同的审美理想和审美形式在碰撞中交织融合，形成了狂欢式的审美图景。这不可能不对包括阿库宁在内的作家的创作产生影响。因此，我们还应简单地描述一下俄罗斯文化转型期的多元审美状况。

二　转型期的审美狂欢

20—21 世纪之交俄罗斯文化进程中的审美转向是一个极为复杂的过程，对此问题我们不准备全面展开，从紧扣本书主题的思路出发，我们拟从两个方面对这一过程进行简单描述：其一，审美观念的多元并置；其二，审美行为的大众泛化。

当代俄罗斯审美转向是在社会和文化转型中实现的，因而也带有明显的多元化特征。首先，社会结构的多元分化促成了审美观念的分层细化，审美的个性化得到肯定，每个阶层都拥有自己对美的独特认识，每个个体都强调自我的独特审美体验，这在根本上瓦解了苏联统一的审美神话体系。其次，随着以官方文化为代表的精英主义审美理念的日渐式微，人们对"审美"概念的理解发生了很大的转变，"美"不再是少数有教养阶层的文化特权，它的传统界限受到了普遍的质疑。强调形式而非功能的传统审美观念被认定为历史的虚构，而后兴起的大众美学则试图把审美从纯粹形式的囚笼中解放出来，借此脱掉披在它身上的意识形态外衣，使美学关系不再被呈现为传统的权力结构关系。审美差异性从此获得了合法化的可能。最后，发生在转型期的民主化思潮暗合了后现代主义和大众文化的艺术观，在它们的作俑下，艺术作品和日常生活都被作为审美文本来接受，审美与现实之间的界限由此变得极为模糊甚至消失。滥觞于 20 世纪五六十年代的后现代主义被让—弗朗索瓦·利奥塔视为宏大叙事和普遍真理的掘墓者，因之任何同化性的力量、任何普世性的审美话语在后现代主义看来都是极为可疑的。而同期兴起的大众文化对主流审美理念的背离，更是加快了一个以认同差异为基本特征的文化时代的来临。正是在这样的文化历史条件下，审美语境被分割为无限多的空间，各种审美话语相互"重叠、交叉，彼此发生着隐秘的对话，各自收取自己获得的那个部分，然后各自在慰藉中独立而满足"。① 对当代俄罗斯来说，已不可能独尊某一种普遍的、永恒的审美原则。普希金、托尔斯泰、柴可夫斯基等一代艺术巨匠的美学"神性"消失了，他们的名字被作为一种文化符号"悬置"起来。人们主张从不同视角来理解他们的作品，而不是像此前那样片面地将其奉为不可僭越的典范，尊为套在自己头上的"审美囚笼"。这种状况导致了审美载体的结构性变化：从苏联时期高雅艺术一统天下的局面，转变为高雅艺术和通俗艺术、精英文化和民间文化、严肃文学和大众文学平等共存的局面。相应地，也就形成了审美价值形态的多元开放架构：传统美学的优美与壮美、悲剧与喜剧、崇高与滑稽等范畴与新起的反审美、反艺术、审美与生活互渗、全球审美化、无意识的商品化、超级真实等范畴②共生在一个文化语境中，使社会审美观念呈现出碎片化的存在样态。

　　审美泛化作为一种后现代文化景观，与大众文化的兴起紧密相关。美国文化批评家弗雷德里克·詹姆逊认为，在后工业社会中，帝国主义扩张中的幸留区域（自然和无意识）也无一例外地被资本化了，因而后现代主义阶段的文化已经完全大众化，其结果之一就是美学领域完全渗透了资本和资本的逻辑。③ 这一说法显然过于绝对，然而在世纪之交的俄罗斯语境中，我们的确不难发现商业性大众文化与审美转向之间互为因果的孪生关系：大众文化既是审美转向的结果，同时又是深化审美转向的推动力。当代大众文化是大众审美趣味和资本的结合体，俄罗斯国家经济的市场化转轨不仅破除了原有的计划经济，而且瓦解了以高雅为基调的审美观念，在消费文化的作用下，大众文化竭力发掘下层民众的审美趣味，通过模式化的叙事将之夸张、放大，刺激大众的消费欲望，将审美文化异变为审美消费和文化消费。为了创造更大的消费价值，大众文化将日常生活纳入审美视野，积极推行其"审美泛化"的理想。转型期俄罗斯文化的审美泛

---

① 邱运华：《俄苏文论十八题》，安徽教育出版社 2009 年版，第 58 页。
② 关于这些审美范畴请参见王一川《美学教程》，复旦大学出版社 2004 年版，第 70—83 页。
③ ［美］杰姆逊：《后现代主义与文化理论》，唐小兵译，北京大学出版社 1997 年版，第 161—162 页。

化主要表现为审美疆域的开拓，具体而言，就是从"无目的、无功利"的超越性精神活动延展至日常生活领域，原本属于艺术的审美特性被用来"装扮现实或给现实裹上一层糖衣"①，因而，"'生活作为文本'被无限多的参与者解读、阐释，而且在时间之流中存在和挥洒"②，其结果就是被传统审美观念所不齿的物质功利性和生理快感被赋予审美意义，堂而皇之地步入了艺术殿堂。扫描一下当代俄罗斯的文化市场就不难发现，在现代传媒技术利用符号和影像之流所营造的"审美的泡沫"的映照下，物质和身体已成为大众文化叙事的毋庸置疑的核心主题之一：从电影对奢华生活的展示到报刊对豪宅名车的渲染，再到电视台半夜的色情节目以及公开谈论吃喝、性爱的名人访谈，莫不是对人类物欲和肉欲本能的张扬。在大众文学中，审美泛化现象表现得更为明显，作品中随处可见对日常生活、情色、西方式"美丽生活"以及暴力、死亡的伪审美描写。例如，被誉为"俄罗斯的阿加莎·克里斯蒂"的玛丽尼娜就直接把做饭、煮咖啡、唠叨抱怨、家庭交谈等日常生活现象搬入自己的侦探小说中，营造了"厚重的生活真实"的假象；阿·科雷洛娃的小说《天鸟》对性爱场景和性爱心理进行了直接而露骨的描写以博人眼球，而一些言情小说或曰"玫瑰色小说"则对有钱人的舒适生活极尽渲染之能事，毫不掩饰对物质财富的艳羡；另一种极为流行的大众小说体裁——动作小说（боевик）则极力宣扬"暴力美学"，把笔下的世界变成了暴力的演技场；安娜·马雷舍娃等人的恐怖惊悚小说也拥有百万计的拥趸。此外，审美泛化还打破了严格的艺术界限。当代俄罗斯大众艺术越来越多地将承载世俗欲望的、传统上的非艺术体裁（如广告、海报）等纳入审美疆域（这种情况在阿库宁的文本中也很多见），或直接将截取的生活片段纳入作品，在相当程度上弥合了艺术与非艺术的分化。这也符合了詹姆逊关于后现代主义阶段高雅文化与大众文化之间的疆界正在消失的判断。③

在后苏联时期，审美泛化还表现在传统审美文本的大众化，即对经典作品的改写（ремейк）和续写（сиквел）。文学艺术的快速商业化在相当程度上加速了这种畸形体裁的流行。这些作品大都偏离了原作的审美结

---

① ［德］韦尔施：《重构美学》，陆杨等译，上海世纪出版集团 2006 年版，第 5 页。
② 邱运华：《俄苏文论十八题》，安徽教育出版社 2009 年版，第 58 页。
③ ［美］杰姆逊：《后现代主义与文化理论》，唐小兵译，北京大学出版社 1997 年版，第 162 页。

构，扭曲了原作的美学价值，在保存基本情节和人物关系的基础上，进行了符合大众消费美学观念的删改。经典文本改写最典型的例子是扎哈罗夫出版社的"新俄罗斯小说"系列，其中包括《白痴》、《父与子》、《安娜·卡列尼娜》等经典名著的改写版本。续写经典作品的例子也很多，其中仅米·布尔加科夫名著《大师与玛格丽特》的续写版本就不下三种。① 值得一提的是，这些作品不是一般的简化式改写或续写，而是有意地注入了当代生活现实和社会政治元素，不同程度地改变了原作的叙述结构和主题意义。这些文学手法一方面显示了大众文化对经典艺术文本的入侵所造成的破坏性后果，另一方面它们也提供了一种全新的、符合大众美学思想的文学观念。

　　由此可见，审美泛化实是一个包含双向运动的过程：② 一方面是"生活的艺术化"，特别是"日常生活审美化"的滋生和蔓延，正如英国社会学家费瑟斯通所指出的，后现代社会的基本景观就是"审美原则从艺术活动进入日常生活的各个领域"③，艺术与日常生活之间的界限由此开始消弭；另一方面则是"艺术的生活化"，亦即随着艺术的"灵韵"④ 在大众文化的语境中的消逝，"机械复制"技术所具有的解放性潜力把艺术欣赏从一种类宗教仪式变成了大众美学仪式，艺术自身逐渐靠近了日常生活，出现了"审美的日常生活化"的趋势。如果借用法国文化社会学家德赛都的日常生活实践理论的观点，完全可以认为，当今的日常生活本身已然成为美学冲突和调和的场所。在此我们可以发现审美泛化行为所蕴含的明显的狂欢节精神：一方面它为日常生活加冕，将其擢升到艺术的地位，从而拓展了艺术的疆域；另一方面它对传统经典艺术进行了脱冕，从大众视角消解了经典艺术在审美和精神价值上的崇高性，从而拉近了艺术与生活的距离。正是在这种脱冕、加冕的过程中，社会大众肯定了对物质

---

　　① Виталий Ручинский, *Возвращение Воланда, или Новая Дьяволиада*, 1993；Виктор Куликов, *Первый из Первых, или Дорога с Лысой Горы*, 1995；Андрей Малыгин, *Зеркало, или Снова Воланд*, 2001. 这些小说继承了布尔加科夫独特的讽刺风格，但同时也抛弃了布氏原作深刻的狂欢哲学思想，可被认为是对詹姆逊所提出的后现代主义削平"深度模式"理论的实践。

　　② 傅守祥：《欢乐诗学：消费时代大众文化的审美想象》，博士学位论文，浙江大学，2005年，第59页。

　　③ 姜华：《大众文化理论的后现代转向》，人民出版社2006年版，第170页。

　　④ 即艺术的本真性和独一无二性。本雅明认为，灵韵的衰竭和当代生活中大众意义的增大有关。参见［德］本雅明《机械复制时代的艺术作品》，王才勇译，中国城市出版社2001年版，第87—90页。

和肉体感官欲望的大胆追求（诚然，在大众文化中这种肯定往往是通过"审美的资本化"实现的），并将其树为重要的审美话语，用来抵制高雅文化独尊精神审美的偏执。这与巴赫金理论中对物质—肉体下部的强调具有文化精神上的内在一致性，实际上反映了文化大众反对审美霸权、表达本我欲求、试图消解艺术与生活之间人为界限的普遍狂欢心态。

审美泛化是以日常生活及物质欲望为价值标准的世俗理性的审美体现，它必然导致审美品格的通俗化，具体表现在艺术表达上的非英雄化、非理想化和非崇高化。众所周知，俄罗斯传统艺术奉行精英主义的审美观念，它关注精神空间的开拓，推崇优美、高雅和思想性的美学品格，追求升华式的审美体验和启示性的审美效果，这是俄罗斯文化之所以能够傲立世界文化之林的立身根本。近二百年来俄罗斯出现了如此众多的文学艺术大师，应该说是与其一贯的精英主义美学追求分不开的。然而到了 20 世纪末，随着消费主义的滋长和艺术大众化的铺开，这种福音书式美学理想的空间受到挤压。当代艺术的主体是由大众艺术组成的，它追求通俗性、平面性、娱乐性的审美风格，主张以感性愉悦取代理性沉思，以浅层叙事取代深层意蕴，以点缀现实取代诗意观照，从而试图从根本上颠覆经典艺术。事实上，以上两种审美品格的对立是世纪之交俄罗斯文化中最突出的矛盾之一。

如上所见，在俄罗斯文化转型过程中，大众文化通过审美泛化赢得了明显的话语优势。就像狂欢节主要是大众的节庆活动一样，文化转型期主要是大众文化和大众审美观念的节日。然而，需要特别指出的是，我们不能因为过分强调大众文化而忽略社会文化自身的多元性和审美矛盾，更不能将其中心化、理想化。大众文化只是处在对话关系中的多元文化之一元，它在反抗他性文化的同时也同样会遭到后者的质疑。文化转型期的本质是对话，是异质元素的并置和调和。它的力量和生命力不在于颠覆，而在于通过颠覆来改造、创新，促进文化自身的发展。只有意识到这一点，才能真正了解 1980 年代末以来俄罗斯文学的发展以及阿库宁文学创作的实质。

另外需要指出的一点是，在当前俄罗斯的审美语境中，审美主义和消费主义之间的矛盾实际上是难以彻底调和的。前者强调审美的绝对超越，后者则试图将审美纳入消费之中。审美泛化既是调和这对矛盾的努力，同时也是彰显这对矛盾的幕布。这两者间的对立是文学艺术发展的内在动力因，它们的对话则会助生新的审美形式，阿库宁所谓的"中间体裁"即是其中之一。文化和审美的狂欢式存在为阿库宁的创作提供了丰沃的土壤，他的"中间体裁"是对这种时代氛围的个体化反映。"中间体裁"的哲学基础是狂欢式的世界感受。阿库宁从大众文学视角出发打破了不同体裁之间、不同风格之间存在的一切壁垒，消除了任何的封闭性，把遥远的东西拉近，使分离的东西聚合，从而使"神圣同粗俗、崇高同卑下、伟大同渺小、明智同愚蠢等等接近起来，团结起来，定下婚约，结成一体"①，将诸种异类因素融合为一个有机的完整体裁。阿库宁小说的一个重要的诗学特色就是文体泛化，它赋予小说以鲜明的狂欢化文学品格，具体而言，就是指文本间复杂的互文性关联、文本内元素的狂欢化处理、体裁的反规范性和杂体性，以及主题话语与时代思想的对话。

第二节　互文性：文本间的狂欢化建构

瓦尔特·本雅明曾指出，必须将文学艺术作品重新放入社会关系语境之中才可理解其意义。同样，只有把阿库宁的创作置于整个文学和文化语境中，将其作品中复杂多样的互文联系作为一种"文化系统"进行细致研究分析，才有可能真正深入地了解它的狂欢化本质。而能够让我们切入到这一研究视野的，即阿库宁用以建构其小说文本—语境关系的艺术手法——"互文性"。

"互文性"在当代文艺批评中已是一个使用频率极高的词汇。自克里斯蒂娃提出这一概念之后，在罗兰·巴尔特、里法特尔、热奈特、德里达等一些理论家的努力下，已经发展成为一整套的文化和文学研究理论。这个术语一般指的是"一篇文本中交叉出现的其他文本的表述"②，或"一个文本（主文本）把其他文本（互文本）纳入自身的现象"。③ 互文性指的不仅是语言文本之间的相互借用和指涉，它还表明文学边界向社会文化领域的转向。它使作品在整体文化语境中产生新的内容，从而使文学本身

①　[苏] 巴赫金：《巴赫金全集》（第五卷），河北教育出版社1998年版，第162页。

②　转引自蒂费纳·萨莫瓦约《互文性研究》，邵炜译，天津人民出版社2003年版，第4—5页。

③　秦海鹰：《互文性理论的缘起与流变》，《外国文学评论》2004年第3期。

成为"一种延续的和集体的记忆"。① 在具体的研究实践中，互文性有广义、狭义之分。广义上的互文性被作为文学性的概念元素而使用，在解构主义者和后现代主义者那里，互文性是文本的基本特征和本质要素，如克里斯蒂娃就指出任何文本都是"引用的拼贴"和"某个文本的补写和变形"。② 对他们而言，文本是既无起点亦无终点的"流动的能指"，因此只能存在于同其他文本之间的指涉体系之中，"只是以前话语的组成部分，一切文本都是从这种话语获得意义"。③ 狭义的互文性一般指具体文本之间的具体联系，主要包括热奈特所提出的共存关系和派生关系。④ 狭义的互文性主要是一个修辞学研究的概念，其拥护者倾向于把这个术语作为具有可操作性的描述工具来使用，它注重对因互文本的植入而引起的"文本联想"（текстовая реминисценция⑤）作具体的形式和内容分析。鉴于本章的研究任务，我们将主要在狭义上使用这个词汇，即把它视作一种阅读分析模式，揭示文学记忆是如何通过隐藏在文本中的显性或隐性的关系体现出来，又是如何参与新的意义建构的。

由上可见，"互文性"概念描述了文学创作中的越界现象，究其实质，这是狂欢式思维在文学领域的体现。作为审美泛化的重要表现形式，"互文性写作"在当代俄罗斯大众文学的创作实践中是一个极为重要的叙事策略，它表明了大众文学试图克服文学作品的自律自足性以僭越严肃文学权威、通过降格脱冕等狂欢化手法将之纳入自己的审美领域的意图。在这一方面，阿库宁的"中间体裁"表现得尤为明显。他的小说充斥着对

---

① ［法］蒂费纳·萨莫瓦约：《互文性研究》，邵炜译，天津人民出版社 2003 年版，第 81 页。

② Кристива Ю. , "Бахтин. Слово. Диалог. Роман", Косиков Г. , *Французская Семиотика. От Структурализма к Постструктурализму*, М. : Прогресс, 2000, c. 429.

③ ［加］琳达·哈琴：《后现代主义诗学》，李扬等译，南京大学出版社 2009 年版，第 169 页。

④ 热奈特把跨文本关系分为五种类型，即互文性、类文性、元文性、超文性和统文性，其中互文性指的是文本的共存关系（"一篇文本在另一篇文本中切实地出现"），就是引用、抄袭和暗示三种文本联系手法，而超文性被用来指称文本的派生关系，即乙文从甲文派生出来，但甲文并不切实出现在乙文中。热奈特所谓的互文性是对这个术语的最狭义的解释，后来的理论一般将他所区分的共生与派生现象统称为互文性。请参阅蒂费纳·萨莫瓦约《互文性研究》，第 19—21 页。

⑤ Алексеенко М. , "Текстовая Реминисценция Как Единица Интертекстуальности", Сорокина и др. , *Массовая Культура на Рубеже XX – XI Века: Человек и Его Дискурс*, М. : Азбуковник, 2003, c. 223.

经典文学作品和历史事件的指涉，多重层面的互文联系是与经典文学展开对话的手段，关于这一点在第二章中已有所涉及。在此我们主要对他的互文写作手法作一番考据梳理，看看作家如何利用暗引、用典、仿写、戏拟、改写等手段把他人文本和社会历史文本纳入自己的小说，通过内容、体裁和修辞上的关联在自己的文本与先例文本之间搭建了一条符号链，从而使他人文本和自己的文本可以在不同的语境和意义体系中被解读，最终达到沟通雅俗、游戏文学的目的。

（一）暗引

暗引即无标识的引用，指的是将引文从原文抽取出来，不加处理直接植入受文之中，但不标明出处。暗引可以发挥不同的语义功能，一方面有可能保留原初意义，即把原文的语义连同引语直接挪借到主文本中；另一方面也可能被重新定义，从而获得新的甚至是相反的意义。前者如小说《课外阅读》第三章对伊凡·施彼亚京之死的描述：

> 他吸了一口气，但是刚吸下半口就咽了气，双腿一伸，死了。①

作者把列夫·托尔斯泰的小说《伊凡·伊利奇之死》中关于生理死亡过程的描写逐字逐句地移植到自己的小说中，很显然是为了再现同样的场景。当然，这个场景在此不无反讽意义：阿库宁显然是在用伊凡·施彼亚京无意义的死来嘲讽其无价值的生，这一点与托尔斯泰关于生活的欺骗性和物质幸福无意义的思考也是极为接近的，但是它没有纳入托尔斯泰对死亡的存在主义思考。也就是说，引文基本没有经过语义的扭曲变形，主要还是在前文本的原义上被使用的。然而，在更多的情况下，这种互文关系要复杂得多，被引用的话语（引文）与受文的语境之间会产生语义脱节，从而使引文脱离原有语义机制，进入新一轮的意义循环。在同一篇小说的结尾，我们读到如下一段文字：

> 不管那颗埋在坟里的心怎样热烈、怎样有罪、怎样不安，长
> 在坟上的那些花儿却用它们天真的眼睛宁静地望着我们：它们不

---

① Акунин Б., *Внеклассное Чтение*, том 2, М.：ОЛМА-ПРЕСС, 2005, c. 78.

仅对我们叙说永久的安息，那个冷漠的大自然的伟大的安息；它们还在叙说永久的和解以及无穷的生命……①

对熟知俄罗斯文学的读者来说，这段话再熟悉不过了：这是屠格涅夫名著《父与子》的结尾。在《父与子》里，作者以感伤的笔触描写了巴扎罗夫的墓地景色，抒发了自己对造物弄人、生命渺小却生生不息的感慨。这是小说思想的哲理升华。阿库宁把这段话直接搬进自己的作品（若按热奈特的说法，这是"抄袭"，因为没有明确标注出处），也多少具有上述的意味，即是说保留了部分原意。然而细思之下就会发现，这段引文与小说所描述的艺术现实之间存在着明显的脱节，并由此产生了强烈的反讽效果：那颗"埋在坟里的心"远没有巴扎罗夫般纯洁、诚实，这是一个恶贯满盈的"俄罗斯新贵"的心，他为一己之私谋妻害女，最终自己也成为罪恶的牺牲品。上述引文在感伤的表象之下，实则暗藏对当代社会生活现实的不满与无奈。"永恒的和解"在作者描绘的残酷世界中根本不可能存在，因为人人都是罪恶链条上的一环（米拉特·库琴科从受害者转变为害人者，并由此触动了罪恶的连锁机制，把自己单纯的妻子和女儿也卷入不幸的旋涡中），只有冷漠的大自然才可能为有罪的心灵带来"永久的安息"。在此，就连"无穷的生命"也已不是对生者和死者的慰藉，反而更像是对罪恶环生、难有终日的讽刺。

（二）用典（或暗示）

用典不像引用那样明显，它凭借极为有限的符号或通过变形处理的信息将一个信号系统移至另一个信号系统，所以要透彻理解一个文本或一段表述，"就必须抓住该表述及其通过一个或多个变化表述所反映的另一表述之间的关系"。② 阿库宁极善于利用各种文学、历史和文化典故来织造互文之网，把小说置于某种或某几种完全不同的语境中，以此赋予小说以更为丰富而深刻的意义。

在其第一部小说中，阿库宁就不止一次地使用"用典"手法在自己的小说与经典作品之间牵线搭桥。作者为自己的男女主人公所起的名字埃

---

① Акунин Б., *Внеклассное Чтение*, том 2, М.：ОЛМА-ПРЕСС，2005，c. 375 – 376. 译文参考了巴金先生的译著《父与子》，人民文学出版社 2004 年版，第 374 页。

② ［法］蒂费纳·萨莫瓦约：《互文性研究》，邵炜译，天津人民出版社 2003 年版，第 20 页。

拉斯特和丽莎很容易使读者联想到感伤主义的滥觞之作《可怜的丽莎》，这两个名字因之变成了具有特别意义的文化符号。它指向文本之外的文学事实，以读者熟悉的文学人物形象暗示了小说主人公的命运。实际上，阿库宁小说中许多人物的名字都可以找到相应的文学或历史典故，这成为理解小说主题或情节的关键文化符码。例如，"颓废主义侦探小说"《死神的情妇》中的两位诗人格德列夫斯基和拉廖列依·鲁宾斯坦分别是对当代概念主义诗人谢·康德列夫斯基和列·鲁宾斯坦的暗指[1]，他们参与"死亡诗社"是为了以唯美的方式来理解和接受死亡，通过死亡来抗争现实生活的不幸和无聊、打开通往"真正幸福的大门"。[2] 这显然是对白银时代和后苏联社会中笼罩整个知识界的末世意识的讽喻。再如，阿库宁在多部小说中塑造的"白将军"索巴列夫的形象给人留下了深刻的印象，其历史原型是巴尔干战争的英雄斯科别列夫将军（Соболев 与 Скобелев 在发音和词形上有相近之处），所以当他在《土耳其开局》和《阿喀琉斯之死》中出现时，熟悉历史的读者对小说故事情节马上就有了大致的推测。而在中篇小说《黑桃王子》中，一个重要的结构性角色就是骗子米佳·萨文，阿库宁给了他一个带有隐喻色彩的外号——"莫摩斯"（Момус）。众所周知，在古希腊神话中，夜神之子莫摩斯是专司嘲讽、责难之神，以挑剔别人的不足和缺陷为乐。通过对这样一个神话人物的借用，阿库宁暗示了米佳·萨文形象的基本特征及其角色功能，使读者可以在更深层次上把握萨文的形象内涵。从叙事效果来看，这个形象典故构成了小说中的一个外位性视角，它使作者可以游刃有余地将庸碌世人的滑稽可笑和混乱现实的荒谬无伦多侧面展示出来，从而在相当程度上深化了小说的主题。由此可见，一些看似随手拈来的典故不仅是联系阿库宁的小说与其他各类文本的纽带，而且还参与到入到小说的意义生产机制，赋予小说以新的语义形式，并进而影响到读者对整部作品的接受。

　　"标题用典"是阿库宁喜欢使用的另一种互文手法。阿库宁很多小说的题名都指向某一个外在的文化或文学典故，从而达到了"用较少的语词拈举特指的古事或古语以表达较多的今意"[3] 的艺术目的。在作家的初

---

① 据阿库宁在该小说扉页上的致辞，这两位小说人物的诗作确系谢·康德列夫斯基和列·鲁宾斯坦所写。请参阅 Акунин Б., *Любовница Смерти*, М.：Захаров, 2001。

② Акунин Б., *Любовница Смерти*, М.：Захаров, 2001, с. 45.

③ 张中行：《文言与白话》，黑龙江人民出版社1997年版，第93页。

期创作中，小说《阿扎泽尔》和《利维坦》的题名均是意在借用圣经神话典故来表达整个故事的深层含义，《土耳其开局》的题名是以象棋术语来暗示故事情节的发展逻辑，《阿喀琉斯之死》则转向了古希腊神话，以人们熟悉的神话英雄的名字来喻指小说中人物的形象特质及其命运遭际。这些都是"嵌入型"标题用典的例证。在阿库宁的小说中还有另外一种更直观的标题用典形式，我们不妨称之为"外显型"标题用典。"外显型"标题用典在小说《课外阅读》中表现得最为明显，也最为典型。这部小说模仿安德烈·比托夫的后现代主义名作《普希金之家》，书中几乎每一章的标题都取自世界文学和俄罗斯文学中经典名著的题名。但是同上面列举的几个例子有所不同，在这里用典手法往往存在着严重的语义脱节现象，即章节内容与章题所指向的先例作品之间往往难composts符合。略举一例为证：小说第三章《伊凡·伊利奇之死》显然是借用了托尔斯泰的同名作品，然而这两者之间的相同之处也就仅止于此。尽管书中两位死者的名字和父称完全相同，但这两个人物有着完全不同的生活经历和死亡体验。托尔斯泰笔下的伊凡·格罗温仕途得意之时罹患重病，死亡最终使他有了新的人生感悟。或者说，他是以死的方式体验着生。而阿库宁小说中伊凡·施彼亚京的形象更具社会属性，他在苏联解体后先后经历了失业、丧妻、理想破灭的痛苦，在窘迫无助的生活重压下失去了对公正的信任，进而走上报复社会的犯罪道路，最终死于非命。他的死亡体验是短暂、肤浅且模式化的。死亡的意义在两部小说中亦是迥然相异：对格罗温来说，死是对恐惧的胜利，是"一片光明"，是对生的自然继续和理性升华；而施彼亚京之死却被呈现为一种偶然和盲目，是光明之后的"黑洞"①，是生命的虚无和无价值。由上可见，托翁的伊凡·伊利伊奇之死折射的是作家对生与死的哲学沉思，而阿库宁的伊凡·伊利伊奇之死则是对混乱无序的社会的控诉。在这里，主文本与互文本之间的联系是外在且微弱的，但这种联系客观上通过相互比照凸显了施彼亚京之死的无意义性。在其他一些章节如《阴谋与爱情》、《美丽新世界》、《中暑》、《队长》中，也存在同样的情况。这些题名中总是包含着两种甚至更多的意向和声音，它们与被引用作品构成了明显对话，"'源'作的名称或某句话被放到了'新'作语境中，这样不仅能听到'新'作者的声音，而且'源'作者的声音也

---

① Акунин Б., *Внеклассное Чтение*, том 1, М.：ОЛМА-ПРЕСС, 2005, с. 78.

清晰可辨"①，从而形成了具有双重甚至多重含义联想的双声语。除此之外，"外显型"标题用典在小说叙事中还有一个重要的功用：阿库宁故意利用歧义来使自己的小说与经典文学发生联系，从而赋予小说以轻松俏皮的游戏意味，正如小说名称所指出的，这是供人消遣、让人娱乐的"课外阅读"。从小说整体结构来看，《课外阅读》借助用典手法将不同体裁、风格、流派的文学作品并置一处，纳入同一个语义场，这一文学事实本身就是对作者狂欢式游戏写作心态的忠实映射。

需要注意的是，在用典构成的互文联系中，充当互文本的可以是文学作品、文化遗产（如上文所示），也可以是泛指的社会历史文本。阿库宁善于把现实生活中的一些典型现象甚至野史稗传作为典故植入自己的作品，使之成为泛化的狂欢式审美文本。已有论者指出，小说《阿喀琉斯之死》中莫斯科总督弗拉基米尔·多尔戈鲁基喜好奢华建筑，并以铁腕向商人收取赋税来建造基督救世主大教堂②的行为，实际上暗指20世纪末莫斯科市长尤里·卢日科夫的相似做法③，如此一来，这个历史典故与俄罗斯当下社会现实构成了宽泛意义上的互文关系，触发读者将现实和历史相联系，起到了借古讽今的艺术效果。在作者用小说话语搭建的这个艺术狂欢节中，多尔戈鲁基显然成了卢日科夫的替身形象。就像古希腊狂欢节上的草台戏中的国王角色一样，多尔戈鲁基的被免职（当然，是在另一部小说《五等文官》中）对应的正是狂欢节上不可或缺的脱冕仪式。④

如此这般的隐在狂欢式话语，在阿库宁的其他作品中也时有表现。譬如在《土耳其开局》第一章中，作者用寥寥几笔勾画了一个才华横溢、但对女速记员意图不轨的"大作家"的形象。熟悉陀思妥耶夫斯基生平经历的读者对这个插入的故事应该是不陌生的，很明显这是对陀思妥耶夫斯基及安娜之间的传闻的暗示。这个典故在令人会心一笑的同时，也起到

---

① 凌建侯：《巴赫金哲学思想与文本分析法》，北京大学出版社2007年版，第128页。

② 基督救世主大教堂（Храм Христа Спасителя）是世界上最高的东正教教堂，始建于1837年，1883年正式竣工。1931年为了修建苏维埃宫而被拆毁。1990年在教众的呼吁下开始重建工作，2000年在尤里·卢日科夫担任莫斯科市长期间最终竣工落成。

③ Ранчин А. "Романы Б. Акунина и Классическая Традиция", НЛО, №. 67, 2004.

④ 有意思的是，这个情节隐喻仿佛真的突破了艺术与现实的界限，在现实生活中继续发挥了其效力：2009年9月28日，即阿库宁这部小说发表十年之后，根据俄罗斯总统德·梅德韦杰夫签署的总统令，在位18年的莫斯科市长尤里·卢日科夫因"失去俄罗斯联邦总统的信任"而被免职。

了精神脱冕的作用：小说作者不是把陀思妥耶夫斯基视为伟大作家加以顶礼膜拜，而是把他看作一个有着七情六欲的普通人，就像西尼亚夫斯基笔下"迈着色情的小腿跑进了文学"的普希金一样，陀思妥耶夫斯基也被从神坛上拉了下来，成了作者的一个对话者。① 这样的用典应和了后现代主义者所强调的"世界即文本"的观念，反映了阿库宁试图将生活纳入艺术、消解艺术与现实之间界限的创作意图。

（三）仿作

仿作是派生于原文但不再现原文的互文现象。就整体而论，仿作体现在阿库宁小说的不同层面上，包括题材、语言、情节、主题、人物形象、场景等。阿库宁在不同方面模仿了不同时代、不同风格流派的作家的创作，从而使得其笔下就像是整个文学的汇集地，他的小说也因此表现出明显的杂语性。阿库宁作品中的仿作可分为宏观仿作和微观仿作。我们用"宏观仿作"来指称对题材主题、情节布局、语言风格等体裁要素的模仿。众所周知，任何一部作品都是在前人基础上的书写，所以它必然受到已有文本体系的制约。在这个意义上说，任何作品都以仿作形式与其他作品发生着互文性联系。阿库宁的小说更是如此。由于前文已经探讨了阿库宁的创作与文学史上诸种体裁和流派的关系，下文仅对其作品中的微观仿作，即局部或细节的仿作进行一番考察。

首先，我们来看看上文提到的《土耳其开局》。在这部小说中，作者模仿屠格涅夫《前夜》中的女主人公叶莲娜·斯塔霍娃和车尔尼雪夫斯基《怎么办?》中的女主人公薇拉·巴普洛夫娜，塑造了一个受时代思想浸染的女性"新人"的形象——瓦莉娅·苏霍洛娃。瓦莉娅是个自我意识觉醒的时代女性，上中学时就形成了女权主义思想，她认为世间不公正的根源在于女性比男性完美但却不能拥有"真正的生活"，因此她决定"换一种方式生活"：② 同薇拉一样，她开始学习医学知识、参加社会工作、追求进步思想，向农民的孩子讲授文化，逐渐养成了独立自主、注重行动的个性。她与彼佳的关系，可以说完全就是薇拉和洛普霍夫关系的翻版：

---

① 例如，阿库宁多次讽拟了陀思妥耶夫斯基"美将拯救世界"的命题。对此后文有述。
② Акунин Б.，*Турецкий Гамбит*，М.：Захаров. АСТ，2000，с. 12.

　　那时，瓦莉亚和彼佳就已经制定了未来生活的方案，这是建立在相互尊重和合理分配责任基础上的自由的、现代的生活。

　　……他们在韦伯罗茨大街租赁了一套房子，里面有老鼠，但毕竟也算是三居室啊。他们像薇拉·巴普洛夫娜和洛普霍夫一样生活着：每个人拥有自己的房间，而剩下的那个房间被用作交谈室和公共会客室。虽然在房东跟前他们自称夫妻，但实际上只是同志般地共同居住而已。晚上，他们在公共会客室里一起读书、喝茶、聊天，然后互致晚安，就回到各自的房间里去了。就这样过了一年，他们的生活过得非常完满，完全同心同德，没有丝毫的庸俗和肮脏。①

　　如同车尔尼雪夫斯基笔下的薇拉和洛普霍夫，瓦莉娅和彼佳将合理的利己主义道德观奉为人生的基本教义，在追求纯粹精神的乌托邦中过着禁欲主义式的尘世生活。这段仿作一方面通过对《怎么办?》的指涉丰富了瓦莉娅形象的社会内涵和思想内涵，另一方面又将薇拉的形象模式化、概念化，完成了对传统文学形象的审美价值转换。

　　除了对人物形象的模仿，阿库宁的小说中还有许多场景仿作。如《阿扎泽尔》中凡多林的噩梦②与《罪与罚》中拉斯柯尔尼科夫的梦境描写之间就存在着许多相似之处：第一，两个梦都是杀人后人物心理状态的折射，所不同者是拉斯柯尔尼科夫是真的杀了人，而凡多林是误以为杀了人；第二，梦境与现实的界限都模糊不清，两人都处于半梦半醒的意识混乱状态；第三，梦的氛围也是一样的荒唐、恐怖、惊悚，其中都包含着死者复生的情节。这三点很容易就将读者的思路引向陀思妥耶夫斯基小说中的有关场景，从而形成互文。阿库宁对陀思妥耶夫斯基作品的模仿在《佩拉盖娅与红公鸡》中亦有所体现，书中基督教最高会议总检察官波别金与流浪者马努拉对话的场景③显然就是对《宗教大法官》的仿作，通过这种互文性联系，阿库宁把陀氏原文中深刻的哲理思想引入自己的小说，丰富了小说的思想内涵。再如，为了说明凡多林非同寻常的逻辑推理能力，阿库宁在《利维坦》中描写了一段引人入胜的游戏场景，

---

① Акунин Б. , *Турецкий Гамбит*, М. : Захаров. АСТ, 2000, с. 13.

② Акунин Б. , *Азазель*, М. : Захаров, 2002, с. 190 – 193.

③ Акунин Б. , *Пелагия и Красный Петух*, М. : АСТ, 2003, с. 262 – 263.

叙述了凡多林如何通过人的声音、衣着、神态、动作等细节判断他的身份或生活状态。① 熟悉福尔摩斯探案系列的读者马上就会发现，这是典型的柯南·道尔式的叙述手法，当然其中也有埃科《玫瑰之名》中威廉神父的影子。

不仅如此，阿库宁甚至将基督教《圣经》作为自己的模仿对象，在《佩拉盖娅与红公鸡》中书写了一部充满魔幻色彩的"佩拉盖娅福音书"（小说的最后一章即以此为章题）。在阿库宁的故事中，《圣经》中关于耶稣受难与复活的记载被解释为一个历史讹传。原来，门徒犹大将面临生命危险的耶稣藏匿在某个山洞之中，被钉死者并非耶稣本人而是另有其人。被拯救的耶稣偶然间通过这个神秘的山洞穿越时空来到 19 世纪的俄国，之后以圣愚身份在俄国流浪布道，经历了一些类似于《圣经》中所描写的苦难和诱惑。在故事的最后，他向俄国修女佩拉盖娅揭示了信仰的真谛，后者则用笔记将自己追随基督的经历以现代福音书的形式传之于世。不难看出，这段仿作不无游戏调侃之处，正如许多后现代小说所做的那样。然而，就像安德烈耶夫的《加略人犹大》和米·布尔加科夫的《大师与玛格丽特》对圣经故事的改写，阿库宁似乎更着力表现当代大众意识中的"信仰"形象而非纯粹的文字游戏，其主调依然试图维持圣经式的庄重肃穆，其中较少戏拟的成分。总之，仿作的情况在阿库宁小说中表现得较为突出，在后文中我们还将涉及这个问题。

（四）戏拟

戏拟或戏仿是对原文进行语义转换或扭曲变形，在新的语境中赋予其不同甚至完全相反的意义。从仿作到戏拟只有一步之遥，仿作"倘若由于某种原因而显得滑稽可笑，或者表现得过分"就会变为戏拟。② 戏拟是一种保持批评距离的仿作，它"使作品能以反讽语气显示寓于相似性正中心的差异"③，其中既体现了一种文学传统的延续，同时又显示了传统的变化甚至断裂。一般来说，戏拟的目的主要在于平面化的玩味、善意的嘲笑或根本的逆反。这是最具对话精神的一种互文手法。作为一种具有文化中性的消遣文学作品，阿库宁的小说不像俄罗斯后现代主义主流作品那

① Акунин Б.，*Левиафан*，М.：Захаров，2001，с. 65 – 68.
② 参阅哈利泽夫《文学学导论》，北京大学出版社 2006 年版，第 312 页。
③ ［加］琳达·哈琴：《后现代主义诗学：历史、理论、小说》，李扬等译，南京大学出版社 2009 年版，第 36 页。

样，热衷于以孜孜不倦的戏拟来消解崇高价值并表现出激进的政治性。然而，细读之下我们还是可以发现其作品中存在着以戏拟手法游戏文学、展开对话的痕迹。

在"体裁"系列中，《间谍小说》就是一部针对苏联社会主义现实主义间谍小说的戏拟之作，它嘲笑了被官方意识形态"正统化"了的大众叙事文学。阿库宁赋予人物语言以鲜明的时代政治特色，把尤里安·谢苗诺夫等苏联晚期"主流作家"小说中的越境、间谍活动、乔装、设伏、追逃等情节拼贴在一起，故意突出了该体裁的意识形态因素和情节因素。由于接受语境的差异，整部小说发生了价值和意义的易位，其中看似神圣的思想、冠冕堂皇的话语都被作为"可与之随意游戏的空壳、木乃伊和乖谬的形式"①而呈现出来。在这里，作者借前人语言说话，但意向的抵牾促成了对正统价值的消解，从而将苏联时期的严肃文学话语变成了滑稽的体裁戏拟游戏。"体裁"系列中的另一部作品《幻想小说》也有类似的戏拟倾向。这部小说借用了人类与外星文明冲突的母题，讲述了一个读者司空见惯的科幻故事。其独特之处在于，阿库宁在这个故事中依然间离性地描述了苏联意识形态的统御地位。这篇构思并无新奇之处的小说实际上展示了苏联科幻小说的观念危机，在立意上形成了对这一长期流行的通俗文类的戏拟。

语言层面的戏拟在阿库宁小说中表现得极为隐晦，有时甚至难以被发现。但如果仔细审看，还是能够找到一些蛛丝马迹。我们试以《死神的情妇》中的一首诗歌为例来看一看阿库宁的语言游戏。这部小说中嵌入了许多诗歌作品，其中不乏一些戏拟之作，如《死亡之岛》中的第一个诗节与莱蒙托夫的名诗《帆》就显得极为相似：

> Шумит океан широкий，　广袤的海洋沸腾喧嚣，
> Синеют высокие волны．　汹涌的巨浪泛着青蓝。
> Меж ними остров одинокий，　幽灵遍布的孤独海岛，
> Весь призраками полный．　忽隐忽现于波浪之间。(с. 40)

不难看出，以上所引诗节重复了莱蒙托夫原作中大海、波浪、孤独等

---

① Иванова Н.，*Ностальящее. Собрание Наблюдений*，М.：Радуга，2002，с. 88.

意象，同时又去除了原诗的主题，将这些意象转置到颓废主义和神秘主义的语境中。尽管戏拟的痕迹被刻意抹除，但是有心的读者依然可以通过两诗相近的格律发现阿库宁对莱蒙托夫诗歌的游戏性拟写。这种戏拟的痕迹在小说中其他一些诗作中也可找到，其中比较典型的如《面色苍白的王子》，读者很容易发现这首诗从题名到主题都是对阿赫玛托娃《灰眼睛国王》的戏拟和玩味。

　　此外，对格言、俗语和民谚的戏拟也是阿库宁小说重要的语言手段。这种互文手法不仅形成了幽默风趣的行文风格，而且有时也是对社会生活现实的形象生动的反映。例如，对人们耳熟能详的俗语"宁要一百个朋友，勿要一百个卢布"，阿库宁戏拟为"宁要一百个朋友，勿要一百个卢布（反正不值钱）"[1]，在幽默中透出洞察世事的睿智，同时也戏谑地讽刺了 20 世纪末俄罗斯经济凋敝、货币贬值的社会现实。

　　戏拟有时将他人的思想观念纳入互文关系中，形成文本间的内在对话。例如，陀思妥耶夫斯基著名的艺术命题"美将拯救世界"曾两次成为阿库宁的讽拟对象。[2] 在《阿扎泽尔》中，阿库宁以《白痴》中的人物菲利波夫娜的形象为蓝本塑造了别热茨卡娅的形象，然而以"美"的形象出现的别热茨卡娅并非拯救世界的天使，而是毁灭世界的阿扎泽尔即"堕落天使"。似乎是为了标示自己的戏拟动机，作者还特意将该书第四章的标题取名为"关于美的杀伤力的叙述"。在另一部小说《装饰大师》中，对"上帝之美"的执着追求令主人公索茨基悖论性走上罪恶歧路，他试图通过消灭人世间的丑陋来拯救上帝的世界。在这里，"美"的拯救实则是以牺牲他人的生命为代价的，而这显然违背了基督教的基本教义和人道主义的基本精神。总而言之，这两个人物形象是阿库宁与陀思妥耶夫斯基展开对话的载体。当然，这种对话并不是严肃的形而上学的思想对话，而是带有些许戏谑色彩，代表了大众文化对严肃思想和高雅文化以嘲弄的方式进行脱冕的狂欢意识和消费主义倾向。此外，在阿库宁对陀思妥耶夫斯基私生活的暗指（《土耳其开局》）以及对其名著《罪与罚》的改写（《费·米》）中，也隐含了这种反讽意味，从而在权威和大众、经典性和通俗性、连续性和变化之间建立起了一种不无矛盾性的对话机制：一

---

① 原文为：Не имей сто рублей（всё равно не деньги），а имей сто друзей. 见 Акунин Б.，Ф. М.，М.：ОЛМА Медиа Групп；ОЛМА-ПРЕСС，2006，с. 92。

② Ранчин А. "Романы Б. Акунина и Классическая Традиция"，НЛО，№. 67，2004.

方面，阿库宁将这位经典作家及其创作树为戏拟对象，有意解构被定型了的、模式化了的形象和思想；另一方面我们也不难看出，这种善意的戏拟游戏仍然是表达敬意的手段，因为它既对戏拟对象、同时又对戏拟本身即对象的庸俗化（从思想小说《罪与罚》到侦探小说《理论·彼得堡故事》的变形）表示了反讽态度。这种戏拟手法带有明显的狂欢广场化的性质。

有时阿库宁会将一个前人已经讲过的故事以另一种方式重新讲述出来，并通过差异性重写赋予其以相反的意向，来形成对前文的戏拟，将其纳入更加明显的对话结构之中。在小说《加冕典礼，或最后一部小说》中，对霍登惨案的描写就有对列夫·托尔斯泰短篇小说《霍登广场事件》的戏拟成分。托尔斯泰没有描写惨案本身的过程，而是讲述了一个人们如何拯救孩子的故事，以此证明了人性的伟大，因而整部小说洋溢着一种乐观主义的情绪。阿库宁在叙述中同样加入了一个拯救孩子（但未获成功）的细节，但他更多地以悲观忧郁的笔调细描了现场的混乱和惨象以及帝国上层统治者反人道的漠然态度，说出了托尔斯泰未说出的部分，从而对后者的叙述提出了质疑。在与托尔斯泰的对话中，阿库宁隐晦地表达了他的如下观点：正是俄国的上层统治阶级对 20 世纪初的一系列悲剧性事件负有不可推卸的责任。

通过如上分析可见，阿库宁的戏拟手法不仅是当代大众文学所擘爱的游戏策略，它还为重新审视传统意义上的经典文本提供了新的可能性。琳达·哈琴认为戏仿（戏拟）是后现代主义一个完美的矛盾表现形式。[①] 确实如此，因为它既包含又质疑了被其所戏拟的对象，既唤起读者的文学记忆又质疑经典作品的权威性，以一种矛盾的态度建立了与戏拟对象之间的对话关系，形成了狂欢式的话语空间。阿库宁在模仿经典的同时，又将模仿视为一种意义再造过程，通过戏拟将经典文学大众化、通俗化。这本身就是对"严肃文学"中心主义话语的挑战。这一点赋予阿库宁的创作以某种程度的后现代主义特色。据此，我们认为阿库宁的创作反映了后苏联时代高雅文化与大众文化的冲突和交融，表达了当代俄罗斯文学在迷惘之后试图重构其文化身份的诉求。

---

① ［加］琳达·哈琴：《后现代主义诗学：历史、理论、小说》，李扬等译，南京大学出版社 2009 年版，第 14 页。

（五）改写

改写（ремейк）是大众文学的生产方式之一①，它将经典文学作品从高雅文化范畴转置到大众文化领域，使它的形式和意义简化到消费者可以理解的水平。这是当代俄罗斯文化语境中雅俗沟通的一种重要形式。阿库宁更是将这一手法视为同经典作家竞争的途径②，赋予其浓重的后现代游戏色彩。他在小说《费·米》中对陀思妥耶夫斯基《罪与罚》的改写即体现了游戏文学的创作心理。在这部小说中，阿库宁无中生有地以"发现的手稿"的形式，采用文类转换、故事情景重置、变换叙事焦点等手法对《罪与罚》进行了改写。故事叙述 21 世纪初的尼古拉斯·凡多林在调查一系列案件的过程中，意外得到了一份陀氏的手稿，随着调查的深入，他发现这竟然是《罪与罚》的一个异文版本。原来，陀氏在创作《罪与罚》之前，曾因生计所迫创作了一部以同样题材为基础的侦探小说《理论》（Теорийка），因为他深知大众读者需要的是"加博利奥或爱伦·坡式的犯罪小说"，而非关于"被侮辱与被损害的人"的思想巨著。③ 后来由于种种原因，这部小说未能公之于世。我们可以发现，与流传至今的陀氏名著不同，《理论》采用了侦探小说形式，主要以七等文官波尔菲利（阿库宁给了他一个读者已经十分熟悉的姓氏：凡多林）的视角叙述了一起连环杀人案的侦破过程。④ 小说对原作的情节做了大幅度改写，例如真正的凶手并非超人理论的鼓吹者拉斯柯尔尼科夫而是变态杀人狂斯维德里盖洛夫，而且卢任因为对索尼娅的肆意凌辱竟也成了斯维德里盖洛夫实践其超人理论的牺牲品。

---

① 如扎哈罗夫出版社的"新俄罗斯小说"系列就是对《白痴》、《安娜·卡列尼娜》等经典作品的通俗化改写或仿写。一方面，这些第二性文本破坏了经典作品原有的思想底蕴和美学特征，为了迎合当代读者的阅读口味而使经典现代化、庸俗化了；但另一方面也不能不认识到，在新的社会历史条件下，经典文化也正是通过如此渠道才得以回归，并扩大其在社会大众中的影响力。

② Чхартишвили Г. （Акунин Б.）， "Девальвация Вымысла：Почему Никто Не Хочет Читать Романы" *Литературная Газета*，№. 39，1998.

③ Акунин Б.，*Ф. М.*，М.：ОЛМА Медиа Групп；ОЛМА-ПРЕСС，2006，с. 294.

④ 被嵌套在《费·米》中的这部"小说中的小说"，是阿库宁对思想小说《罪与罚》进行大众化、趣味化改写的结果。阿库宁写道："我不喜欢拉斯柯尔尼科夫，索妮娅·马尔梅拉朵夫也让我感到枯燥无味，而侦察员波尔菲利·彼得洛维奇却让我觉得极为有趣。关于他，陀思妥耶夫斯基所言甚少，而我想说出更多的东西，因此波尔菲利就成了我的主角。"（Леонид Парфенов，"Борис Акунин：Больше Всего Люблю Играть"，*Русский Newsweek*，№. 19，2006.）

由此可见，阿库宁虚构的这部手稿对陀氏的名著作了侦探小说式的重新解读，并将其重构为一起普通的变态凶杀案件。就情节的紧张性、趣味性和结构的严密性而言，阿库宁的改写的确达到了"在伟大先辈作家的领地上超越他们"① 的目的，然而，他同时也消解了原作深刻的思想内涵，使整个故事变成了平面化的推理游戏。陀思妥耶夫斯基借助侦探情节的趣味性来创作复调哲理小说，而阿库宁却反其道而行之，借助哲理小说的影响来增加侦探小说的趣味性，从而将陀氏作品简化为加博利奥或爱伦·坡式的犯罪小说和"商业秀"（шоу-бизнес）。

在这里，对经典的改写和戏拟本身就是目的。就其实质而言，阿库宁对经典作品的改写乃是"神秘"的去本体化过程。伊·斯米尔诺夫曾指出，在俄罗斯文学中存在一种对立于侦探小说的体裁"神秘文学"（литература тайн），在这类作品中神秘（生命、存在和人类心理的秘密）具有本体性地位，因而在体裁结构上与侦探小说迥然相异，在侦探小说中，占据核心位置的并非"神秘"，而是暂时性的"谜"（загадка）。② 按照这种观点，我们发现《费·米》对《罪与罚》的改写就是一个将神秘转化为谜之符码的过程，亦即"深度模式"的削平过程，这与以本体怀疑论为思想基础的后现代主义美学具有内在的一致性。

在阿库宁的小说里，构成互文联系的主要是文学文本和历史文本，但并不限于此。其他的一些文化元素也为他的小说创作提供了具有文化意义的互文本。例如，阿库宁在《费·米》的文本中插入了大量图片（如所谓的"拉斯柯尔尼科夫的故居"、"陀思妥耶夫斯基的指纹"和"波尔菲利·彼得洛维奇的戒指"等），借助图文之间的互文联系有意消抹现实与虚构、历史与文学的差异，暗合了"世界即文本"的后现代观念。在该书精装本的封面上，读者极为熟悉的那幅陀思妥耶夫斯基低头沉思的肖像与著名的好莱坞电影角色蜘蛛侠的形象被"拼贴"在一起，以戏谑的方式喻指了读图时代以影视为主要代表的大众文化对高雅艺术的冲击及两者之间的融合。我们可以将这种伪经典式的写作形式视作阿库宁多体裁写作

① Чхартишвили Г., "Девальвация Вымысла: Почему Никто Не Хочет Читать Романы", *Литературная Газета*, №. 39, 1998.

② Пращерук Н., "Детективизация Современной Прозы: к Вопросу об Онтологии Процесса", Составитель Савкина И., *Культ-товары: Феномен Массовой Литературы в Современной России*, СПб.: СПГУТД, 2009, с. 181 – 186.

实验的进一步深化。与剧本《海鸥》一样，它表明了阿库宁解构精英艺术、故意混淆雅俗、超越艺术与现实界限的反艺术创作倾向，本质上带有后现代主义美学风格和狂欢色彩。这也是大众文学"消费经典"创作原则的体现。如前所述，大众文化生产往往是一种"内爆"行为，即它指向的不是外在社会现实，而是已有文本体系。过度的生产导致文本体系内部差异性的丧失，最终造成对原文本意义的直接破坏。阿库宁诉诸人们的文学记忆，将一个晦涩难懂的经典文本改写为叙事明快、悬念迭起的通俗文本，以自己的创作实践为大众文学的消费特性作出了一个极佳的个性化注释。

通过对以上形态各异的互文手法的梳理，可以发现互文性将阿库宁的侦探小说创作带入了一个庞大的文本体系。这至少导致了四个结果：其一，小说的语义机制变得更加复杂，作品所反映的艺术现实得到极大扩展，文本意义也因为互文投射而变得愈加丰富，从而赋予作品多姿多彩的生命力和创造力，拓宽了大众文学体裁的审美疆域；其二，对文学形式创新而言，阿库宁以大众文学的形式并容了不同文体风格的文学材料和历史文化材料，以审美泛化的方式消弭了高雅与通俗、审美与现实之间的紧张对峙，生成了一种自由、轻松的大众审美文本；其三，从文本接受的角度来看，阿库宁文本中多样的互文手法打破了侦探小说阅读的线性形态，形成了横向和纵向交叉结合的复杂的阅读图式，从而带给读者一种崭新的阅读体验，使读者在经历瑰丽曲折的故事情节的同时，可以从丰富的互文中获得不同程度的审美享受（当然，这取决于作者的效果预设和读者的经验储备），并与作者一起共同参与到作品的创作之中；其四，从创作效果来看，对经典文学文本和历史文本的大量借鉴和戏拟所构成的次级意指系统使小说的意义机制变得更加复杂，这无疑会丰富小说的解读维度、增值其思想价值，从而擢升作品自身的文化地位，并在客观上形成了一个抵御批评界攻击的"挡箭牌"。在当时大众文学遭受普遍批评的背景下，很多批评者独尊阿库宁，指出其小说具有独特的风格模拟及丰富的文化内涵①，认为这些小说具有毋庸置疑的艺术价值。

---

① 如罗曼·阿尔比特曼的文章：Арбитман Р. ，"Бумажный Оплот Пряничной Державы"，*Знамя*，№. 7，1999。

很明显，这与其作品丰富的互文组织不无关系。达尼尔金以调侃的笔调写道，阿库宁 **"不是园丁，而是装饰师。他将名著文本撕成引文，用出色的、巧同造化的手术刀剖开这些文本，并在其中发现了某种美"。**① 还有评论者指出，阿库宁对文学和历史事件的互文参照是阅读其侦探小说时主要的快乐源泉②，很多学术型读者正是在查找小说与他人文本的复杂联系中获得了一种类似侦探式的快感和满足。无处不在的互文性以及对高雅、通俗艺术的杂糅让阿库宁的作品既具通俗性又有学术性，使其在多重解读中真正成了雅俗共赏的文本。

第三节　"脱冕仪式"：文本内的狂欢化建构

狂欢化文学作为一种体裁传统，影响了不同的文学流派和创作方法，并已融化在民间文学的体裁记忆之中，成了民间文化意识和大众艺术思维的有机成分。阿库宁的许多作品都表现出了不自觉的狂欢化倾向。下面我们主要以长篇小说《利维坦》为例，看看狂欢式艺术思维在阿库宁文本内在层面的具体体现。

《利维坦》是阿库宁发表的第三本小说，也是作者写得最精彩的作品之一。这部小说在叙述方式、人物形象塑造、情节布局设置等方面皆运用了狂欢式思维所特有的艺术逻辑，使整个故事笼罩在浓烈的狂欢化氛围之中。

在叙述方式上，《利维坦》打破了侦探小说单一视角叙事的惯例，采用多重视角叙述结构，从不同侧面聚焦展示了一个看似通俗、实有深意的侦探故事。这部小说共分为三部分，每一部分均由五章构成，而每一章又分别是从不同人物的限知视角所作的极具主观性的叙述。在这五个叙述角色的背后，还隐藏一个看似客观的全知叙述者。后者仿佛在观察着整个事

① Данилкин Л., "Убит по Собственному Желанию", Акунин Б., *Особенные Поручения*, М.：Захаров，2000，c. 317 – 318. 黑体为引者所标。达尼尔金通过戏拟被收入该书的一部中篇小说《装饰师》的题名和情节来调侃阿库宁的整体创作风格。他认为两者之间存在着一个"肉体—文本"的隐喻体系，即变态者索茨基剖开人体寻找上帝之美实则隐喻着阿库宁解剖正典文学以寻找文学之美。

② Elena V. Baraban，"A Country Resembling Russia：The Use of History in Boris Akunin's Detective Novels"，*SEEJ*，No. 3，2004. p. 396.

件的发展，他善于采用小说人物的主观视角来展开一段叙事，从而达到以自由间接引语的形式"用人物自己的语言"来揭示人物内心状态的目的。① 这种全知与限知视角相互融合的"复调"式叙述②构成了多重视野的叠加，有利于把人物形象的双重性从隐蔽之所暴露出来，使小说在整体上表现出明显的反讽指向。得益于这样的叙述策略，故事中的每一重要人物都在自己的视野和他人视野中、在自我意识和他人意识中被展示出来，显露着其互不相符的不同侧面。虚伪和真实在多视角的交叉下显得如此不可调和，让人无法不深切地感受到伪善与假正经的无力和可笑。正如巴赫金所说，在这里表演的是生活本身，它抛开了盖在自己身上的"遮羞布"，在更深刻的层面上揭露了社会和人性的本质。而这一切之所以能够实现，皆因作者通过视角运用，将"利维坦号"豪华客轮上的沙龙（故事地点）进行了象征性转化，使之变成了如陀思妥耶夫斯基小说中的客厅一样的狂欢广场：在这里，每一个视角都以自己的存在迫使其他视角及其载体（人物）变得相对，每一个出场人物都处在"观看与被观看"的关系结构中，他们摆脱了日常束缚和生活常轨，成为平等交往的主体和"真正的"人。在这个充满狂欢精神的沙龙中，有着极不协调的双重形象，也有象征意义上的加冕和脱冕。正是在剧烈的狂欢式的变化中，"人的命运、人的真实本质、人与人关系的真实本质被生动地揭示出来"。③狂欢式的艺术结构使作品的意义机制变得更加丰富而深刻。

借助多视角叙述策略形成的广场形象是人物表演的舞台，在这个超越常规生活的狂欢化时空中，作者把《利维坦》的情节集中于有限的几个场景之中，结果使小说中的所有人物都被迫处于象征转折的边沿，即谎言与真理、理智与疯狂、高尚与卑下的临界线上。这些人物形象打破了固化的社会规定性，处在变化或趋向变化的状态中，因而带有明显的狂欢化形象的特征。在小说中，这一艺术效果主要是通过"假面"手法来实现的。"假面"（狂欢节上戴面具出场）或"换装"（狂欢节上更换衣服，改变地位命运）是阿库宁善于利用的狂欢化手法，借助于它，作家在小说中

---

① Денисова Галина，"Необычный Бестселлер: Заметки о Построении Левиафана Бориса Акунина", *Studi Slavistici*, No. 3, 2006, c. 206 – 207.

② 关于复调视角的提法，请参阅石南征《明日观花——七、八十年代苏联小说的形式、风格问题》，社会科学文献出版社1997年版，第89页。

③ 程正民：《巴赫金的文化诗学》，北京师范大学出版社2001年版，第94—95页。

塑造了一系列喜剧性人物形象。在巴赫金的诗学理论中，假面是民间文化中最复杂、最多义的母题，它与"更替和体现新形象的快感、与令人发笑的相对性、与对同一性和单义性的快乐的否定相联系"，在假面中"体现着生活的游戏原则，它的基础是对于最古老的仪式演出形式极为典型的、完全特殊的现实与形象的相互关系"。① 假面与降格和脱冕之间是相辅相成的关系，其象征性是极其复杂的，像装腔作势、忸怩作态等生活现象都是它的衍生物。假面对艺术思维的重要性在于其本体的双重性，即它永远意味着自己的反面亦即真面、真实，永远暗示着丰富的生活，"在假面的背后永远是生活的不可穷尽性和多姿多彩。"② 在阿库宁的小说中，我们可以发现假面仍然保留了上述这种狂欢节本性。在小说前半部分，所有主要人物都是以假面出场的：巴黎警察局的戈什警官为了调查震惊法国的"世纪谋杀案"以高利贷者的假身份登上邮轮，学成归国的日本留学生青野（Аоно）出于虚荣而诈称日本军官，克拉丽莎·斯坦普把自己装扮成一位阔小姐，玛丽·萨丰冒称瑞士银行家夫人雷纳塔·克雷柏，轮船大副兰尼埃的真实身份是印度某旧藩邦的王子。就连作为小说主角的凡多林也是一个具有双重面具的形象：他虽然以外交官的真实身份出现在利维坦号客轮上，但在整个故事中，其外交官身份显然是被忽略的，被突出的是其侦探的角色。总而言之，由以上所有这些人物所组成的圈子就像是一出假面舞会，他们都出于自以为严肃的目的参与到一场滑稽的游戏之中，共同出演了一幕诙谐喜剧。具有讽刺意味的是，这个上层社会的假面舞会实则是对"常态"生活的映照。在这个镜像中，虚假是统治一切的君王。然而，在小说中假面不是静止的讽刺，它始终孕含着自己的反面，体现着更替、转换和再生的精神。随着情节的发展，所有人物的假面都被一一扯开，其形象与性格的双重性暴露无遗。假面的母题所蕴含的正是复杂形象的动态存在：从正义到罪恶（戈什），从自卑到再生（青野），从高贵到庸俗（斯坦普小姐），从清纯到罪恶（玛丽·萨丰）……由此不难看出，"假面"是《利维坦》中一个非常重要的叙事手法和叙事主题，它使得人物身份的随意变动成为可能，并在此基础上展示了一个巴赫金意义上的"颠倒的世界"。

---

① ［苏］巴赫金：《巴赫金全集》（第六卷），河北教育出版社2009年版，第46页。
② 同上书，第47页。

在情节建构方面，假面主题也发挥着极为重要的作用，它是情节"突转"的重要因素。古今中外的侦探小说作家常常利用假面和换装来故布迷阵，揭示谜底，带给读者一系列的"意外"，从而增强小说的趣味性和可感性。《利维坦》将这一手法发挥到极致。阿库宁给所有的人都戴上假面，使其身份和言行显得扑朔迷离，然后通过一次次的"突转"将悬念步步推高，直至故事临近结束才最终释放，从而形成强烈的审美感受。我们以戈什的形象为例来看看这部小说中情节突转的机制。戈什是小说中最为复杂的形象之一，他实际上戴着两副面具在表演：一个是高利贷者，另一个是警察。对读者而言，他的第一副面具是预知的，所以当他的高利贷者身份被揭穿之时，并不能形成惊奇感。然而，当他面对宝藏的诱惑又脱掉了第二副面具即警察身份之时，读者就只有"意外"的份儿了，因为这与先前认为他是正义代言人的预设形成了巨大的反差，这就构成了情节突转。在这个出乎意料的揭穿真相的过程中，读者的阅读预设和体裁阅读经验遭到瞬间瓦解，这既破坏又重构着读者的期待视野。在这部小说中，作者先后五次以同样的方式制造情节突转，从而以"不断的惊奇链条"强化了读者的期待心理，在很大程度上提升了小说的体裁审美潜力。《利维坦》充分证明了阿库宁的情节驾驭能力。单就叙述技巧而言，这部小说丝毫不逊于阿加莎·克里斯蒂的《东方快车谋杀案》和《尼罗河上的惨案》这样一些经典侦探小说。

与假面母题相近，脱冕型结构是狂欢化文学中艺术形象和完整作品的重要属性。脱冕型形象并非单一层次的揭露式的否定，而是将加冕和脱冕合二为一的双重性、双面性形象，它把相互对立的两极，如诞生与死亡、愚蠢与聪明、高贵与卑下、典雅与粗俗等结合为一体①，并在交替和变化的动态中把这种结合展现出来。因此，狂欢式形象的审美效果应涵盖两方面：讥讽和欢欣。讥讽是因为脱冕本身就带有否定的性质（当然不是政论式的片面否定），欢欣则是因为加冕脱冕的动态过程表明"一切都具有令人发笑的相对性"。

从人物形象塑造的角度来看《利维坦》，可以说这部小说是高度狂欢化的，小说中的几个主要人物形象都具有脱冕型结构，其中较具有代表性的则是戈什警官和斯坦普小姐。这两个形象的塑造显然经过了一整套的加

---

① ［苏］巴赫金：《巴赫金全集》（第五卷），河北教育出版社1998年版，第164—165页。

冕和脱冕仪式的处理。上文已经说过，众人所在的沙龙是象征性的狂欢广场，戈什最初就是以狂欢节国王的形象出现在读者面前的。作为正义、法律和权力的官方代表，戈什自封为"沙龙之王"，而将其他所有人都置于自己的统治管辖之下。正如狂欢节之王总是国王和小丑的结合体一样，戈什也不时暴露出自己内里的一面，他时常以专横、愚蠢和自以为是把自己摆在他人视野中小丑的位置上。当他喊出"不要把我当傻瓜！我是一条老猎狗！"① 的时候，实际上正是对国王和小丑（傻瓜）双重身份的自我确认。在小说的尾声部分，戈什先后经历了两次脱冕：一次是仪式性的，一次是象征性的。为了藏匿三角巾帕（藏宝图），他遭到玛丽·萨丰的虐待逼供并最终被打死，这就像人们在狂欢节上殴打推选出来的"国王"、为他脱冕换装的节庆仪式一样，在这里，戈什也被正式隆重地脱了冕。第二次脱冕是在凡多林对整个事件的分析之中实现的。身为警察的戈什一开始就被读者无意识地戴上了正义和道德的王冕，这其实是由读者的体裁期待心理导致的结果，然而接下来读者就会发现，这位正义和道德的卫士为了不道德的目的（将藏宝图据为己有）而采取了非正义的手段（杀人、欺骗），这就使得整个形象来了个大逆转。如此一来，戈什就被从道德的意义上实施了象征性的再次脱冕。经过这两次脱冕，一个正义与邪恶混合、理性与欲望兼具的复杂形象就呈现在我们面前。

　　相形之下，斯坦普小姐的形象具有较为简单的脱冕型结构。她本来是一位寄人篱下、不名一文的孤儿（这很容易令我们联想到普希金《黑桃皇后》中的养女丽莎的形象），因为获得了亲属的巨额遗产而摇身一变成了腰缠万贯、周游世界的贵族小姐。从穷光蛋到百万富翁，从村姑到小姐，社会地位的变化是以物化为人加冕的典型例证，这引起了人物命运的直接转变。然而正如巴赫金所指出的，加冕的仪式意义在于它从一开始就带有双重性，它本身就蕴含着将来的脱冕：后来在众目睽睽之下，戈什将斯坦普小姐的身世家底抖了个底朝天，并且揭露了她在一夜暴富之后到巴黎寻求"爱情刺激"的卑污经历，使这个表面上高贵端庄的贵族小姐形象一下子回归到人的本性状态，扒下了罩在她身上的金光闪闪的"帝王服装"，露出了她那粗鄙不堪、庸俗难耐的一面，从而在众人的讥笑声中完成了对她的脱冕。同戈什一样，斯坦普小姐也是一个矛盾对立的结合体

---

① Акунин Б.，*Левиафан*, М.：Захаров, 2001, с. 60.

形象。

通过如上两个形象的分析可以发现，阿库宁非常注重在对立和演化中刻画人物形象，他把人看作复杂的社会现象，一方面，这是为了响应侦探小说的善恶主题，对现实生活的种种丑恶进行无情的嘲讽；另一方面，因为小说中强烈的狂欢气氛的在场，人物命运的急剧变化也说明了任何地位、权势与财富的短暂性和相对性。讽刺和脱冕因之获得了更深刻的意义，一定程度上弘扬了狂欢式的更新和再生精神，使小说立意在总体上被赋予了对常规生活的超越性。在反布克奖获奖作品《加冕典礼，或最后一部小说》中，阿库宁再次运用同样的手法刻画了包括末代沙皇尼古拉二世在内的皇族成员群像，在"加冕"典礼中实现了对这些众所熟知的历史人物的"脱冕"，从而揭露了上层统治阶级的腐朽无能和道德堕落。这种扬中有抑的春秋笔法使得小说题名具有了深刻的讽刺结构，也更值得玩味。

除了运用脱冕型结构方式来塑造人物形象，阿库宁还对小说中某些场景进行直接地狂欢化处理，使之变为频繁加冕脱冕的闹剧。闹剧是梅尼普狂欢体中十分典型的场面，它在"有悖于事务常理和行为准则"的背景下使人抛开伪装，展现真实的思想。① 小说《利维坦》的最后一场冲突（众人争夺载有藏宝图的三角巾帕）就是高度狂欢化的闹剧场面。它通过一块巾帕的得失来展现人物命运的急剧变化，使他们"在一瞬间回旋于高低之间、升降之间，造成一种狂欢的氛围"。② 巾帕作为财富、权力等抽象概念的象征物，可被视为狂欢节上的冠冕的替代品，巾帕的得与失分别对应着加冕和脱冕仪式。在这个场景中，滑稽的加冕脱冕仪式在众人身上轮番上演，巾帕几易其手的情节分别赋予了兰尼埃、戈什、萨丰以及斯坦普小姐和特鲁弗医生"国王和奴隶"的双重身份。正如狂欢节上的小丑一样，这些人物形象无一例外都表现出了令人发笑的相对性。故事最后，凡多林把巾帕投入大海的行为也同样是双重性的：这既是对所有冲突参与者的集体道德脱冕，又是促使众人回归理性的加冕。这样的结尾也从一个侧面反映了作者对人性既失望同时也寄予希望的矛盾心态。

以上对《利维坦》这部看似结构简单的侦探小说的分析足以证明，

---

① ［苏］巴赫金：《巴赫金全集》（第五卷），河北教育出版社 1998 年版，第 154 页。
② 程正民：《巴赫金的文化诗学》，北京师范大学出版社 2001 年版，第 93 页。

通过狂欢化理论的视角来解读阿库宁的作品，往往可以发现隐藏在简单叙事表层之下的复杂而深刻的思想内涵。同样适用这种解读策略的作品还有被作者标称为"骗子故事"的短篇小说《黑桃王子》。很显然，这部小说的题名本身就是对普希金名作《黑桃皇后》的戏拟，对人的贪婪本性的讥讽也同样是阿库宁小说的主题之一，主人公莫摩斯与普希金笔下的赫尔曼确也有一些相同之处，如强烈的贪欲、非凡的意志和冒险精神等。然而与普希金名著不同的是，《黑桃王子》的叙事笔调是轻松诙谐的，其中带有显著的狂欢色调。

作为一部近乎怪诞现实主义的作品，《黑桃王子》可以说是狂欢体民间故事在当代大众文化语境中的一个变体。首先，从文本结构来看，这篇小说采用了侦探电影式的双线叙述形式，一条情节线索以小人物邱礼潘诺夫的视角报道凡多林侦破案件的过程，另一条则以果戈理笔下乞乞科夫式的人物莫摩斯的冒险经历为中心来展开。从叙事效果来看，两线并置的结构不仅增强了小说情节的趣味性，而且其不同的叙述视角和叙述语调之间的张力，也使小说在整体上形成了一种戏剧性反讽结构。随着叙事进程的推进，读者会发现，小职员邱礼潘诺夫视野中不合法、非正义、反道德的诈骗事件，在莫摩斯的视野中却聚焦于对种种人性缺陷的揭露和讽刺；邱礼潘诺夫眼中令人肃然起敬的高官权贵、正派市民甚至"神探"凡多林，在莫摩斯那里却成了被剥下神圣外衣的可笑之人；小说中维护社会正义的侦探对罪案的侦破过程，却悖论性地反证了社会自身的非正义性。总之，不同视角的叙述反差提供了两种根本不同的立场，这种叙述张力所形成的道德反讽的暗流，在相当程度上深化了小说的主题意义。同时我们也应当注意到，上述双线叙述结构对同一事物的矛盾表述，在语义层面实际上构拟了一种对话式的狂欢语境，小说对世人的迷信意识、庸常生活和习规俗套的颠覆与讽刺，也正是凭借这一叙述结构才得以逐步展现的。

其次，为了实现反讽的艺术效果，阿库宁似乎是有意识地在小说中采用了狂欢化文学的元素。在该篇小说的第二条叙述线索中，阿库宁就引入了狂欢化文学的一个典型形象——骗子，从而使作品产生了强烈的狂欢化效果。众所周知，骗子和小丑、傻瓜这一类形象是狂欢化文学中特殊的功能载体，它们构成了作品中特殊世界和特殊时空体的核心①，并与假面母

---

① ［苏］巴赫金：《巴赫金全集》（第三卷），河北教育出版社 1998 年版，第 354—355 页。

题密切联系在一起，是重要的文学陌生化手法之一。就结构功能而论，骗子又属于对话的范畴，即他总是用自我话语去有效地应答"高调的谎言"和官方主流话语①，因而巴赫金提出，小丑、傻子和骗子往往体现着小说艺术世界中的狂欢精神。在《黑桃王子》中，莫摩斯的首要作用就在于提供了一种"另外的眼光"，即"用没有被'正常的'、众所公认的观念和评价所遮蔽的眼光"②来审视现实世界。但是与小丑和傻瓜不同，莫摩斯是以智者的姿态凌驾于常规生活之上的，或者说，这是一个自我放逐的形象：他超然于日常生活的秩序之外，因而能够以狂欢式的心态克服现有等级制度和一切世俗观念的障碍。他那颗骗子式的"清醒、风趣和狡黠的头脑"③将生活视为一出所有的人参演的滑稽剧，并试图在其行骗生涯中将生活中每一处境的反面和虚伪翻转出来，对种种陈规陋习和虚假人性进行无情地嘲讽和颠覆。巴赫金在谈到骗子在小说中的功用时指出了他的外位性，"他们（指骗子、小丑和傻瓜——引者注）的全部功用就归结为外在化（自然不是把自己的生存外在化，而是把所反映的他人生存外在化；其实他们也不再有别样的生存了）"。④根据这种观念，我们认为，以外位性视角对他者、对另外某种存在进行反映和揭露，以叙述结构的狂欢色彩使读者从中获得某种独特的审美感受和人生感悟，就是莫摩斯这个角色的真正意义所在。

　　现在我们就来看看作者是如何通过莫摩斯对他人生活的反映来达到"揭露陋习和现存制度"的主旨的。在小说一开头，作者就描述了莫摩斯的人生观："众所周知，任何凡人都在和命运赌牌。牌的分配是不受人的制约的，在这里只能靠运气：有的人总能分到王牌，而另一些人却只能得到 2 或 3。"⑤赌博式的人物心态决定了莫摩斯这条叙事线的狂欢化色调。⑥接下来，作者以简繁结合的方式叙写了莫摩斯的"职业生涯"，从

---

① 参见夏忠宪《巴赫金狂欢化诗学研究》，北京师范大学出版社 2000 年版，第 123 页。

② ［苏］巴赫金：《巴赫金全集》（第六卷），河北教育出版社 2009 年版，第 46 页。

③ ［苏］巴赫金：《巴赫金全集》（第三卷），河北教育出版社 1998 年版，第 358 页。

④ 同上书，第 355 页。

⑤ Акунин Б., *Пиковый Валет*, М.：Захаров，2008，с. 23.

⑥ 巴赫金认为陀思妥耶夫斯基小说《赌徒》对轮盘赌的描写决定了"这部小说中狂欢化的独特色调"："生活中属于不同地位（不同等级）的人们，聚到轮盘赌桌的周围之后，由于受到赌博条件的约束，也由于全看运气和机会，变得一律平等了。……轮盘赌把自己的狂欢式的影响，施加于同它相关联的生活上。"（《巴赫金全集》（第五卷），第 228—229 页。）这段引文与阿库宁对莫摩斯思想的描写有异曲同工之妙。

中可以看出，莫摩斯与外在于他的世界发生联系的主要方式就是诈骗，这对他而言与其说是谋生的手段，毋宁说是一种艺术化的生存方式。诈骗使得莫摩斯可以间离充斥着虚伪、贪婪和庸俗之气的生活现实，以一种狡黠幽默的人生态度来保持自我本性的清醒。就像讽刺喜剧的主角，莫摩斯视自己为可以戏弄整个世界的"伟大演员"，并戏谑地要求人们为他的表演鼓掌："在告别之时你们就惊叹吧！搬是弄非吧！你们就笑吧！"① 每一次"行动"（операция，莫摩斯的戏谑用语）对于他都是一场狂欢节式的表演，而担任"国王"一角的就是他自己："在每一次例行的冒险之前，他都想象自己是莫里斯·萨克森或拿破仑，当然这些冒险本质上并非血腥的战役，而是**欢乐的戏剧**。"② 正是在欢乐的游戏气氛中，莫摩斯利用并不太高明的欺骗手段先后让外省地主贵族、普通市民、莫斯科总督、对手凡多林、黑社会头目等各色人等成为自己的受害者，对他们实施了象征意义上的脱冕，使得不同等级、不同地位的人变得一律平等，进而与他们之间形成了一种狂欢节上才有的不拘形迹的亲昵关系。高雅与卑俗的鸿沟在莫摩斯的视界中被填平了，这使得他可以见世人所未见，言世人所不言。无论是高官显贵、地痞恶霸还是芸芸众生，都在这个虚构的狂欢时空中显露出自己的滑稽可笑之处；贪婪（地主与众市民）、愚蠢（莫斯科总督多尔戈卢基）、迷信（黑社会头目）、自狂（凡多林）、盲目崇拜（科斯特罗马、敖德萨等地的居民）等人性陋习，以及沙俄官匪勾结、混乱无序的社会现实，无一例外都遭到了莫摩斯亦即作者无情地嘲讽。

　　行骗是莫摩斯观察和把握现实世界的特定方法，它有助于揭示整部小说隐在的叙事主题——即对社会各层次人士的道德反讽，其中蕴含着强烈的道德批判精神。从反映在莫摩斯的意识之中的现实结构里，我们可以听到被弱化的笑声。莫摩斯的笑是狂欢节的笑，是"挑战权威、亵渎神圣的一种思辨话语"③，他不仅嘲笑众人，嘲笑权贵，而且还把普希金、苏萨宁等这样一些俄罗斯文化的偶像也降格为行骗的道具。④ 在巴赫金看来，狂欢节的笑是包罗万象的，它针对一切人，其中当然也包括狂欢节的

　　① Акунин Б., *Пиковый Валет*, М.：Захаров，2008，с. 23.
　　② 同上。黑体为引者所标。莫里斯·萨克森伯爵是 18 世纪中期赫赫有名的法国大元帅，曾著有《我的沉思》，是世界军事史上重要的军事理论著作。
　　③ 宋春香：《他者文化语境中的狂欢理论》，中国社会科学出版社 2009 年版，第 90 页。
　　④ Акунин Б., *Пиковый Валет*, М.：Захаров，2008，с. 30.

参加者。在莫摩斯身上，我们也能发现"自我模仿（自我嘲弄）"这一狂欢化哲学的要素：在凡多林识破他自以为高明的骗术之后，莫摩斯以自我解嘲为自己脱了冤，从而赋予包括自己在内的一切形象以相对性。而在小说最后，莫摩斯依靠自己的聪智成功逃脱法律制裁这一情节设计，则无疑又是对所谓的正义代言人——侦探凡多林的脱冤和嘲弄。由是观之，这部小说不仅带给读者一种喜剧式的谐趣审美体验，而且在其幽默诙谐的叙事中"以游戏的态度把人事和物态的丑拙鄙陋和乖讹当作一种有趣的意象去欣赏"。① 作为审美效果的"笑"在这里成了一种独特的批判手段。实际上，小说中所有人物形象都在狂欢节的笑声中被解除了严肃的伪装，以使人们意识到其所拥有的所有真理和观念的相对性。现实世界中被自然化（或神话化）了的社会秩序、道德秩序和法律秩序在刹那间轰然倒塌。在大众读者看来，这幅通过狂欢节的笑所描绘的世界图景展现了民间的第二种生活——"快乐的生活"，代表了一种源自民间的公正欲望的表达。此外，在莫摩斯的笑声之下，我们还可依稀辨出更为弱化的作者的笑声。这笑声是对现实的一种"确定的但却无法译成逻辑语言的审美态度"②，它传达了对世事更易、除旧布新的信心，并以这种信心给大众读者带来一种超越现世的精神安慰。

需要指出的是，在其他一些小说中，与莫摩斯有着同样结构功能的角色是侦探凡多林。他们同是文本中狂欢因素的体现者。这一说法乍听起来可能让人感到意外，因为凡多林作为侦探形象是像中世纪骑士一样的英雄而非反英雄（如莫摩斯），然而细思之下我们就会发现，这两个形象实际上都是作者用以观察并呈现世界的一个棱镜，都是巴赫金所称的"生活的窥察者和反映者"。澳大利亚文化学家约翰·多克颇有洞见地指出，侦探是一个"阈限人物"，他既是英雄，又是愚人、骗子、恶作剧者、流氓和怪人；他在"探索者"和"偷看下流场面的人"这两种角色之间摆动。③ 不难看出，多克所谓的"傻子"、"骗子"是在巴赫金意义上使用的。凡多林作为这样一个阈限人物是与莫摩斯一样的"第三者"，是合法的"窥探者和窃听者"。为了解开一个个谜团，他终日穿梭于社会的各个

---

① 徐岱：《美学新概念》，学林出版社 2001 年版，第 446 页。

② ［苏］巴赫金：《巴赫金全集》（第五卷），河北教育出版社 1998 年版，第 218 页。

③ ［澳］约翰·多克：《后现代主义与大众文化：文化史》，吴松江等译，辽宁教育出版社 2001 年版，第 314—315 页。

层面，观察日常生活的方方面面，有时也会介入别人的家庭隐私生活（如《加冕典礼，或最后一部小说》中对末代沙皇家族生活的描写）。他参与日常生活，但又超越生活之外，以外位性的身份和狂欢式的心态从整体上展示并批判现实。在整个"凡多林历险系列"中，上至皇家宫禁、下至街头妓馆的社会生活各层面都在凡多林的视野中得到了反映，罪恶与善良、卑俗与高雅悖论性地结合在一起，高尚的罪犯、脱冕的帝王、愚蠢的权贵等这些两重性的形象暗示着不同意识之间的对话——所有这一切共同营造了一种虽然弱化但依然可感的狂欢式的氛围。

第四节　杂体性：体裁形式的狂欢化特征

前文在讨论阿库宁创作的文学史渊源时，我们曾指出他的创作是对多种文学体裁和体裁变体的有机综合。而在具体作品的文本语言组织中，这种综合的视野更加宽广，它不仅包含文学体裁，而且纳入了日常生活文本，表现出反规范性和言语体裁多样性的特征。言语体裁是巴赫金从广泛的日常生活语言现象出发界定表述类型时所使用的一个概念。他认为日常生活中存在着多姿多彩的言语体裁，而文学体裁只是其中特殊的、相对复杂的一种。言语体裁分为两大类：第一类是基本的言语体裁，包括生活对白、日常叙事和书信、标准化的事务性文件等；第二类是派生的复杂类型，如长篇小说、戏剧、各种科学著述、大型政论体裁等。[①] 小说是对其他言语体裁的吸收和改造，也就是说，在它背后的是广阔的言语体裁背景，"长篇小说是用艺术方法组织起来的社会性的杂语现象"。[②] 小说体裁固有的未完成性、反规范性、多样性和杂语性等特征，都与民间狂欢文化所体现的对话精神和更新精神有着深刻内在的联系。在 20 世纪末 21 世纪初的俄罗斯，自由多元的文化语境为各类言语体裁的共存与发展提供了良好的契机，作为时代文化的症候现象，阿库宁的创作鲜明地反映了这种杂体多声的特点。

阿库宁小说的杂体性表现为他有意识地突破侦探小说的文体规范，在

---

① 程正民：《巴赫金的体裁诗学》，《清华大学学报》（哲学社会科学版）2009 年第 2 期。
② ［苏］巴赫金：《巴赫金全集》（第三卷），河北教育出版社 1998 年版，第 40 页。

一个文本中插入其他的体裁形态或体裁片段，把具有差异性的片段拼贴在一个文本平面上，从而分解了统一的小说语言，形成富有变化的多样叙事语调。杂体性几乎是其所有小说的文体特征。在其处女作《阿扎泽尔》中，风格和语言的杂糅就已表现得十分明显。作者有意混合了大众文化叙事风格与感伤主义风格，并将不同类型的言语体裁进行了糅合、并置，在作为基础面的小说体裁中间混杂了报纸新闻、平面广告等大众传媒文本，便条、书信等日常言语体裁，以及遗嘱、统计表格等事务性言语体裁。这些被插入的文本都保留着自己的文体形态和修辞风格，甚至在印刷上也与小说叙事部分明显相异（用黑体、花体或斜体字标示了出来）。作者仿佛没有进行任何艺术加工，而只是把流动的事件和生活现象置换为文字符号转述出来而已。在传统侦探小说中，这些内容往往都是通过叙述语言或人物语言间接地表达出来的，并已被转化为统一文体的内在成分，因而维护了体裁的和谐性与稳定性。与之相反，阿库宁的小说拒绝那种修辞统一的单体性，他仿佛更注重多体裁、多风格的并置杂糅，使诸种体裁和风格之间的差异在强烈的比照下被刻意凸显出来。应当认为，这是阿库宁对原生态式的民间叙事策略的自觉继承，是作者的民间艺术思维在体裁形式上的体现。

在接下来的几部小说中，阿库宁开始尝试更加有机地使用杂体特性来增强叙事效果。例如，他在《土耳其开局》中把新闻报道和小说叙述方式结合起来，以远焦近焦相互交叉、简繁疏密相互结合的方式来描写俄土战争，从而把小历史（人物的个体命运）和大历史（战争的总体进程）糅合在一起，营造了叙事的"逼真性"。杂体性表现最明显的当属《利维坦》，这个小说文本本身就是由一些有机组合在一起的言语体裁片段拼贴而成的，其中包容了小说、故事体文本、标准化的事务性文件（犯罪现场笔录、法医检验报告）、新闻报道、书信、日记等各种不同的言语体裁，后两种还兼具叙述视角的功能。实际上，这部小说没有单一的叙述者，其中与故事相关的几个关键人物都依次充当了叙述者，或服从于某一特定的叙述视角。这部小说在文体上是一种开放型的结构，它通过拼贴式叙事将艺术性文本和生活事务性文本的诸种文体形式展现出来，构成了多重叙述角度和多样叙述风格，将看似支离破碎的叙事文本指向同一个事件，从而形成了具有内部统一结构的独特的立体叙事形式。对于发掘体裁的审美潜能而言，叙述视角的立体化可以颠覆读者的审美习惯，收到良好的"陌生化"叙事效果。正如华莱士·马丁所指出的那样，叙述视角的熟巧运用可以"创造兴趣、冲突、悬念，乃至情节本身"。① 因此，从文体创新的角度来看，阿库宁的《利维坦》完全可被视为当代侦探小说大家族当中的经典之作。作家之后发表的一些作品继续发挥了文体杂糅的特点，并引入诸如海报（《特别任务》）、诗歌（《死神的情妇》）、科学著述（《佩拉盖娅与红公鸡》）、学术报告和发现的手稿（《费·米》）等风格各异的言语体裁。

杂体性的文本必然呈现出"杂语性"特征。与大众文学在文本语言方面普遍的非规范性和庸俗化相比，阿库宁的作品并不是自然主义地反映语言现实，而是将语言作为艺术加工的客体和艺术表现的材料。丰富多彩的语言风格帮助作者构拟了一个既具有历史真实感又具有生活真实感的艺术世界，这显然得益于其娴熟的语言驾驭能力。在阿库宁的小说中，不难发现散文语言、诗性语言、行话俚语、方言语词、个性化语言的混杂并用，这些实际上是不同历史时期的语言构成以及不同社会阶层的语言存在状况在文学中的一种反映，是社会性杂语现象的艺术体现。在巴赫金的理论视野中，小说历史就是"独白小说"和"杂语小说"之间的消长及后者最终居于主流的过程。独白小说掩盖了各语言之间的差异造成的多语现象和语言内部差异造成的杂语现象，而杂语小说则揭示了这个事实。② 在这个意义上来说，阿库宁的小说对语言差异性的强调本身就具有文化政治属性，因为各种文体片段的拼贴既有助于营造叙事的逼真性，更是对作为现实主义灵魂之"真实"概念的戏拟，它彰显了自身与严肃文学（主要是19世纪经典文学）固有的崇高体裁和权威话语之间的对立和对话关系。这种关系有时因文本中基本言语体裁和经典文学引文的并置而显得更加明显。从这个角度来看，阿库宁文本中的杂语喧哗与狂欢节精神的确有其相通性。

一种语言内部再现他者语言的杂语现象在阿库宁的小说中亦有所体现。在一些书信体形式的言语体裁片段中，作者有意利用对话性和争辩性的语言来传达人物复杂的自我意识和内心挣扎的波澜。例如，在小说《死神的情妇》中有一个没有具名的告密者的形象，这个形象的塑造主要

---

① ［美］华莱士·马丁：《当代叙事学》，伍晓明译，北京大学出版社1990年版，第159页。

② 张进：《新历史主义与历史诗学》，中国社会科学出版社2004年版，第178页。

是通过报告信（донесение）的形式（书信体变体）来完成的。在此，阿库宁利用了陀思妥耶夫斯基式的"将对话重叠融合为一个声音"的手法来展开叙述：

> 难道您从未想到，尊敬的维萨利昂·维萨利昂诺维奇，您这是在蔑视我吗？您或许以为我只是您棋局中微不足道的一枚小卒子，可是我，或许，完全可能是另一种角色呢！
>
> 当然，我这是在说笑。我是说着玩的。我们这些落在磨盘间的种子怎么能长到天上去呢？但是，我还是希望您和我打交道的时候能够优雅那么一点儿、礼貌那么一点儿。要知道，我是个有知识的人，我接受过欧洲教育。请不要把这当成对您的攻击，或者是路德教徒式的傲慢吧！……
>
> 我重读了一遍我写下的这些话，很为自己感到恶心。您，或许，看到我从强烈的妄自菲薄一下子转向高傲的古板拘礼，不定会有多么开心吧！①

这段引文带有知识分子阶层的典型语言风格，和陀思妥耶夫斯基书信体小说《穷人》中的杰符什金一样，告密者有着强烈的自尊心和自我意识。他将别人的话语纳入到自己的意识之中，站在自己构想的他人立场来审看自己，从而形成了相互对立的两种声音。他的种种辩解既是针对维萨利昂·维萨利昂诺维奇，又像是针对他自己。告密者的内心是极为矛盾的：他既想为自己辩解，又担心这种做法会激怒那位位高权重的警察局长；既要表达自尊，却又为此而憎恨自己，担心会因此而招致别人的嘲笑。行文语气也相应地发生着变化：从激烈的抗议，到卑下的哀求，再到自怨自艾甚至自我否定，一个有着自尊但又迫于警察淫威的、软弱而痛苦的知识分子形象跃然纸上。整段引文贯穿着主人公对他人语言的紧张猜测，从而使自白式的自我表述变成了复杂的双声语结构。一种语言再现另一种语言，创造它的形象，这与巴赫金对小说话语的见解是一致的，因为小说的话语再现的正是社会的语言杂多，或各种不同的他者语言。

---

① Акунин Б. , *Любовница Смерти*, М. : Захаров, 2001, с. 138.

除此之外，阿库宁的小说在叙述语调上也是庄谐结合，极富变化：一些体裁以庄严肃穆为主，另一些则长于浪漫抒情或幽默讽刺；一些体裁呈现为客观陈述，而另一些却强调主观表现。多样化的笔调克服了当前俄罗斯侦探文学创作中叙述的单调乏味，提高了小说的可读性，更重要的是，它使阿库宁的文本更具"小说性"，使之同"新世界、新文化、新的文学创作意识中积极的多语现象"① 相联系，传神地勾勒了当今俄罗斯社会生活和文化文学的典型肖像。

借助插入的各种言语体裁，作者有意识地扩大了小说反映社会现实的广度。高度风格化的文体营造了一个极为逼真的历史映像，这使得整部小说显得更加生活化，也因此更具真实感。总体而言，阿库宁的"杂体性"写作主要有这么几个方面的原因和意义：

第一，作者的文体创新意识使然。文化转型期的创造力就在于除旧布新，它催使那些具有敏锐思维的作家去发现新的表现内容和表述形式。在阿库宁的艺术视野中，一切体裁成规、雅俗分野、艺术与现实的疏离都成了表达其艺术构思的束缚和羁绊，他需要一种更自由、更能适应其独特创作题材的文体形态。他之所以诉诸"杂体"，正是因为这种最宽容的叙述模式给了他表现生活、满足读者、游戏文学的自由。

第二，适应新的审美观念使然。审美泛化导致了文学的生活化和媒体化，一部小说只有靠近大众的日常生活、符合他们的审美习惯，才能被大家阅读，才有可能成为畅销书。阿库宁小说吸收了大量的基本言语体裁（特别是大众传媒体裁），展现了当代人的语言存在形态，这让其文学叙事在很大程度上接近了生活叙事，获得了通向畅销图书的入场券。

第三，观察和理解世界的需要使然。在认识论意义上，体裁是一种"提供模拟世界的模型化体系"②，巴赫金认为每一种体裁都具有一定的观察和理解现实的方法和手段。因此，多言语体裁的汇合就意味着多种看待现实的方式的并列（《利维坦》表现得最为突出）。这也体现了作者狂欢式的艺术构思。

第四，游戏心理使然。侦探小说原本就被看作一种特殊的智力游戏，其优势在于它可以使人在敞开的游戏想象中获得一种轻松的自由，并且这

① 夏忠宪：《巴赫金狂欢化诗学研究》，北京师范大学出版社 2000 年版，第 100 页。
② ［法］托多罗夫：《巴赫金对话理论及其他》，蒋子华等译，百花文艺出版社 2001 年版，第 289 页。

种自由度与游戏的复杂度往往成正比。借助"杂体性"写作可以使侦探故事变得更复杂、更有趣，从而赋予小说更大的"游戏性"。

巴赫金在追溯狂欢化文学的源头时曾指出，杂体性是庄谐体文学传统的固有特征，他还写道："就是在今天，那些哪怕多少同庄谐体传统有点联系的体裁，还都保存着狂欢节的格调，这使它们同其他体裁产生明显的区别。这些体裁总是带有一种特殊的印迹，根据这一点我们可以辨认出这些体裁来。"① 在阿库宁的体裁建构中，也可找到上述的"印迹"，发现深渗其中的狂欢式的世界感受和艺术思维。这是阿库宁小说有别于同时代其他大众文学作家创作的不容忽视的重要特征。与亚·玛丽尼娜、谢·卢基扬年科、达·顿佐娃和玛·谢苗诺娃等这些当代著名大众作家的小说相比，他的小说更为贴切地传达了时代文化多元并容的转型本质和狂欢精神。

第五节　对话性：思想结构的狂欢化形式

按照普遍对话性的理解，任何文本或言语都是潜在的对话体，"言语与他人言语在通往它目标的所有道路上，必然要与他人言语进入一个激烈和紧张的相互作用中。……只有孤独的亚当才能完全避免在达到意图时与他人话语的双向作用"。② 在巴赫金看来，一切表述都具有对话性，本质上都是对他人而发的具有社会性的思想交流过程。③ 文学文本是根据文学体系创作的④，但同时它又受到文化思想语境的制约，即是说它总是处在多重对话关系之中。皮埃尔·马舍雷在其所著《文学生产理论》中指出，文本并不是"唯一意义"的载体，而是多重意义离心性建构的结果，其中往往包含了若干不一致的话语。要理解文本，就必须超越文本自身的局限，去发掘文本的"无意识"，揭示文本与其所处的意识形态和历史条件之间的关系。⑤ 因此，要理解阿库宁小说的杂语性及其创作指向，仅从文

---

① ［苏］巴赫金：《巴赫金全集》（第五卷），河北教育出版社1998年版，第141页。.
② 同上书，第261页。
③ ［苏］巴赫金：《巴赫金全集》（第四卷），河北教育出版社1998年版，第195页。
④ ［美］克拉克、霍奎斯特：《米哈伊尔·巴赫金》，语冰译，中国人民大学出版社2000年版，第387页。
⑤ ［英］约翰·斯道雷：《文化理论与大众文化导论》，常江译，北京大学出版社2010年版，第92—93页。

学角度切入是不够的，还应在思想背景下考察他与时代的对话。这也是其文本建构的一个重要方面。总体来说，阿库宁小说的对话性表现在两个方面：一是外向型的对话，即小说作为社会杂语的成分参与到整个社会大型思想对话之中，与其他话语发生着形形色色的联系；另一个方面是内在对话，即小说作为映照时代思想风貌的消遣文学，将生活中的某些对话领域纳入自己的视野，形成内部思想话语之间的对话式共存。

阿库宁历史侦探小说中的历史意识是散碎且印象式的，这使它无力撑起历史小说的思想大厦。然而，充斥其间的历史叙事还是表现出了相对稳定的价值趋向，含蕴了对当代某些文化生产话语的应答，与当代俄罗斯知识界和文化大众的历史意识形成了隐性对话。例如批评家巴拉班就曾指出，尽管阿库宁的小说主张历史真理的多样性和历史书写的开放性甚至个性化，但他的小说仍充满了政治色彩，并以此对美化十月革命前俄国历史的做法表示了反对态度。[①]

对历史的反思和再认识是社会文化转型时期俄国思想界的重要任务。苏联解体之后，人们逐渐发现在源源输入的西方文化价值形态的裹胁下，民族认同显得越来越困难。民族自我身份认同的一个重要方面就是重塑民族历史。这种诉求促使民族主义、新欧亚主义、新根基主义等思潮乘机泛起，在全盘西化思想已然式微的情况下对社会心理施加了巨大的影响。知识界的许多有识之士放弃了全盘西方化理想，转而致力于在本国文学和文化历史中寻找那个"一度失去的俄罗斯"[②]，以期奠定新的精神支柱和民族文化认同的基础。此外，尽管苏联官方文化的话语霸权已然失去，但新俄罗斯的国家意识继续坚持其三百年来的帝国思想，并成功地将其输入到大众文化意识之中，建构了以诸如"东正教"、"第三罗马"、"资本主义"、"文化强国"等理念砌成的俄罗斯强国形象。因而，我们可以发现，俄罗斯文化界在嘲讽苏联乌托邦政治的同时，却在对19世纪历史的叙事中筑起了一个关于"黄金时代"的历史乌托邦虚像。这既与俄罗斯人非此即彼、好走极端的民族性格有关，同时也是俄罗斯帝国思想的一种当代表达。纵观世纪之交的俄罗斯，不难发现人们对那段历史的怀念已经体现

　　①　Elena V. Baraban. , "A Country Resembling Russia: The Use of History in Boris Akunin's Detective Novels", *SEEJ*, No. 3, 2004, pp. 399 – 400.

　　②　张冰：《白银时代俄国文学思潮与流派》（序言），人民文学出版社2006年版，第14—15页。

在广阔的文化形式中，并逐渐形成了一种"历史怀乡病"。这种怀旧情绪尤其明显地表现在人们对俄罗斯文学（文化）形象的追思之中：

> 怀旧的情绪早在苏联解体后不久就在大众意识中开始形成。随着持不同政见者复仇心理缓解和个人恩怨淡化，人们在激奋之余，对苏联大国文学（文化）风采不再、俄罗斯及其文学并没有出现预期的繁荣，甚至出现混乱和危机深感忧虑，对往昔的怀旧情绪日益强烈。[①]

就以白银时代文化和文学遗产在当今俄国极受追捧的状况而论，这个文化事实一方面固然缘于白银时代的文化本身所具有的无穷魅力，另一方面，浓郁的历史怀乡意识无疑也起到了推波助澜的作用。在大众文化领域，对那段历史的眷念表现得殊为明显。20 世纪 90 年代初广泛传播的电影《我们失去的俄罗斯》（导演：斯坦尼斯拉夫·格瓦卢欣，1992）首先强化了普通大众对沙俄历史特别是 19 世纪俄国的美好想象，此后，著名导演尼基塔·米哈尔科夫的经典巨制《西伯利亚理发师》（1999）、格列布·潘菲洛夫的《罗曼诺夫家族：皇室》（2000）、艾·拉津斯基关于尼古拉二世的著作，以及大量的"历史揭秘"类的电视节目和文学图书，都对十月革命前的历史进行了不同程度地美化，都试图以怀旧的情感回归历史。被俄人奉为精神导师的大作家索尔仁尼琴在归国之后所撰写的政论三部曲，从精英文化的高度对沙俄三百多年来的某些社会政治制度和俄罗斯的东正教信仰做了充分肯定，这更加剧了人们的历史怀乡情结。此外，在苏联解体初期大量旧史学名著的出版（包括卡拉姆津的《俄罗斯国家史》、克柳切夫斯基的《俄国史教程》以及谢·索洛维约夫的历史学著作都多次再版），也给当代俄罗斯人留下了美好而亲切的旧俄历史印象。上述所有这些文化事实以阐释和重述等形式建构了一种神话叙事，并以此为基础构塑了大众的历史记忆，极大地影响了当今俄罗斯的社会历史意识。在许多普通人的观念中，19 世纪俄国被与强盛、高贵、秩序、富庶等形象联系在一起，从而形成了一个带有明显的斯拉夫主义思想倾向的历史神

---

① 夏忠宪：《苏联文学形象再思考》，载森华编《当代俄罗斯文学：多元、多样、多变》，外语教学与研究出版社 2010 年版，第 124 页。

话。在社会转型时期，这样的历史神话作为民族历史形象，被文化界许多带有民族主义倾向的人视为启蒙大众、禳除民族危机的文化法宝。

正是在这样的历史语境下，阿库宁以审视的目光重现了历史形象，在其一系列历史侦探小说中绘制了一幅"我们失去的俄罗斯"的社会图景的另一面，为大众提供了一个颇为个性化却不失真实的历史镜像。[①] 阿库宁的创作不仅仅是感性游戏，而是像狂欢节一样，"虽然保留着游戏的消遣与娱乐性能，然而又充溢着揭示、揭露，乃至抨击当下生存境况的历史功能"。[②] 综观其"凡多林历险系列"，不难发现阿库宁笔下的 19 世纪俄国是一个奢华与贫穷共存、腐败与罪恶丛生的风雨飘摇的社会。在他所描画的艺术世界中，既有"朱门酒肉臭"的豪门生活（《加冕典礼，或最后一部小说》中对皇室奢靡生活的描写），亦有"路有冻死骨"的悲惨情状（《死神的情夫》对贫民窟的自然主义式描写、《装饰师》中关于穷人乱坟岗的描写）。侦探小说的独特题材取向使阿库宁得以从一个特殊的视角来观照社会现实，出现在他的笔端的俄罗斯并非一个歌舞升平的盛世之国，而是一个充满罪恶的世界：从罗曼诺夫家族到市井无赖，莫不被罪恶所浸染，莫斯科的希特洛夫卡街区更是被描绘成人间地狱和罪恶滋生的"温床"。正如 20 世纪末的俄罗斯[③]，19 世纪末期的俄国也同样是黑暗势力猖獗、贪污腐败横行（《黑桃王子》）。日俄战争中俄国的无能、统治阶级与人民大众的重重矛盾、风起云涌的革命运动等这些大型历史题材，也被作者通过犯罪故事的视角展示了出来（《金刚乘》、《五等文官》）。一定程度上可以认为，阿库宁的作品继承了契诃夫、高尔基、库普林等现实主义作家的思想传统，揭示了旧制度下各阶层人们的生活，表现出明显的社会批判倾向。

在"凡多林历险系列"小说中，俄国就呈现出这样一个羸弱贫穷、

---

① 正如在本书第二章所论述的，阿库宁小说中的历史叙事主要是印象式的"二手材料"，如阿·维切夫斯基就认为，阿库宁用 19 世纪俄国文学取代了俄国历史（Vishevsky Anatoly, "Answers to Eternal Questions in Soft Covers: Post-Soviet Detective Stories", *SEEJ*, No. 4, 2001, p. 737）。同时我们也注意到，阿库宁的小说不像后现代主义作品那样追求纯粹而随意的"能指游戏"：他虽然对 19 世纪文学作品的主题、形象、情节多有借用，但他仍然试图将挪借过来的这些材料指向外部世界，或者说，他在自己的小说中重新激活了 19 世纪文学对现实的反映与描述。这一点使我们有理由把小说中的历史叙事当作艺术反映来展开分析。

② 宋春香：《他者文化语境中的狂欢理论》，中国社会科学出版社 2009 年版，第 161 页。

③ 关于当代俄罗斯黑社会猖獗、赌博卖淫盛行的情况，可参阅杨可、孙湘瑞《现代俄罗斯大众文化》，中国经济出版社 2000 年版，第 198—220 页。

混乱无序、弱肉强食的形象。阿库宁通过对 19 世纪俄国社会历史中阴暗面的强调达成了历史的"祛魅"，这与后苏联时期文化界对沙俄历史的理想化形成了强烈对比。两者之间构成了一种宏观对话。值得注意的是，这种对话不是抽象的、干巴巴的政论，而是寄寓于独特的艺术手法之中。阿库宁的基本对话手段就是前面所说的互文性，即通过用典、仿作、戏拟等手法，将 19 世纪经典文学中某些人所共知的情节或场景描写作为一种历史意象移植到自己的文本中，以此唤起读者对 19 世纪现实主义文学的记忆，让读者重新思考甚或重新阐释历史，从而对关于那段历史的理想化话语产生怀疑。在小说《加冕典礼，或最后一部小说》中，我们不难发现对列夫·托尔斯泰《霍登广场事件》的戏拟，以及对格瓦卢欣、潘菲洛夫和拉津斯基等人所塑造的温情脉脉的罗曼诺夫王朝的笼统地反讽式指涉。阿库宁把罗曼诺夫家族置于一桩看似寻常的绑架事件中，以此为中心线"重现"了当时的社会语境，用一个虚构的侦探故事来质疑前文本所宣称的"事实真相"，从而揭露了这些权威叙事声音的建构性话语本质。可见，使用互文手法不仅可以娱乐读者，而且可以在主流文化对过去进行歪曲之时恢复读者的历史记忆。更重要的是，这种书写本身即是对话的载体或形式，因为它可以通过将不同时期的历史话语和文学话语置于互文性语境之中的方式，来质疑一切写作行为的权威性。

　　这就使得我们从社会批判角度来解读阿库宁的创作变得更有依据，也更为必要。下面，我们以小说《死神的情夫》为例来看一看阿库宁创作的批判主义倾向。《死神的情夫》是一部思想性与趣味性兼备的作品，书中一个重要的人物形象是少年辛卡·斯科里克（Сенька Скорик）。如前文所述，这个形象在某种程度上是对狄更斯《雾都孤儿》主人公奥利弗·退斯特的仿写，然而在一些细节上，我们可以发现他与契诃夫的小说《万卡》同名主人公有更多的相似之处。比如，辛卡与万卡一样都是孤儿，他们不得不忍受寄人篱下的悲苦，经常忍饥挨饿和遭人打骂，两篇小说都有一个关于写信的细节：在契诃夫的小说中，万卡给爷爷写信请求他来带走自己；在阿库宁小说中，辛卡被送养的弟弟（也叫万卡）给辛卡寄来了一封同样内容的信，信封上的地址"寄莫斯科苏哈列夫卡，和佐特叔叔住在一起的辛卡哥哥收"与契诃夫笔下的万卡写地址的方式（"寄乡下爷爷收"）也极为相似。由于契诃夫的《万卡》是尽人皆知，此处的仿作很容易被读者发觉，从而在接受过程中唤起心底的阅读记忆，将辛卡

和万卡的形象等同起来。在这种心理机制的作用下，契诃夫小说所具有的
那种令人绝望的社会氛围和批判的话语力量自然而然地就被移植到阿库宁
的小说中，从而丰富了后者反映、折射社会现实的广度和深度。除了辛
卡，小说还塑造了一个善良懂事、清纯可爱却被迫沦落风尘的少女塔什卡
的形象。这个作者着墨不多却感人至深的形象把这部小说与库普林的名著
《亚玛街的烟花女》联系起来，形成了一个强大的潜文本，进而揭露了沙
俄时期卖淫制度的残酷无情，以及挣扎在社会底层的妇女的悲惨命运。通
过辛卡和塔什卡两个孩子的不幸遭遇，作者无情地揭露了 19 世纪沙俄社
会对人的命运、个性乃至性命的摧残，道出了这个在当代一度被理想化的
社会的罪恶本质。可见，这部小说对经典文学形象的模仿隐含了明显的反
讽意味。以上两处互文不能被归结为无意义的能指游戏，它们扩展了小说
的意义域，在历史与现实之间搭起了一座桥梁，并在相互比照中打碎了人
们对于"过去美好时代"的幻想。

　　然而，我们不应把阿库宁与当代社会的思想对话简化为如上的对立。
实际上，阿库宁所持的是一种折中主义的历史观，他既反对美化历史，也
同样不赞同丑化历史。这就造成了其作品中历史认识的矛盾性：一方面，
阿库宁的历史书写颠覆了当代俄罗斯文化叙事中的"黄金时代的俄国"
形象，揭示了它的虚构性；而另一方面，他又试图维护这个形象（可参
见本书第四章的有关论述），以此为有着三百多年历史传统的俄罗斯帝国
主义话语作伥。我们可以看到，阿库宁笔下的俄国尽管有着这样那样的问
题，但仍被描绘为一个美丽富饶、充满热情和力量、满怀希望的迷人之
地。他只是告诉读者，历史同现实一样是一个多面的综合体，而非人类永
远失去的伊甸园，所以大可不必沉湎在对"美好过去"的幻想之中而对
现实持完全悲观主义的看法。他认为对历史和现实都应有理性的认识。在
"硕士历险系列"中，作者通过历史和现实双线叙述结构将过去置于和现
在的关系之中，在两个层面上展示了俄罗斯在不同历史时期的面目。尼古
拉斯·凡多林及其祖先在不同时空中的历险彼此之间有着众多重合与相
似，他的"俄罗斯化"基本上重复了其祖先的命运。这似乎在暗示历史
与现实之间的相似关系：历史不过是现实的镜像，而现实也只是历史的复
演。所以，"我们失去的俄罗斯"实际上也就是"我们正拥有的俄罗斯"。
因此对于当代人而言，重要的不是利用历史虚构来否定现实，更不是用历
史想象来麻痹自己的现实感，而是要像尼古拉斯那样，通过个性化的历史

想象来找到一种克服文化悲观主义和历史怀乡病的生活态度，以自我心理调节来悦纳现实。就这一点而言，阿库宁的创作与大众文学的"调和社会矛盾"功能是两相契合的。

除了以上所分析的对话形式，我们还应该注意到阿库宁小说文本的内在对话。虽然这种内在对话倾向不太清晰，但阿库宁还是有意无意地在作品中并容了不同体裁、不同风格的他人话语，通过拼贴、引用、仿写和讽拟等互文性手段将自己的文本置于与经典文本之间复杂的互文联系之中，构成了一张语义丰富的文本关系网。阿库宁对他人文本的戏仿指涉有时会表现出明显的对话甚至辩论指向，体现了对相应文本的应答，从而形成了微型对话。例如，在"外省侦探小说系列（佩拉盖娅历险系列）"的开篇之作《佩拉盖娅和白斗犬》中，阿库宁以轻快优美的笔触摹写了陀思妥耶夫斯基在《群魔》中所描述的 19 世纪俄国外省的社会风貌，同时对陀氏笔下的"群魔"进行了重新审视和再认识。在陀思妥耶夫斯基小说的情节逻辑中，兴起于 1840 年代的自由主义思潮难逃厄运，因为"父辈"自由主义者在理智和道德上的孱弱以及在政治问题上的遗毒必然会导致"子辈"的虚无主义退变，并导致俄罗斯思想的混乱。然而在阿库宁那里，"父辈"不再是平庸无能、意志薄弱的蛊惑者和模仿者，而是担当着成功的教导者的角色，"子辈"们也顺理成章地成为其精神的真正继承者，而非陀氏所谓的乌合之众。遭到陀氏激烈抨击的"西方派自由主义"在阿库宁那里成了维护公正的思想基础。此外，陀氏对俄国东正教之弥赛亚角色的信念和阐释在阿库宁那里虽有所体现，但已不再那么确定无疑。正如批评者嘉莉娜·列别尔所指出的那样，小说《佩拉盖娅和白斗犬》的整个叙事逻辑确证了陀氏所宣扬的宗教民族性成见（религиозно-национальные предубеждения）自身的毫无根据和穷途末路。[①] 实际上，在阿库宁的多维文本中，任何被绝对化了的价值和确定化了的认识都遭到了质疑，这也是作者维护其个性自由主义思想的必然前提。

此外，阿库宁的许多小说采用了多重叙述视角或多个叙述人称，一些指物叙事的单一指向的语言由于分属不同的主体，尽管没有明显的话语形

---

① Ребель Г., "Зачем Акунину Ф. М., а Достоевскому-Акунин?", *Дружба Народов*, No. 2, 2007.

式标志，相互之间也可能构成对话关系。① 这种基于叙述视角的交叉来建构的对话形式，在小说《利维坦》和《黑桃王子》中表现得最为清楚。当然，作者采用这种结构形式的本意可能是为了增加故事的趣味性，但因此而展现出来的不同人物的内心世界，却因其在意识上的互不相容而赋予文本以一定的对话性，特别是在《利维坦》中多重叙述视角的设置让整部小说带有了多声化倾向。阿库宁小说文本的对话关系有时在同一系列的不同作品间也可成立，如在《死神的情夫》和《死神的情妇》这两部姊妹篇小说中，作者利用"死神"（Смерть）一词的不同意指，将迥异的两种艺术风格——象征派的颓废主义风格和高尔基式现实主义的风格——并列起来，在两个层面上演绎了"世纪末"的经典主题。安德烈·兰钦认为，有类于象征派作品的"音乐诗学"（特别是安德烈·别雷的"交响乐"诗学）结构，这两个文本之间"构成了真正的复调"。②

　　相较而论，阿库宁的小说在思想形象上的对话性就显得更为微弱。这首先是体裁所限，因为在主题相对集中的侦探小说中，思想的对话式并置简直是难以想象的事情。在阿库宁的早期小说中，我们的确也找不到思想对话的明显迹象。然而，在作家后来创作的部分小说中，思想的对话性得到了显著增强，这主要体现在"硕士历险系列"和《佩拉盖娅与红公鸡》等有限的几部作品中。硕士历险系列中的侦探叙事由于历史叙事的强烈在场而变得黯淡了许多。在讲述侦探故事的过程中，作者似乎在俄国的国家形象问题上倾注了更多的注意力。小说中不同的人物各自从不同的立场和视角来认识、理解俄罗斯，从而提供了不同的俄国国家形象和个性化的国家想象，他们对国家命运前途的深沉思考之间形成了一种对话式的关系。参与这场对话的有沙皇阿列克谢、尼古拉斯·凡多林、他的远祖卡尔涅利乌斯·方多林、他的父亲亚历山大·凡多林以及形形色色的人们。这实际上是对当代俄国社会中关于俄罗斯历史命运问题的思想对话的文学反映。在多种思想话语的相互作用下，主人公尼古拉斯的精神成长过程被一步步地展示了出来。他首先是以外国人（俄罗斯侨民）的身份和视角将俄国陌生化地呈现在读者面前，此后，随着对不同的国家形象（在历史和现实两个时空中）的认识和重估，他重新构建起自己对俄国的认识与理解。

---

① 如《利维坦》中不同叙述者对同一个事件的不同描述。关于单声语、单一指向语言的对话性，请参阅凌建侯《巴赫金哲学思想与文本分析法》，北京大学出版社2007年版，第136页。

② Ранчин А. "Романы Б. Акунина и Классическая Традиция", НЛО, No. 67, 2004.

小说主题的发展和完成正是在如上各种思想的对话中进行的。

阿库宁有时会将思想形象与小说的叙事结构结合在一起，通过后者建构起一种对话性。在小说《佩拉盖娅与红公鸡》中，作者故意留下了一个开放式的结尾，借以提示读者，波别金和马努拉之间关于信仰的对话（即陀思妥耶夫斯基"自由与面包"命题的变体）并没有随着故事的终结而完成。这部作品思想结构的开放性是显而易见的。意大利著名作家和符号学家翁贝托·埃科曾将文本分为两类：开放的文本和封闭的文本，大抵对应着罗兰·巴尔特所提出的"可写的文本"和"可读的文本"两个概念。对前者，文本的结尾并非其最终阶段，它召唤读者积极参与文本意义的建构，读者可以自由地依照自己的观点阐释和评价文本；对后者，作者致力于维护自己对文本的权力，他仅仅是在满足读者的期望视野①，读者也只能做出有限的、可预见的阅读反映。从这一看法出发，我们可以发现《佩拉盖娅与红公鸡》在文本结构上的复杂性：表面上这篇小说具有一般侦探小说的封闭文本形式，秉承了"设谜—解谜—释谜"的经典情节程式，行文间充漫着侦探小说叙事的典型神秘色彩（诡异的多重谋杀、复杂的宗教思想、玄秘的时空穿越）；同时，这篇小说又绝非纯粹的侦探小说，因为它在结尾处既没有对凶手的惩罚，也没有秩序的最终恢复，相反地，却表现出明显的反侦探小说特征，违背读者的体裁阅读期待揭示了世界的混乱本质、生命的不确定性和真理的不可知性。除了对侦探小说写作程式的蓄意悖反，阿库宁还通过在文本组织上对互文手法的工具式应用，在侦探小说和高雅文学之间建立起了复杂的联系，从而进一步全面打破了侦探小说的传统封闭模式。这种"在封闭中开放"的文本结构使人们对作品的解读具有了多义性，而不能仅仅将其视为单纯的侦探故事。实际上，阿库宁正是借由将侦探小说之形壳和陀思妥耶夫斯基式"自由和信仰问题"之内核包容在一起的叙事方式，试图以书无定论的形式激发人们对之展开深入思考，从而赋予小说以思想层面的开放性和对话性。

以上我们对阿库宁小说文本的狂欢化构型所作的分析，并不是试图证明阿库宁是狂欢化文学的自觉继承者，恰恰相反，他只是民间文化狂欢精

---

① 埃科的具体观点请参阅胡全生《在封闭中开放：论〈玫瑰之名〉的通俗性和后现代性》，《外国文学评论》2007 年第 1 期。

神的不自觉的反映者，是世纪之交的文化和审美转型意识在当代文学、特别是大众文学中的印迹。在狂欢式的混乱中理解复杂的社会历史进程、阐释转型期的游戏本原①，是阿库宁小说创作的历史文化价值所在。从整个的文学结构来看，他的创作可被视为大众文学从边缘对严肃文学的主题、形象进行降格、纳入自己的文本体系的结果，因而许多论者将其作品看作是"越过边界、填平鸿沟"（莱斯利·费德勒语）的后现代主义文本。阿库宁紧跟时代脉搏，把刚获解放的大众文学的蓬勃创造力充分发挥出来，以狂欢式的艺术思维摒弃了体裁的清规戒律，融合了雅俗，创作了一系列别具一格的文学作品。作为一个典型的文化症候现象，阿库宁的小说在不同的文本结构层面上折射了转型期文化的狂欢化特征，显示了文学与时代内在的同构性。在一定程度上可以认为，如上所述的阿库宁小说的艺术形式已然成为转型期俄罗斯文化重构意识的最直接表达，客观地反映了苏联解体以来的俄罗斯文学表现转型期经验和后现代经验的文学努力。当然，从接受的角度来看，当代读者显然已经不可能像中世纪或文艺复兴时期的人们那样体验到本真的狂欢式感受，但他们仍然可以通过阿库宁的多重叙事变相地享受"第二种生活"的欢娱，在虚拟的狂欢广场中体验到现实生活的多样性，获得一种象征性的满足以及克服现实生活压力的力量。另外需要强调指出的是，狂欢式艺术思维在客观上也帮助作者深掘了侦探小说体裁的思想潜力。正如巴赫金所言，狂欢式艺术思维对于艺术地认识人与社会的本质甚具奇效：正是在狂欢化视角的映照下，作者笔下的人物卸下了一切伪装面具，人性的阴暗面与复杂性都被从隐蔽之所暴露出来。这无疑是对侦探小说揭露和批判主题倾向的契合。下面，我们就尝试透过作品的主题层面来探析阿库宁小说在思想意蕴及人文价值方面的时代性建构。

---

① Черняк М. , *Массовая Литература ХХ Века*, М. : Флинта. Наука, 2007, c. 30.

第四章　危机中的救赎：阿库宁小说的思想意蕴

美国文化学家约翰·卡维尔蒂曾经指出，大众文学作品可被视为体现在某种文化的典型形象、象征和神话之中的原型模式。因此，透过这些作品，我们可以反观某个时代的社会文化本身。在本章中，我们将通过分析阿库宁小说中的宗教象征、帝国神话和人物形象模式，探讨其创作与时代文化之间的契合。

作为一种流行的大众小说形式，侦探小说首先是一种以娱乐读者为主导的文学类型。在许多批评者看来，它让读者沉湎在曲折迷乱的情节中不能自拔，使他们在暴力、混乱所导致的恐惧情绪和秩序复归所引起的快慰心理之间机械地游走，从而在客观上简化了人们认识世界的意识结构，锉钝了人们对现实的认知力。所以在经典文学话语占统治地位的时期，侦探小说一直被视为仅供消遣的低俗文类，被疏远在文学的边缘地带。然而在我们看来，优秀侦探小说与严肃文学的根本分歧并不在于题材和主题的差异。[①] 同那些流芳百世的经典小说一样，侦探小说所关注的也是对"谁之罪"问题做出不同视角、不同层面的回答，并由这一问题旁生出一系列的社会和哲学问题。实际上，在体裁发展过程中，侦探小说始终与社会现实和人类精神生活保持着密切的联系，多侧面地反映着社会和精神问题。[②] 当代文学批评显然已经意识到这一点，并因此动摇了先前那种简单的褒贬批评作风，转而以多重批评视角

---

① 雷特布拉特据此提出，精英文学和大众文学的划分本身就是不合理的："在'精英文学'、'中间文学'和'大众文学'中都讨论、并以各自的方式解决那些对读者而言迫切且重要的问题，所以没有理由认为某种文学是娱乐性的，而另一种是严肃性的。"请参阅 Рейтблат А.，"Русский Извод Массовой Литературы: Непрочитанная Страница"，НЛО，No. 77，2006，С. 405。

② 任翔：《文化危机时代的文学抉择》，北京师范大学出版社 2006 年版，第 176 页。

对侦探小说展开了更加深入的研究①，开始关注其生产语境和阐释语境，以期揭示隐含在表层叙事之下的深层文化内涵。已有研究者指出，侦探小说是"生命的隐喻"和"社会的镜像"，它呈现了人类的命运和人性的秘密②，批判地揭示了社会神秘领域及精神神秘领域的再现方式。因此，侦探小说不仅是"生产快乐"的文字性文本，它还是社会和个体存在的隐喻性文本，在其看似简单的形式之下蕴含着丰富的思想和真实。澳大利亚文化学家约翰·多克在其广为流传的《后现代主义与大众文化》一书中，把侦探作品定位于人种志和社会科学之间。③ 应当承认，这个看法是深富洞见的：从侦探小说独有的题材范围来看，作为"人种志"，它致力于从特有的视角反映社会日常生活，呈现时代的主流价值和社会心理，以丰富的"生活的真实"和"为历史存真"④ 的本色获得独特的认识价值；而作为"社会科学"，侦探小说致力于痛陈时弊、针砭痼疾，以此疗治社会和人性的疥癣，促进人类精神和社会发展的完满。在阿库宁的小说中，"镜像性"和"社会科学性"都表现得非常突出。这是他的小说之所以获得精神生产力并得以摆脱低俗文学窠臼的支撑，也是我们计划在本章中对其作品进行主题分析的学理依据。

　　俄罗斯文学理论家哈利泽夫在论及文学的主题时曾提出，主题在理论层面上是三种要素的集合：本体论的和人类学的共相；文化历史的局部现象；个体的（首先是作者的）生活现象。⑤ 将这三个方面总括起来看，我们也可以借用米兰·昆德拉更为普泛的说法：小说的主题就是对存在的质询⑥。对永恒存在、社会存在和个体存在的不懈探求，的确是俄罗斯文学固有的本质特征，陀思妥耶夫斯基、列夫·托尔斯泰、契诃夫等一代文豪的创作都表现出了这样的主题旨趣。阿库宁承继了俄罗斯文学的主题传统，在他的作品中，不同层次的主题主要通过多组二元对立凸显出来：作为本体论主题的善与恶、生与死，作为人类学主题的爱与恨、欲望与克己，作为文化历史主题的罪与罚、历史与现实，等等。不同棱面的主题在

---

① 可参阅袁洪庚《欧美侦探小说之叙事研究述评》，《外语教学与研究》2001 年第 5 期。

② 任翔：《文化危机时代的文学抉择》，北京师范大学出版社 2006 年版，第 236 页。

③ ［澳］约翰·多克：《后现代主义与大众文化：文化史》，吴松江等译，辽宁教育出版社 2001 年版，第 314 页。

④ 范伯群：《中国近现代通俗文学史》（上卷），江苏教育出版社 1999 年版，第 7—8 页。

⑤ ［俄］哈利泽夫：《文学学导论》，周启超等译，北京大学出版社 2006 年版，第 55 页。

⑥ ［捷］米兰·昆德拉：《小说的艺术》，唐晓渡译，作家出版社 1992 年版，第 84 页。

阿库宁的创作中或隐含或直显，它们相互作用、相互影响，并统一在一个具有原型性质的"超级主题"——善恶对立之中。这种主题取向固然受侦探小说的体裁基因所限，但这更是对作品所反映的处在现实的契合。哈利泽夫认为，"艺术主题之最重要的成分，乃是由艺术之外的现实所构成的。"① 19—20 世纪之交和 20—21 世纪之交的生活现实所暴露出来的激烈的矛盾冲突，以及由此导致的价值观念的对立与统一价值观的迷失，显然是决定阿库宁创作主题的根本因素。主题作为文学创作的基础，不仅是对现实的高度浓缩和抽象，还是对作品本质的整体性把握，它承担着凝聚艺术结构的各种成分并将之导向文本意义的重任。在对阿库宁小说主题的解读中，我们可以发现蕴藏在娱乐叙事表象下的对人类本身及社会存在困境的深刻焦虑。阿库宁通过罪与罚、恶与善的对立为我们提供了一幅充满危机感的人类历史的镜像，并试图通过爱之拯救主题的引入、历史叙事的"自我装扮"和主人公形象的人格塑造提供一副摆脱危机、平复焦虑的安慰剂。

第一节　爱将拯救世界：一种超越 人性危机的努力

作为一种模式化的小说类型，侦探小说描写的是种种犯罪现象及其被纠正的过程，对犯罪根源的探讨自然也就成了这类小说必不可少的思想隐线。随着社会文化的转型，人们对犯罪根源的认识在苏联解体前后也经历了一个根本性的转变过程。苏联作家在侦探小说创作中往往秉持这样一种观念，即非法暴力和道德沦丧主要是受到不良落后思想（主要是资产阶级思想）的沾染所致，是一种时代的弊病，具有社会性和历史性，因而犯罪现象是可以消除的，其途径就是社会制度的完善和社会教育的强化。著名侦探小说作家阿·阿达莫夫就曾指出："我们写这类体裁作品的目的是为了教育……这是同建立一个新型社会的历史目标紧密联系着的整个社会的任务。"② 这与官方文学理论中"用社会主义精神从思想上改造和教

---

① ［俄］哈利泽夫：《文学学导论》，周启超等译，北京大学出版社 2006 年版，第 65 页。
② ［苏］阿·阿达莫夫：《侦探文学和我》，杨东华等译，群众出版社 1988 年版，第 128 页。

育劳动人民的任务"① 是完全一致的。然而到了后苏联时期，随着社会文化语境的变迁，如上的犯罪根源观被普遍认为有失偏颇，以阿库宁为首的一批侦探小说作家力图对之进行更为深刻的阐说。从已发表的作品来看，阿库宁的犯罪根源观带有明显的宿命论色彩，他更多地倾向于在人自身寻找"谁之罪"问题的答案，他在小说中展示的大多数犯罪行为和人的天性有着割舍不断的关联。更重要的是，在对犯罪根源的探究中，阿库宁发现了 19 世纪末期（抑或是 20—21 世纪之交）普遍的人性危机，揭示了人类的精神存在状况，并进而提出带有宗教说教色彩的"以爱除恶"的思想，以期帮助世人摆脱因人性失范而导致的生命困境。

一　人性的危机

由于题材域的特殊性，侦探小说往往能够照亮"艺术不愿触碰的人性黑暗面"（陀思妥耶夫斯基曾如此界定自己的创作宗旨），它的人类学医学价值首先体现在对隐秘人性的深入剖析。正是借由对人自身的深刻了解，侦探小说才能够揭示犯罪的精神病理学根源。这一创作倾向深深植根于体裁生成的历史语境。就文学血缘而言，侦探小说是哥特小说和恐怖小说的继承者。流行于 18 世纪末 19 世纪初的哥特小说是对埃蒙得·伯克崇高美学理论的创作实践，它将界限分明的善恶冲突树为中心主题②，在渲染神秘恐怖氛围的同时也揭示了人性的脆弱与卑恶。承其衣钵的恐怖小说则直接将邪恶树为描写对象，其目的是"将邪恶从隐秘处揭示出来，以暴露人性的阴暗面"。③ 受这两种小说流派的直接影响，形成于近代的侦探小说着重表现的内容之一，就是人性阴暗面在近现代社会条件下的表现形态，或者说就是被置换为犯罪形象的本体论之恶。按弗洛伊德的观点，人的本我就是欲望的总和，因此人性和欲望有着本然的内在联系。我国作家余华曾说，欲望比性格更能代表一个人的存在价值④，描写了人的欲望也就揭示了存在的本质。阿库宁将这一主题作了充分的发挥，他通过对犯罪诱因的揭示来投射人物内心的种种欲望，以极端题材的书写来放大和聚焦人性的阴暗面。其作品所描述的种种犯罪行为，往往关涉人物内心最隐秘

---

① 张杰、汪介之：《20 世纪俄罗斯文学批评史》，译林出版社 2000 年版，第 283 页。

② Тамарченко Н., *Готическая Традиция в Русской Литературе*, М.：Российский государственный гуманитарный университет，2008，c. 22.

③ 任翔：《文化危机时代的文学抉择》，北京师范大学出版社 2006 年版，第 128 页。

④ 余华：《我能否相信自己》，人民日报出版社 1998 年版，第 171 页。

的欲求，莫不是对人性的拷问。在阿库宁的艺术思维中，贪欲和权欲是人类精神疾患的病灶，自私、忌妒、贪婪、仇恨、残酷、冷漠则是人性负面的具体呈现。在对这些负面人性的书写中，阿库宁如陀思妥耶夫斯基那样揭示了恶是一种实在的力量，是人性始基中善的对立面。所以他的小说常常表现出一种悲观情绪，这与经典侦探小说的精神取向是背向而驰的。他的每一部作品都不是让人看完即可以放下的纯粹娱乐性读物，读者在经历了惊险刺激的感性体验之后，往往又会陷入对人之本性的理性沉思之中。

（一）兽性的复活

根据进化理论，作为自然界进化产物的人类最初是从动物族群之中分化出来的，因而自然性和动物性是人所固有的本质属性。正如马克思曾经指出的，这一事实决定了人永远也不可能摆脱其自身的动物性。英国 17 世纪哲学家霍布斯的抽象利己主义人性论认为，人首先是一种"自然物体"，人的自私自利、自我保存等"自然本性"支配着他的思想和行动，因而在社会契约订立之前，人类只能处于"一切人对一切人的战争"状态①。这种状态在英国作家威廉·戈尔丁的小说《蝇王》和俄罗斯作家卢基扬年科的科幻小说《四十岛骑士》中得到了形象化的体现。霍布斯出于对理性的信仰，提出了以契约来约束人的自然本性的构想，然而文明社会中的人毕竟难以彻底摆脱自身的兽性，恰如荣格所言，他会不知不觉地降低自己的道德水准，"这一水准一直处于意识阈限之下，一旦被民众形式赋予活力，就随时随地地会爆发出来"。②叔本华将这种没有止境、不可遏止的冲动和欲求理解为生存意志，一种"人的理性认识范围之外的非理性存在"③，这就是世界的本体。在叔本华所描述的生存意志中是没有道德价值取向的，所以，作为"我的意志"的世界除了痛苦和无聊之外，还包藏着违反理性和秩序的罪恶。以上所有观点似乎都表明，尽管有着道德、伦理、宗教、法规等社会意识形态的约束，作为人之本初属性的兽性在合适的历史条件下还是会冲破集体无意识的栏栅，上升到意识层面，支配着人的具体行为。阿库宁所展示的 19 世纪，就是这样一个野蛮与文明共存、兽性与人性共舞的时代。在《利维坦》、《1882 年桌边闲谈》等作品中，这种思想得到了淋漓尽致的展示。

---

① 苗力田、李毓章：《西方哲学史新编》，人民出版社 2005 年版，第 291—293 页。
② 转引自高建华《库普林小说研究》，博士学位论文，东北师范大学，2009 年，第 44 页。
③ 孟庆枢、杨守森：《西方文论》，高等教育出版社 2007 年版，第 186 页。

作为小说的篇名，"利维坦"最直接的所指是故事发生的地点——一艘英国巨型邮轮的名称，但除此之外，这个篇名显然还另有深意。熟悉西方文化的读者都知道，利维坦是《圣经》中描写的一头巨型海兽，它生性暴戾，专以猎杀海洋生物为食。在《新约·启示录》和后来的宗教文献中，利维坦经常被用作威胁人类的邪恶力量的象征。在西方基督教传统文化观念中，这个词还对应着七宗罪中的"忌妒"，是人性几大缺陷之一。后世哲人对这个词汇多有借重，如霍布斯在其同名哲学名著中，就曾用这个形象来喻指兼具神性和兽性的人类组织形式（政府），并在书中描述了人类"为求利而竞争、为安全而猜疑、为求名而侵犯别人"的动物天性。① 由此可见，阿库宁为自己的小说选择这样一个深富宗教意味和哲学内涵的篇名，实是对现实的一种隐喻，暗指"列维坦"是一条航行在罪恶浊浪中的罪恶之舟。

小说选取典型的侦探小说题材，以一件凶杀案的调查为轴心，细致刻画了灵魂在欲望的腐蚀下如何走向罪恶的过程。在所有人物形象之中，玛丽·桑丰的形象是人类兽性复苏的集中体现。玛丽生长在比利时的一个工厂主家庭，父母都是虔诚的基督教信徒，然而向善的家庭氛围似乎对她的人性发展毫无助益。六岁的时候，她完成了人生中的第一次犯罪：出于忌妒心理而杀死了自己的弟弟，因为她不喜欢"所有人都因醉心于小男孩而忘记了她"。② 在此作者似乎确证了"人之初，性本恶"的悲观人性论，并进而揭示了社会教化对人性进步的无力：桑丰在经过了十年之久的修道院感化教育之后，依然未能摆脱兽性的控制，为了享受奢侈的生活，她变得越来越贪婪，利用自己出色的才智犯下了一桩桩轰动社会的罪恶而又能成功逃脱法律的制裁。为了获得印度宝藏，她费尽心思骗取了兰尼埃的信任，设法激起后者的仇恨和贪欲，并一手炮制了巴黎凶杀案，残忍地杀害了包括老幼妇孺在内的十个无辜的生命。在她的丈夫兰尼埃被戈什杀害之后，她表现出了令人难以置信的冷漠：对财富的贪念彻底熄灭了她身上仅存的一点人性的火花，将之变成了没有精神的"活尸"。从这个形象之中我们可以发现自私、忌妒、贪婪、残酷、冷漠等所有人性中负面的东西。更让人感到可怕的是，不仅家庭教育、社会感化不能抑制这些恶的因素的

---

① 苗力田、李毓章：《西方哲学史新编》，人民出版社2005年版，第292页。
② Акунин Б., *Левиафан*, М.：Захаров，2001，c.108.

滋生，而且法律对之也只能束手无策，凡多林最后的一句话"玛丽·桑丰很快就会重获自由"① 实际上表达了作者对兽性复苏的无奈和对人性向善的怀疑。

　　载有印度宝藏秘密的三角巾帕（在小说中是财富和权力的象征）仿佛一把打开潘多拉盒子的钥匙，它未能把人引向真正的藏宝之地，却唤醒了潜伏在人身上的贪欲。它就像是一个旋涡（"利维坦"在希伯来语中有"旋涡"之意），把道德孱弱的世俗者吸入难以自拔的无底深渊。在这部小说中，阿库宁对人性之恶的描写达到了令人绝望的地步，除了主人公凡多林之外，几乎所有出场人物都在不同程度上表现出了自私自利、忌妒仇恨的兽性本质。在写得极为简单却不失精彩的最后一个场景（众人争夺三角巾帕）中，作者把不同身份地位的人物同时置于"天堂与地狱"的临界点上，通过一个狂欢式的情景揭示了众人的善恶美丑，完成了对上流社会的道德脱冕。这个场景仿佛是一出背离了常规世界的"翻了个儿的狂欢化生活闹剧"②，人物高贵的社会身份和卑下的精神品质形成了巨大的反差，从而暴露了道德约束的无力，反映了人在贪欲和权欲双重原始动力的驱使下向动物本原的降格。这是作者对西欧理性主义所吹捧的文明进化论的绝妙讽刺，就整体结构而言，这无疑是小说的点睛之笔。

　　利维坦号轮船像戈尔丁笔下的"孤岛"一样，是一个被欲望与野蛮击碎的文明废墟的形象。阿库宁利用这一形象隐喻了人类面临的深刻危机，从中可以发现作者对 19 世纪文化危机的深刻洞察。我们知道，19 世纪正是西方资本主义向外大肆扩张的时期，随着资本主义价值观的推行以及由此导致的世俗化运动的加剧，人的异化感越来越严重，在失去宗教庇护之后逐渐变成了支离破碎的存在。③"上帝死了"，人类的精神世界无法保持原初的完整性，价值理性的传统地位受到极大的挑战，而人们对工具理性的片面强调则为人类的本能欲望打开了一个宣泄的出口。正如陀思妥耶夫斯基在 19 世纪末所感受到的那样，人类已经走入一个病态的发展阶段。私有意识的发展颠覆了社会的精神基础，人们在取悦自身动物性的同时却忘掉了人身上的神性。在这位思想家看来，整个社会感染了一种沉重

---

① Акунин Б.，*Левиафан*，М.：Захаров，2001，с.234.

② 宋春香：《他者文化语境中的狂欢理论》，中国社会科学出版社 2009 年版，第 132 页。

③ ［美］威廉·巴雷特：《非理性的人》，转引自任翔《文化危机时代的文学抉择》，北京师范大学出版社 2006 年版，第 89 页。

的精神疾患，即"卡拉马佐夫习气"，其实质就是否认任何圣物和神圣的价值。① 在这样一个价值扭曲的社会，人们只能把物欲、情欲（《加冕典礼，或最后一部小说》中的谢苗大公）等兽性的满足作为终生追求的幸福。帝国主义时代的到来为精神的反向发展提供了最好的说辞。如果说桑丰的出发点还是私欲的话，那么斯坦普小姐和特鲁弗医生则是以看似冠冕堂皇的国家利益的借口而参与到宝藏争夺之中。在"印度宝藏"这个典型的殖民意象中，折射出的正是西方列强的帝国意识中"为求利而竞争"的动物天性。从这个角度看，《利维坦》所展示的不仅是人性危机，一定程度上也是整个世界历史和文化的危机。兽性深藏在人性和文明的本质之中，失去规约，它就会变成毁灭同类和自我的可怕力量。

《1882 年桌边闲话》② 就展示了这样的一个毁灭过程。书中的女主人公波琳娜公爵小姐出身高贵，受过良好教育，是人类社会中最优秀的那个阶层中的一员。然而就是这样一个贵族女性，居然会出于卑劣的情欲而伙同自己的恋人残忍地杀害了"像普希金笔下的塔基娅娜一样的"妹妹，之后又设计害死父亲，篡夺了全部家产之后远走高飞。这则故事明确地提示人们，在情欲、仇恨和贪婪的原始本性面前，亲情、家庭与自我这些传统文明的核心概念都显得不堪一击。阿库宁似乎对上流社会的精神蜕变更感兴趣，或许是因为这样更能揭示人性危机的普遍性。在这部短篇小说中，作者对善恶问题的认识早已超越了简单的故事层面，他实际上指出了善的无力和恶的必然。通过波琳娜公爵小姐的形象，阿库宁再一次向我们揭示了人性的脆弱及其向恶的本质，正如索洛维约夫在《关于敌基督的小故事》中所暗示的，善自身是不能够自足的，人性的弱点就是对恶的力量的服从。③ 索洛维约夫甚至将利己主义之恶视为"一股现实的力量"，而且是"根植于我们存在的深层中心，并在那里渗透、包围了我们的全部现实的一股主要的力量，一股在我们生存的各个细节中不停地发挥作用的力量"。④ 阿库宁似乎确证了这一看法。在他的小说里，恶的力量首先

---

① 张冰：《俄罗斯文化解读》，济南出版社 2006 年版，第 122—126 页。

② Акунин Б.，"Table-talk 1882" Акунин Б.，*Нефритовые Четки*，М.：Захаров，2007，c. 50 – 75.

③ 张百春：《当代东正教神学思想》，上海三联书店 2000 年版，第 99—100 页。

④ 弗·索洛维约夫：《爱情的意义》，载索洛维约夫《关于厄洛斯的思索》，辽宁教育出版社 1998 年版，第 17—18 页。

表现为人性向兽性的倒退，是兽性的复活，面对这个现实，任何文明形式、任何理性伦理都显得无能为力。这让我们联想到布尔加科夫在《大师与玛格丽特》中描述的疯狂的莫斯科画面，同样透出一种无法掩饰的对人性的怀疑。从整个文学背景来看，这种悲观的人性论正是俄罗斯文学固有的末世论思维的反映，如同俄罗斯文学本身，它"诞生于拯救全人类的思考"①，是对人类精神病患的深入探究。

（二）魔性的复活

然而，如果仅停留在这一层面，就无法全面认识到作家对"恶"的深刻见解。阿库宁小说所描写的犯罪行为大多不是如上的普通刑事案件，而是关乎国家乃至人类命运的事件。通过故事背后的隐含话语，我们可以发现作者对社会发展乃至人类未来的深刻焦虑。这种焦虑并非缘自人性之恶，因为恶在小说中总是处于最终被揭露被消解的地位；也非肇因于人性的不可知性，因为书中每一个重要的个性都得到了应有的展示；让阿库宁倍感焦虑的是恶与善之间的纠缠交织，是它们在人类历史进程中悖论性的共存。阿库宁对善恶复杂关系的思考是通过一系列的敌基督形象来实现的，这个形象类型贯穿在他最主要的几部作品如《阿扎泽尔》、《土耳其开局》、《五等文官》、《佩拉盖娅与红公鸡》等小说中。敌基督是俄罗斯文学中一个独特的形象类型，他往往以救世主的面目示人，以弥赛亚之名行反基督之实，妄图通过具有迷惑性的谎言达到诱惑世人、统治世界的目的。陀思妥耶夫斯基在《卡拉马佐夫兄弟》中塑造的宗教大法官形象是俄罗斯文学史中第一个鲜明的敌基督形象，此后，这一形象被作为原型模式，在白银时代富有末世危机感的哲学家和文学家的创作中得到多向而深入的发挥。弗·索洛维约夫在其绝笔之作《关于敌基督的小故事》、扎米亚京在反乌托邦小说《我们》中均预言了未来社会尼采式超人对世界的统治，描绘了一幅魔性张扬而神性沦丧的极权社会的图景。阿库宁在其小说中所揭示的魔性（敌基督精神）的复活，导向的正是这样的结果。

众所周知，陀思妥耶夫斯基在《宗教大法官的传说》中提出了"自由和面包"的问题，并将这个问题视为世界本原的对立与冲突。围绕着对这一问题的争论，宗教大法官和基督被分别赋予了两种不同的价值观和人性观。基督认为"人不能只靠面包活着"，他更看重人的自由、仁爱等

---

① ［俄］别尔嘉耶夫：《别尔嘉耶夫集》，汪建钊编，远东出版社 1999 年版，第 6 页。

精神价值；宗教大法官则责难基督，指出正是基督意欲强加于人其所不能承受的自由重负，因为在大法官看来，拜物重利是人类生而固有的劣根性："对于人类和人类社会来说，再没有比自由更难忍受的东西了！……在他们还有自由的时候，任何的科学也不会给予他们面包，结果是他们一定会把他们的自由送到我们的脚下，对我们说：'你们尽管奴役我们吧，只要给我们食物吃。'"① 他不信仰上帝，也不信仰人，认为人类是"软弱、渺小、没有道德的，他们是叛逆成性的"②，是"可怜的小孩子"、"鸡雏"③。这样的人学观给了宗教大法官作为世俗统治者的绝对权力，他以"面包"的名义反对并剥夺人们的自由，要他们相信"只有在把他们的自由交给我们并且服从我们的时候，才能成为自由的人"。④ 宗教大法官认为"他和他的人的功绩，就在于他们终于压制了自由，而且他们这样做，是为了使人们幸福"。⑤ 由此可见，在这个"饱受伟大的怜悯之苦"的崇高形象下面，实际上隐含着以反基督代替基督的精神。这是一种典型的"超人"观，是对上帝位格的僭越。宗教大法官作为俄罗斯文学中一个重要的思想形象，对文学自身的发展产生了巨大而深远的影响。阿库宁就是受到这一传统影响的当代作家之一。

　　在"外省侦探系列"的最后一部小说《佩拉盖娅与红公鸡》中，阿库宁以宗教大法官为原型塑造了俄国东正教最高会议总检察官波别金的复杂形象，在侦探叙事的背景中鉴照出宗教大法官精神的罪恶本质。这两个人物形象既有重合的一面，也存在着较大的差异。与原型形象不同，波别金关注的不仅是人性本质和人神关系问题，还有特定历史时期的国家命运，这使我们能够在侦探叙事之外，得以探索蕴含其中的丰富的历史文化内涵。作为宗教大法官精神在 19 世纪俄国的代言人，波别金和大法官形象之间存在着诸多相似之处：首先，他们的身份地位相当，一个是西班牙宗教大法官，而另一个是俄国东正教最高会议的总检察官；其次，他们都曾与第二次降临世界的基督对话，在《传说》中是基督本人，在《红公

---

　　① ［俄］陀思妥耶斯基：《卡拉马佐夫兄弟》（上册），耿济之译，人民文学出版社 1981 年版，第 378—379 页。
　　② 同上书，第 379 页。
　　③ 同上书，第 378 页。
　　④ 同上书，第 386 页。
　　⑤ 同上书，第 376 页。

鸡》中则是自称基督的马努拉①；再次，他们都信奉宗教强权意志，力图施行列夫·舍斯托夫所谓的"钥匙的统治"，16 世纪的西班牙宗教大法官是以"面包"为诱饵换取对人类的统治权，而波别金则是为了拯救江河日下的沙皇俄国和东正教会，不惜采用谋杀等极端犯罪手段；最后，他们都是"思想的人"。波别金同宗教大法官一样，有着深刻的忧患意识和探索精神，积极思索人与神、人与社会的关系，试图向人们宣示唯有自己（教会）掌有天国之门的钥匙。在波别金与马努拉的对话中，大法官精神表现得尤为突出。当马努拉宣称人类已经逐渐变得成熟，因而需要订立新的人神之约（继《旧约》与《新约》之后的以爱与自由为核心思想的第三约言）时，波别金无疑感受到了当年宗教大法官曾体验到的那种对自由的恐惧。所以，当他从马努拉身上认出基督之后，也像宗教大法官一样否定了基督：

> "你为什么来妨碍我呢？"他说，"就算没有你，我也已经够不容易的了。至于说到人们，那么你定然错了。你一点也不了解他们。他们暂时还只是不懂事的孩子。没有严厉的牧师是不行的，那样的话，他们会死去。我敢向你发誓，人类比你想象的还要软弱低贱！他们既孱弱又卑鄙。你来得太早了些。"②

从这段引文中，不难发现宗教大法官驱逐基督的思想。其实，波别金所说的每一句话，几乎都与陀氏著作中宗教大法官的原话相对应。他重申了后者关于人们是婴孩的看法，否定了人性的高尚本质，否认了自由对人的价值，并以此为根据，责备基督的到来不是赐给人们幸福，而只能带来灾难。他认为基督的降临是对既存信仰体系的毁灭性打击，是"反基督性的"。在他看来，人们并不真的需要基督，而是"面包、奇迹和地上王国"，只要人性的软弱低贱不被克服，基督就是多余的，因为只有"牧师"才能给人幸福和安宁。以上所有这些思想，实际上都是陀思妥耶夫斯基在《传说》中早已阐明的，在这一点上，波别金与宗教大法官别无

---

① 马努拉（Мануйла）源自古犹太人名"以马内利"（Еммануил, Эммануил），意为"神与我们同在"。在圣经故事中，"以马内利"是先知以赛亚为降临尘世的神子基督起的名字（《以赛亚书》第 7 章第 14 节）。

② Акунин Б., *Пелагия и Красный Петух*, том 2, М.：АСТ, 2003, с. 262.

二致。阿库宁在陀氏之后再一次提出了精神统治的合法性问题，警醒世人勿要接受披着伪善外衣的魔鬼思想的蛊惑，从而失去人类真正的自由。通过对宗教大法官形象的模仿，阿库宁把读者的思路拉回到陀氏提出的"面包与自由"的问题上，从而将陀氏作品纳入这篇小说的意义域之中，极大地扩张了小说的思想容量。

然而，作为小说中具有结构性意义的一个人物形象，波别金的价值绝不仅在于对前人抽象哲理思考的复制。通过波别金这个复杂形象的塑造，阿库宁揭露了"为善而行恶"思想的作用机制，展示了人类自我意志的膨胀如何导向反人类的犯罪行为。别尔嘉耶夫在论述宗教大法官形象时，阐述了这个形象中潜在的善恶相伴、基督与敌基督混淆的特点：

> 他被披着善的外衣的恶所诱惑。这是反基督诱惑的特性。反基督——不是老朽的、粗糙的、一下子就看得清的恶，它是新生的、精细的、有魅力的恶。它总是穿着善的外衣。**在反基督的恶中总是有与基督的善相似的东西**，总是隐藏着混淆和偷换的危险。善的形象开始分裂。基督的形象不再被清晰地领会，而与反基督的形象混淆在一起。于是，出现了一些具有双重思想的人。[①]

波别金就是这样一个具有双重性的形象。他是一个几乎没有物质欲望的禁欲主义者，时刻生活在一种为人类而忧患的焦虑之中。他热爱祖国，具有为国家和人类而自我奉献的圣徒精神。所有这些，都使他更像是基督道德的践行者。但是，由于他失去了对人的信仰，就不可避免地受到"披着伪善外衣的恶"的诱惑，最终导致了对基督教道德精神的错误理解。波别金对基督教的牺牲和仁爱观念作出了自己的解释，他认为自己所做出的牺牲远比基督更彻底、更高贵，因为基督珍惜自己的灵魂，而他却随时准备牺牲"自己不死的灵魂"；基督号召人们像爱自己那样去爱邻人，而他爱邻人胜过爱自己。[②] 在他这种看似冠冕堂皇的语词中，我们可以发现他其实是把自我意志凌驾于人类自由意志之上，以极度膨胀的自我

---

① ［俄］别尔嘉耶夫：《陀思妥耶夫斯基的世界观》，耿海英译，广西师范大学出版社 2008 年版，第 124—125 页。黑体为引者所标。

② Акунин Б. , *Пелагия и Красный Петух*, том 2, М. : АСТ, 2003, с. 190.

取代了上帝的位置，从而将"善"引向了犯罪歧途，借以为自己的恶行找到一个高尚的借口。在试图拯救世界的埃斯特夫人（《阿扎泽尔》中的人物）身上，我们也可以找到同样地以自我僭越上帝的思想。如同宗教大法官一样，波别金和埃斯特夫人都以智者和救世主自居。波别金相信只有他一人知道如何重建俄罗斯，并进而拯救整个世界。他对调查系列凶杀案的检察官毕尔基切夫斯基说："请相信我：我看得比任何人都远，并且我能发现许多他们发现不了的东西。"① 这种"远见卓识"带给他的是关于俄国命运的末世论式的悲观看法。作为第三罗马思想的支持者，波别金认为俄罗斯担负着人类的命运：

　　　　我们的国家的意义和使命就在于，它早已被决定为光明与黑暗的沙场！恶魔选了俄罗斯，因为这是一个特别的国度，它是不幸的，它离上帝最远，但同时又比其他国家都靠近上帝！还有一个原因就是，我们这儿的秩序和信仰早就动摇了。我们的国家是基督教国家链条中最薄弱的一环。敌基督发觉了这一点，并做好了打击的准备。我知道这将是什么样的打击——他自己向我坦承了。……我们的信仰承受不了这个打击。②

末世来临和俄国欲亡的紧迫感，让波别金认识到宗教的巨大力量。他提出，支撑俄国的根基在于"祖国、信仰和王权"（显然，这是阿库宁对乌瓦洛夫"官方民族性"的讽拟），而信仰更是根基之根基，因为正是信仰决定了俄国的现在和未来："如果没有了信仰，俄罗斯会成为什么？是无根的橡树。是没地基的塔楼。它会坍塌，化为尘土。"③ 波别金心目中的宗教就是以东正教最高会议为中心的教会。与马努拉宣扬的精神自由不同，波别金把信仰看成人们对上帝及其地上的代表——即教会的无限忠诚。所以，当19世纪末的俄国思想在西方影响下获得了对人性和自由的肯定之时，波别金惊恐地发现他所谓的东正教信仰正受到严重威胁，他所热爱的俄国正悬在深渊的边缘上摇摇欲坠，他感到"一股强大的撒旦的力量正在将这个多灾多难的国家拽向死亡"。在这股力量中，波别金看到

---

① Акунин Б.，*Пелагия и Красный Петух*，том 2，М.：АСТ，2003，с. 183.

② Там же，с. 184 – 185.

③ Там же，с. 185.

了各种异教思想和社会思潮，包括犹太教、层出不穷的预言、托尔斯泰主义以及刚刚传入俄罗斯的马克思主义等。① 于是他再次在历史上扮演了宗教大法官的角色：为了人们的幸福，他开始着手消除自由，以各种手段压制异端思想。他默认甚至暗中操纵反犹运动，打击各种不符合正教思想的教派，派人暗中追杀马努拉。当西欧革命的热潮涌到俄国，死水般的俄国社会开始出现微澜之时，波别金计划了"先发制人"式的恐怖活动：组织暗杀高官显贵，然后诿罪于革命者，试图用无辜者的性命来唤起民众对革命的恐怖和厌恶情绪，以达到防止革命、拯救俄国和整个人类的目的。

　　通过如上分析不难看出，在波别金的思想中，善的初衷发生了悖论式的逆转，并最终滑向了犯罪。在他那里，恶成了实现善的"合法"手段。与阿库宁此前许多小说中的罪犯形象一样，波别金发展了一套充满悖论的"高尚犯罪理论"，用高尚目的论为自己的罪恶行为披上了金光闪闪的外衣：

　　　　在下令杀死那些无辜但对我们的事业有害的人的时候，我也杀死了自己的灵魂！但你要知道，这是为了爱，为了真理，为了那些像我们一样的人（други своя）！②

　　正是在这一点上，波别金比他的前辈形象——宗教大法官更进了一步。他为了维护宗教大法官的"地上王国"，不但要牺牲人们的自由，还要牺牲他们的生命。为此，他对"犯罪"也进行了重新界定："我们可以并且应该宽恕那些残忍但已悔过的凶手。但是，不清除那些即使满怀高尚意图却对整个世界秩序构成威胁的人——那就是犯罪。"③ 在波别金的意识中，杀人与爱人混为一谈，犯罪的观念被偷换了。他以自己的意志和理性凌驾于普世道德之上，因此丧失了判别是非的基本标准。他追求的是"大一统"的社会，在这里，他的意志就是标准、就是法律、就是道德。对其中有着个性思想的"坏疽器官"，他会毫不留情地切除。这不禁让人想起扎米亚京的反乌托邦小说《我们》中所描绘的极权社会。可以设想，

---

① Акунин Б. , *Пелагия и Красный Петух*, том 1, M. : ACT, 2003, с. 40.

② Акунин Б. , *Пелагия и Красный Петух*, том 2, M. : ACT, 2003, с. 90.

③ Там же, с. 186.

在波别金这类人的统治下，俄国和人类的未来将会是怎样的一幅可怖图景。

在波别金身上，我们依稀可辨认出拉斯柯尔尼科夫的身影。他们都是"超人"哲学的实践者。拉斯柯尔尼科夫最终在信仰中找到了归宿，而波别金却将这种哲学发挥到了极致，以"超人"式的自我取代了上帝的位置，把信仰变成了操纵世界的手段。"拯救人类"的措辞不过是掩盖其无限膨胀的权力意志的借口，正如拉斯柯尔尼科夫为自己的谋杀行为进行的辩护一样。在《卡拉马佐夫兄弟》中，阿廖沙指出了大法官精神亦即"超人"思想的权欲本质："取得权力，取得肮脏的尘世利益、对人的奴役，就像是未来的农奴制度那样，而由他们来充当地主，这就是他们想望的一切。"① 此语可谓一语中的。究其原因，正是权欲蒙蔽了波别金的人性，把他变成了一个戕害同类的恶魔和罪犯。

发人深思的是，《红公鸡》并没有贯彻侦探小说体裁"善必胜恶"的主题原则。一直到故事结尾，作为罪犯的波别金未受到任何惩罚。恰恰相反，书中的两名侦探角色虽然查清了案件的来龙去脉，却无力或不愿揭开真相：检察官毕尔基切夫斯基在揭开谜底之后，很快就成了被波别金切除的另一个"坏疽器官"；佩拉盖娅则去向不明，以追随信仰逃避了与罪恶的斗争，理性的信徒最终却有了非理性的归宿。这个结尾至少有两层含义：其一，从叙事形式来讲，失败的侦探、未罚之罪和非理性场景以及作品整体上所带有的神秘主义倾向反映了作家阿库宁解构侦探小说传统叙述模式、尝试反侦探小说创作的意图，及其试图融合侦探小说和思想小说两种文体的努力；其二，从主题思想来看，这个结尾似乎在暗示读者，波别金的思想不会就此终结，它将会继续存在并影响俄罗斯的历史发展。诚如别尔嘉耶夫所言："俄罗斯民族的启示录情绪没有使她摆脱反基督的恶的诱惑。不仅是'知识分子'，还有'人民'很容易就走向三种诱惑而否定原初的精神自由。"② 这样的文化心理决定了大法官精神在俄罗斯的永在性。所以，即使波别金得到了应该有的惩罚，还会出现第二个、第三个波别金。苏联历史即是对这一看法的最好注脚。

---

① ［俄］陀思妥耶夫斯基：《卡拉马佐夫兄弟》（上册），耿济之译，人民文学出版社 1981 年版，第 390 页。

② ［俄］别尔嘉耶夫：《陀思妥耶夫斯基的世界观》，耿海英译，广西师范大学出版社 2008 年版，第 132 页。

列夫·舍斯托夫在分析《宗教大法官的传说》时指出，"'钥匙的统治'至今仍有生命力，只不过它同时既为天主教，也为不信教的哲学家所掌握"。① 同样，在阿库宁的小说中，可被划入敌基督形象系列的，除了波别金之外还有其他一些有思想的人物，如《阿扎泽尔》中的埃斯特夫人、《土耳其开局》中的埃夫勒（安瓦尔）、《五等文官》中的波扎尔斯基以及《黑色之城》中的佳吉尔—奥德赛。此外，《死神的情妇》中的普拉斯彼拉也是魔鬼式的人物形象，"成为上帝"的人生目标充分暴露了其变态的权力欲望。由此可见，阿库宁小说所展现的魔性之恶，正如德·萨德所言，是一种对他人表示权力的形式。② 他笔下的魔性人物出于种种原因拒不承认他人的价值，并试图以各种经过伪装的暴力消灭这种价值，以维护其对社会、对人类的"主权"。此外，在上述所有这些人物形象身上，阿库宁基于人性恶的观念发挥了陀思妥耶夫斯基的人格分裂母题。正如在索洛古勃那里一样，这种或隐或显的人格分裂（在《黑色之城》中的人物佳吉尔—奥德赛形象的塑造中可以看出阿库宁对《地下室人手记》和《双重人格》的仿拟倾向）被几乎等同于人性的堕落和魔鬼对人的主宰，等同于神性和善的始基的完全丧失。③ 这些复杂的人物形象赋予阿库宁的小说以一定深度的哲学意蕴，使作品读起来很像是以大众体裁撰写的思想小说，颇为发人深思。同时，我们也应当看到，在这些形象之下实则隐伏着作者关于人性的深邃思索。正是通过这些形象，阿库宁展示了人性危机的另一方面，即权欲所引致的魔性的复活。较之兽性本原，魔性具有更大的破坏力量，它以善的伪装否定了信仰、自由和普遍价值，通过极权统治把人类引入罪恶的深渊。从中不难看出阿库宁自觉或不自觉的末世论意识和由此而致的启示录精神。

二　爱将拯救世界

如上分析足以证明，阿库宁与其说是虚构故事的专家，毋宁说是研究人类心灵的艺术大师，他在自己的小说世界里为读者勾勒出了一幅人性危机的草图。他所描述的人性危机正将人类带入一种令人绝望的生命困境之

---

① ［俄］列夫·舍斯托夫：《钥匙的统治》，张冰译，上海人民出版社 2004 年版，第 40 页。

② 张建华、王宗琥：《20 世纪俄罗斯文学：思潮与流派》，外语教学与研究出版社 2012 年版，第 287 页。

③ 戴卓萌、郝斌、刘锟：《俄罗斯文学之存在主义传统》，中央编译出版社 2014 年版，第 71 页。

中。在被颠覆的社会秩序之下，个体的生命和尊严无法得到保障，而寄托着治世理想的法律要么总是迟到（如《1882年桌边闲谈》），要么无济于事（如《利维坦》和《佩拉盖娅与红公鸡》），罪与罚之间的时间差加剧了人们的危机感和对法律的不信任感。这实际上是对处在价值迷失中的当代俄罗斯人生存感受的反映。在苏联解体所带来的无所约束的自由和西方个人主义价值观的冲击下，俄罗斯传统价值遭到了颠覆，人的贪欲和权欲被再度激活，居高不落的犯罪率给本已动荡的社会生活增添了不安定因素，人们再也无法感受到上帝的庇护。处在生命困境中的人们迫切需要找到一种新的精神支柱，以期重新找回那已失去的秩序和安宁。作为一种"在杂乱无章的世界里拯救秩序"的大众化体裁，侦探小说的积极意义就在于"从邪恶造成的景象中寻求一种救赎的机缘"①，从而使物有其序、心有所安。为此，阿库宁在自己的小说中暗置了一条通向自我救赎的道路和疗治人性的良方。在他的文本中，"爱"与"善"的主题联系在一起，共同展示了人性纯真善良的一面，重新确认了"善"的价值和地位，为大众读者提供了一个心理安慰的港湾。美国文化研究理论家弗里德里克·詹姆逊认为，"大众文化的作品必须同时含蓄或明显的是乌托邦的"②，在阿库宁的小说中就隐含着这样一个爱的神话乌托邦。应当认为，这是作者提出的一个抑制人类兽性和魔性滋生的一劳永逸的解决方案。

（一）索菲亚之爱："永恒女性"的救赎之光

尽管阿库宁的小说对爱之主题的表达明显缺乏象征意象，但我们仍可以从中发现他与俄罗斯文学传统中索菲亚主题的继承关系。象征主义者们认为艺术的作用就在于它可以引领人们通向更深一层的精神现实，所以艺术实践也是一种宗教启示行为，艺术将会使生活获得新生。作为爱与美的化身，索菲亚曾经是象征派诗人所致力表现的救赎之路。在他们的诗学观念中，索菲亚的本意"圣智慧"所标示的就是秩序与规范，因此它代表了战胜混乱无序的力量。安·别雷认为，人类应该在索菲亚即"永恒女性"那里寻找庇护之所，以便从混乱的力量所造成的危机中被拯

---

① 任翔：《文化危机时代的文学抉择》，北京师范大学出版社2006年版，第138页。
② ［美］弗雷德里克·詹姆逊：《快感：文化与政治》，王逢振等译，中国社会科学出版社1998年版，第259页。

救出来。① 索菲亚救世的观念契合了俄罗斯民族的宗教心理结构，渗入民族意识深处，并时常在后世文学创作中得到表现。阿库宁或许不是索菲亚思想的有意识的继承者，但作为社会大众意识的观察者和反映者，他在自己的艺术表达中还是贯彻了这一理念。他在小说创作中将丑恶黑暗的现实与永恒之爱的乌托邦交汇在一起，通过"罪孽中的美丽"的展示来呼唤人性，启迪人们用爱的力量消除罪恶，由此实现人类的自我救赎。就这样，展示并超越死亡、描述并征服邪恶让阿库宁不期然间接近了象征主义者"以艺术为宗教"的诗学思维，从而丰富了小说的哲理内蕴。这无疑在相当程度上丰富了小说的哲理内蕴。或许，这正是阿库宁这位富有社会责任感的作家在"后现代主义游戏写作"② 的表象之下所深怀的文学理想和创作原则。

　　阿库宁的处女作《阿扎泽尔》中的丽莎就是一个代表着爱与美的索菲亚，是阿库宁创作中的"永恒女性"形象。她以自己的美丽、善良、爱情昭示着纯洁与秩序，代表着阿库宁以高尚道德境界对抗罪恶世界、拯救人类灵魂的愿望。在小说中，丽莎首先是作为爱神而出现的，爱是她存在的唯一形式，也是她与其他人物发生联系的唯一方式。她用爱情唤起凡多林对正义的追求，使他在与罪恶斗争的道路上变得越来越勇敢坚韧。就像布尔加科夫笔下的玛格丽特，丽莎用爱守护着自己的恋人，使他免遭厄运。在凡多林被埃斯特夫人锁在装有炸弹的地下室，马上就要命殒黄泉之时，正是对丽莎的呼求挽救了他的性命。③ 这个情节应理解为对爱之拯救力量的形象体现。在更高层面上，爱的拯救呈现为丽莎形象的索菲亚式的地位。别雷把人类拯救的希望寄托在索菲亚身上，认为只有通过索菲亚才能摆脱混乱无序的状况，同样，阿库宁也在丽莎身上寄托了自己通过精神更新来挽救濒临危机世界的理想。就阿库宁的整个创作而言，丽莎形象的重要性是不言而喻的，如同勃洛克笔下的美妇人，这个形象已超出文本之外，与世界灵魂和世界和谐联系在一起。它用爱引领人们得到精神的升华，通过人性的完满达到世界的和谐安宁。从这个角度讲，凡多林对丽莎的追求已不仅限于两性之爱的范畴，而应被视为善与爱趋向结合和精神升华的象征。同理，丽莎去世后凡多林变成结巴这个细节则隐喻善在失去爱

---

　　① 梁坤：《末世与救赎：20 世纪俄罗斯文学主题的宗教文化阐释》，中国人民大学出版社2007 年版，第 54 页。

　　② Черняк М., *Массовая Литература XX Века*, М.：Флинта. Наука, 2007, с. 194.

　　③ Акунин Б.，*Азазель*，М.：Захаров, 2002, с. 317.

之后的失语和无力状态。

丽莎以自己的存在让读者领悟到爱对生命的重要意义，她的死则让读者意识到人类悲剧的根源正在于爱的缺位，因为没有爱的世界只能是一片没有秩序的混沌。小说以埃斯特夫人的个性悲剧强化了这一认识。从语义符号结构来看，埃斯特夫人代表了与爱（丽莎）相对立的纯粹理性，她的"精英救世"理想是理性启蒙的直接产物，然而由于爱的成分的缺失，这一理想最终却演变成了恶的力量，将她引上了必蹈覆灭的犯罪道路。埃斯特夫人的悲剧在于善的初衷悖论性地促生了恶的结果，在于她从基督形象向敌基督形象的转变。作者意在通过她的人性悲剧警示人们，如果丧失了对爱的追求，理性就会失去方向，人性就会发生分裂，潜伏在人身上的兽性和魔性就会失去制约。在此，我们不难看出小说人物形象结构与地狱（埃斯特夫人）、炼狱（凡多林）、天堂（丽莎）这一宗教格局的暗中应和。

虽然丽莎在小说中只是昙花一现，但这个形象却为作者和读者树立了永恒的价值和道德标杆，实质上具有了宗教神学色彩。在宗教哲学家索洛维约夫看来，高雅、圣洁的女性是引导人类走出迷途的引路神。① 完全可以认为，丽莎就是小说中的一个宗教隐喻形象，她赋予在危机中挣扎的世人以灵性和希望，指引人们返回到那个"简单安宁而又秩序井然的宇宙"。

（二）基督式圣爱："世界灵魂"的救世福音

如果说丽莎是一个有些抽象化的女神形象，是纯美和爱情的化身的话，《死神的情夫》中的"死神"（Смерть）则无疑是基督式圣爱的化身。她超越了狭隘的两性之爱，在自己悲苦的一生中尽情挥洒着充满仁慈的普世之爱：出于对弱者的爱，她以母亲般的关爱唤醒了辛卡的良知，促使这个误入歧途的少年回归正途；出于对恋人的爱，她在生死存亡的危险时刻以生命诠释了爱情的真谛；出于对世人的爱，她牺牲自我把莫斯科犯罪团伙的魁首们吸引到自己周围，尽其所能地避免人们受到他们的侵害，并试图以自己的宿命厄运终结犯罪现象的存在。② 可以说，在这个形象中

---

① 张冰：《俄罗斯文化解读》，济南出版社 2006 年版，第 168 页。

② 面对罪恶，"死神"采取了与侦探凡多林不同的斗争方式。她从自己不幸的人生经历中得出结论，迷信地认为自己是男性的死神，她的情人都会很快死去。出于这样的一种宿命论，她把莫斯科希特洛夫卡街区（沙俄时期莫斯科的"恶之街"）犯罪团伙的头目拢聚到自己的"死神情人俱乐部"，希望靠自己的宿命会夺去这些人的性命，从而达到消灭罪恶的目的。这是一个以自我牺牲为道德基础的救世主形象。

蕴含了基督教式圣爱的苦难特性，正如基督为了世人得救而走向十字架一样，"死神"为了减少尘世罪恶而奉献出了自己的美貌、贞洁乃至生命。陀思妥耶夫斯基曾借佐西玛长老之口肯定了这种普世之爱的伟大："温和的爱是一种可畏的力量，比一切都更为强大，没有任何东西可以和它相比"，用这种爱可以"征服整个世界"。① 面对罪恶的世界，"死神"显示了爱所具有的无比强大的力量：她不仅克服了自我的不幸，脱离了狭隘封闭的利己主义，而且以博大的胸怀去关怀他人，将罪恶化解于无形。她用爱弥合了人格分裂，清除了人性危机，是一个善的使者和秩序的守护者的形象。小说结尾反映了作者以善涤恶的救世理想。作为现实的人，"死神"已经死去；而作为作者形而上思考的形象，"死神"却是永恒的，并以其圣爱的光辉照亮了这个混乱不堪、罪恶横生的世界。这是继丽莎之后的另一个索菲亚。如果说丽莎是普希金所吟哦的"纯洁之美的精灵"的话，"死神"就是丽莎纯美形象的道德升华。这个人物形象体现了与俄罗斯这个"被侮辱与被损害的"民族的历史体验相联系的受难之美，和陀思妥耶夫斯基笔下的索尼娅（《罪与罚》）及菲利波夫娜（《白痴》）一样，更加贴近俄罗斯这个多灾多难的民族的文化心理。从艺术接受心理学的角度来看，这个"受难的审美"形象因其无私的爱和献身精神更易成为当代俄罗斯大众读者的精神偶像。

对阿库宁的整个创作稍加分析就会发现，在他那里，像丽莎和"死神"那样按"爱的法则"生活的人都会同时兼具善与美的品质，如《加冕典礼，或最后一部小说》中的克塞尼亚公主、《金刚乘》中的爱由美、《土耳其开局》中的瓦莉娅莫不如此。无论是出于性爱还是博爱，她们都能以此克制利己主义，使自己和所爱之人的生活充满活力。她们与罪恶世界处于相互对立的两个极点，都在不同程度上体现了作者关于索菲亚救世的理想。与此相反，没有爱的人往往不可避免地受控于其欲望本性，他们受物质主义和理性主义的诱惑而失去了欣赏神圣之美的机缘，并最终走上反上帝、反人类的精神堕落和腐朽罪恶之路。无论是被贪欲蒙蔽人性的桑丰小姐和戈什警官（《利维坦》），还是受情欲和仇恨本能驱使的波琳娜小姐（《1882 年桌边谈话》）以及兰尼埃（《利维坦》），抑或是以权欲、理

---

① ［俄］陀思妥耶夫斯基：《卡拉马佐夫兄弟》（上册），耿济之译，人民文学出版社 1981 年版，第 477—478 页。

性为生命的波别金（《佩拉盖娅与红公鸡》）和埃斯特夫人等一类的尼采式"超人"，都无一例外地丧失了爱的能力，并由此直接导致向善之心的缺失。通过这两类形象的对立，阿库宁突出了爱对于人类和个性的重要意义，寄托了这样的一种哲思："只有爱能拯救我们"①，爱是"拯救生命的唯一的事业"②。

在这里，阿库宁实际上对陀思妥耶夫斯基"美将拯救世界"的命题进行了游戏性颠覆。在阿库宁看来，真正的美诞生于爱，与爱相分裂的美是无法拯救世界的，它只会将人引向堕落。他的作品中常常有一些美丽动人、神秘冷傲的女性形象，如《阿扎泽尔》中的别列茨卡娅、《加冕典礼，或最后一部小说》中的林德博士和《五等文官》中的戴安娜，她们都是美的化身，但她们非但未能由美致善，反倒成了罪魁恶首或罪恶的帮凶，原因就在于她们无法感受到爱的存在："爱根本就不存在，只有孤独地活着和孤独地死去的人"。③ 因此，游戏感情和人生就成了这些堕落美神的生存方式。对爱的不信任，是美之所以丧失善的能力、从而失去其"上帝的光辉"（梅列日科夫斯基语）的深刻根源。

爱在这里成了衡量人性、分判善恶的准绳。正如索洛维约夫所揭示的那样，爱是具有本体论意义的"一切的内在统一"④，真、善、美都是它的不同表现形式。失却了"内在统一"的生命过程同时也就丧失了存在的完满⑤。因此，为使生命重新变得完满丰盈，唯一的途径就是回归到爱——亦即索洛维约夫所谓的"世界灵魂"的怀抱。在小说《佩拉盖娅与红公鸡》中，阿库宁同样将"爱"擢升到"世界灵魂"的地位，对其宗教价值作出了更为明确的阐说。在这部小说中，作者仿佛不再满足于以侦探叙事隐喻式地表达自己的思想，而是以模仿圣经福音书的叙事形式，通过马努拉（在该小说中即复活的基督）之口直接向世人传达了"爱的福音"。马努拉提出，在当今时代人们已经不再需要天国的上帝，因为"真实的我"（истинное "я"）就是上帝，所以，人类拯救之道就在于

---

① ［俄］弗兰克：《俄国知识人与精神偶像》，徐凤林译，学林出版社1999年版，第252页。

② 同上，第172页。

③ Акунин Б., *Статский Советник*, М.：Захаров，2001，с.144.

④ Лосский Н., *История Русской Философии*，М.：Сварог и К，2000，с.118.

⑤ Там же，с.116.

"不背叛自我"，在于"不冲淡自己的爱"。他要人们全副身心地爱自己的亲人和朋友，如果力量不够，就真挚而忠诚地爱自己。一个人只要对自我忠实不渝，他就已经凭此得救。① 这就是说，爱是真实自我亦即上帝的内涵，"不冲淡自己的爱"就是走进上帝并与之结合，就是自我救赎的实现；反之，抛弃爱就是离弃上帝，就是真实自我的迷失和人性的分裂，其结果就只能是归入虚无的毁灭。尽管人在阿库宁的笔下被描述为堕落的存在，但他对丽莎、"死神"和马努拉等形象的塑造却传递出作者对人类最终获得救赎这一典型俄国式理想的信念。在此，不难看出阿库宁与索洛维约夫和陀思妥耶夫斯基在宗教哲学观念上的一致。

（三）以文学为宗教：阿库宁小说思想主题的神学构型

通过上述分析可以发现，阿库宁关于爱的主题书写经历了一个由隐含到显明的过程：他首先通过一系列正面人物形象的塑造提出这个主题，而后又在神话叙事中确立了这一主题的地位，从而形成了贯穿其整个"新侦探小说"系列创作的思想红线。而阿库宁之所以把"爱"归附到宗教层面，正是因为他在宗教中看到了涤濯人类精神世界的巨大力量，从而巧借紧张神秘的侦探故事来传递爱的福音。这种创作诉求和艺术构思，与陀思妥耶夫斯基的小说特别是《罪与罚》有着明显相近的地方。思想与故事并重，是阿库宁的小说得以脱离低俗文学窠臼的有力支撑。

在这里需要指出的是，阿库宁小说中主题思想的宗教构型不仅改变了古典侦探小说的叙事定式，而且在相当大的程度上发掘了侦探小说的体裁潜能。他的创作毋庸置疑是对身处后现代语境的侦探小说在体裁诗学上的丰富与发展。就其精神结构而言，体现在阿库宁小说中的乌托邦思维带有明显的宗教色彩。有研究者认为，在"上帝已死"的后启蒙时代，侦探小说实际上被赋予了某种神学功能。美国批评家玛乔丽亚·尼柯尔森较早提出对侦探小说进行神学向度研究的可行性，她指出，大众对侦探小说的持久兴趣说明了在他们中间存在着一种因宇宙社会和人生激变而导致的精神动荡。没有秩序的宇宙总是让人苦恼，所以，大众对侦探小说的兴趣往往体现了人们想要返回"简单安宁而又秩序井然的宇宙"的强烈渴望和积极努力。侦探小说不只是一种消遣读物，它还隐含着大众的精神诉求，

---

① Акунин Б. , *Пелагия и Красный Петух*, том 2, М. : ACT, 2003, с. 262 – 264.

由此批评家得出结论说，侦探小说比任何文类都更靠近神学。① 受此观点的启发，从宗教思维角度出发去解读阿库宁的侦探小说，我们发现在阿库宁的小说中实际上也存在着两个宇宙，即尼柯尔森所说的没有秩序的宇宙和秩序井然的宇宙。在第一个宇宙中，作者从宿命论色彩的人性观出发指出了罪恶的无可避免，而在第二个宇宙中，他又以宗教式思维提出了自我救赎的机缘。这两个宇宙之间是此岸与彼岸的关系，或更确切地说，他们分别代表了当前的危机时代和已失去的伊甸园时代。实际上，阿库宁小说中的爱情叙事就是作者为读者动荡的灵魂搭建的一个"简单安宁而又秩序井然"的伊甸园，人们渴望返回这个精神家园，就像他们渴望回到上帝身边一样。这样一来，阿库宁就描述了一幅颇具神学色彩的世界图景，其中高高在上的善与美的世界和堕落沉沦的恶与丑的世界通过侦探——即善的化身而联系起来，侦探成为大众经由爱达到善、摆脱人性危机的引路人。

这就与传统侦探小说的结构模式有了明显的区别。后者一般基于单纯的善恶结构展开叙事，故意引起人们的恐惧焦虑，而后通过秩序的修复给人以安全之感，从而形成一个亚里士多德意义上的"净化"过程。在这个"善被损害——善又复原"的循环中，实则隐含着生命困境不可解决这一悲剧意识。而在阿库宁的小说中，爱作为一个永恒的理想，能够帮助读者克服因对天国乐土的离异而产生的荒诞感，时刻给读者以希望和良知的启迪。据此可见，对阿库宁侦探小说的接受就可被理解为一种类宗教行为。换言之，读者可以通过对"爱"的感知，在形而上层面超越小说中展示的种种人性危机，进而达到最终解决生命困境的目的。从接受美学的视角来看，这样的阅读体验显然是得益于小说独特的文本建构。阿库宁以狂欢式的艺术思维突破了雅俗分野和艺术疆界，将宗教哲学、经典文学一并纳入大众文化文本之中，成功地建立了一种多层次的文本召唤结构。这种结构通过各种暗示唤起读者的既往阅读经验和生命体验，将其带入到一种特定的情感状态之中，从而将平面性的大众化阅读变成一个宗教性"事件（event）"。② 这样的结构方式拉近了文学与宗教的距离，极大地拓

---

① 任翔：《文化危机时代的文学抉择》，北京师范大学出版社 2006 年版，第 243 页。

② 美国的读者反应批评理论家斯坦利·费什（Stanley Fish）认为，文学作品是"活动艺术"，作品的阅读是对文本事实的一种反应，因而他提出文学作品阅读是一个"事件"。费什的这一观点使我们以上的论述变得有据可依。也就是说，读者对阿库宁作品的阅读反应完全可能呈现为一种宗教体验，从而把阅读转换为宗教"事件"。

展了侦探小说的体裁审美空间和文本意域。以文学为宗教，或许正是阿库宁这位富有责任感的作家在"后现代主义游戏写作"① 的表象之下所深怀的文学理想和创作原则。

　　综上所述，爱的主题在阿库宁的小说中虽然处于边缘地位，却是支撑小说思想架构的重要部分，它反映了作者"爱拯救世界"的人文理想理念。这一主题既是对俄罗斯文学传统主题的继承，也是对传统侦探小说善恶对立结构的有益补充。作为一种大众文学体裁，侦探小说把凶杀、盗骗、阴谋等社会负面现象作为自己的表现对象，大众对这些反面现象的过分迷恋，让阿库宁对侦探小说的艺术使命进行了沉思。他试图以崇高主题的书写来促使读者对小说中暴露的人性危机进行反思，从而让读者不致迷失在死亡、神秘、犯罪等表面叙事之中，最终使其从紧张情节中超脱出来，促进人性道德的自我完善。从 20 世纪末到 21 世纪初的整个俄罗斯历史文化语境来看，阿库宁对爱之主题的书写显然意在从宗教思想高度营构一种大众乌托邦，以填补世纪之交因苏联社会乌托邦的幻灭、价值重估和神话消解所引致的精神文化的虚空，并以此确认人之存在的精神价值。恰如别尔嘉耶夫所言，俄罗斯民族就其类型和精神结构而言是一个信仰宗教的民族，无论身处何种境地，他们始终都在寻找上帝和上帝的真理，始终难舍对生命意义的探索。② 因此，我们认为，阿库宁的侦探小说不应只被视为"生产快乐"的文化工业产品，它还是关于人之存在的隐喻文本。通过"爱的乌托邦"的营构，阿库宁以俄罗斯大众所熟稔的宗教文化形式提供了一副超越人性危机、平复存在焦虑的精神安慰剂。

　　必须指出的是，阿库宁描画的宗教乌托邦不仅在个体精神层面是克服人性危机的救世良方，在历史意识层面，它也有助于作者以文学视角重新勾勒出俄国传统的弥赛亚主义。在如上所分析的一系列小说中，对西方文明成果所带来的道德堕落的批判、对理性启蒙的人道主义本质的深刻怀疑、对现代社会中个性人格分裂的充分揭示——所有这一切都将现代文明所特有的物质性、分裂性与俄罗斯传统文化的宗教性、有机性对立起来。通过对人性危机的多面揭示，作者指出现代社会的罪恶根源就在于人们对文化之灵魂根基的疏离，所以去除罪恶之本道，就在于向这一灵魂根基的

---

① Черняк М.，*Массовая Литература XX Века*，М.：Флинта. Наука，2007，с. 194.
② 别尔嘉耶夫：《俄罗斯思想》，雷永生等译，生活·读书·新知三联书店 2004 年版，第 246 页。

回归。由此不难发现，阿库宁的系列小说充分肯定了俄罗斯自身的精神文化传统，暗示了俄罗斯宗教文化传统的救世价值及其载体——俄罗斯民族的弥赛亚地位。在小说叙事的内在逻辑上，这一点与接下来我们即将要讨论的阿库宁小说话语的帝国意识倾向具有高度的内在一致性。

第二节　帝国之后的自我装扮：一种克服社会危机的尝试

阿库宁的小说作为一种大众文化形式是对大众意识的反应，在形式和内容上趋向于迎合大多数读者的思想观念和认识水平。不仅如此，它还对读者的精神需求做出回应，发挥着读者意识形态的塑造功能，在民族意识、国家的历史与现状等当代读者较为关心的问题上建构了一整套表征体系。当然，这套表征系统并非作者刻意为之的结果。根据路易·阿尔都塞的理论，意识形态所表达的不是自身与环境之间的关系，而是对这种关系的"体验方式"，这就意味着在人类自身与其所在的环境之间同时存在着一种真实的关系和一种想象性的关系。① 这必然造成一个文本中表征系统的分裂。所以，阿尔都塞提倡对文本的症候式解读，亦即不仅要描述文本所表达出来的东西，还要发掘其中缺席的东西，也就是要揭示其所谓的"问题域"（problematic）。通过对阿库宁小说的症候式解读，我们可以发现其问题域之中包含了冲突性的话语：一方面，在他的小说中，世纪末的俄罗斯社会危机先是以历史镜像、后又以直接描述的方式得到了忠实的反映，这无疑标示了作者的批判现实意图；另一方面，作家在无意识中顺应了俄罗斯社会不断高涨的民族主义情绪，试图以弱化的帝国意识填补俄国人在苏联社会乌托邦梦想破灭之后的精神虚空，平复社会危机所带来的悲剧感受和焦虑情绪，客观上达到了调和矛盾的目的。在这一点上，阿库宁的创作与精英文学判然有别，他不是以思想者的姿态有针对性地去提出有价值的危机解决方案，而是教唆读者通过虚构历史来逃避现实，以心理慰藉超越社会危机。这就暴露了其文化政治的两重性：一方面，作者从文化

---

① ［英］约翰·斯道雷：《文化理论与大众文化导论》，常江译，北京大学出版社 2010 年版，第 88 页。

大众的视角揭示社会的不完善，表现出一定的颠覆性；而另一方面，他又以官方意识形态的话语形式安抚大众情绪，表现出对权力病理学的屈服。

一　社会的危机

20 世纪末的俄罗斯社会转型在很大程度上是文化全球化冲击的结果，它导致了俄罗斯严重的社会文化危机。在艰难地渡过制度危机之后，世纪之交的俄罗斯在经济、文化、社会治安等方面仍然长期徘徊在低谷，这种情形更加剧了人们的悲观心理和"世纪末"情绪。可以说，渗透在当代俄罗斯文化诸种表现形式之中的悲剧意识，就是对苏维埃时代终结所引起的社会危机的文化心理反射。这样的一种历史文化氛围对阿库宁的创作产生了深刻的影响。作为一位具有时代意识的作家，阿库宁不满足于在神秘曲折的侦探叙事中编织智力游戏，而是在文本中植入大量的历史叙事，并力图透过历史书写对世纪末的危机意识作出积极的反应。从另一方面看，这也是对侦探小说体裁"社会科学"特性的进一步发挥。在侦探小说的思想框架内，犯罪现象不仅是人性危机的表现，也与病态的时代和社会有着密切的关联，揭示、描写社会缺陷是侦探小说固有的体裁特征。即使在爱伦·坡那些带有唯美主义倾向的侦探作品中，我们也可寻出社会批判的痕迹。阿库宁利用侦探小说体裁探索社会问题、呼应大众意识、反映并试图缓解对社会转型的焦虑，应该说是找到了思想与娱乐的一个结合点。

概括地说，阿库宁在其一系列小说中对社会危机的描述主要集中于以下几个方面，即社会矛盾的复杂化和锐化、社会道德基础的崩溃以及人们面对末日来临的世纪末感受。

如同 20 世纪末的俄罗斯，阿库宁小说中 19 世纪末期的沙皇俄国正处在多样社会矛盾激化的历史时期。首先，资本主义的发展与僵化的政治体制之间的矛盾日益显露，一些资本主义者急欲搬开阻挡历史车轮的绊脚石，寻求以非正常的方式达到自己的目的（如《五等文官》中的洛巴斯托夫）。其次，社会上下层之间矛盾深重，难以调和，统治者的穷奢极欲和普通民众水深火热的生活状况形成了强烈对比（如《加冕典礼，或最后一部小说》与《死神的情夫》对这两个社会阶层生活的描写），社会不公、法治败坏、警察贪腐、邪教盛行等负面现象导致社会对立情绪日趋白热化。最后，国家在民族政策和宗教信仰政策上的失误，在客观上加深了民族矛盾并推动了社会的分化（《佩拉盖娅与红公鸡》、《五等文官》）。除了如上这些内部矛盾，外国势力也试图以各种方式进入俄罗斯（《阿扎泽尔》、《金刚乘》），使本已尖锐的社会矛盾更显错综复杂。需要指出的是，小说中展示的所有这些社会矛盾都不是孤立的，而是与犯罪现象的产生、泛滥有着复杂的内在联系。以上诸种因素相互交织、相互作用，共同绘制了一幅大厦将倾的末世景象。

这种景象对当代俄罗斯人而言应该说是不陌生的，因为上述现象也是后苏联时期的俄罗斯社会所同样面临的现实问题。由于这两个历史时期在社会状况方面的相似性，阿库宁的历史侦探小说对 19 世纪社会危机的剖视就具有了相当重要的现实意义。作家通过对犯罪根源的揭示来描述社会的诸种弊端，表面是对 19 世纪的俄国、实则是为当今俄罗斯下诊断书。通过在历史与现实之间建立复杂的互文联系，阿库宁提供了一个反观现实的历史视角。他所描写的革命前俄国的形象实是当代俄罗斯的历史投影，在这里历史与现实处于相互映照、相互影射的关系之中，进行着生动的相互对话。在接受英国 BBC 电台采访时阿库宁曾承认，他在书中涉及的 19 世纪俄国的许多问题，对今天而言也同样是非常典型的。① 叶莲娜·巴拉班的研究印证了这个说法，她在认真分析了阿库宁的多部小说后得出结论，认为书中披露的很多社会现象都指向当今俄国现实。② 如果把阿库宁小说中对贪腐、卖淫、贫穷、同性恋、阶级分化、排外主义等社会问题的描写与当今俄国现实做一比较，很容易发现其中的相近之处。笔者认为，在这里阿库宁实际上是在试图启示读者，目前的诸种社会问题并不是现在才产生的，而是历史的复演，是一种典型的"俄罗斯现象"。在《五等文官》中作者借凡多林之口指出，灾难是俄罗斯的宿命，其症结在于善恶两端在社会中的倒置："俄罗斯永恒的不幸在于其中的一切都被颠倒了过来。一群傻瓜和恶棍守护着善，而圣徒和英雄却为恶服务。"③ 这种悖谬性的"倒置"所反映的就是社会道德基础的崩溃。

在阿库宁的小说里，道德失范在社会领域内的表现可谓是全方位的，上至皇室下到普通人，无不被恶浸染。作家对社会道德堕落的批判集中体现在小说《加冕典礼，或最后一部小说》之中。小说以王室管家"我"

① Ромадова Марина, Борис Акунин: "России Не Хватает Сдержанности", *BBC русская служба*, 2001 - 3 - 15（http: //news. bbc. co. uk/hi/russian/news/newsid_ 1221000/1221671. stm）.

② Elena V. Baraban. , "A Country Resembling Russia: The Use of History in Boris Akunin's Detective Novels" *SEEJ*, №. 3, 2004. p. 403.

③ Акунин Б. , *Статский Советник*, М. : Захаров, 2003, с. 178.

（邱林）的视角展开叙述，近距离地展示了俄国和罗曼诺夫家族的悲剧命运。在小说中，尼古拉二世的软弱无能、皇后的专横骄纵、王公贵族的荒淫无耻，以及整个皇室家族的自私冷漠都得到了叙述者的刻意染画。作者特别强调了统治阶级的冷漠，认为这恰是导致他们与人民利益脱节并引致自我道德沦丧的内在原因。在霍登惨案发生后，沙皇和皇后仍然若无其事地参加舞会，完全忘记了下层民众的疾苦。具有反讽意味的是，每日在圣像前祈祷的"虔诚的"沙皇却丝毫未意识到自己与上帝的疏远。尼古拉二世的兄弟格奥尔基王公在其幼子被绑架之后，不思解救之计，反而偷偷跑去同情人幽会，不料却上演了一出与其子争风吃醋的坎特伯雷式的滑稽闹剧。通过这样的一些细节描写，作者揭开了罩在罗曼诺夫家族身上的高贵面纱，展示了上层统治阶层的腐朽无能和荒淫无耻。① 小说最后，阿库宁借英国人弗莱比之口一语双关地预言了罗曼诺夫家族必遭覆辙的命运。② 观阿库宁的整个创作，对皇室成员卑污行径的揭露实际上只是掀开了冰山一角。在皇室之外，贵族骄奢淫逸（《黑桃王子》、《加冕典礼，或最后一部小说》）、官员层层盘剥、警察与匪帮勾结（《黑色之城》、《五等文官》）、社会道德普遍滑坡（《黑桃王子》、《玉石念珠》）等社会现实都遭到了作者的无情揭露。

　　社会道德是维系一个社会良性发展的必要条件，它的崩溃必然引致秩序的混乱和人们的生存危机。阿库宁对恐怖事件、犯罪现象、赤贫生活、瘟疫饥馑和吸毒卖淫等社会负面现象的描写，即是对世纪之交（既是19—20 世纪之交，也是20—21 世纪之交）生存危机的真实写照③，它映照了社会与个体的极端对立：在一个失去精神道德根基的社会中，个体的

---

　　① 阿库宁笔下的尼古拉二世与索尔仁尼琴《红轮》、库拉耶夫《241 号签》中的沙皇尼古拉二世形象比较接近，但由于《加冕典礼，或最后一部小说》流布甚广，并获得了 2000 年度的"反布克奖"，所以这本书受到了批评界的特别关注。其中，最激烈的反对声音来自于著名作家、第一届"反布克奖"获得者阿·瓦尔拉莫夫。他严厉批评了阿库宁的这部小说，称其为"对罗曼诺夫家族的谤书"。请参阅 Варламов Алексей，"Стерилизатор" Литературная Газета，17 - 23 января 2001。

　　② 弗莱比的原话"The last of Romanoff"既可理解为"最后一部小说"（Последний из романов），也可译为"罗曼诺夫家族的最后一人"（Последний из Романовых）。请参阅 Акунин Б.，Коронация, или Последний из Романов，М.：Захаров，2001，с. 349。

　　③ 关于 20 世纪 90 年代俄罗斯生存状况持续恶化、有组织犯罪猖獗、官员腐败、警匪勾结等突出的社会问题，请参阅 [美] 沃尔特·G. 莫斯：《俄国史（1855—1996）》，张冰译，海南出版社 2008 年版，第492—496 页。

尊严、灵魂和生命只能被无声地湮灭。一个世纪之前，诗人索洛古勃对这种"世纪末"情景深有体会，旧世界即将终结的忧虑让诗人吟出了"死亡崇拜"①的时代主题。在《死神的情妇》中，阿库宁继续以这一主题来传达笼罩社会的世纪末感受，描写了一群怀有悲剧体验的知识分子在虚无主义思想的作祟下陷入颓废，以对死亡的审美来抗争无以逆转的社会危机。然而在这里死亡已经失去索洛古勃式的唯美色彩，变成了对社会罪恶本质的指控。这种危机感在"硕士历险系列"特别是其中关于当代俄罗斯的叙事部分得到了更加鲜明的体现，人在社会灾难面前的无助和慌乱、人的精神变异、死亡的不期而至——所有这些都显示，转型中的俄罗斯社会非但不能促进个性的完满，反倒成了扼杀个性的工具。伊万·施彼亚京（《课外阅读》中的人物）的生命悲剧就是最恰当的罪证。在这个风雨飘摇的社会中，理想的幻灭、传统的丧失和未来的不确定性都给人一种无根感，支撑生命的精神支柱被摧毁了，外在社会危机唤起了深重的内在精神危机，使人们陷入绝望而焦虑的生命困境之中。

在阿库宁的小说中，俄国就是这样一种境况。正如前面所指出来的，这也是 20 世纪末俄罗斯危机的历史镜像。然而，在揭示了危机之后，阿库宁并未提出一个切实的解决方案，而仅以罪案的侦破和谜底的揭开转移了读者对社会矛盾的关注，从而维护了侦探小说体裁的内容和形式所共同呈现出来的"令人愉悦舒服的世界观"。② 这固然可能有作者认识能力方面的原因，但更主要的却是消遣文学或大众文学自身的题材局限所致。作为一种通俗性的文学，提出严肃的社会问题只是娱乐性写作的副产品，它无意于探索问题的有效解决途径。而作为一种消费指向的文学，它又必须以接受者的认识水平和思想状况为基准展开叙事。阿库宁的读者是以当代新生中产阶级为主的一个社会群体，这是一个在政治上充满矛盾、左右环顾的群体。一方面，他们作为社会的中下层，对社会现状有不满情绪，希望能在作品中得到关于某些社会问题的共鸣；另一方面，他们具有强烈的爬升愿望和保守倾向，因而表现出对官方意识形态的认同，并不希望对现存秩序进行大刀阔斧的改革或重新经历社会财富的再分配过程。读者期待心理的这种矛盾性是无法从本质上得以解决的。因此，阿库宁在揭示了社

---

① 请参阅余一中《俄罗斯文学的今天和昨天》，黑龙江人民出版社 2006 年版，第 47 页。

② ［澳］约翰·多克：《后现代主义与大众文化：文化史》，吴松江等译，辽宁教育出版社 2001 年版，第 301 页。

会矛盾危机之后，只能诉诸于想象性的解决方案以规避现实问题，简单地说，即以带有民族主义色彩的"文学自我装扮"来帮助读者克服社会危机感，而这又无疑是对社会主流意识形态的暗中配合。

二　当代俄罗斯民族主义的兴起

阿库宁对民族主义的诉求有其深刻的社会现实根源，可以说，其小说创作部分地就是对当代俄罗斯民族主义思潮的艺术回应。

社会转型期的一个文化难题就是需要确立一种新精神，以回应新时代的社会巨变和文化需求。众所周知，转型期的思想特点不是坚定和自信，而是混乱、惶惑和怀疑，同时这又是一个思想与文化全面整合的过程。在这个过程中，最为简单有效的弥合分歧、促进整合的手段往往就是民族主义。世纪之交的俄罗斯转型过程中，民族主义的兴起是一个令人瞩目的现象。它不仅左右了国家的政策方针，而且对包括文学在内的文化生活产生了巨大且深入的影响。历史具体地看，俄罗斯民族主义兴起的原因，首先在于苏联解体之后俄罗斯大国地位的丧失和面对西方国家时的民族自卑感。我们知道，苏联解体并未给俄罗斯的政治经济带来预想的效果，以美国的政治经济体制为蓝本进行的民主化和私有化改革也未能让俄国以平等身份加入西方俱乐部，恰恰相反，社会的上层和下层都感受到了这一灾难性事件所带来的严重后果：经济下滑，社会动乱，贫富差距拉大，恐怖主义滋生，国际地位下降，等等。美国文化历史学家苏珊·巴克—莫斯在其《梦想世界与灾难》一书中将苏联解体看作是俄国现代性梦想即社会乌托邦、历史进步观念和共同致富理想的幻灭①，它带给俄罗斯人民前所未有的挫败感和灾难感，使整个国家患上了"历史缺乏焦虑症"和"精神萎靡症"。宏观来看，这种情绪挫伤了国家民族发展的积极性；微观上讲，它对个体心理施加了不应有的严重的负面影响。因此，为了重新确认国家形象，找到在全球化的大环境下适宜俄罗斯生存与发展的道路，求之于深厚的民族主义传统似乎就是理所当然之事。此外，出现于20世纪末的民族身份认同危机也是促使民族主义兴起的重要因素。20世纪90年代，随着苏维埃意识形态的崩溃和西方意识形态的侵入，西方被认为是"更高

---

① Buck-Morss Susan, *Dreamworld and Catastrophe*: *The Passing of Mass Utopia in East and West*, Cambridge, Mass.: MIT Press, 2000, p. 68.

的和最后的对世界历史的总结"①，社会公众的价值观念随之强劲西化，民族传统和民族文化日益丧失，其结果就是致使俄罗斯失去了文化定向标，继之引发了严重的民族身份认同危机。在这样的历史语境下，以充分肯定本民族文化传统和历史传统、排斥或否定异族文化传统为主导思想的民族主义情绪就不可避免地高涨起来②，成为重构民族性的思想核心。

从民族主义波及的范围看，这是一个全社会性的思潮。在官方层面，俄罗斯政府致力于以国家形式运作民族主义。1996 年，在改革开展多年而起色不大之后，叶利钦总统随即提出建构统一的全俄意识形态的设想，开始了对全盘西化的反思。普京上台后立刻采取了一系列矫正西方化冒进的政治举措，转以帝国化模式启动俄国的重建事业，试图重塑俄罗斯的大国形象，如他于 2000 年提交了关于恢复苏联国歌作为新俄罗斯国歌、恢复苏联红旗为新俄罗斯军旗的议案，并很快就在国家杜马获得通过。实际上早在该年初，普京总统就曾在其施政纲领性文章《千年之交的俄罗斯》一文中提出"统一的俄罗斯思想"的构想，全面阐述了未来俄罗斯国家的官方意识形态，其基础就是国家主义、爱国主义和强国意识。③ 在教育领域，近二十年来出版的历史教科书中对俄罗斯祖国的忠诚被刻意突出，成为这些历史叙事中"唯一反复拿出的智慧思想"。④ 进入 21 世纪之后，国家教育部门在普京总统授意下对 20 世纪 90 年代中期以来历史教科书叙述混乱、偏重强调负面因素的做法提出批评，并要求树立统一的历史意识，加强爱国主义教育。从近几年的情况看，俄罗斯政府对民族传统文化及其载体——俄语的关注越来越突出，并逐渐形成了一套以大国理念为核心的国家意识形态。

在知识界，知识分子主体一反长期以来与政府疏离的做法，转以阐释民族思想经典、还原民族精神遗产等方式在重建民族精神问题上与官方积

---

① ［俄］罗伊·麦德维杰夫：《俄罗斯往何处去——俄罗斯能搞资本主义吗？》，徐葵等译，新华出版社 2000 年版，第 50 页。

② 可参阅孙玉华、王丽丹、刘宏《拉斯普京创作研究》，人民文学出版社 2009 年版，第 115 页。

③ 孙建廷：《论俄罗斯新国家主义》，博士学位论文，华中师范大学，2007 年，第 60 页。

④ ［美］埃娃·汤普逊：《帝国意识：俄国文学与殖民主义》，杨德友译，北京大学出版社 2009 年版，第 224 页。

极合作①，将重塑俄国形象作为文化艺术表达的重要使命。为了应对西方对俄罗斯的"文化殖民"，俄罗斯文化界极力主张维护并发展自有文化体系，主张冷静慎重地面对全球化问题。他们呼吁净化俄语并将之扩展为一种世界语言，倡导发展民族经典艺术，力图把本民族的文化遗产国际化、当代化，并主张以民族主义的叙述策略重构国家历史和文学史。在知识界精英对俄国性的表述，如利哈乔夫关于俄国"北方属性"的观点和索尔仁尼琴的"新斯拉夫主义"思想中，都不难看出民族主义的倾向。在文学方面，许多作家对世纪末的社会危机进行了深沉思考，发展了一种强调民族精神和文化传统的文化民族主义，以维系俄罗斯精神在文学中的连续性。在皮耶楚赫（《国家的孩子》）、拉斯普京（《伊凡的女儿，伊凡的母亲》）和瓦尔拉莫夫（《沉没的方舟》）等一批颇具影响力的作家的创作中均能发现明显的文化民族主义元素。他们通过继续建构已发展了两百多年的俄罗斯文化的神话形象，为文学领域的民族主义话语披上了一件新外套。而畅销书作家维·佩列文则在其《"百事"一代》、《昆虫的生活》等小说中批评了俄国社会不断西化过程中人的精神退化，进而指出"通向'西方'的道路就是犯罪性的富裕方式"②，直接指责"西方"应对俄罗斯社会的衰落负责。有人更是将民族主义推演为帝国主义，如在由著名作家维克多·耶罗菲耶夫主编的文集《俄罗斯的恶之花》中，有几位作者表现出强烈的殖民欲望，公然宣称应该夺回俄罗斯帝国的"全部失地"。③ 另外，在老作家邦达列夫的新著《百慕大三角》、米·阿列克谢耶夫的战争史诗《我的列宁格勒》以及拉斯普京的小说《伊凡的女儿，伊凡的母亲》中，也不难发现对国家乌托邦主义的执着和对大国沙文主义的怀念，甚至也不乏唯我独尊、排斥异族的狭隘的民族主义情绪。还须指出的一点就是，与文学创作相对应，大国意识亦已成为当代俄罗斯文艺批评的内在动因和实际效果。④ 许多批评家被困于文化保守主义而不能自拔，一味地从文学作品中搜掘并美化帝国话语，或将宗教唯心主

---

① 请参阅林精华《民族主义的意义与悖论——20—21 世纪之交俄罗斯文化转型问题研究》，人民出版社 2002 年版，第 150—182 页。

② 刘文飞：《伊阿诺斯，或双头鹰》，中国社会科学出版社 2006 年版，第 9 页。

③ ［美］埃娃·汤普逊：《帝国意识：俄国文学与殖民主义》，杨德友译，北京大学出版社 2009 年版，第 231 页。

④ 张政文：《重塑大国形象：当代俄罗斯文艺形势的总体特征》，《中国社会科学报》2014 年 8 月 27 日。

义奉为民族传统的精华，以此扶植萌发于后苏联社会初期的孱弱的民族主义意识。

在社会大众层面，民族主义迎合了普通民众的民族自豪感和朴素的爱国主义情感，满足了人们对民族身份认同的需要。实际上，作为一个有着深厚民族主义传统的国家，俄罗斯在其历史上一直未曾中断民族精神建设。从东正教传统到第三罗马意识，从莫斯科公国到苏联，俄罗斯民族主义及其变体爱国主义始终是支撑俄罗斯人民的精神力量。苏联解体一下子把他们推到了以西方文化特别是美国文化为主体的全球化面前，使他们陷入惊慌失措的境地。为了寻求自我文化定位和精神力量，这一时期的社会大众表现出了回归民族主义的自觉。关于这一点，仅从历届总统选举和杜马选举中广大选民对极端民族主义政党——弗拉基米尔·日里诺夫斯基的自由民主党的支持即可略见一斑。[①] 此外，臭名昭著的"光头党"的活动也说明极端民族主义情绪在俄罗斯民众之中的确拥有一定的市场。

综上所述，在20—21世纪之交俄罗斯民族主义的兴起是社会上层和下层共同诉求的结果，业已成为俄罗斯主流意识形态的有机成分，并且与大众传媒的生产、消费结合了起来。这样的历史文化语境对兴起于20世纪90年代的大众文学产生了不可低估的影响，一定程度上决定着大众文学的深层结构。众所周知，大众文学一个重要的社会功能就是调和社会矛盾，这也是它作为一种文化工业形式招致法兰克福学派批判和否定的主要原因。因此，大众文学既是相对于官方文化的民间叙事形式，又带有相当程度的保守倾向，在深层意识形态结构上趋同官方文化和精英文化。民族主义作为一种社会意识，往往会在大众文学文本中得到无意识的体现。从这个角度去解读阿库宁的文本，也会有所发现。

三 帝国之后的文学自我装扮

上述分析已经揭示出，重塑大国的思想以及由此唤起的民族主义情绪在当前俄罗斯语境中蕴含着巨大的商业价值。为了提高作品的市场认知度，阿库宁常常乞灵于民族主义话语表述。需要指出的是，其小说叙事中的民族主义因素本质上是缓解民族精神危机、调和社会矛盾的策略，即针

[①] 长期以来，日里诺夫斯基不断地鼓吹帝国思想，主张重建包括阿拉斯加甚至芬兰在内的"俄罗斯帝国"，对印度和伊朗实行霸权统治等。英国历史学家霍斯金称之为"危险的小丑"，认为他利用民族主义为俄罗斯人勾画了一幅诱人的帝国蓝图。参见〔英〕杰弗里·霍斯金《俄罗斯史》，李国庆等译，南方日报出版社2013年版，第589页。

对前文所述的社会危机的想象性解决方案，而其具体手法即"自我装扮"。"自我装扮"或"自我塑造"（self-fashioning）是新历史主义的领袖人物格林布拉特使用的一个术语。格林布拉特克服了欧美新批评、结构主义和后结构主义在文学研究中的本体论倾向，主张"有目的地把文学理解为构成某一特定文化符号系统的一部分"[①] 来加以分析，结果发现文学是一种植根于历史语境的控制机制和话语机制，可以发挥"自我装扮"功能。自我装扮有两重含义：一是指文学和其他文化形式对于社会成员的塑造作用；二是指人们利用文学和其他文化形式塑造、装扮自我的过程。[②] 利用这一理论来解读阿库宁的创作，可以发现他的小说在相当程度上就是利用文学手段对俄罗斯国家民族进行自我确认和自我装饰，以使其所塑造的国家形象合法化的过程。批评家谢·克尼亚杰夫就曾指出，阿库宁作品的主要价值就在于其主人公凡多林是"帝国思想的载体"[③]，而这恰恰是阿库宁用以塑造当代俄罗斯读者的自我意识、缓解社会危机综合征的文学策略。

为了进行自我装扮，作者诉诸民族主义思想，利用弱化的帝国意识以及东方学式的叙事策略，以侦探小说写作建构了一种弘扬俄罗斯国家形象的权力关系。所以，不同于某些作家对俄国历史的令人难以信服的"粉饰"，这是一种更深层次的"装扮"，因之更具有说服力。阿库宁的许多小说可能会给读者留下这样一种印象：尽管随着苏联的解体俄罗斯帝国已经一去不返，尽管俄罗斯在历史上有着这样那样的社会问题，但它仍然是一个温顺、强大和充满希望的国家，在世界舞台上仍然可以与西方列强平起平坐。阿库宁借其代言人凡多林之口表达了这一思想："不管怎样，（俄罗斯）经受住了拔都的入侵，也挺过了大动乱时代。当时它可没靠我们和你们。俄罗斯——这可是个性格坚强的女士"。[④] 正因如此，俄罗斯人在历史和文化上的自卑感都是毫无来由的。利用这样一个经过自我装扮的国家形象，阿库宁肯定了俄罗斯的"大国"身份诉求，借此为被社会危机感所困扰的俄罗斯大众辟建了一处逃避现实的心灵港湾，以帮助他们缓

---

① 转引自张进《新历史主义与历史诗学》，中国社会科学出版社 2004 年版，第 145 页。
② 苏耕欣：《哥特小说——社会转型时期的矛盾文学》，北京大学出版社 2010 年版，第 85 页。
③ 转引自任光宣《当今俄罗斯大众文学谈片》，《俄罗斯文艺》2008 年第 1 期。
④ Акунин Б., *Нефритовые Четки*, М.：Захаров，2009，c. 291.

解帝国地位失去之后的失落感及面对全球化时的心理压力，平复社会危机所带来的悲剧感受和焦虑情绪，从而为他们树立起渡过社会危机的信心。

总体上，阿库宁在其小说中进行自我装扮的途径主要有两个，即美化自我和丑化他者（贬低或将其妖魔化）。这恰好对应了当代俄罗斯民族主义思潮的两个方向：一是认知和培育民族自有的历史和理想化传统；二是通过征服和压抑他者的传统来达到自我肯定。① 下面我们就尝试通过阿库宁文本中自我形象和他者形象的不同表述，对渗透在其小说叙事中的帝国意识进行深入探析。

（一）自我形象的美化

苏联的解体是俄国现代性梦想的幻灭，它带给俄罗斯人前所未有的挫败感和灾难感，使整个国家患上了"历史缺乏焦虑症"。在这样的历史文化语境下，以肯定本民族历史和文化传统为中心的文学叙事就成为解决身份认同危机的重要途径。阿库宁积极策应时代的精神需求，通过其系列小说对俄国自我形象的美化，为被文化身份危机感所困扰的俄罗斯读者重新树立了确认自我形象的文化定向标。这种以当下视角对国家历史所进行的浪漫美化，在《阿扎泽尔》、《土耳其开局》、《列维坦》等一些早期作品中表现得较为明显。通过这些小说，阿库宁向读者提供了一个"被侮辱与被损害"但正义而强大的俄国的形象。

俄国的牺牲者形象是列夫·托尔斯泰在《战争与和平》中所开创的国家核心神话的中心成分②，在漫长的历史中这一形象早已被神话化，成为俄国民族文化记忆的显要标志。在阿库宁发表于 1998 年的处女作《阿扎泽尔》中，这个"俄国"形象扮演了实质性的角色。《阿扎泽尔》讲述了英国人埃斯特夫人打着拯救俄国孤儿的幌子，在俄国从事其野心勃勃的世界帝国事业，但最终被凡多林识破诡计而导致失败的故事。小说中的俄国人主要分为两类，一类是以丽莎和凡多林为代表的善良高尚的人，他们热爱生活，仇恨罪恶；另一类是被埃斯特夫人利用的人（如布林格），这些人可能会行恶，但作者指出这是因为他们受到了外国人的欺骗而非出于自身的邪恶本性。阿库宁还

---

① ［美］埃娃·汤普逊：《帝国意识：俄国文学与殖民主义》，杨德友译，北京大学出版社2009年版，第8页。

② 同上书，第106—107页。

仿佛不经意间提到，埃斯特夫人之所以选择俄国来开展其事业，是因为俄国人聪明，可以被培养为顶尖的科学家或政治活动家，成为拯救世界的"阿扎泽尔"。① 这样一来，阿库宁就给出了俄国人的完整形象：他们很聪明（至少比英国人聪明，否则埃斯特夫人就没有必要千里迢迢来到俄国），大都如丽莎和凡多林那般善良温顺，或者如布林格那样富有才华。前者是大多数，他们组成了高雅、纯洁、善良的国家民族主体；后者本身也是好的，但正如利哈乔夫所言，"俄罗斯人的不幸在于他们的轻信"②，在于他们太容易受到外国人的蛊惑。也就是说，如果没有埃斯特夫人的暗中操纵，这些人绝不会走上自杀或犯罪的道路。这里需要特别指出的是，埃斯特夫人的外国人身份实际上是经过精心设计的。从小说中出现的第一桩自杀案件一直到尾声部分的丽莎被害，所有的犯罪行为都最终指向这个外国人。这样来看，在小说开头作者对人们在亚历山大花园里悠闲散步的场景描写，也深有寓意，他实际上给出了这样一个暗示：俄国本来是人人安居乐业的人间天堂，但是以埃斯特夫人为代表的西方势力的到来玷污了俄罗斯的圣洁，并将这个国家拖入了罪恶的泥沼。言外之意，即俄国人绝不是好莱坞电影编造出来的那样一群愚昧无知、侵略成性且未经驯化的魔鬼，恰恰相反，他们常遭到外国人的侵害，成为外国罪恶势力的牺牲品。

由上可见，这部小说强化了读者关于俄罗斯受损害的感觉，它向读者演示了外国人如何出于自己不可告人的目的而威胁俄罗斯的社会秩序和幸福生活。如果考虑到20世纪90年代的历史背景，《阿扎泽尔》完全可能被作为一个关于苏联解体后俄罗斯与西方世界关系的隐喻性文本来接受，而埃斯特夫人就是在资本的面纱下侵入俄罗斯的西方国家的隐喻形象。其理由至少有三个：首先，作为超级大国的苏联的解体对普通人而言不啻一场社会灾难，在许多俄罗斯人的意识中，这场灾难与西方的诱惑不无关系。美国历史学家沃尔特·莫斯也将外国的影响列为苏联垮台的七大主要

① "阿扎泽尔"（Азазель），又译"阿撒泻勒"或"堕天使"，在《伊诺书》中是反抗上帝的堕落天使首领的名字。他发明了武器教会男人打仗，发明了化妆术教会女人欺骗，并引诱世人放弃信仰上帝（见俄文维基百科词条）。在阿库宁的小说中，"阿扎泽尔"是埃斯特夫人跨国组织的名称。她认为阿扎泽尔赋予人类以自尊感和记忆力，为人类开启了智慧之门，所以他是拯救人类的希望。埃斯特夫人用这个词指称人类的精英。

② ［俄］利哈乔夫：《解读俄罗斯》，吴晓都等译，北京大学出版社2003年版，第30页。

因素之一。① 其次，在 20 世纪 90 年代俄罗斯最为艰难的时期，西方国家不仅没有兑现其先前的援助承诺，反而对俄罗斯深陷泥沼里而幸灾乐祸。更何况西方的援助有如埃斯特夫人的慈善，是有其目的的，即意欲"抑制、防范"俄罗斯②。最后，西方企业、媒体、文化产品在后苏联时期潮水般涌入俄罗斯，对许多俄罗斯人而言，祖国仿佛一夜间变成了完全陌生的西方社会，自己一下子变成了生活在祖国的"无根的侨民"。所有这一切都助长了关于俄罗斯受到侵害的印象。阿库宁通过侦探小说文本成功地传达了这种社会情绪，在与大众读者的共鸣中满足了他们的认知需求和情感需求。

在同年发表的《土耳其开局》中，俄国"被侮辱与被损害"的形象得到了延续。颇为耐人寻味的是，即使在俄国主动入侵土耳其的历史背景下，阿库宁仍然成功地为侵略者俄国找到了一种新的解释，即充满悖论色彩的"胜利的牺牲者"形象。在这一点上，阿库宁保持了与托尔斯泰俄国神话叙事思想的高度一致：牺牲品的身份可以和强大民族的身份并行不悖③。我们知道，当年沙俄政府为了争夺巴尔干地区的"圣地"、打开通往地中海的道路，于 1877 年 4 月悍然向土耳其宣战，次年逼迫土耳其接受它提出的不平等和约，是为第十次俄土战争。俄国从这次战争中获得了巨大的利益④，这场战争也促成了俄国泛斯拉夫东正教国家主义的兴起。然而阿库宁在其小说中给出的解释是，在这场战争中俄国并非真正的胜利者，而是外国阴谋的牺牲品。他在小说中刻画的以土耳其人安瓦尔为代表的阴谋者认为，俄国是以欧美价值观为核心的人类文明的主要威胁，它广阔的土地、众多的人口、富有侵略性的国家机器构成了毁灭世界的力量。为了消灭这股"黑暗"势力，安瓦尔不惜牺牲自己的祖国，把土耳其当作诱饵，妄图把俄国从战争引向毁灭。在这里可以清楚地看到 20 世纪冷战时期东西方意识形态战争的影子，安瓦尔所谓的"俄国威胁论"正是

---

① ［美］沃尔特·G. 莫斯：《俄国史（1855—1996）》，张冰译，海南出版社 2008 年版，第 434 页。

② 张英娇、孙启军：《论美国对独联体外交政策的演变》，《苏州大学学报》（哲学社会科学版）2010 年第 4 期。

③ ［美］埃娃·汤普逊：《帝国意识：俄国文学与殖民主义》，杨德友译，北京大学出版社 2009 年版，第 107 页。

④ ［美］沃尔特·G. 莫斯：《俄国史（1855—1996）》，张冰译，海南出版社 2008 年版，第 78 页。

以美国为首的西方国家经常指责苏联和当今俄联邦的借口。然而，在这里阿库宁试图说服读者，西方提供的关于俄国的形象只是一种不真实的虚构，其真实的情况应该是：俄国是西方国家阴谋的牺牲品。小说写到了英国舰队对俄军虎视眈眈的情景，以及英国与奥匈帝国密谋入侵俄国的计划，从而向我们传达了这样的信息：俄国一直处在西方列强的包围之中，长期以来就是被侵犯者或者西方国家军事阴谋的对象（其实这也是对北约不断东扩给多数当代俄罗斯人带来的心理印象的反映）。显而易见，这个"俄国"形象不过是对冷战时期以美英两国为主导的西方社会所杜撰的"邪恶帝国"[①]的文学反映。通过如上的巧妙辩护，作者把侵略战争成功地演义为卫国战争，把俄国从侵略者合法地变成了受害者。

在后来的一些小说中，这一"俄国"形象被多次重复。例如小说《阿喀琉斯之死》中描写了德国间谍蓄意谋害索巴列夫将军的阴谋，而后者一般被认为是俄国强大军事力量的象征。在充满异域色彩的小说《金刚乘》（第二部）中，一个正在走向强权主义的日本形象被刻意突出。作者在书中多处暗示，这个蒙昧落后但正在崛起的神秘国家构成了对俄国的潜在威胁。"反布克奖"获奖小说《加冕典礼，或最后一部小说》一定程度上重复了《阿扎泽尔》的人物形象结构，描写了发生在沙皇尼古拉二世加冕典礼前夕的一桩罪案：犯罪帝国的主脑——美国人林德教授（这个形象显然是对柯南·道尔塑造的莫里亚蒂教授的袭仿）乔装改扮来到原本幸福安宁的俄国，在花园里绑架了沙皇的堂弟（在花园里散步好像是阿库宁喜欢使用的表达幸福生活的一个意象），并因此对俄国的社会秩序和国家荣誉造成了巨大的损失。颇具典型意义的是，在此阿库宁再次不惜篡改历史，把早已有历史定论的霍登惨案的罪责推到了林德教授身上，将这起悲剧解释为外国人的破坏活动，从而再一次成功地通过转嫁责任巩固了其所提出的"被损害的俄国"的历史形象。

这样一来，一个"被侮辱与被损害"的俄国形象就呈现在读者面前。这个看似负面的、消抹帝国威严的形象实则有其深刻的历史文化指向：一则它迎合了国内日益高涨的民族主义情绪，指证外国主要是西方国家应该为俄罗斯的混乱乃至社会危机负责；二则契合了俄罗斯文化传统中的民族

---

① ［美］三好将夫：《全球化，文化和大学》，载杰姆逊、三好将夫编《全球化的文化》，马丁译，南京大学出版社2002年版，第200页。

自我定位和文化自恋情结，与社会大众的文化心理之间形成了深层次的呼应，成为确认俄罗斯民族身份的有效载体。众所周知，崇拜苦难、尊重苦难、赞美苦难是俄罗斯文化的一个显著特征，俄罗斯人习惯于把承受苦难作为接近上帝从而获得拯救的唯一途径和人生的本质①，并凭此以基督民族自许。这种精神理念早已渗入俄国人的意识深处，成为民族神话的重要符号和民族身份认同的主要标志。利哈乔夫就曾指出，俄罗斯是历史上最具悲剧性和最为哲学化的民族。列夫·古米廖夫也曾提出一个对当代俄罗斯社会意识产生了影响深远的概念——"欧亚俄罗斯文化"，这个概念对应的就是一个在历史上不断成为外国掠夺对象的苦难的俄国形象。正因为这些观念的根深蒂固，越是苦难的祖国、越是刻骨铭心的被欺侮的历史记忆，越容易引起俄罗斯人的内在共鸣。阿库宁所提供的"被侮辱与被损害的俄国"形象正是对这种文化历史属性的确认，它可为读者大众重新确立民族文化定向标，由此也就淡化甚或解除了困扰后苏联时代俄罗斯人的民族文化身份困惑。

悲剧性既是俄罗斯民族最本真的历史体验和俄罗斯文化最坚固的精神基础，也是俄罗斯国家意识最强力的发酵粉。由受难而致得救、由落后反致特权，正是典型的陀思妥耶夫斯基式的思维结构，这种结构同样奠基了一个半世纪以来的俄罗斯思想主体。阿库宁部分小说中的俄国形象也采用了与托尔斯泰《战争与和平》中俄国形象相类似的建构原则。此外，阿库宁美化俄国的努力不仅在于对俄罗斯的受难形象的描绘，还表现在对作为民族身份支柱的俄国文学和文化遗产的明征暗引，以及对"强大俄国"和"正义俄国"形象的书写。在一定意义上完全可以认为，《土耳其开局》就是一首英雄俄国的赞歌。首先，俄国发动战争本身就被认为是一种国际主义的正义行为，其目的是为了把保加利亚和塞尔维亚从土耳其帝国的桎梏下解救出来。其次，通过对战争场景的描写，叙述者突出了以索巴列夫将军为首的俄国军人的勇敢无畏和牺牲精神，而俄国军队取得战争胜利这一事实则显示，尽管俄国受到外国的密谋侵害，但它的正义和强大却是不争的事实。这部作品在事实上维护了自1812年俄法战争以来蓬勃兴起的关于俄罗斯帝国的军事神话，并且通过将帝国主义（打着国际主义的幌子）行径的变相合法化，对俄国形象的男性特质予以了最终确认。

① 张冰：《俄罗斯文化解读》，济南出版社2006年版，第56—57页。

　　循着这一思路，我们发现即使是在所谓的"纯粹"密室侦探小说《利维坦》中，正义而强大的俄国的形象也被有意无意地凸显出来。《利维坦》人物形象体系的一个主要特点就是其中每个重要人物都对应着不同的国家，也就是说，由于叙述者对人物国籍的强调（尽管有多位叙述者，但他们在这一点上几乎是完全一致的），这些人物成了其国家的能指。缘此可以认定，作者在小说的人物形象体系之中已经预置了一套权力话语得以展开的隐喻符码。随着情节的推进我们逐渐发现，在这个临时组成的"联合国"里，面对可改变个人和国家命运的印度宝藏的巨大诱惑，只有俄国人凡多林保持了完全清醒的高尚理智。凡多林把藏宝图掷入大海以停止争端的行为则显示，他（或俄国）是一个爱好和平的、正义的救世主形象。法国警察和英国警察在整个案件侦破过程中的无能和愚蠢则无疑是对凡多林睿智多谋的反衬，这一强烈对比表明，只有凡多林（或俄国）有能力恢复被破坏的秩序，而他人的能力都很值得怀疑。小说中还有一个不容忽视的细节，即凡多林和其他人物在语言上的不平衡状态：凡多林除了自己的母语之外还掌握了英语、法语，并且正准备学习日语；而其他所有人物却均不懂俄语，并且一般只能使用自己的语言。在小说中，语言显然是了解他人的手段，暗示着一种控制机制，所以语言能力本身就构成了一种权力关系，而唯一有能力取得优势权力的人物就是凡多林。因此语言上的不平衡透露出来的信息就是，凡多林（亦即俄国）完全可以自如地应对他人关系、参与他人事务，而其他人对此却无能为力。换言之，作为俄国人的凡多林在西方人和东方人面前一样都具有无可比拟的优势和力量。综上所述，我们完全可以认为，正是基于人物形象象征性结构的巧妙设置，阿库宁展示了俄国在国际事务中的强大与自信。就阅读心理而言，侦探故事背后所隐藏的这种政治诉求，无疑会以"润物细无声"的方式为大众读者找回随着苏联而去的大国信心和民族自豪感。

　　（二）他者形象的丑化

　　通过上述分析我们可以发现，阿库宁的自我装扮策略在接受层面所体现出来的核心要旨和意义，就是维护俄罗斯文化传统的核心价值体系，延续俄罗斯现代性所喋喋不休的帝国神话。利用罗兰·巴尔特所谓的"神话化"（mystification）手法，阿库宁的小说把帝国话语包装在大众叙事之中，有意无意地实现了意识形态话语体系的自然化。作为权力操作的产物，这种话语体系必然包含着殖民主义思想所固有的二元对立思维。因此，与"自我美化"相对应，阿库宁进行文学自我装扮的第二条途径就是贬低、丑化"他者"。"他者"形象对自我认知是极为重要的映照，正如格林布拉特所曾指出的那样，自我装扮有时不是顺向获得，而往往是经由他者形象逆向获得的：

> 　　自我造型（即自我装扮 ——引者注）是经由某些被视为异端、陌生或可恨的东西才得以获得的。而这种带有威胁性的异我Other，——异教徒、野蛮人、巫婆、通奸淫妇、叛徒、无政府主义者——必须予以发现或假造，以便对它们进行攻击并摧毁之。①

　　这里说的虽是文化对个性的塑造，但同样适用于我们目前的论题。发现、假造他者并对其形象进行贬低和妖魔化，依据对立的他者来界定自我，的确是阿库宁大多数小说进行民族主义表达的一个重要侧面。在其最为畅销的"新侦探小说"系列共 11 部长篇小说中，有 7 部小说中的犯罪者是外国人或外族人。如此高的比例造成了一种假象：俄国是犯罪者的"天堂"，但这个"犯罪天堂"却是由非俄罗斯人建造的。几乎所有在阿库宁的小说中出场的外国人要么是阴谋家，要么是破坏者。此外，读者从阿库宁那里得知的犹太人的形象是极为阴暗的，他们或者是助长犯罪气焰的胆小鬼（《死神的情夫》），或者是仇恨社会的恐怖主义分子（《五等文官》中的民意党人格林）。高加索人在阿库宁的作品中则是残忍、冷血、偏狭的代名词，《阿喀琉斯之死》中的职业杀手阿基马斯就是一个典型的高加索人形象。阿库宁对非俄国人的"他者"妖魔化的目的，不外乎是为俄国历史上的不幸事件找到借口，或者以此反衬俄国人的高尚和文明。尽管这种狭隘甚至极端的民族主义做法已经为阿库宁招来了批评②，但他的小说依然拥有大量拥趸，并且一再被翻拍成电影。这个事实从一个侧面反映出，阿库宁的成功并不像有些批评家说的那样只是缘自出色的风格模拟和情节结构，其作品的大量普及显然也得益于其中对俄罗斯国内排外情

---

　　① ［美］斯蒂芬·格林布莱特：《〈文艺复兴自我造型〉导论》，载《文艺学和新历史主义》，赵一凡译，社会科学文献出版社 1993 年版，第 85 页。
　　② 例如，批评家阿尔比特曼就曾对阿库宁的排外情绪提出过批评。参见 Арбитман Р., "Бумажный Оплот Пряничной Державы", Знамя, No. 7, 1999. c. 217 –219。

绪的隐性应和。在此不妨再重复一遍阿库宁小说中始终存在的一条隐蔽的思想脉络：俄罗斯本身是高尚纯洁的国家，是阴险的外国人和卑劣的外族人把它卷入了混乱无序的危机状态。

　　这就涉及阿库宁本人的身份悖论。众所周知，在这个笔名之下的格利高里·齐哈尔季什维利是格鲁吉亚人，他本人作为一个俄罗斯文化的"他者"，怎么可能会有如此明显的排外思想呢？在笔者看来，个中原因不外乎以下两个方面：其一，这一悖论本身反证了俄罗斯帝国及其后继者苏联长期推行的文化殖民活动的成功。自保罗一世于1801年将格鲁吉亚"合法地"并入俄罗斯帝国以来，格鲁吉亚原住民的民族文化意识在历代高压殖民政策之下逐渐淡化，俄罗斯的语言、文化和帝国价值观逐渐渗入其意识结构之中，越来越多的格鲁吉亚人因之在文化归属上趋向于对"统一的俄罗斯文化"的认同。随着越来越多的非俄罗斯民族和地区以各种方式融入帝国框架，"俄罗斯"作为一个文化概念已经超越了其地理疆界，成为延续至今的帝国话语的载体。作为这一历史进程的个体性结果，齐哈尔季什维利已经同其祖先一样，脱胎换骨成了"俄罗斯人"。他并不坚持自己的民族身份（"我是个冒牌的格鲁吉亚人"[①]），恰恰相反，他还时常表现出对确认自己的莫斯科人（俄罗斯人）身份的高度热望："我是莫斯科人。莫斯科是这样一个城市和大熔炉，身处其中的所有人都混合在一起。所以在第二代上，所有人就已拥有了莫斯科人的民族身份（национальность）"。[②] 有时阿库宁会淡化民族身份问题，而提出所谓的文化身份，如他曾称自己在俄罗斯文学的扩张问题上是"一个爱国主义者甚至帝国主义者"。[③] 其二，上述悖论的另外一个深层的原因可能在于"齐哈尔季什维利"与"阿库宁"的非同一性。这就是说，这两者不应被视为一体：与作为自然人的"齐哈尔季什维利"不同，"阿库宁"作为商业方案（коммерческий проект）是当代消费文化的产物，所以其身份首先是标记一种文化产品的商标。因此，只有满足目标读者在历史认知、道德规范和艺术审美等方面的文化需求，"阿库宁"才有可能在风起云涌的

---

　　① 参见鲍里斯·阿库宁发表于2014年6月21日的博客文章《我的家谱》（http：//borisakunin. livejournal. com/）。

　　② Еремина И.，Ярошенко Е.，*Современный Отечественный Детектив：Биобиблиогра - фический Указатель*，М.：Пашков дом，2006，с. 11.

　　③ Акунин Б.，*Любовь к Истории*，М.：ОЛМА Медиа Групп，2012，с. 304.

当代俄罗斯文化市场继续存在下去，否则就只能被淘汰出局。所以，从文化社会学的角度来看，阿库宁小说中的民族主义表达未必尽是作者本人真实思想的外显，而更可能的是对大众意识的迎合或对市场供需关系的反映。在此需要指出的是，无论如何界定阿库宁的身份，他所描述的这种社会情绪的真实性应该是毋庸置疑的，他的作品客观上反映了俄罗斯历史意识之中固有的民族偏见，以及俄罗斯当代民族主义思想的狭隘和偏执。

由上可见，阿库宁对西方人和本国异族人的表述策略基本上是妖魔化，那么他对异域文化又是如何表述的呢？从其作品对土耳其、日本、阿拉伯人的描述看，他采取的视角和东方主义有颇多契合之处。东方主义是后殖民主义理论家爱德华·萨义德在 20 世纪 70 年代提出来的一套关于中心文化表述边缘文化所使用话语的理论，在他看来，西方在对东方的"观看"中编造了一整套重构东方的战术，并通过文学、历史、学术等描写的东方形象建构了一套庞大的话语体系，从而达到为帝国主义统治服务的目的。① 这个被建构出来的作为"异己者"的东方既可以引来西方新奇和蔑视的眼光，同时又以自己的神秘、富饶唤起西方权力者的贪欲，鼓励他们去探险并征服东方。因此，东方主义是西方缘之于殖民文化心态对东方国家的歪曲，是帝国主义霸权意识的一种文化表达。② 其所谓的"东方"完全是欧洲人的发明，是帝国主义文化表述的结果：

> 我们可以将东方学描述为通过作出与东方相关的陈述，对有关东方的观点进行权威裁判，对东方进行描述、教授、殖民、统治等方式来处理东方的一种机制：简言之，将东方视为西方用以控制、重建和君临东方的一种方式。③

由此出发，萨义德一针见血地指出，西方社会的各东方研究机构所建立起来的学术系统和知识体系只是统治和权力的一种形式。东方主义是一种基于传统二元对立模式的思维方式，它以"东方"与"西方"之间本体论和认识论意义上的区分为基础，因此东方主义叙事往往在形象、观

---

① 王岳川：《后殖民主义与新历史主义》，山东教育出版社 1999 年版，第 45 页。
② 孟庆枢、杨守森主编：《西方文论》，高等教育出版社 2007 年版，第 449 页。
③ ［美］爱德华·萨义德：《东方学》，王宇根译，生活·读书·新知三联书店 1999 年版，第 4 页。

念、性格等诸方面把东方表述为西方的对立面。作为一种话语方式，东方主义不仅贯彻在宗主国的诸种语言模式中，而且植根于他们的文化制度甚至意识形态之中，成为其知识和文化的重要组成因素，并在相当程度上影响了文学思想的建构。艾娃·汤普逊教授在其《帝国意识：俄国文学与殖民主义》一书中有力地揭示了殖民意识在俄罗斯文学中的根深蒂固，从她对普希金、莱蒙托夫、索尔仁尼琴、拉斯普京等经典作家的相关论述中，我们可以发现东方主义叙事在俄罗斯文学中渊源深远，自 19 世纪初以来一直未曾中断。这些叙事帮助统治阶级制造花言巧语，掩蔽帝国自身的弱点，严重歪曲他国的形象，以此配合俄国的殖民扩张。苏联解体之后，帝国虽逝，意识犹存。在阿库宁的小说中，关于他国的描述与其文学先辈的东方主义表述之间存在着诸多相似相通之处。与他者的对照，是阿库宁用来维持俄罗斯读者的文化自我认同的叙事结构手法。

　　萨义德指出，在东方主义的文本中"东方是非理性的，堕落的，幼稚的，'不正常的'"，它往往被描述为"一种供人评判的东西，一种供人研究和描写的东西，一种起惩戒作用的东西"。① 作为供人评判和描写的"他者"，土耳其在阿库宁的文本中几乎就是原始、野蛮、愚昧的同义语。《土耳其开局》第五章以人物谈话的形式描写了土耳其蓄妾制度的不人道和本地妇女的无权地位，在整场对话中，瓦莉亚实际上是作为一个来自文明国家的"评判者"而出场的，她对"落后而愚昧的土耳其"的不断惊讶反证了俄罗斯在文化上的优越性。不仅如此，在小说中土耳其人还被描写为重利轻义、胆小怕事的奴隶（同俄军媾和的当地士绅），或者是幼稚的妄想狂（安瓦尔），他们都显得没有足够的道德和理智，处处与俄国人的高尚、勇敢、理性形成鲜明比照。由此不难发现，阿库宁的东方主义表述采用的主要手法就是描写东方的野蛮、落后的他者形象，同时强化俄国自身的文明形象。在情节结构层面，作者突出强调了这样一种印象，即土耳其的幼稚和错误恰在于它不能与俄国和平共处，而是野心勃勃地在西方操纵下与俄国为敌（以安瓦尔为代表），妄图成为西方制约俄国的一枚邪恶棋子。通过将土耳其表述为俄国的对立面，小说成功地生产出了一套关于"天生好斗而邪恶的敌对国土耳其"的权力话语。在这套话语的表征

---

　　① ［美］爱德华·萨义德：《东方学》，王宇根译，生活·读书·新知三联书店 1999 年版，第 49—50 页。

中，俄土战争被解释为文明与野蛮、进步与落后、正义与邪恶之间的角逐。言下之意，土耳其在俄土战争中的失败是咎由自取，这样的结果完全合乎历史发展规律。这是一种典型的殖民主义叙事逻辑。在这里，战败民族的历史和文化完全被呈现为负面形象，在帝国代言者的强势话语下被从历史记忆中抹除殆尽。在这个广为传播的关于土耳其的大众文本中，土耳其自身的历史并未得到客观呈现，而充满异域色彩的土耳其文化则被以扭曲的镜像描述出来，这就在无形中为俄国的军事侵略行为找到了一个冠冕堂皇的文明借口，反映了作者试图在叙事中将东方世界纳入自己的殖民话语体系的努力。

阿库宁对阿拉伯人的描写也同样采取了东方主义的话语形式。在小说《佩拉盖娅与红公鸡》中，阿库宁对居住在耶路撒冷的阿拉伯人的描写，与西方国家的东方主义文本中阿拉伯人的形象极为接近，显然也是受东方主义话语决定的。在个体形象层面，小说着墨较多的马车夫萨拉赫的贪婪狡诈、好色无德并且油嘴滑舌的形象，与西方电影中对阿拉伯人的偏见[①]极为吻合。在集体形象层面，小说描写了居住在耶路撒冷的阿拉伯部族与外来的犹太人和切尔克斯人之间的纷争，刻画了阿拉伯人好斗野蛮、狭隘阴鸷的具有威胁性的集体形象。这与 1973 年阿以战争之后阿拉伯人在西方文学中的形象是一致的，在这些文本中，阿拉伯人作为扰乱者的负面价值被刻意凸显。[②] 在这里，阿库宁还不失时机地再次彰显了俄国人作为和平使者和启蒙者的形象：他让自己的女主人公——俄国修女佩拉盖娅依凭自己睿智的说辞化干戈为玉帛，帮助"野蛮落后"的中东诸民族放弃愚昧的争斗行为，走向和平与文明。这段情节是由启蒙主义思维模式发展而来的帝国意识的形象化，它宣扬了俄国在"落后民族"面前的优越性及其救世使命，并借此确认俄国的帝国身份。在巴勒斯坦这块聚讼纷纭争执不断的土地上，俄国的作用显然是被夸大的。尽管在历史上俄罗斯对中东和平进程的贡献寥寥可数，但我们不难看出，阿库宁仍然试图抓住历史叙述的话语权，以突出俄国的"文明中心"价值和救世主地位。换言之，阿库宁在其小说中所提供的历史知识，恰恰是权力关系运作的结果。这在

---

① 萨义德认为，在西方影视作品中，阿拉伯人的形象常与好色、残忍、不诚实等负面品质联系在一起。见爱德华·萨义德《东方学》，第 367 页。

② ［美］爱德华·萨义德：《东方学》，王宇根译，生活·读书·新知三联书店 1999 年版，第 366 页。

无形当中印证了福柯"知识即权力"的观点。

　　与以上两个"他者"的形象不尽相同，小说《金刚乘》（第二部）中的日本形象是多维的。这实际上反映了作者的矛盾心态。一方面，作为一名日本学专家，阿库宁对日本的现代化进程和爱国主义教育较为认可，指出当时的日本正从"病猫"成长为"老虎"，而俄国却到处弥漫着不健康的社会风气，这为此后日俄战争中俄国的惨败埋下了伏笔。① 但是另一方面，强烈的民族自尊心又使俄国大众无法接受日本崛起这样一个事实，所以阿库宁又以补偿的心态描述了日本的"东方"形象，将日本——这个俄国在亚洲当时的唯一对手歪曲为野蛮落后的殖民对象。透过小说中曲折瑰丽高潮迭起的历险故事，我们发现日本主要是作为一个古老神秘、充满诱惑的形象被展示的，正如《利维坦》中的印度宝藏一样，在日本随处有让俄国人感兴趣的东西。与此相应，日本在阿库宁笔下被呈现为一个女性形象，仿佛随时期待着外来人的征服。小说中的日本女性包括凡多林的情妇爱由美在内，都主要是作为俄国男性的性对象而存在的。在凡多林初到日本之时，他首先获知的关于这个国家的信息是花 300 日元就可以随便挑选一个日本女人作为自己的"合同妻子"，拥有对这个女人随意支配的权力，仿佛日本女人在这里不是人而是商品一样。② 而在日本男人谦恭有礼的背后，则往往是被阉割的男性形象，他们甚至对在本国发生的案件都无能为力，只能求助于外国人凡多林。小说中的日本男人尽管有着爱国主义激情，但他们似乎在智力上极为平庸，因此他们不能管理好自己的国家。俄国领事馆的书记员希洛塔是受到凡多林称赞的日本男人，而他之所以有此待遇，只是因为他的俄化者身份。所以当他民族意识觉醒，表现出爱国主义激情之时，凡多林对他的态度就发生了转变，觉得他不但可憎而且有些可怜（Сирота 这个名字本身就让人感觉到他的可怜）。除了如上这些习见的东方主义叙事，小说对佛教文化、武士道以及 19 世纪末日本社会风习的描画也很容易唤起读者的阅读兴趣，因为这些东西代表了俄国人对包括日本在内的东方神秘文化的想象。可见，《金刚乘》中的异国情调传达出的是一个神秘但又沉默而被动的日本形象，这个形象更多的是一个殖民主义"想象"中的他者，而不是俄国的对话者。总之，日本在

---

① Акунин Б., *Алмазная Колесница*, том 2, М.：Захаров，2002，с. 210.

② Там же，с. 21 - 22.

《金刚乘》第二部中主要是作为一个"东方"国家被描述的，这种描述与
小说第一部对雷布尼科夫（日本人，实为凡多林与爱由美的儿子）的破
坏者形象互为补充，从而为日俄战争中俄国的败局作出了这样的辩解：俄
国理所当然比日本强大，它的失败缘自敌人的狡诈破坏而非自我实力的不
足。尽管俄国在日俄战争中遭受了沉痛的惨败，但阿库宁仍然为失败者俄
国找到了一个托词，以使其能够继续在"神秘而落后的日本"这个东方主
义符号面前保持民族优越感。这种悖谬反映了阿库宁所从事的文学自我
装扮的虚假性，同时也揭示了其创作动机的逃避现实本质。也正是在后一
点上，阿库宁的小说与大众文化之间存在着精神实质上的一致性。

　　综上所述，通过对俄国形象和他者形象的不同表述，阿库宁在小说的
历史叙事层面构建了一种不对称的霸权关系。众所周知，文学与社会意识
之间存在着无可否认的镜像联系，因此，阿库宁的历史叙事必然也有其现
实因素和政治话语诉求。伊格尔顿曾断言，作者与历史的对话"常常是
权势者对无权势者的独白"。① 格林布拉特所谓的自我装扮正是这样一种
基于"独白"式权力关系的特殊话语。这种自我装扮虽然肤浅，但颇能
迎合当代俄罗斯大众读者的心理需求。在人类历史上，对自我装扮的需求
一般出现在社会大变动或文化转型时期，如格林布拉特所研究的文艺复兴
时期即是如此。20 世纪末的俄罗斯社会和文化转型极大地改变了国际力
量的对比和文化结构的平衡，未来神话的幻灭使许多俄罗斯人在过去的神
话中寻求庇护。作为对这种需求的策应，阿库宁对俄罗斯历史文化的传统
神话元素进行了重新组合和再度阐释，利用帝国叙事策略刻画了"大国
俄罗斯"的神话形象。利哈乔夫曾说过，历史常识能治愈创伤。阿库宁
式的文学自我装扮就是通过提供一种经过神圣话了的"历史常识"，开出
了一剂克服文化自卑心理、疗治社会危机综合症的良方。在当代历史条件
下，这个国家形象对大众读者而言无疑具有"镇痛安定"的心理安慰作
用。然而需要指出的是，自我装扮的意义还不止于此。在文化政治层面，
由于对官方（主流）意识形态话语的迎合以及小说巨大的发行量，阿库
宁的创作业已成为阿尔比特曼所说的"彩饰强国的纸质后盾"②，可被归
入体现着既定权力结构的大众知识和文本体系，已经远非一种简单的大众

---

① ［英］特雷·伊格尔顿：《二十世纪西方文学理论》，伍晓明译，陕西师范大学出版社
1987 年版，第 82 页。

② Арбитман Р., "Бумажный Оплот Пряничной Державы", *Знамя*, №. 7, 1999. с. 219.

文化现象所能界定了。阿库宁的作品连续多年位列畅销书榜首这一事实则足以说明，俄国历史文化传统中以殖民主义为依据的帝国意识在当今的后殖民语境下依然存在，其文学话语依然有效。

最后需要指出的一点是，上述现象同时也表明，尽管大众文学向传统文学体系提出了挑战，但它依然对俄国历史传统中的民族主义意识有着深深的眷恋，并将之转化成了高效的消费文化符号。同时，我们必须认识到，阿库宁的小说对于读者不仅是精神安慰剂，在更深的层面上还发挥着塑造人格的意识形态功能，而其功能手法除了侦探小说体裁固有的通过展示犯罪、死亡、黑暗、恐怖等令人不安的场景来唤起怜悯与恐惧从而达到心灵"净化"之外，其系列小说主人公的审美形象也起着非常重要的正面引导作用。

第三节　危机时代的"英雄"：一种大众自我塑造的范式

通过以上两节的分析我们发现，描写人性危机和社会危机、对人类生存困境进行反思并寻求其解决途径，是阿库宁小说的重要主题。除此之外，作家另一个重要的艺术任务就是塑造人物形象。高尔基早就说过，文学即人学。哈利泽夫也提出，人是"构成艺术与文学之最为重要的、那种总是占据支配地位的'超级主题'"。[①] 人物形象塑造的成功与否是决定文学作品价值高下的重要标杆，也是消遣文学作品主要的审美因素之一。传统上，人们一般把侦探小说看作是情节小说，在其中人物形象主要是情节建构的副产品，而情节的模式化则决定了人物体系的类型化和人物本身的功能化。这是长期以来侦探小说一直不被学术界所接纳的重要原因之一。有悖于此，阿库宁以其"中间体裁"写作策略突破了侦探小说的体裁樊篱，赋予其笔下的人物形象以多重属性：他们既是侦探叙事层面的"功能性"人物，具有侦探小说中同类功能人物的类型特征；同时还是社会历史叙事层面的"心理性"人物，是对具体的社会历史条件的映射[②]。

---

① ［俄］哈利泽夫：《文学学导论》，周启超等译，北京大学出版社 2006 年版，第 67 页。

② 关于功能性人物与心理性人物，可参阅申丹《叙事学与小说文体学研究》，北京大学出版社 1998 年版，第 51—64 页。

社会转型期的文化任务之一，就是形成新的"人的观念"。从读者接受的角度看，阿库宁小说创作成功的重要原因之一，就在于他引入了能够代表当代俄国中产阶级、葆有正面生活目标的人物形象，并且将这些形象置于历史转折时期的大背景中进行塑造以展示他们追求自身的超越性的努力，从而为读者提供了一种自我认知的途径和自我塑造的范式，暗合了读者对确认自我文化身份的潜在需求。

阿库宁笔下的主人公与世界文学史中传统的侦探形象的一大区别在于，他们不再是纯粹的理性主义、科学主义和乐观主义的代表者，其侦探活动时常显现出知识与理性的局限。在小说叙事中，作者糅入了诸多的非理性因素乃至神秘主义因素，他塑造的三个主要侦探形象——凡多林、佩拉盖娅和尼古拉斯都不再对社会和人生抱有过分乐观的心态，更不以恢复世界秩序作为自己的最高纲领，反倒时常表现出身处动荡社会中的个体的绝望、孤独和迷惘情绪。通过这几个人物形象的塑造，作者逼真地传达了当代人的失落和痛楚，描述了当代人内心中的危机意识。就这一点而言，阿库宁颠覆了传统侦探角色的神格，赋予自己的主人公以鲜明的时代色彩和个性特征，使之在心理属性上更接近普通读者，从而显得更加具象、更加真实可信。作为现实主义审美典型的"心理性"人物，埃拉斯特·凡多林和尼古拉斯·凡多林都是与社会环境息息相关、身处危机时代的"当代英雄"形象，其中寄寓了作者的审美理想。黑格尔在论及艺术美的理想时曾指出，罪恶、战争、屠杀、报复之类的现象往往是英雄时代的内容和基础，理想往往通过这些题材而得以显现。① 在现存秩序失范、法律道德式微的转型时期，人们之所以钟情于侦探小说，一个非常重要的原因就在于他们在其中发现了一个"新的英雄时代"：此类小说正是以罪恶、凶杀等内容作为塑造英雄人物形象、表现艺术理想的基础和土壤。这是体裁共性。然而，阿库宁笔下的侦探角色除了体现普世的精神价值之外，作家还特别凸显了他们不受外在必然性压抑和限制的个性，强调了他们在精神上的独立自主性，而这恰是黑格尔所标称的英雄时代的理想人格。② 据此，我们认为，阿库宁对侦探形象审美意蕴的深掘，就在于他通过这些形象展示了人的超越性以及自由对个性自我塑造的重要性。这就使得阿库宁

① ［德］黑格尔：《美学》（第一卷），朱光潜译，商务印书馆 2006 年版，第 244 页。
② 同上书，第 250 页。

的小说成为超越感性娱乐之表层叙事的人本主义文本，因而具有了更深层次的审美内涵。

毋庸置疑，埃拉斯特·凡多林是阿库宁塑造得最为成功的人物形象。这个形象在读者中间的影响力是如此巨大，以至于作家在搁笔多年之后，最近几年又多次回到"凡多林历险系列（新侦探小说系列）"的创作中来。在我们看来，这个形象之所以能够引起广大读者的共鸣，不外乎以下三个方面的原因：

首先，这是对中产阶级价值观念的确认。凡多林出身于中下层平民，是一个有着强烈的爱国情怀、浓厚的道德意识和执着的平等观念的自由主义知识分子形象。他热爱自由、洁身自好、善恶分明，对腐朽堕落的上层社会持有强烈的批判态度，并因此而决然置身其外。他还是一个真正的人道主义者，在其看似冷漠的外表下实则隐藏着对社会底层群体的深切关爱。凡多林与种种罪恶现象的斗争实际上反映了广大读者对秩序和正义的渴望：他总是能透过现实的迷雾，以异乎常人的推理和直觉破解错综复杂的谜案，恢复被破坏的秩序；但他同时又跳脱了法律范围，将公正和正义标示为终极目标。除此之外，凡多林从地位卑微的书记员成长为显赫的"神探"和高级官吏的人生历程，无疑是对当代中产阶级积极进取、自我奋斗等理念的认可和褒扬。总而言之，那些传统上被认为属于中产阶级的典型"美德"，均在凡多林身上得到了或隐或显的体现。这得益于阿库宁在塑造凡多林形象的时候，有意识地结合了不同文化之中的人格审美理想。① 这个形象所具有的可辨认性，使其顺利地成为当代大众读者实现自我确认的一个有效途径。

其次，这个形象是对读者的幻想和隐秘愿望的折射。根据弗洛伊德的精神分析学说，文学文本就像梦一样可以帮助我们实现内心愿望的象征性满足，它有着与梦相似的"压缩"、"移情"、"象征"等运作机制。在阅读文本的过程中，读者通过这些机制的反运作对自己的幻想和欲望进行象征性释放，从而获得一种替代性的满足。众所周知，整个改革时期特别是苏联解体之后混乱的社会现实，让俄罗斯人民体验到了社会动荡的恐怖及

---

① 阿库宁曾谈及，凡多林这个形象中综合了三种文化传统，即俄国知识分子、英国绅士和日本武士传统。请参阅 Сорокин С.，"Бинарность Фандорина，или Пересечение Восточной и Западной Традиции в Контексте 'Фандоринского Цикла' Б. Акунина"，*Ярославский Педагоги - ческий Вестник*，№. 1，2011，с. 264。

内心深切的不安感。对于那些无力彻底改变存在状况的大众群体而言，祛除这种不安感的途径只有寄托在对强大正义力量的信仰和幻想之上。也就是说，他们需要一个能够保护自己并扭转时局的"英雄形象"。阿库宁塑造的凡多林形象就担当了这样的一个角色：凡多林拥有出色的推理才能，可以于纷乱的现实中找到问题的症结并迅速解决；他身材矫健、行动敏捷，还掌握了高超的格斗术，可以毫不费力地击败敌人；他有一个忠诚而勇敢的助手，这使得他即使在最复杂的环境中也能够应付自如。凡多林身上所有这些力量元素都有助于读者在文学想象中释放自己的紧张感，从而获得对秩序想象的满足。此外，凡多林还拥有令人一见倾心的个性魅力，如同风靡世界的"007"系列电影中的詹姆斯·邦德一样，他的身边总是围绕着一些美丽迷人、高雅端庄的女性。他可以轻而易举地获得巨额财富，举手投足之间即可博得上层人士的好感。只要他愿意，就可以身居高位、手握重权（凡多林曾一度成为莫斯科警察局总长的最佳人选）。更重要的是，这样一个幸运儿始终处在命运女神的庇护之下，仿佛有一股无形的神秘力量时刻在关注着他，帮助他摆脱种种令人绝望的困境。还有一个细节也同样契合了大众的"幸福想象"：在一种非理性的神秘力量的护佑下，凡多林逢赌必赢，这对那些嗜赌成性或者喜欢人生博弈、相信生活中充满偶然性的俄国人而言，不啻是极为有力的诱惑。可以说，凡多林的形象在某种意义上就是大众读者的一个共同的梦，通过对这个形象的认同，读者可以象征性地释放其无意识领域的深度幻想，满足其对幸福和成功的精神需求，从而为在社会动荡中挣扎的卑微者带来一丝慰藉。

最后，也是最主要的原因在于，凡多林的形象隐含了当代文化大众的审美理想和人生哲学。作为一名侦探，凡多林无疑是成功的；但作为社会中存在的个体，这却是一个悲剧形象。他空负一身才华却不能见容于沙皇当局，满怀爱国之心却不得不数次去国离乡，所有的爱情经历带给他的只有刻骨铭心的伤痛，唯一的亲人（即《金刚乘》中的日本间谍雷布尼科夫，实为凡多林与爱由美之子）也因为日俄战争的爆发而成了自己的敌人。时代悲剧在凡多林身上留下了自己的印痕，忧郁、孤独的生存体验消磨了他的热情。正如文学研究者齐普拉科夫所指出的，凡多林与善于行动的浪漫主义者福尔摩斯不同，他更像是奉守无为思想的道士。① 凡多林与

---

① Циплаков Г. ，"Зло，Возникающее в Дороге，и Дао Эраста"，*Новый Мир*，№. 11，2001.

欧洲历险小说的传统主人公也不尽相同，这不仅是一个"行动的人"的形象，他还非常接近思想小说中的"反思的人"。但有异于19世纪俄罗斯经典文学中那些怀有救国救世责任感的"反思的知识分子"形象，凡多林尽量削减外在世界对自己的影响，在与外在世界的疏离和内心世界的独立中寻求自我存在的自由。在小说《加冕典礼，或最后一部小说》中，作者通过对叙述者阿法纳西·斯捷潘诺维奇·邱林和凡多林两人对时代危机的不同看法的对比，突出了凡多林不为外役的世界观：

> "在世界上没有什么比混乱更可怕，因为在混乱中人们会丧失理智，会摧毁一切可能的规则……"我还没说完自己的想法就呛得咳嗽起来。但是凡多林听懂了我的话，他脸上的笑容消失了。
>
> "阿法纳西·斯捷潘诺维奇，您知道您错在哪儿吗？"他闭上眼，有些倦怠地说道，"您相信世界遵照某些准则而存在，相信世界上存在着意义和秩序。而我早就明白，生活无非就是混乱。其中没有任何秩序，也没有任何规则。……是的，我有自己的准则，但这只是我本人的准则，是我为自己而不是为整个世界而臆创出来的。……自己的准则，阿法纳西·斯捷潘诺维奇，不是那种想要重建整个宇宙的愿望，而只是在自己周围构筑一个哪怕仅是狭小空间的尝试。一切仅此而已。"①

与福尔摩斯、梅格雷、波洛等这些经典侦探形象不同，凡多林认为无序性是存在的本质属性，生活本身就是混乱无序。支离破碎的现实不再具有某种统一性，因此世界上不可能存在确切无疑的意义和秩序，一个更公正、更理性、更有组织的世界也不可能存在。应当指出，这种看法与当代人的世界感受是一致的，对当代文化意识有着敏锐感受力的意大利作家昂贝托·埃科在《玫瑰之名》中曾借威廉教士之口表达了类似的世界观。埃科认为，世间的一切自顾自地发展着，彼此间产生着与人们的设想毫无关联的联系，宇宙"根本是没有秩序的"，秩序只能是人们心中的想象，

---

① Акунин Б., *Коронация, или Последний из Романов*, М.：Захаров, 2001, с. 258 - 259.

是"为得到什么而编造的"①，是人们强加给这个世界的一种虚假属性。凡多林所洞察的世界，正是埃科所描绘的那个客观的、无机的、离散化的世界。

对世界的这种认识带有明显的反理性色彩。以发掘事物发展的客观规律、探求人类存在的本真价值、追求世界的意义和秩序为旨归的俄罗斯传统现实主义观念，在凡多林看来是过时的、荒谬的和不切实际的。他不再相信传统人文主义者对秩序的信仰，因此，"重建整个宇宙"的设想在他看来只不过是海市蜃楼。然而，凡多林毕竟不同于埃科笔下悲观的威廉教士，他在承认世界混乱性的同时并不否认对个体自由的追求；凡多林与屠格涅夫笔下的那些"在任何权威面前都不低头、对任何原则都不相信"的虚无主义者也不尽相同，他并不否定生活的意义及生命本身，恰恰相反，他对生命、对爱情甚至对痛苦的生活体验都表现出本真的热爱。他之所以否定被一统化、中心化和同质化的意义，目的是为差异的合法性和缘此而致的对人之主体性、个体自由的强调留出足够空间。然而，对自由的追求并没有在凡多林身上化为积极行动（如同与其同时代的革命民主主义者那样）的动机，恰恰相反，这种自由本身就是通过对外在世界的主动疏离而求获的，是一种内在的自由。毫无疑问，这样的自由观更加符合身处后乌托邦时代的俄罗斯民众对那段打着最高理性的旗帜施行专制统治的苏联历史的认知，也更加符合弥漫于后苏联时期乌托邦梦想幻灭之后的惘然、消沉和颓废绝望的社会情绪，它可为缺乏行动意志力的大众读者提供一种逃避现实的思想路径。

正如上文所述，在凡多林看来，邱林所代表的传统价值观和世界观在现代性条件下已然失效，秩序在被短暂地恢复后总是重新趋于失衡状态，理想与现实之间永远存在着无可调和的矛盾冲突。从作家创作的历史背景来看，这种思想无疑是对弥漫于俄罗斯社会转型时期的悲观气氛和危机意识的艺术反映，是对社会情绪的暗中应和。凡多林形象的积极意义就在于，他并未在这样的社会情绪中迷失自我，而是主张通过凸显个体的特殊性、肯定人的非社会化本质来肯定自我身份，以独立的、能动的存在来塑造自己和自己生活于斯的世界，以存在的自由来克服或至少是缓解社会环境所带来的心理压力。尽管意识到存在的荒谬，但在凡多林看来，人绝非

---

① ［意］昂贝托·埃科：《玫瑰之名》，林泰等译，重庆出版社 1987 年版，第 606 页。

外在客观世界的完全的被决定者，恰恰相反，每个人都可以通过"臆创"自己的准则来把握外在世界，哪怕这个外在的世界只是"自己周围的一个狭小空间"。不难看出，按照凡多林的观点，世界不再是传统现实主义者眼中的、能对个体加以实质影响的先在本质，而被解释为人的"自我准则"的呈现，实际上也就是叔本华所谓的"我的表象"。这种看法解除了外部客观世界对人的全面控制，极大地张扬了自我价值，从而超越了自在，把自为展现为世界。

这就与存在主义哲学有了通约之处。众所周知，作为对20世纪处于深重危机中的西方文明进行反思的产物，存在主义哲学折射了现代人的生存困境以及摆脱困境的探索。在这种哲学看来，随着孤独的个人的出现，世界变得混乱而荒诞，身处其中的个体存在也同样是荒诞的："我们的出生是荒诞的，我们的死亡也是荒诞的"。[①] 人们只能生活在一个混乱的世界之中，只能存在于一种焦虑、无助和绝望的境况之中。几乎所有的存在主义者都把人的存在与社会、自然以及关于社会和自然的科学理论对立起来，认为这一切都是对人的存在和自由的束缚，是导致人被异化的原因[②]。为了找寻出路，他们不约而同地强调存在的自由，将之视为对抗异化的法门。存在主义的思想先驱克尔凯郭尔认为，每个人的存在都是独一无二、不可替代的，他不应受到任何普遍人性的限定，"我存在"就是真正的实在[③]，换言之，"我存在"的价值超越任何永恒的真理。海德格尔也指出，作为"此在"的人是由历史和时间构塑而成的，但人并非完全被动的历史和时间的造物，而是尚待规定的、能够决定自己的存在方式、能够追问存在意义的存在者。萨特更是振聋发聩地提出"存在先于本质"，主张把人从客观决定论中解放出来，赋予其自由的本质，借此把人的命运交到人类自己的手里。他一再强调人的自我选择的权力，指出人不是"自在的存在"，而是"自为的存在"亦即自由，人总是处在不断的创造和选择中，并以选择创造自身、赋予自身以本质，所以"人不是别的，

---

① ［法］让—保罗·萨特：《存在与虚无》，陈宣良等译，生活·读书·新知三联书店1997年版，第680页。

② 张之沧、林丹：《当代西方哲学》，人民出版社2007年版，第242页。

③ 同上书，第240页。

只是他自己所造就的东西"。① 也就是说，自由是自为存在的结构和根本特征，人的规定性完全要由人来自由地决定。在一个充满危机的世界里，人只有摆脱消极被动的自在的存在、追求"自由"也就是自为的存在，并在思想上对自己面临的各种可能性加以选择来重塑自己，才能不被外在之物和外在之事所羁绊、所制约，才能彰显自我存在的意义。

从这个角度来讲，凡多林形象的真正魅力就在于，面对不幸的生活他始终未被命运击倒，而是以选择的自由为自己找到了摆脱并超越命运的出路，并凭之在混乱芜杂的环境中重新定位自我。在不自由的现实中思考存在，通过对内在自由的张扬来超越现实、建构意义，是凡多林这个文学形象的存在主义价值所在。在《土耳其开局》、《利维坦》、《金刚乘》、《加冕典礼，或最后一部小说》以及新近出版的《黑色之城》等几部小说中我们可以发现，凡多林在经历了《阿扎泽尔》中所描述的不幸事件之后，表现出明显的避世倾向。他既不受制于社会政权体制，也不受业已确定之社会意识和生活习俗的影响，反而不时地表现出对社会和生活的主动疏离。他既在生活之中，又游离于生活之外。他追求的是一种不受限制的内在自由，这使拒不接受永恒不变、无可置疑的意义和秩序的存在，但他仍然相信秩序和意义会在个性生活中发挥自己的作用，让人可以自由地"在自己周围构筑一个哪怕仅是狭小的空间"，作为主体去把握这个混乱荒诞的世界。"自己的准则"使他得以在思想上超越混乱无序的自在世界，以个性的独立自主达到一种自为之境。

凡多林的形象是对 20 世纪末至 21 世纪初俄罗斯社会意识当中存在主义反思的艺术概括。如同 20 世纪初的社会转型时期一样，面对分崩离析的文化和意识，当代俄罗斯社会开始了对一切价值的重估，而人的价值就成为这一时期哲学和文学艺术的"新发现"。苏联的解体解除了政治对人的异化，但随之涌现的种种社会矛盾和文化冲突再一次把人推入了异化的深渊，文化的未定型、价值观的混乱、意义的不确定性让身处转型期的俄罗斯人感觉到"上帝死了"之后的无助和焦虑。但也正是在这个时候，人们才真正意识到自己的存在，"人的价值高于一切"很快就成为一种普遍的核心理念。对人的强调，对人的自由本质的肯定，成为充满不确定性

---

① ［法］让—保罗·萨特：《萨特哲学论文集》，潘培庆等译，安徽文艺出版社 1998 年版，第 112 页。

的现实生活中的唯一确定性因素。在应对绝望、恐惧、孤独这些时代性精神危机的实践过程当中，当代俄罗斯人试图利用各种文化手段来建构自我"完整、封闭和独立的小宇宙"，他们认识到反抗、超越荒诞的外部世界并能在荒诞的境遇中保持人的尊严与本质的有效途径，就是"用自由与创造的精神去获得对自身价值的肯定"。① 凡多林用自由选择的自我存在去克服客观存在带来的荒诞、疏离和孤独等心理体验的做法，显然是对当代俄罗斯社会精神危机的艺术反映和回应。正是在这个意义上，我们认为凡多林是一个"危机时代的英雄"形象，它体现了黑格尔意义上的英雄时代的独立人格理想。

相较于"埃拉斯特·凡多林历险"系列，"硕士历险"系列小说更加细致清晰地描画了新旧社会秩序的断裂给俄罗斯人所带来的精神震荡。小说主人公尼古拉斯·凡多林（埃拉斯特·凡多林之孙）是一个从英国移居到俄罗斯的归国侨民，对19世纪俄国历史的深入研究使得他在侨居英国之时始终保持着关于祖国的美好想象。但是，当目睹了叶利钦时代的社会巨变之后，他意识到一个专制时代的结束并不能带回想象中的那个美好的社会，他开始对俄罗斯的历史和现状产生了怀疑，甚至为自己生为俄罗斯人而感到羞耻。面对陌生的祖国，尼古拉斯体验到了一种对社会转型所导致的社会意识混乱的恐惧感。加剧这种恐惧感的，还有无孔不入的大众文化对传统俄罗斯文化的冲击，以及由此而导致的人的完整个性和思想自由的丧失。在后来的莫斯科历险过程中，尼古拉斯逐渐发现父亲灌输给他的审美的俄罗斯形象（在他父亲的眼中，俄罗斯是一个由经典文学、音乐和历史照片组成的、只留存于记忆中的国家）和真实的俄罗斯现状之间存在着巨大的差距。理想与现实之间的冲突所造成的荒诞感，以及民族历史的集体失忆所带来的焦虑不安，让尼古拉斯感觉到"从远处爱俄罗斯显得更加简单，也更加令人愉快"。②

尽管如此，尼古拉斯并未选择退回到"远处"。为了摆脱国家历史的断裂和社会的转型给人们带来的精神痛苦，尼古拉斯选择了以自我话语来认识和重塑这个荒诞的世界，以自己的方式来解除内心的危机感，从而获得勇敢面对现实的精神力量。与小说双线并行的叙述结构相对应，主人公

---

① 戴卓萌、郝斌、刘锟：《俄罗斯文学之存在主义传统》，中央编译出版社2014年版，第2页。

② Акунин Б., *Алтын-Толобас*, М.：ОЛМА-Пресс，2001，с. 4.

尼古拉斯实际上生活在历史和现实两个不同的时空之中。不难发现，这两个时空实际上分别代表着并存于尼古拉斯意识之中的两个不同的俄罗斯形象，即历史的俄罗斯和现实的俄罗斯。但是与很多经历了从苏联到后苏联转型的俄罗斯人不同①，尼古拉斯并不认为这两者之间存在着不可调和的冲突。他不愿利用历史来否定现实，而是试图调和它们之间的对立，通过个性化的历史认识来构塑一个"虚像俄罗斯"（virtual Russia）的形象，以疗治其"历史怀乡病"（完全可以认为，尼古拉的历史学硕士身份，实际上就是对苏联解体后丧失了文化身份、急于找寻自身历史根基的俄罗斯民族的隐喻）。这样做的积极意义就在于，通过不断地发现自己家族和民族的历史，尼古拉斯摆脱了历史对人的客体化，获得了一种关于自我存在的确定性以及某种精神的支撑，并借此达成了对杂乱无序的现实的超越，袪除了时代巨变所带来的恐惧感。唯其如此，身处后苏联时代的人们方可避免沦为社会政治动荡的牺牲品。像其祖父埃拉斯特·凡多林一样，尼古拉斯在其"新俄罗斯"历险过程中也同样表现出对内在自由的执着追求。正是在这一点上，我们完全认同批评家巴拉班的如下观点：尼古拉斯对自己家族历史和俄国历史的个性化阐释，乃是人之自由的庆典②，同时也是对人之历史主体性的肯定。

由上观之，在阿库宁的小说中，侦探绝非纯粹的功能性人物。他所塑造的埃拉斯特·凡多林和尼古拉斯这两个人物形象之中寄寓了作者对精神自由和个性价值的高度肯定，这显然是对俄罗斯文学中人道主义思想传统和存在主义意识的当代继承。如果从整个的社会历史背景和文学接受心理的角度来看，我们完全可以认为，这两个人物既是体现了理想精神的英雄形象，也是超越了现实生活的诗意象征。他们不是消极地逃避现实，而是力图以内在的自由疏离生存的烦恼，以理想人生的建构维系生活的信心。这些形象寄寓了作者独特的自由观，因之而成为社会大众的精神寄托和危机时代的"英雄"，是阿库宁为身处危机时代的当代读者所设计的一个自

---

① 苏联解体造成了俄罗斯社会意识的断裂，为了适应新的现实，很多俄罗斯人试图营造一种无历史之根的现实。但是，人们实际上无法真正摆脱历史，因为其文化记忆、思维模式和世界观都无可避免地留有历史的痕迹。否认历史导致的只可能是意识的极度混乱。当代俄罗斯作家维克多·佩列文在短篇小说《中间游戏》中对此有着精彩描写。

② Elena V. Baraban. , "A Country Resembling Russia: the Use of History in Boris Akunin's Detective Novels", *SEEJ*, No. 3, 2004. p. 410.

我塑造的范式。这种近乎自我封闭的生存方式尽管具有将个人与外界隔绝的潜在危险，但另一方面它也可以保护个人，使之摆脱外在压力对个体心灵的扭曲和异化。同时我们也发现，凡多林和尼古拉斯的自我并非处于真正的封闭状态，而是具有较强的关系性，其思维和行动往往突破个人范畴，与外在世界发生着各种各样的联系。其中很重要的一点就是，他们并不拒绝社会关系，反而表现出对爱情、友情和亲情的渴望。毋庸置疑，这种封闭中有所开放的独立性人格是策应危机环境的一种相对积极的存在方式。而其复杂性则似乎表明了作者在艺术构思上的矛盾和妥协，它在客观上反映了严肃文学和大众文学在人物形象塑造方面的观念冲突和折中。

如上的分析足以说明，阿库宁的小说并非单纯的娱乐性大众读物，在其充满狂欢游戏色彩的大众化叙事之下，实则深蕴着丰富的人文思想，拥有毋庸置疑的教育功能、意识形态功能和审美功能，具有独特的象征意义和精神价值建构倾向。虽然其小说中展现的是善恶、人性、社会这些永恒的问题，但他在时代气候中对这些问题进行了重新思考，从而突破了侦探小说陈腐的题材范式。换言之，俄罗斯文学固有的精神求索传统依然是阿库宁创作的主要动因。弥漫于俄罗斯社会转型期的价值观危机并没有将阿库宁带入文化虚无主义的深渊，他依然执着于对人文理想的憧憬、对宏大精神的追求。从这个角度来看，阿库宁的创作态度是严肃的。他揭示了转型时期深刻的人性危机和社会危机，描述了当代人的生存困境，进而探索了摆脱上述危机的种种途径。就整体而言，这些途径分别对应着哈利泽夫所总结的三种不同的主题层次：在本体论层面，阿库宁主张以宗教式的终极关怀呼唤人性的复苏，在爱中实现对内在人性危机的超越并达成自我拯救；在社会历史层面，阿库宁以帝国意识的重建投合了文化大众的民族主义心理诉求，为读者搭建了广阔的自我装扮空间，使之能够在酒神式的历史想象中超越外在危机所带来的绝望和焦虑情绪；在个体生活层面，作家试图通过塑造具有存在主义色彩的人物形象来探索个性存在的自由空间，为身处危机时代的人们拓出一条维系个性尊严和人格完整的生存之路。这样的主题结构同时也表明，尽管阿库宁在文本形式上追求一种审美差异的融合重构和游戏性的审美形式，但他仍然无法割舍传统俄罗斯文学所普遍关注的精神问题。在思想认识方面，他仍然趋向认同主流文化意识，渴望在小说中表达一种"可被认知的"意义和身份以调和社会矛盾，其整个创作也因此而呈现出明显的意识形态话语性。由是观之，阿库宁小说文本的意义结构是极为复杂的。他的小说创作一方面印证了法兰克福学派关于文化工业意识形态塑型的阐述①，另一方面也带有文化唯物论所强调的文化政治指向，表层叙事与深层语义结构的结合使这些作品成为可供多样诠释的复式文本。为了探知隐藏在作家创作内部的意义，必须采取比大众文学批评更为宽广的研究视角。本章把阿库宁的作品放到文化研究的广阔视野之中进行考察，目的就是为了探究隐含于其作品游戏性叙事背后的、对人性、历史和当下存在的深刻反思和价值批判——阿库宁小说创作的人文思想价值正在于此。

---

① ［德］马·霍克海默、西·阿道尔诺：《启蒙辩证法——哲学断片》，渠敬东、曹卫东译，上海人民出版社 2006 年版，第 114 页。

第五章　文学游戏与历史仿像：阿库宁诗学的矛盾性建构

宏观来看，"阿库宁现象"既是一个审美事件，也是后苏联时期一个重要的文化事件。尽管阿库宁的创作在形式上是对 20—21 世纪之交俄罗斯文化和审美多元格局的狂欢化表现，在主题和内容上则沿袭了俄罗斯传统文学对社会存在和个体存在的关注与思考，达到了一定的思想深度，但从总体上看，阿库宁首先是一位成功地表达了后现代阅读经验的作家。众所周知，俄罗斯文化的"文学中心主义"架构，使文学阅读在二百多年来一直充当着俄罗斯人参与文化生活和社会生活的重要方式，成为"俄罗斯思想"和社会意识形态建构的重要支柱。影响深远的文学中心主义维护了社会文化层级体制，并一度使阅读变异为对精英文化的膜拜行为。然而，20 世纪末的俄罗斯文化转型彻底改变了这种状况：后现代主义和大众文化合谋消解了雅俗文化层级，它们打着"重估一切价值"的旗号倡导阅读的多元化和娱乐化。另外，因为乌托邦梦想的幻灭而对理性主义失去信心的广大读者也厌倦了种种宏大叙事和理性沉思，他们对长期以来被自然化了的经典作品的崇高价值表现出了怀疑，转而以感性娱乐的审美态度来对待文学。作为对这一阅读倾向的回应，阿库宁以其独特的解构思维对经典作品和经典形象进行了游戏性解读，并以此为核心组织自己的文本。这种"作为写作的阅读"策略让阿库宁得以跨越雅俗界限，在对多重审美视阈的融合中构建了不无诗学矛盾性的"中间体裁"，阿库宁的游戏性写作也因之成为当代历史条件下创造"新文化"的一个重要现象。

然而，文本形式上的后现代主义美学倾向，并未妨碍阿库宁建构起一个具有广泛人文关怀的多重意义结构。形式的游戏性与意义的深层化在阿库宁那里被悖论性地结合在一起，这使其创作既有别于纯粹的后现代主义文本，也迥异于纯粹的大众文学或现实主义作品。在上一章中我们已经指出了建构在侦探小说躯壳之下的深层思想意蕴；在本章中，我们将在描述阿库宁创作的后现代主义诗学特征的基础上，考察其小说文本中的历史叙事层面如何通过对历史的仿像化描写重返历史，在后现代文本游戏中与当代语境展开对话，并借助文学与历史在诗学基础上的重构来张扬自我在历史阐释中的主体地位。

第一节　文学游戏：阿库宁小说创作的后现代主义诗学特征

就体裁诗学而言，阿库宁的"中间体裁"作为时代审美分化状况在文学中的一种反映，是一种吸收了多元文学审美价值的艺术综合体。有研究者指出，阿库宁的小说"有机融合了本土侦探小说中所有现存的情节—主题类型元素和后现代主义诗学手法"，认为他的创作是对当代侦探文学分异过程和经典通俗化的形象反映[①]。诚然如此。然而，如果跳出侦探文学的框架范畴，我们会发现遭到阿库宁后现代思维改造的，不仅有经典文学文本，还有侦探小说体裁本身。阿库宁借助后现代主义叙事话语在侦探小说中置入了大量的文本游戏，使自己的文本变成了一个庞大的文学游戏和文本对话的场地，从而在相当程度上拓展了小说文本的审美空间。

因为文本中复杂而备受争议的互文性，鲍里斯·阿库宁的小说一直是批评界关注的焦点之一。著名文学史家马·利波维茨基认为阿库宁利用互文性"不仅在情节中，而且在读者意识中"展示了历史上那些陈规定见的不可靠性[②]，而这正是典型的后现代主义怀疑和解构视角；列夫·达尼尔金发现了阿库宁的作品与荷马和乔伊斯文本的内在呼应[③]，他据此将阿库宁称为进行"多层次写作"的后现代主义作家；批评家娜塔莉亚·伊万诺娃将阿库宁现象视为专以解构和戏拟经典为基本写作技法的"俄罗

①　Осьмухина О., "Детектив 2000-X Годов Как Полихудожественный Текст: 《Чёрный город》 Б. Акунина", Под Ред. Скворцова В. Н., *Пушкинские Чтения – 2013. Художественные Стратегии Классической и Новой Литературы: Жанр, Автор, Текст. Материалы Международной Научной Конференции*, СПб. : ЛГУ, 2013, с. 55.

②　Липовецкий Марк., "ПМС (Постмодернизм Сегодня)", *Знамя*, No. 5, 2002, с. 200 –211.

③　Данилкин Л., "Убит по Собственному Желанию", Акунин Б., *Особые Поручения*, М. : Захаров, 2000, с. 314.

斯艺术"（pycc-apt）的典型代表①，她试图以这个批评术语暗示这一后现代文学流派与概念主义"社会主义艺术"（coц-apt）之间的联系。上述观点均将互文性和后现代主义界定为阿库宁诗学的核心观念。的确，阿库宁利用种种互文手法在自己的作品与他人文本和历史文本之间实现了联姻，从而使其创作在整体上带有了毋庸置疑的后现代艺术形式特征。然而与执着于社会政治诉求的俄罗斯后现代主义文学主流不同，阿库宁展示了后现代语境下大众文化对经典文学的侵蚀，以及具有差异性的多元文学话语的融合重构。因此，对"阿库宁现象"的解读不应局限于大众文学范畴，还应在后现代语境中对之加以考察。典型的后现代主义矛盾思维使阿库宁得以跨越雅、俗疆界，在当代大众文化语境中重写经典和历史，为读者营建了一个开放的多元审美空间。这既是其文学重构意识的反映，也是俄罗斯后现代文化精神的大众化表达。

一　解构经典：阿库宁文学游戏的基本图式

阿库宁所从事的文学互文游戏并非仅如伊万诺娃所言是"吸食俄罗斯经典文学作品的吸血鬼"②，它更多地代表了一种后结构主义的阅读策略。众所周知，所谓的经典作品在经典化的历史过程中被赋予了"只读"属性，如何发掘并接受深蕴其中的、被作者构思和文化体系所预置的"意义"似乎成了我们阅读经典作品的唯一选项。然而，在文学和批评的科学性原则遭到后结构主义者们的否弃之后，文学作品已经不可能再被当作一个有着稳定的预置意义结构的封闭实体来看待了，它成了罗兰·巴尔特所谓的"文本"——也就是永远不会中心化或本质化的开放的多元体，或者无始无终的能指游戏的载体。在后结构主义理论看来，文学是一个可以在其中游戏的自由空间，而不是意义的储藏室。巴尔特对"可读的文本"和"可写的文本"这两个概念的区分，同样也可被用于针对同一个文本的不同的阅读策略。当我们带着"可写的"态度走进一个文本时，就会发现它并没有绝对确定的意义，也没有完全固定的所指，它只是多种符码的编织，而从这些符码之中，读者可以"开辟出自己的至歧之径"③。

---

① Иванова Н.，"Жизнь и Смерть Симулякра в России"，（http：//magazines. russ. ru/druzhba/2000/8/ivanova-pr. html）.

② Там же.

③ ［英］特雷·伊格尔顿：《二十世纪西方文学理论》，伍晓明译，北京大学出版社2007年版，第135页。

阿库宁用仿写、戏拟、改写等互文手法所进行的文本游戏，正是出于辟建一种更加大众化的"至歧之径"的意图。当他把对经典作品的"可写化"阅读转化为写作策略之时，就成功地利用互文性在自己的文本中搭建了一个能指游戏空间，从而引领读者一起体验了"写作的快感"。①

典型的阿库宁式的互文游戏有着相对稳定的图式，它是通过对源文本内叙事符码的取舍、转换或重置来实现的。按照罗兰·巴尔特的观点，任何叙事都是不同符码的交叉融合，在他所区分的组织叙事的五种符码②之中，文化符码和象征符码是经典作品建构含蓄意指及意义深度的主要支柱，而阐释符码、意素符码和布局（情节）符码则是构成直接意指系统的必要元素。通过对源文本内部各种叙事符码的取舍、转换或重置，阿库宁利用互文游戏实践了一种既有大众文化趣味性又不乏后现代美学指向的"组合文学"（мультилитература）③ 形式。

在对前人作品的改写、仿写和戏拟中，阐释符码、意素符码和布局符码因其通俗性和易复制性而得到阿库宁特别的青睐。我们试以长篇小说《费·米》（Ф. M.）为例来加以分析。这部小说在叙事结构上采用了布尔加科夫《大师与玛格丽特》式的嵌套模式，将"遗失的手稿"内嵌入"发现手稿"的历险故事之中，其中作为"遗失的手稿"的侦探小说《理论》（Теорийка），就是基于从陀思妥耶夫斯基《罪与罚》中抽取出来的布局符码和阐释符码的转换和重组改写而成的。在这个改写版本中，原作中的文化符码和象征符码几乎未被转述，相应地，它们所指涉的陀氏的深刻运思也就消失殆尽。通过对原著中谋杀情节的聚焦放大，阿库宁故意悖逆读者的期待视阈，在戏拟中蓄意破坏已被主流批评自然化了的陀思妥耶夫斯基式的复式文学语言——即利用直接意指达成含蓄意指的语言体系。这样一来，通过对原作中某些文本符码的突出强化和刻意渲染，《费·米》衬映出陀氏对一桩原本普通的谋杀案所进行的深度意义化。通过"重现"历史上被边缘化了的作品（《理论》），这部小说对被中心化了的作品（《罪与罚》）提出了质疑。在《理论》这个改写版本单纯而苍白的背景下，陀氏小说的宏大话语建构本质被刻意突出，《罪与罚》中艰涩难

---

① ［法］罗兰·巴特：《S/Z》，屠友祥译，上海人民出版社 2012 年版，第 2 页。

② 同上书，第 27—33 页。

③ Черняк М.，*Отечественная Проза XI Века*：*Предварительные Итоги Первого Десятилетия*，СПб, М．：САГА：ФОРУМ, 2009, c. 14.

懂的伦理命题、深蕴书中的宗教寓意和文化内涵，甚至其思想小说形式本身，就这样在改写游戏中遭到了作者戏谑地解构。由此不难看出，阿库宁用另一套（即侦探小说的）符号体系对同一个故事所进行的通俗化改写，摆脱了文化符码和象征符码的羁禁，向文学创作的思想原创性、意义深度化和社会功利指向发出了挑战。这暴露了文学作品甚至是被宣布为最严肃的经典作品的建构本质。从这一角度来说，《理论》与《罪与罚》之间的对立实际上喻示了文学两极之间的紧张；而通过将这两者纳入互文语境，阿库宁的《费·米》突破了侦探小说的体裁围限，宣示了审美的差异性。既然中心的建构性已被揭示，那么，《费·米》这样一个宣示差异性的文本便具有了存在的合法空间。强调差异、肯定中心之外的另类（被中心文化长期排斥的大众文学），恰恰是隐含在这部小说中本不应被忽略的后现代主义话语。

在诉诸先在文本时，阿库宁并非总是喜欢摒弃那些与故事情节关系不大的符码，有时他也会将其他文本中的文化符码和象征符码挪借到自己的文本中，对其进行仿像化处理，用之生产出新的所指。作者在《阿扎泽尔》、《死神的情夫》、《五等文官》、《土耳其式开局》等一系列小说中对19世纪末期颓废主义和虚无主义历史形象的描写，就来自于陀思妥耶夫斯基、阿尔志跋绥夫和车尔尼雪夫斯基等人作品中的一些读者熟知的文化符码（如革命运动与恐怖主义、知识分子的迷惘与自杀、合理的利己主义思想等），但这些原本含义丰富的符码在阿库宁这里已被掏空原有内核，转变成了标记历史环境、传达社会情绪和编织故事情节的能指符号。这些意义已死的历史文化符号丧失了现实指涉性，它们无法指向文本外的历史或现实，而只能利用读者的阅读记忆编织出一幅历史的仿像。同样的情况也发生在了阿库宁对契诃夫名剧《海鸥》中那个意象丰富的象征性符码——"海鸥"形象的处理上。在阿库宁发表于2000年的这部同名剧本中，约翰·福尔斯所谓的"以反讽向过去致敬"的后现代态度得到了或许是最生动、最贴切的表达。阿库宁在剧本中继续使用了"海鸥"这个重要的叙事道具，但同时也剥离了它作为文化符号和文学意象符号的象征性所指，反倒突出了它在一桩阿加莎·克里斯蒂式密室凶杀案中的阐释符码价值：作者在滑稽模仿中将其解释为一桩可能的谋杀案的可能的诱因。虽然这个剧本在人物形象结构、情节设计甚至语言修辞等方面充分利用了对契诃夫原著的指涉，甚至在第一幕中完全照搬了契诃夫原著的最后一幕，但由于阿库宁采用了迥异于原著的大众化叙事风格（电影化、情节化、滑稽剧式的降格），在客观上制造出了带有反讽色彩的差异，这使得这部以续写（сиквел）形式出现的剧本表现出明显的对原作的戏拟效果。世界的荒诞、灵性的缺失既是阿库宁剧本在表面上展现出来的文本意义，也是对这些意义的戏拟和符号化。同理，在两幕悲剧《哈姆雷特：版本之一》中，由于主人公哈姆雷特实质上扮演着"侦探"和阴谋家贺拉旭的助手角色，这个蕴含丰富的人物形象因此被剔除了在莎士比亚原著中的象征维度，体现在其中的精神分析价值（如众所周知的弗洛伊德关于俄狄浦斯情结的论述）随之荡然无存，其象征性符码地位亦遭解体。所有这些分析都表明，阿库宁在引入那些广为所知的文化符码和象征符码时，往往通过对这些文学符号的能指与所指之间被自然化了的关系的破拆、通过对能指的转置来削平其中所蕴含的意义深度，力图将之变成导引阅读到他人文本的"文学木乃伊"。各种互文和用典在这里被简化为指向经典作品叙事表层的超链接，语境的稳定性遭到了颠覆。对经典作品的这种"作为写作的阅读"（reading as writing）①策略所形成的互文性，在本质上具有反讽色彩，它倾向于在互文游戏之中解构自己所诉诸的经典作品，将之变成大众化审美活动的客体，在游戏中享受能指的奢华。这里有的只是抹去了历史的记忆和抽离了内涵的形象，原创性写作的观念已经让步于对已有形象的再消费。这样做的阅读效果之一，就是作者所诉诸的文学形象与历史真实之间的界限被刻意抹杀，形象在这里成了重建"历史真实"的基础，结果就是现实被仿像所形成的超现实所取代。这与鲍德里亚描述的仿像社会中的文化生产形式是一致的。诚如鲍德里亚所揭示的，现实的仿像化是后现代主义的典型运作机制②，而阿库宁的"历史侦探小说"就是意欲通过这一运作形式实现文本的历史化。

　　写作由此退变为一种文本游戏。在这里，"文本的意义不是来自于作者对文本的创造，而是来自读者对文本的解释"。③通过互文联系，文本

---

　　①　［英］特雷·伊格尔顿：《二十世纪西方文学理论》，伍晓明译，北京大学出版社2007年版，第139页。

　　②　请参阅张劲松《重释与批判：鲍德里亚的后现代理论研究》，上海人民出版社2013年版，第40—41页。

　　③　［英］特伦斯·霍克斯：《结构主义和符号学》，瞿铁鹏译，上海译文出版社1987年版，第145页。

把读者纳入创作过程，将阅读作为意义显现的终端。借助这些寄居在文本中的各种文化符号，读者在阅读过程中可以获得游戏的愉悦和某种快感的满足。作为文本游戏手法，阿库宁的小说充分利用形象化用、词语歧义等手段来形成象征和隐喻，从而使写作和阅读在一定程度上转变成了设谜和解谜的过程。《阿扎泽尔》的主人公丽莎和艾拉斯特、《黑桃杰克》的主人公摩莫斯、《死神的情夫》中的"死神"等这些形象与其说是理解文本意义的突破口，毋宁说是文本游戏的载体，它们通过对经典形象的指涉将当下文本置于复杂的文学和文化符号体系之中，从而把阅读演变成了一场别开生面的符号游戏。在"反布克奖"获奖小说《加冕典礼，或最后一部小说》（*Коронация, или последний из романов*）中，作者故意利用 романов 这个俄语词本身的歧义（既指"长篇小说"，也暗指"罗曼诺夫家族"）所造成的一语双关效果，赋予这部小说以游戏色彩和幽默风格。这样的语言游戏违背了人们的阅读习惯，导致了以探求文本意义为唯一诉求的传统阅读方式的贬值。由此可见，语言游戏一定程度上造成了审美视点从意义结构到形式技巧的转移，从而拆解了经典作品的意义运作过程，写作由此变成游戏和娱乐的媒介。

　　通过对经典作品的情节、主题和风格的戏拟来颠覆其本身，以游戏功能和娱乐功能来否弃经典文学的社会定位与功利倾向，这是俄罗斯后现代主义文学的美学诉求之一。① 在这一点上，阿库宁与安·比托夫、德·加尔科夫斯基和弗·索罗金等人的后现代主义创作有着相近之处。比托夫等人的作品中浸透了对经典话语的质疑，表现了对传统文化的自觉反思。与之不同的是，阿库宁试图将其重估经典的后现代话语融入大众文本，借以表达当代大众文化的审美态度。从这个角度来说，阿库宁的互文游戏是严肃的。正如昂贝托·埃科所言，反讽可能是当今时代能够保持严肃的唯一方式，因为我们无法忽视先在于我们的话语，而只能以反讽的方式重新思考诸种已有规范。阿库宁认为当代作家不可能从传统真正逃离，但他至少可以选择看待传统的态度：

　　　　倘若不能创造出同样优秀的东西，像先前那样写作是毫无

———————————
① 李新梅：《俄罗斯后现代主义文学中的文化思潮》，中国社会科学出版社2012年版，第77页。

意义的。作家应该以前所未有的方式写作……对一个作家来说，唯一可能理解自己价值几何的方式，就是同已作古的先辈竞争。①

厚重的传统为俄罗斯文学的发展提供了取之不竭的宝库，但同时也束缚了它的手脚。阿库宁不愿意简单地接受经典规范，他利用改写和戏拟所展开的互文游戏，就是同"先辈"展开竞争的竞技场，其中反映了他对经典作品"既使用又误用"②的后现代态度。作为互文游戏的重要艺术手法，戏拟着力强调了模仿对象的矫饰和自我意识的缺乏③，将崇高的主题置入游戏场域中加以降格、解构，以游戏手法和文体来消解这些作品的经典价值。在阿库宁的"体裁"系列中，戏拟成为组织文本意义的基本手法。在这个系列已出版的几部作品中，作者一方面将苏联时期流行的几种消遣文学体裁如"间谍小说"、"科幻小说"、"生产小说"树为模仿对象，另一方面又将这些体裁本身固有的意识形态常量中性化，在戏拟游戏中凸显出其形式和内容上的荒谬。④ 这样的互文游戏代表了对经典文本的批判性重读，揭示了其中被高雅文化意义或政治意识形态所裹覆的另一面；而在更高层面上，它质疑了作品的封闭性和审美的单极性概念，主张以一种多元主义的艺术视野来重构文学。

二　超越雅俗：阿库宁互文游戏的多元开放架构

如上分析足以表明，阿库宁的互文游戏使经典的权威受到了挑战。阿库宁式的写作代表的与其说是来自大众文学层面的对高雅文学的仰止，不如说是立足于整体视野对文学的重构。在这个重构的过程中，对他人文本的互文观照不仅是对过去的消遣，在形式层面更是对文学标准和文学规范的违反。阿库宁的小说以新的模型来绘制艺术与世界的边界，破坏了文学内部的层级界分，打破了诸种体裁规范以及一切看似稳定的艺术标准，将分属不同层级和标准的艺术成分共置于一个文本之中，从而导致了文本结

①　Цитата по：Черняк М.，*Массовая Литература XX Века*，М.：Флинта. Наука，2007，с. 10.

②　这是琳达·哈琴对后现代主义矛盾的基本界定。请参阅琳达·哈琴《后现代主义诗学：历史、理论、小说》，李扬等译，南京大学出版社 2009 年版，第 31 页。

③　陈世丹：《关注现实与历史之真实的美国后现代主义小说》，厦门大学出版社 2012 年版，第 146 页。

④　Черняк М.，*Массовая Литература XX Века*，М.：Флинта. Наука，2007，с. 195 – 197.

构的多层化和开放性。在阿库宁的文本世界中，文学（文化）等级作为社会等级的一种象征形式，已经土崩瓦解了。

　　总的来说，阿库宁的互文游戏在不同的文本层面均有所表现。他善于将他人文本中的情节、形象、语言和结构等元素兼收并蓄于自己的文本之中，既以统一的侦探叙事对之进行调谐，又以并列共存标明了不同话语之间的差异。从根本上讲，这种互文游戏手法源自作家独特的狂欢式艺术视觉，正是这样的艺术思维赋予他以"交替与更新"的精神，促成了一种开放多元的创作观念和兼收并容的创作手法。在阿库宁的艺术视野中，传统的文学层级秩序和价值属性得到重估，横亘在严肃文学和大众文学之间的高墙在瞬间倒塌。在其看似纯然游戏的互文式写作中，多元审美立场找到了一个对话的空间。在这里，对话不仅外在地表现为阿库宁创作所特有的多体裁性，还内在地表现在文本中雅、俗文化元素之间的共容和互动。这种艺术自觉在小说《费·米》中表现得最为鲜明。这部小说充分利用了作为大众体裁的侦探小说和作为高雅文学的思想小说之间的张力，通过戏拟游戏为读者打开了理解《罪与罚》的另一个视角。在阿库宁的艺术虚构中，侦探小说《理论》和思想小说《罪与罚》都出自陀思妥耶夫斯基笔下，是基于同一题材的不同叙事形式，但是由于经典话语的强势在场，《理论》被作家本人定性为庸俗小说而成为弃稿，未能进入同时代读者的视野。这段有趣的情节显然是作者虚构出来的，旨在展示叙事被单义化的过程或曰一部作品被边缘化的历史。《费·米》这部带有元历史小说形式特征的作品所做的，就是重新找回那些"被历史遗落的边缘文本"（当然这是阿库宁虚构的产物），以对文学创作本身进行反思。在主人公尼古拉斯寻找陀思妥耶夫斯基手稿的过程中，文学创作的虚构性得以展现。在小说的第一叙事层面，阿库宁通过"发现手稿"这样一段伪历史叙事消解了历史真实与文学虚构的界限；而在第二叙事层面，作者打破了经典文本的传统封闭结构并对之进行"另类的"再叙述，从而颠覆了传统文学批评所设定的雅俗界限，揭示了文学写作的不确定性和文学阐释的非唯一性。通过讲述一个《罪与罚》的异文故事，阿库宁将两种叙事之间的强烈对比导向对叙事行为本身的反思。这种对比显示，《罪与罚》的经典叙事既创造又阉割了意义，剥夺了读者以其他方式理解故事的权力。这样一来，作为虚构的产物，《罪与罚》的心理现实主义或曰最高现实主义的地位就受到了质疑，它和《理论》之间的价值分野也就因之变得不再像初看上去那样泾渭分明和明确无误。

经典和历史就这样在大众文化语境中被重新叙述。如同在《费·米》中一样，破除文学经典霸权、为大众文学立言，似乎是阿库宁许多小说的审美意图。然而，阿库宁在改写高雅文化的艺术形式并将其转化为大众文学语言的同时，并未满足于对经典的一味戏拟；狂欢式的艺术思维使他同样反对大众体裁的中心化。在谈到创作小说《费·米》的初衷时，阿库宁曾这样解释自己的构思："（创作这部小说）一方面出于对费多尔·米哈伊洛维奇·陀思妥耶夫斯基的热爱，而另一方面则是对当代通俗时髦文化（поп-глянц-культура）的强烈厌恶。我想让这两个语层相互抵牾、冲突，好看看孰好孰坏。"① 在《费·米》中，阿库宁不仅立足当代大众文化对经典进行了反思（如前所述），而且也反过来从经典文化视角对大众文学进行了批判。在小说的结尾，阿库宁以陀思妥耶夫斯基的口吻否定了《理论》的文学价值，从而将经典文学与通俗文学的冲突直接地呈现出来，并启发读者对之进行反思。可见，这部小说对经典文本和大众文本的同时讽拟，一定程度上发掘了小说的意义结构。将矛盾双方通过互文关联并置一处，以此生产出更加丰富而深刻的意义，恰是阿库宁"中间体裁"的主要诗学特色。

此外，阿库宁常常将其所诉诸的侦探小说体裁置于讽拟和质疑之下。在其最受欢迎的"新侦探小说系列"中，汇集了世界文学史中曾出现过的不同类型、不同风格、不同题材的侦探小说样式，但作者在模仿这些体裁模式的同时，又不时地越出其疆界，在不同文本层面表现出反侦探小说倾向。阿库宁从来就不是某种既有体裁的忠实守法者。他从不安分于在体裁框架内写作，因为他对完全封闭的故事结构根本不感兴趣。他善于把多种体裁元素拆分，然后进行重组，再构一种让读者感到既熟悉又陌生的叙事形式。他笔下的侦探主人公凡多林和佩拉盖娅部分地模仿了福尔摩斯和马普尔小姐等经典侦探形象，他们也同其原型一样表现出了卓绝的推理才能和行动智慧，但同时却又对福尔摩斯等人所深信不疑的理性主义表示了怀疑，在行动上则时常表现出无力状态，因此在一定程度上是"失败的侦探"形象。此外，古典侦探小说的基本时空体是弗莱所谓浪漫剧式的，

---

① Цитата по: Под ред. Тимина С., *Современная Русская Литература Конца XX – Начала XI Века*, М.: Издательский центр *Академия*, 2011, с. 241.

即"一个从不发展又不衰老的中心人物经历一个连一个的冒险"① 式的人物情节模式，然而阿库宁却倾向于把侦探（特别是凡多林）塑造成一个具有发展个性的形象，赋予其一定的历史厚度。在叙事结构上，阿库宁的小说在基本遵循古典侦探小说的叙事模式的前提下，有时会通过故意违反"设谜——解谜——释谜"三段式结构来打破封闭的情节程式，通过"释谜"的缺席将阅读过程重又导回故事本身，以形成更深层次的"再阅读"（如《加冕典礼，或最后一部小说》）；或者在完整的三段式完成之后重又设定一个新的未解之谜，将阅读导向故事之外的哲理层面（如《佩拉盖娅与红公鸡》）。有时阿库宁甚至会利用叙事与游戏的混淆来蓄意破坏文本结构的封闭性（在《费·米》中，作者提议读者参与到一场找寻波尔菲利·彼得洛维奇的戒指的有奖游戏中来），通过打断叙事的线性进程来阻滞阅读的顺利进行，将阅读引向叙事之外。相较于以上所列诸作，剧本《海鸥》在反体裁方面可以说走得更远。剧中所有线索都似乎是平行的，但最终都导向同一个结果，这种叙事结构显然有悖于传统侦探小说所严守的单一因果关系，它向读者展示了导致一个既定结果的无限可能性。很明显，这部剧作在续写契诃夫名著的同时，也模仿了阿加莎·克里斯蒂《东方快车谋杀案》中的情节结构。然而在阿库宁的《海鸥》中，故事情节的因与果之间的关系变得如此游移不定，文本符号的能指和所指之间的联系变得如此模糊不清，以至于我们根本无法确定本案的真正凶手，最后甚至连谋杀事实本身是否存在也需要重新确认。在这里，不但认识真理的单一线性途径受到严重质疑，就连真理本身的可知性也成了悬而未决的问题。阿库宁在解构经典文学意义的同时，也解构了他所借用的侦探小说体裁，从而去除了套在"海鸥"头上的一切枷锁。"没有结果的结尾"在叙述形式上破坏了侦探小说稳定的体裁程式，在认识论上否定了侦探文学的哲学思想基础，在思想内容上则因拒绝了文学的伦理教化功能而表现出明显的反人文主义倾向。可见，通过一个突破了传统文学禁忌的文本游戏，阿库宁使《海鸥》变成了一个真正的开放式文本。

所有上述这些反体裁特征，都如意大利学者塔尼所言，必将挫败读者的体裁阅读期待，并将后现代世界的不可知性和不确定性呈现给读者②。

① ［加］诺斯罗普·弗莱：《批评的解剖》，陈慧译，百花文艺出版社 1998 年版，第 226 页。
② 胡全生：《在封闭中开放——论〈玫瑰之名〉的通俗性和后现代性》，《外国文学评论》2007 年第 1 期，第 99—100 页。

由此不难看出，阿库宁小说文本结构的多层次性代表的是对文学多元价值的认同，以及对任何确定的、被中心化的文学形式的拒绝。阿库宁式的文本游戏既借用又质疑了其所诉诸的文本或文体形式，在他的创作中，高雅文化和通俗文化、精英文学和大众文学的界限已然被打破。借用弗·杰姆逊的话来说，这不仅"填平了批评家和读者之间的鸿沟"，而且"弥合了艺术家与读者的裂痕"①，从而使他的整个创作呈现为一种后现代主义的多元主义话语形式。

通过如上所示的不同文本层面的互文性，阿库宁的小说在形式上混糅了具有差异性的多元文学话语。复杂的互文联系，特别是戏仿式互文性，将阿库宁的文本置入历史和文学的复杂的文本世界与指涉系统之中。阿库宁的作品既从其自身、也从这种互文性中获得意义。如要深入理解阿库宁创作的文学美学意义，就必须熟知与之存在互文联系的种种前文本。我们在本书第三章中曾论及阿库宁文本的开放性特征，其实这不仅是文学狂欢化艺术视觉的产物，在更大的时代文化背景下，这更是后现代主义文本的典型特征。后现代主义者们将整个世界都视为文本的汇集，他们坚称任何文本都是对另一个文本的吸收与创造（茱莉亚·克里斯蒂娃），任何文本都是互文本（罗兰·巴尔特），只能存在于同其他文本之间复杂的指涉体系之中。这种存在状态决定了文本的未完结性。阿库宁的小说中无处不在的与其他文学文本、文化文本和历史文本之间的互文联系，足以佐证所谓的"原创性写作"的不可能性，并且不独大众文学中是这样，精英文学领域亦是如此：在《罪与罚》之前已有《理论》的存在；《海鸥》也受到簇集于其周围的文本域的影响。任何文学文本实际上都无法脱离互文性而存在。这样一来，写作不再是作者个人的事情，作品的意义也会因为受到外在文本的干涉而无法真正地被固定下来。阿库宁的小说便是如此，丰富的互文能指性决定了其小说阐释方案的多样化和意义结构的开放性：随着读者对小说文本中隐显互文的不断发现，小说文本只能被接受为永无完结的意义游戏，这导致对之所做的任何阐释都不可能仅被局限在大众文学的既定框架之内。同一部《佩拉盖娅与红公鸡》在不同的互文向度上既可以当作侦探小说来阅读，也可以当作哥特小说、历史小说、反侦探小说

---

① ［美］杰姆逊：《后现代主义与文化理论》，唐小兵译，北京大学出版社1997年版，第165页。

甚至启示录小说来阐释。小说文本的多层次性质疑了统一性和原创性观念，直接导致了意义结构与文本接受的开放性。而这正是以背离传统为要旨的后现代主义文本观在创作实践中的典型表现。

巴尔特认为当代写作不再是单个声音的"表现"（如经典作品那样），而是多声音、多符码的编织，是对被阉割的单义性阅读的拒绝。① 文本的多义性和多声性具体表现为"作者之死"，也就是文本意义由作者范畴向读者接受范畴的转移。传统上，作者被认为是原创行为的实施者，然而罗兰·巴尔特质疑了这种观念，他使用"文本撰写者"一词来代替"作者"这一概念。作者不再是最初意义的拥有者和终极意义的决定者，他与读者一起进行着写作活动。在他的文本中，重要的是读者在接受过程中的心理活动所产生的意义。开放性文本因其丰富的互文性可以产生不同的阅读策略，它允许读者将自己的理解、自己的文化、自己的阅读经验带入到文本之中，成为真正的"合著者"。一定程度上可以认为，阿库宁就是在巴尔特意义上进行写作的：他意欲借助互文手法在同一文化空间内并容高雅文学和通俗文学的某些元素，从而赋予文本以"媚俗"和"媚雅"双重编码结构，进而构成了对传统"作者"概念的颠覆。这一点可以解释为什么阿库宁的同一部作品往往会受到如此众多的分属不同文化需求和审美层次的读者的关注。其文本结构的开放性导致了文本意义的多层次性和不确定性，阅读本身成了一种文本游戏。在这场游戏中你可以有各种各样的感受体验，但你无法获得唯一确定的意义。这是因为意义机制本身具有了多元开放性，是由一个相互之间具有对话关系的互文性语境来决定的。这个语境的边缘始终变动不居，一切的阐释活动都会继续拓展语境的范围。② 就整个文化背景来看，这样的文本结构既是对不同受众阅读需求的迎合，在更大的文化背景下亦可被视为后现代语境中"跨越边界"美学原则的体现。阿库宁的文学史意义就在于，他在消解传统的精英文化与大众文化

---

① ［法］罗兰·巴特：《S/Z》，屠友祥译，上海人民出版社 2012 年版，第 218 页。

② 文本的开放性意味着阿库宁小说的出版并非创作的最终完成，因为读者群体会不断地通过重新阐释来使文本意义增值。有意思的是，阿库宁本人也经常参与到这种"无尽头的阐释"过程之中，而其最为有趣的参与方式之一就是当代大众媒体（参见其博客"热爱历史"）。这构成了其创作在整体上的跨媒体性。正是通过博客，阿库宁将自己的小说置于作者与读者、小说与博客的对话之中，这种对话赋予小说文本以无始无终的、永无完结的存在形态。这不仅影响到人们的阅读习惯，而且也从根本上挑战了文学史中的一些基本概念，如"作者"和"作品"等等。

二元对立的基础上开拓了文学的第三空间，依托复杂多元的文学语境构建了一种独特的书写模式。所以，阿库宁的文学创作绝不仅是一个大众文化现象，它更是一个复杂的文学和美学现象，客观上反映了 20—21 世纪之交俄罗斯文学进程的复杂性和多面性。

三　融合审美：阿库宁的小说创作与后现代文化意识的契合

对阿库宁式互文游戏之文本功能的如上分析，让我们意识到有必要对其文化身份进行更加深入的思考。我们认为，阿库宁既不是一个纯粹的"商业方案"①，亦非"最后一个经典作家"②，而是一个具有审美矛盾性的后现代大众文化现象。他的创作作为一种文学现象并非孤立的个案，它实际上折射了后苏联文学在后现代语境中的嬗变和重构本质。

昂贝托·埃科曾指出，后现代主义不仅是一种艺术操作方式，它更是一个精神范畴和艺术意识③，所以后现代主义首先应被理解为对过去和当下进行批判性反思和重写的产物。由于面对的"过去"和"当下"不同，后现代主义在苏联和欧美有着不尽相同的表现形式。苏联后现代主义文学将极权政治和文化体制树为自己的批判对象，侧重对国家政治意识形态及其中心主义话语的解构；而西方后现代主义则主要是对晚期资本主义文化逻辑的把握，正如费德勒和詹姆逊等一些后现代理论家所指出的那样，是经典文化霸权解体和大众文化发展所带来的结果。因此，前者的社会政治性比较明显，而后者的文化政治性似乎更为突出。兴起于西方的后现代主义思潮将其批判利刃指向现代主义套在文学艺术头上的审美囚笼，因此其首要任务是"摧毁了现代主义艺术的形而上常规，打破了它封闭的、自满自足的美学形式"④，从而将审美释放出来，恢复其与人民大众的联系。这样的历史语境让后现代主义与大众文化选择了同一阵线，并且将大众审美形式反讽性地借用于对弗·利维斯所谓的"少数派文化"的抵抗，以此对现代主义所欲确立的符号权力话语进行解构。正是出于这个原因，在晚期资本主义的西方文化中，大众文化同后殖民主义、女性主义、酷儿理

---

① Бодаренко В. , "Акунинщина", *Завтра*, 2001 - 1 - 23 (4) .

② Быков Д. , *Блуд Труда: Эссе*, СПб. : Лимбус Пресс, 2007, с. 80.

③ Umberto Eco. *Postcript to The Name of The Rose*. 转引自孙慧《埃科文艺思想研究》，博士学位论文，山东师范大学，2009 年，第 133 页。

④ 基特勒：《后现代艺术存在》，载柳鸣九主编《从现代主义到后现代主义》，中国社会科学出版社1994 年版，第 13 页。

论等现象一样，成了重要的后现代主义话语资源。在费瑟斯通看来，后现代主义的定义本身就显示了日常生活与艺术、高雅文化与大众文化之间对抗性关系的消失。① 西方后现代主义文学的反审美倾向，往往表现在快餐性、大众性和感官消费性等一系列通俗文学的特征。正如英国学者霍尔·福斯特所言，后现代主义的反审美实践"构成了对审美特权王国的否定"。②

　　今天来看，在苏联解体之后，生活在社会文化转型期的俄罗斯人实际上经历了近似西方式的后现代体验，也就是埃科所谓的精神危机的诗化过程。极权体制的崩解成了一场自发的去中心运动，俄罗斯从一个极权国家一下子就进入了西方式的后工业社会（至少在文化表征上带有后工业社会的面貌），其表现就是整个社会普遍否认绝对价值的存在，而只承认多样选择的可能性。这种社会和文化转型所带来的思想的支离破碎和社会生活的混乱无序激起了不无矛盾性的社会意识：一方面它启发了人们对秩序的本能渴望，另一方面也引起了人们对秩序范式本身及其代表的一统性的怀疑。这种矛盾状况随着弗·索罗金、维·佩列文、维·叶罗菲耶夫等一批作家对苏联意识形态孜孜不倦的解构而愈演愈烈。而与此同时，兴起于这一时期的大众文化也趁机发动了一场"针对人类及其文化的暴动"③，这更使得统一性文化和整体性意义成为不可能实现的蜃景幻像。历史终结的后现代意识让俄罗斯人感觉到他们面对的只能是一个失去了意义的世界。利奥塔所说的主叙事的缺席，让当代俄罗斯人无力对潮涌而至的西方大众文化形象作出理性反应，他们只好在对这些文化符号的消费中臆求替代性满足，而不愿、亦无力去重建一种意义模式。

　　阿库宁的创作就是这种历史语境的产物。他一方面顺应了转型期的文化反思意识，借用后现代主义和大众文化反崇高、非中心的解构思维来消解经典文学的传统价值以及由其确立的文化秩序，以迎合当代读者的文化消费需求；而另一方面，他又对其所借力的大众文化表示了本能的质疑，并试图解除后者施于当代人的魔力，以创造一种介入高雅文学和低俗文学之间的"中间体裁"。这一点与西方后现代主义文学对通俗体裁的借用有

---

　　① 张劲松：《重释与批判：鲍德里亚的后现代理论研究》，上海人民出版社 2003 年版，第 41—42 页。

　　② 孟庆枢、杨守森主编：《西方文论》，高等教育出版社 2007 年版，第 437 页。

　　③ Филиппова Т. ，"Полный Постмодерн"，*Библиотечное Дело*，№. 18，2012，с. 1.

着相似之处。只要大致扫描一下半个多世纪以来的世界文学就不难发现，从埃科的《玫瑰之名》到马尔克斯的畅销小说，后现代主义和大众文化的亲缘性愈加明显。莱斯利·费德勒甚至认为后现代主义小说实际上就是通俗小说，是反艺术和反严肃的大众神话形式。[①] 詹姆逊也指出了"比较新的后现代主义"对大众文化的迷恋，以致高等艺术和商业形式之间的界限越来越难以厘定。[②] 后现代主义作品走上了通俗化、大众化的道路，表现出雅俗合融的倾向，并因此形成了自相矛盾的"通俗—学术"[③] 身份。这一身份赋予后现代主义小说以更广域的审美属性。加拿大学者琳达·哈琴将矛盾性规定为后现代主义的基本美学特征，她进而将《玫瑰之名》等兼通雅俗的小说解释为典型的后现代文本，因为它们既使用又误用、既确立又颠覆了精英文学和大众文学的规范[④]。根据这一观点，阿库宁的某些作品如《费·米》、《海鸥》、《哈姆雷特：版本之一》、《课外阅读》等，也应当被归入哈琴意义上的后现代主义小说之列。正如前文所述，这些作品既以戏拟的姿态颠覆了精英文学自命不凡的经典身份及其宣称的普世真理，又不时地从内部嘲讽了自身的商品化过程。试图对经典进行通俗化阐释却又不愿否定精英主义、意欲认同大众文化的民主化审美理念却又无法对之全盘接受，这构成了阿库宁"中间体裁"无法规避的内在矛盾性。

就其实质而言，阿库宁诗学上的这种矛盾性结构，是当代俄罗斯文学进程中雅、俗审美意识既碰撞又融合的一个历史剖面，它反映出的是一个特殊历史时期的美学对话或对话美学。其实，这种矛盾性也是世纪之交俄罗斯文化转型期的典型特征，它具体表现为基于当代语境对已有文化艺术的矛盾性回顾：这一方面是怀旧式的眷恋，另一方面也是反讽性的重读。阿库宁未必是自觉的后现代主义者，其作品也不可能成为新的后现代主义经典文本，但他作为一个时代作家深切地感受到了俄罗斯转型期的文化意识并努力对之作出反应。他在自己的小说文本中并置了不同艺术形式

---

① 黄禄善：《美国通俗小说史》，译林出版社 2003 年版，第 3 页。

② ［美］詹明信：《晚期资本主义的文化逻辑》，陈清侨译，生活·读书·新知三联书店 1997 年版，第 398 页。

③ ［加］琳达·哈琴：《后现代主义诗学：历史、理论、小说》，李扬等译，南京大学出版社 2009 年版，第 62 页。

④ 同上书，第 28 页。

（如《黑色之城》对电影叙事和小说叙事的混融）、不同体裁和时代的话语，试图借由后现代艺术观念打破文学审美的封闭性，重构一种可被更广泛接受的民主化、大众化的审美形式。他的作品对精英文学的原创性和经典性的亵渎，以及带有自我指涉倾向的对大众文学蚕食崇高价值的反讽，正是出于营建一种更加开放的多元审美空间的努力。这种矛盾不定性一方面反映了作者在对话中融合审美的文学重构理念，令阿库宁的创作变成了一个意义模糊但又充满生机的文学实验场；而另一方面它也形象地反映出后苏联社会既尊重差异、多元、自由的文化氛围，又深切感受到与传统的断裂所导致的"精神分裂"状态的这样一种两难困境。正是从这个角度来说，我们认为完全有理由将阿库宁的创作视为世纪之交俄罗斯文学和文化进程中的一个"症候性现象"。

　　著名作家和批评家德·贝科夫曾称阿库宁的作品为"妙趣横生的文艺学"[1]，但他并未充分揭示出阿库宁"解冻俄罗斯经典文学"[2] 的文学史意义。阿库宁现象是充满了解放与狂欢激情的转型时期的产物，这个时期的文化中交织着僵化体制被打碎之后的兴奋，以及对未来文化民主的热望，互文游戏使阿库宁以一种轻松活泼的美学形式传达了这一文化精神。在这种文学游戏中，以现实主义、理性主义和经典至上为特点的俄罗斯传统文学得到重估，作为他者的大众文化得以进入到一个雅与俗、新与旧的对话空间，参与到文学的重构当中。作为一个方兴未艾的文学现象，阿库宁的创作与文化转型期的狂欢精神以及后现代主义去中心化、尊重差异的多元审美取向是完全融通的，其中蕴含了后苏联文化转型时代的典型矛盾和内在悖论。

第二节　历史仿像与主体建构：阿库宁小说创作的新历史主义倾向

　　上面我们已经揭示出阿库宁喜欢通过互文手法来重写他人的文本。其实，得到阿库宁重述的不仅有经典文学作品，还有不同时期的俄罗斯历史。

---

①　Быков Д. , *Блуд Труда*：Эссе，СПб.：Лимбус Пресс，2007，с. 80.

②　Там же，с. 89.

阿库宁把历史作为审美客体置于小说叙事语境中予以审视，通过历史意识与文学想象的结合来重构历史场景，既传达了一种充满怀乡情结的历史美感，又带给人以心理慰藉和精神愉悦的审美感受。此外，通过对历史这一特殊审美客体的演义，阿库宁的小说在客观上强调了审美对历史的自由超越性，同时也就突出了人在历史审美活动中的主体性地位。在历史感断裂、意识纷乱的当代转型时期，借助历史叙事来掌控历史认识、确立历史主体性、抚慰迷失于历史中的心灵，是阿库宁的小说所能带来的值得关注的一种心理效果和文化效果。阿库宁之所以能被评为"21世纪第一个十年中最受欢迎的俄罗斯作家"①，应与其对历史的审美化重构有着很大的关系。

阿库宁的小说之所以能够构成一种历史叙事，主要是因为其中再现了特定历史时期的物质世界形象和语言形象，描绘了各阶层的社会风俗画面，营造了逼真的历史文化氛围。阿库宁在文学游戏之中回归历史叙事的行为，部分地或许是出于对后现代主义解构一切意义的怀疑和不满。因为正如哈琴所言，一切历史思考，即使是非严肃的思考，都是一种"评判性思考和语境化思考"②，亦即历史意义的建构行为。仔细审视之下，我们发现在阿库宁小说的历史叙事层面，就如同在其文学游戏中一样，也同样存在着典型的矛盾结构：作者既钟情于后现代主义颠覆式的历史叙事游戏所带来的自由和快感，却又寻求在小说中建立一种现实主义的叙事确定性；既孜孜不倦于对经典和历史的解构，又始终怀有对重建历史和现实的渴望，并将在历史碎片的语言表征中重建历史影像视为自己小说创作的旨归。这种矛盾性使阿库宁采取了一种妥协的写作策略，即以文学化的历史叙事来实现历史性和主体性的回归。这使我们有理由把他的创作置于新历史主义的文化诗学视阈，在历史的文本性和文本的历史性的融合中展开双向考察。

历史的确是阿库宁小说叙事的重要层面，这也是他的作品之所以能够吸引读者的重要砝码。然而必须指出的是，阿库宁笔下的历史与历史学著述所描写的历史截然不同，甚至与我们所熟悉的历史演义小说对历史事件的再现方式也迥然相异。他提供的是一种完全文学化了的历史审美形象：通过把真实的历史事件、虚构的故事情节与读者的文学记忆结合在一起，

---

① *Комсомольская Правда*, 2011 – 11 – 28.

② ［加］琳达·哈琴：《后现代主义诗学：历史、理论、小说》，李扬等译，南京大学出版社2009年版，第120页。

他对 19 世纪末 20 世纪初以及 20 世纪末俄罗斯的社会状况进行了仿像化再现，这让读者可以依赖自有文学经验在虚构与想象中体验历史。也就是说，这是一个典型的历史审美活动，其目的在于满足审美主体的心理情感需要，而非最大可能地靠近历史客体本身。同时，作为在当代社会的文化生活中具有一定影响力的大众文化现象，阿库宁的"历史侦探小说"写作本身亦已成为一个历史现象，它在对某些永恒问题和迫切问题的解读中为读者提供了一种理解俄罗斯命运的独特的"历史哲学"，发挥着不容忽视的文化功能和社会职能。

一　历史仿像：阿库宁历史叙事的文本性

在传统历史主义者那里，历史书写一般被认为是通向真理的途径，历史本身想当然地被赋予了某种客观真理性，而历史学家们也因此把认识所谓的"客观历史"作为自己的终极任务。然而在后现代语境中，历史的客观性及其真理地位却遭到了强烈的质疑。海登·怀特等一批新历史主义者悬置了历史的客观性，而是从文本——语境关系的角度提出并强调了历史的"文本性"。他们认为，尽管历史并非文本，但只有通过文本的形式才能被认识，"如果没有社会历史流传下来的文本作为解读媒介的话，我们根本没有进入历史奥秘的可能性。历史不是铁板一块，而是充满需要阐释的空白点，那些文本的痕迹之所以能存在，实际上是人们有意识选择保留与抹去的结果，可以说历史中仍然有虚构的元话语，其社会连续性的阐释过程复杂而微妙"。① 这一点决定了任何历史文本都无法摆脱深层的诗性结构，一个全面而真实的历史因而是不可能被真正认识到的。历史的不可再体验性使得其客观性无以为据，历史痕迹只能掩映在各种文本，尤其是历史文献和文学作品之中，而成为形形色色的话语的对象。因此，我们只能接触到被阐释、被叙述的"历史"，也就是出于某种意识形态或审美需要而被建构出来的虚拟之物。这样一来，作为元话语的新历史主义就重新考量了文学话语和历史话语的关系，拉近了两者的距离，并对历史撰写和历史题材小说的创作产生了深刻的影响。作为当代俄罗斯历史写作中的一个独特现象，阿库宁的创作显然受到了历史解构思想的影响，他的小说对作为本事（фабула）的历史事件与虚构故事在诗性基础上的重构，就

---

① 王岳川：《后殖民主义与新历史主义文论》，山东教育出版社 1999 年版，第 185 页。

是弥漫于俄罗斯文化转型期的历史审美化意识①的一种大众化表述。

应该说，阿库宁对历史的理解已经超越了旧历史主义观念。他试图通过其非连续性历史观来解构关于历史客观性的神话，因而他的历史认识带有明显的后形态理论倾向。在新近出版的《俄罗斯国家史》（第一卷）序言中，阿库宁相对系统地阐述了自己的历史观。他认为历史就是一个像"黎明前的昏暗"那样由混沌逐渐明晰的认识过程，一切遗留下来的历史信息都是"晦涩不明"、"断裂无序"且经常是"自相矛盾"或"毫无真实感"的，因此一切历史问题都没有自然而然、确切无疑的答案，所谓的答案实际上"只是推测和猜测"。② 面对零散的历史碎片，历史学家会受到"赋予历史以条理性和逻辑性的诱惑"，所以千方百计地想把已发生的事情"解释清楚"，其结果就是各种推测和猜测被赋予"事实的形式"③，变成了所谓的历史真实。阿库宁坚持认为，历史学家实际上同样无法知晓任何客观的历史实在，他们只能提供令人疑窦丛生的历史表述。正是因为对旧历史主义的这种怀疑，阿库宁试图用"奥卡姆的剃刀"剔除历史肌体上的赘生物，在自己的历史著作中只保留那些"被多数历史学家检验过的"历史事实④，以使人们认识到"真正的历史"。在此不能发现阿库宁与新历史主义学者们在解构历史观念上的一致性。海登·怀特在其论文《历史的负担》中曾公然宣称"断续、断裂和无序乃是我们的命运"⑤，指出历史只不过是对无序、混乱的事件的有目的的组织行为，是"赋予那些过时的形式以虚假的权威"⑥ 的话语，一切历史文本只能是一种"文学虚构"和"语言人工品"。⑦ 可以看出，阿库宁的历史观念与怀特的看法如出一辙。他所尊奉的片段式的、突出断裂感的历史编纂方法使之对历史有了异于传统的认识角度。依靠"奥卡姆的剃刀"裁剪出的《俄罗斯国家史》就是一种断续性历史实践。这本书虽然没有完全摆脱对

---

① 在俄罗斯史学界想方设法地"恢复"被苏联中断的俄国历史的同时，对历史的审美化反思成为这一时期文艺创作的重要题材，尤以尼·米哈尔科夫和斯·格瓦卢欣的历史题材的电影为代表。

② Акунин Б., *История Российского Государства. Часть Европы*, М.：АСТ, 2014, с. 4 – 6.

③ Там же，с. 4.

④ Там же，с. 4 – 5.

⑤ 转引自翟恒兴《走向历史诗学》，浙江大学出版社 2014 年版，第 31 页。

⑥ 同上书，第 31 页。

⑦ ［美］海登·怀特：《作为文学虚构的历史本文》，载张京媛编《新历史主义与文学批评》，北京大学出版社 1993 年版，第 160—161 页。

"客观性历史"的追求，但却弃用了司空见惯的编年史框架，也没有建构统一的情节，反倒强调了各历史事件之间的非连续性。穿插书中的带有元历史色彩的历史批评，以及关于同一事件的不同历史记载的并置，更是将历史本身的建构性暴露无遗。限于本节的研究任务，下面我们将主要依据阿库宁的小说创作，来探析作者是如何在小说文本之中凸显历史的阐释性和诗性预构本质的。

　　阿库宁的小说常被称为"历史侦探小说"，与历史文本的互文联系也的确是作者建构小说意义体系的重要层面。宏观的来看，其小说中的历史叙事层面构成了一个相对独立的符号系统，它同时指向客观历史和历史话语两个方向，即作为历史叙述客体的事件和作者所选择的故事类型或神话模式。①

　　由于对历史的主观性和相对性有着深刻认识，阿库宁无法认同一个具有绝对意义的、先验的历史实体。"因为我自己在没完没了地杜撰一些从未真正存在过的人物和情节，并用这些虚构来冒充历史小说，所以我对所有那些描写历史上的人和事的艺术作品，都怀有深刻的非理性的怀疑"。②因此，与其说他书写的是历史，毋宁说是对历史的又一种阐释和戏说游戏。历史符号在阿库宁那里主要是作为小说背景出现的，一些众所周知的历史事件如俄土战争、末代沙皇加冕、斯托雷平遇刺、第一次世界大战等等，都在作为小说前景的侦探故事中得到解释。因此，小说中的历史人物、历史事件和社会状况，实质上均已丧失了对客观的、有深度的历史的指涉，变成了形塑历史仿像的文化符号。在阿库宁的小说文本中，历史与故事被糅合在同一个文学话语中。在这里，历史事实、文学虚构与历史阐释之间的鸿沟被填平，历史与故事不再代表真实与虚构的对立，而是起到了相互阐释、相互印证的作用。我们试以反布克奖获奖小说《加冕典礼，或最后一部小说》为例来对阿库宁的历史写作模式作一番探讨。这部小说虚构了一个"历史世界"，通过一个侦探故事让作为历史人物的俄国沙皇尼古拉二世、皇后亚历山德拉、莫斯科大公与作为虚构人物的侦探凡多林、管家邱林会面并一起活动，从而把虚构的探案故事与末代沙皇加冕、霍登广场惨案等历史事实巧妙地、讽喻性地结合在一起。通过莫斯科大公

---

　　①　请参阅海登·怀特：《作为文学虚构的历史本文》，载张京媛编《新历史主义与文学批评》，北京大学出版社1993年版，第168页。

　　②　Акунин Б.，*Любовь к Истории*，М.：Захаров，2012，с.159.

的管家邱林的视角，作者对革命前夕的俄罗斯社会生活和腐朽政治进行了讽刺性描写。与追求客观真实的历史著作不同，这部小说对历史人物的描写主要基于文学虚构和坊间传说，作者不是尽量接近人物的历史真实，而是把历史人物放在文学情节中去展示和塑造；以同样的处理方式，作者把已有历史定论的霍登惨案从历史语境抽离出来，将其解释为一起普通的犯罪案件所引发的意外灾难。在此阿库宁似乎是想告诉我们，历史进程充满了偶然性和不确定性，历史未必是社会政治大事件按照既定的因果结构组织而成的体系，一个影响历史发展的大事件可能只是一桩不起眼的犯罪行为的结果。在这里，历史成为证明故事情节合理性和真实性的背景，而故事也被当作"遗漏的细节"对历史进行了补充和再阐释。与虚构故事之间的相互阐释关系，使得历史的真实性成为一个伪命题：历史与故事一样，只不过是作者进行文学创作的材料，或文学虚构的一种形式而已。《加冕典礼，或最后一部小说》通过将历史事实与虚构故事相结合，在侦探故事情节中对历史事件进行再阐释，从而实现了历史的小说化。这种故事与历史相结合的叙事模式在《阿喀琉斯之死》、《五等文官》、《土耳其开局》、《金刚乘》、《黑色之城》等一批畅销小说中，也是基本的情节结构方式。

从接受角度来看，这种模式除了丰富小说的阅读趣味之外，其更重要的文化效果可能在于它实际上传达了一种反历史主义的倾向：作者通过对众所周知的历史事件的戏说（如把虚无主义思潮、民主主义革命、俄国在俄土战争初期的失利以及俄日战争中的惨败、巴库石油工人罢工等历史事件与犯罪行为联系起来），表明了历史的不连续性可以让人们在任何一种虚构语境中对之做出阐释，历史因此具有了毋庸置疑的非唯一性。《加冕典礼，或最后一部小说》及上述作品均暗示了历史知识与历史观念的相对性。这部小说对霍登广场事件的描写，说明尽管历史事件或许是确定性的实在，但我们接触到的历史叙述却是不确定性的知识。有多少种历史知识和历史叙述，就有多少种历史话语，因此所谓"真实的历史"根本无从证实。历史只能是对已发生的事件进行想象和阐释的结果。也就是说，任何历史文本之下都无可避免地预置了诗性基础，虚构因而成为历史与小说的共有属性。正如苏珊·桑塔格所言，一切历史叙述都首先是一种形式和组织行为，因为世界和历史始终是一种"审美形象"。① 海登·怀特也指出，历史本质上是对过去之实在的虚构化，所以其文学性和诗性要多于科学性和概念性。② 在后现代主义者眼中，历史和世界就是这样一个文本化的东西。这使得他们在面对历史之时，无须遵循旧历史观念去确认客观存在，而更喜欢进行开放性的阐释和书写。我们在第二章曾经说过，阿库宁的小说并非真正意义上的历史小说，就是针对这一点而言的。在他的文本中，历史完全被小说化了，成了可以与读者共享的故事。历史的可阐释性给了阿库宁创作的自由，同时他的小说通过将历史知识问题化、反讽化表达了客观历史认识的不可能，从而反衬了所谓总体性历史的虚构本质。对历史的文本性和审美结构的强调，使阿库宁的小说无形中契合了新历史主义的基本观念。

新历史主义作为一种后形态理论，很大程度上受到后现代主义"世界即文本"思想的影响，积极倡导文本的无边界性，认为文本与实在、经典与非经典之间并无确定界限。这一点决定了受其影响的作家在创作实践中往往打破历史与文学的二元界分，在文本中对之进行自由沟通，使之形成一种诗性基础上的交流机制。这在阿库宁的创作中也是显著特色。阿库宁经常借助对经典文学文本的互文戏拟来塑造历史形象，从而在文学和历史之间建立起一种文本间性。这样做的效果之一，就是再现了一定历史时期的物质世界形象和语言特色，营造了逼真的历史氛围，但同时这种做法也暗示了历史书写的虚构本质。前文已经阐明，阿库宁小说中的历史描述主要是由19—20世纪经典作品中的文学形象堆积而成的，在故事情节、人物形象、文体风格、语言修辞等不同的文本层面不难发现车尔尼雪夫斯基、契诃夫、列斯托夫、陀思妥耶夫斯基、托尔斯泰甚至高尔基等人的影子。他的作品所提供的历史形象，主要就是历史透过前人文学创作所折射出来的影像。如此的历史形象丧失了对客观实在的指涉，而只能指向他人的文本。在小说《土耳其开局》中，阿库宁直接把车尔尼雪夫斯基《怎么办?》中的"新人"——薇拉和洛普霍夫的故事通过瓦莉亚形象的塑造还原为历史事件，不无反讽地传达了19世纪俄国知识分子追随民主主义思想、追求独立自由生活的历史情景。同样，在《加冕典礼，或最后一

---

① ［美］苏珊·桑塔格：《反对阐释》，程巍译，上海译文出版社2011年版，第30页。

② ［美］海登·怀特：《元史学：十九世纪欧洲的历史想象》（中译本序），陈新译，译林出版社2004年版，第7页。

部小说》中，作者通过对托尔斯泰短篇小说《霍登广场事件》的模仿，不无讽刺性地暗中利用了后者的"历史见证人"身份，来证明自己再现历史的"真实性"。

很显然，所有这些历史符号都无法在历史实在中找到其所指。与传统现实主义文学相比，阿库宁创造的是一种指向其他文本而非外在现实的"第二性文本"，这使得对外在现实的反映变得越来越不可靠、越来越不可能。他所能提供的只能是一个仿像化的、超现实的历史世界。法国的文化理论家让·鲍德里亚从形象与现实之间的关系出发，厘分了形象反映现实的四个阶段：形象反映深度现实；形象遮蔽深度现实，否定现实的本质地位；形象掩盖了现实的缺席；形象与现实不再有任何关联，它只是其自身的形象。① 在最后阶段（亦即后现代社会），形象已经失去了其最初赖以产生的原本，成了仿像。此时形象已经不能表征任何现实，不再如亚里士多德所认为的那样是对客观事物的摹仿，而是进入到一个自我复制的无限循环，并在此基础上形成了一个纯粹的拟真世界。在鲍德里亚的理论视野中，"仿像先行"意味着后现代社会中形象和符号与现实之间关系的逆转：从反映现实、遮蔽现实再到完全疏离现实，符号和形象的表征结构遭到了破坏，它们自身成为本体，而现实则作为客体，反成了仿像的产物。基于这一点，鲍德里亚指出历史实际上就是一个"拟像（即仿像——笔者注）发展的连续进程"②，这意味着我们只能在仿像的帮助下才有可能把握历史。关于"历史真实性"的一切思考由此失去了意义。无论历史怎样宣告它的真实性，它都只能是一个超现实的仿像化现象，而非人类真实体验的再现。

从这个角度来看，阿库宁就是在鲍德里亚意义上书写历史的：他利用此前的历史文本和文学文本中的形象符号以及当代的社会意识模型来对历史进行再生产，他描述的只是一个没有现实指涉物的超现实历史空间。他的小说从人物、情节、场景、思想母题等维度对先在文本中的形象进行复制，再现的是一个读者极为熟悉，但又无法真正感触到的超现实的世界。其中关于社会环境、宗教意识、国家历史的描写，无不表现出这种超现实性。甚至在其历史学著作《俄罗斯国家史》中，"既不不符合史实，也不

---

① 请参阅张劲松《重释与批判：鲍德里亚的后现代理论研究》，上海人民出版社 2013 年版，第 33 页。

② 同上书，第 19 页。

符合当代历史科学状况"① 的历史描述也俯拾皆是。概而言之，阿库宁不是在反映历史真实，而是试图通过形象来创造"现实"——也就是一个比现实看上去更加真实的艺术世界。海登·怀特曾提出要把历史当作"叙事性散文话语形式"② 亦即小说来读，阿库宁却反其道而行之，将现实主义文学文本及其反映的世界视为历史留存下来的线索，把经过语言符号化和概念化了的历史文本视为历史本身，并以之作为建筑自己的历史大厦的主体材料。这种将小说历史化的互文写作手法，一方面，通过诉诸读者的文学阅读经验营造了逼真的历史感③，用仿像化现实偷换了社会文化现实，用意义替代了历史真实，使读者置身于杰姆逊所谓的"装满玻璃的房子"④ 而失去探索现实的兴趣；另一方面，这种手法也可以通过展示由文学虚构到"历史事实"的转译，来讽刺性地模拟历史文本的书写，从而在互文游戏中揭示历史的诗性基础和诗化本质。

对历史的如上认识和文本化处理，与传统历史主义将文本看成社会历史的文献记录的观念相悖而驰。阿库宁的历史叙事不是意欲寻找历史本原，而是对历史材料实行"文本专制"，通过特定视角对之进行选择和阐释，以替代方式迎合读者群体非严肃的历史认知需求。对历史事实作出侦探故事式的解释，是阿库宁最喜欢的情节结构手法。尽管如此，一旦历史被纳入文学的文本意域之中，它就会充当文学的阐释媒介，与整个文化系统产生错综复杂的联系，从而将文本写作定向文化意义生产领域。按照新历史主义的理论观点，历史叙述或对过去事件的各种再现实际上是一种当代性活动，是面向当下的话语建构形式。以此观点对阿库宁的小说进行分析，我们会发现作者在向读者提供一个文学化的俄罗斯历史影像的同时，并未止步于历史文本化的后现代游戏或"历史材料"的发现等这些显性的叙事层面，而是试图在小说叙事的隐性层面预构一套能够表达其历史意

---

① 历史学家伊格尔·达尼列夫斯基对该书的评价。请参阅《怀疑论》杂志网站：http://scepsis. net/library/id_ 3541. html 。

② ［美］海登·怀特：《元史学：十九世纪欧洲的历史想象》，陈新译，译林出版社2004年版，第1页。

③ 这当然得益于现实主义思想对俄罗斯文化长期而深入的影响。对俄罗斯读者而言，现实主义不仅是一种艺术观，更是一种世界观。把文学当作针对现实的认识活动和实践活动，是俄苏许多文艺理论流派和普通文学读者的一个共识。

④ ［美］杰姆逊：《后现代主义与文化理论》，唐小兵译，北京大学出版社1997年版，第218—219页。

识的转义模式。

　　阿库宁小说中的历史意识是通过促成叙事语义转向的特定神话类型来表现出来的，其小说中的历史叙事采用的就是怀特所谓的"比喻语言"模式，这种模式往往"将注意力从假装要谈论的事物状态转移"①，使读者经由喻体（情节和形式）到达本体（作者所欲赋予历史材料的意义），从而使历史叙事表征为一种象征。怀特在阐述历史的文本性时，曾借用弗莱的四个原型神话范畴——喜剧、悲剧、传奇和讽喻来分析了内置于历史叙事之中的情节结构或神话结构②，指出了历史的文化建构性质。作为这个分析过程的副产品，历史如何因其采用的结构形式而被赋予意义的过程也得到了怀特的描述。这有助于我们对阿库宁小说的理解。在上一章中我们已经指出，阿库宁以侦探小说体裁为基本框架，将借自其他文本的"历史材料"纳入侦探小说情节之中，通过传奇或讽喻式的情节结构使之拥有了叙事功能，变成了一个可被理解的大众化故事。不仅如此，阿库宁通过对历史的重新组合和再度阐释，成功地在旧有的历史材料基础上生产出了新的历史意义，从而得以在大众文化层面重塑了俄罗斯的帝国神话。其实不仅仅是历史叙事，即使是侦探小说体裁本身，一定程度上也已被阿库宁用作罗兰·巴尔特意义上的神话学工具，成为构塑俄罗斯历史神话的艺术手段。侦探小说本来是理性主义思维模式在文学中的一种表现形式，但阿库宁却将其典型的二元对立结构转用于俄国形象与他者形象的塑造，隐喻性地把历史俄国解释为被"外来之恶"所损害的"善"，以此确立了正面的俄国历史文化形象。③ 正是借由侦探小说这种大众文化的话语形式，阿库宁实现了俄罗斯历史的"寻根之旅"，让读者在纷乱的现实中感觉到历史的慰藉。在他那里，侦探小说体裁成了型构历史知识的故事类型和隐喻模式，因之具有了一定的历史解释力，在体裁消费过程中发挥着社会意识调控功能。

　　如上分析让我们发现了阿库宁历史意识的矛盾性。他一方面批评历史学家不应受到"赋予历史以条理性和逻辑性的诱惑"，反对历史的一元性

---

① ［美］海登·怀特：《后现代历史叙事学》，转引自翟恒兴《走向历史诗学》，浙江大学出版社 2014 年版，第 122 页。

② ［美］海登·怀特：《作为文学虚构的历史本文》，载张京媛编《新历史主义与文学批评》，北京大学出版社 1993 年版，第 163—166 页。

③ 可参阅本书第四章第二节的相关内容。

和意识形态化；另一方面自己却也难以抵抗这种诱惑，试图在自己的小说中发现"真正的历史"，从而将帝国神话纳入历史叙事的深层结构。如同"硕士历险系列"中的历史学硕士尼古拉斯一样，阿库宁也在扮演着国家历史探寻者的角色。他在前人留下来的文学文本和历史文本中翻找历史的影像，并通过自己的想象，以侦探小说形式"再现"了一段俄罗斯历史。巴赫金早已指出，语言不是中立的媒介，其中到处都是语言使用者的动机。作为语言的产物，历史写作之中必然存在着某种意识形态结构，必然存在着某种神话模式。通过历史叙事在混乱的现实中发现秩序的根基，正是阿库宁小说孜孜以求的文本效果。从阿库宁所处的历史语境来看，其历史意识客观上反映了身处转型期的俄罗斯普通民众所感受到的历史体验。后者希望在叙事中去感受"历史"而不是追求终极的历史客观性。阿库宁在文学转型中的自觉使命，就是将自己的作品与读者对历史审美的期待相调和，实现大众读者的这种叙事诉求并将其文化理念符码化。认知价值的衰退和审美价值的提升，是阿库宁的历史题材写作最突出的特色。

因此，从文本的社会效果来考虑，阿库宁的历史叙事与当代状况之间可以形成一种互相阐释的张力结构。阿库宁笔下的历史世界为当代读者提供了一个认知周围环境的方式和交往的平台，这是一个当代俄罗斯大众读者可以寄身其中、彼此交往的世界，读者可以通过它确认自我的文化身份，进行格林布拉特所谓的自我塑造。新历史主义思想告诉我们，任何历史表述之下，总隐藏着一种意义的建构：

> 人总是在编织自己生存的意义，总是对世界万物加以阐释性的叙事，总是要通过总体叙事的方法将很多偶然的、中断的、非连续性的东西，解释成有意义的、具有连续性和因果性的历史，从而使自己获得一种整体文化的意义。文化总是营构历史性的运转方式，将一种象征体系的意义渗透到历史情境之中。正是置身于这种文化境遇中，人们才得以彼此了解和沟通，并理解生命的共同价值尺度。①

阿库宁的历史叙事就是这样一个具有象征结构的表意系统。他所使用

---

① 王岳川：《后殖民主义与新历史主义文论》，山东教育出版社 1999 年版，第 180 页。

的宗教思想、被侮辱与被损害的祖国、落后而神秘的东方这样一些文化符号，以及小说中所描述的那些某一特定历史时刻的事件，都是为了赋予历史以特定的文化意义，建构一个具有历史认知价值的文化形象。这一文化形象在向读者传递一种历史经验的同时，也会通过制造关于过去的意义起到社会意识塑造功能，从而成为当代读者进行自我文化塑型和读者主体建构的载体。通过对这一形象的解读，当代读者可以发现文化的符码并加以解码，获得文化归属感，从而得以克服弥漫于世纪之交的文化身份危机，消除带来这种危机的历史无根感。如此看来，阿库宁的历史叙事不应仅被理解为互文游戏或对历史知识的玩味，也不仅仅是对实证主义历史观的颠覆，这还是一个能够创造历史意义和神话价值的符号象征系统。这种将历史事件转换为符号系统的文本化方式，与其说是对历史真理性的逃避，毋宁说是对人类思维包括历史思维的建构性的强调。其实，历史题材的这种处理方式也是后现代主义矛盾意识的体现，它要求小说家在建构历史的同时又不断地通过对建构性的暗示去拆解其所建构的历史。① 在这里，尽管缺乏明显的元叙述视角，但依然可辨出后现代主义的历史叙事策略对阿库宁创作的影响。

二　历史对话：阿库宁小说文本的历史性

要全面深入地理解阿库宁小说中的历史叙事，还必须从文学文本生产与历史语境关系的角度来加以分析。尤·洛特曼早已指出文本的语境本质，他说："文本根本无法独立存在，它不可避免地被包含在某种历史真实的或预先虚构的语境之中。"② 文本的语境化是 20 世纪文化诗学的工作平台，无论是苏俄的巴赫金学派还是西方的文化唯物主义都将文学的语境研究作为自有理论开拓的阵地。新历史主义将这一原则运用于文学与历史之间关系的研究，进而指出历史不是文学的稳定的语境参照系，而是"文学生产和意义生成的广泛的话语场地"。③ 只有恢复文学文本与"文化系统"（历史语境）的联系，把文学文本放在这样的话语关系语境中进行

---

① 王建平：《美国后现代小说与历史话语》，中国人民大学出版社 2012 年版，第 3 页。

② Лотман Ю., *Лекции по Структуральной Поэтике*, Ю. М. Лотман И Тартуско-Московская Семиотическая Школа, М.：Гнозис, 1994, c. 204.

③ 王进：《新历史主义文化诗学：格林布拉特批评理论研究》，暨南大学出版社 2012 年版，第 44 页。

分析，才可以通过"重新确定所谓'互文性'的重心"① 读出与其展开对话的整个历史话语图景，滤析出被表层叙事所掩蔽的文本外延及其文化阐释价值。

根据新历史主义理论的观点，任何历史文本、文学文本和社会文本都具有历史实在性，都是对社会语境进行反映和反思的特定的历史文化产物。因此，研究者需要对语境之于文本的影响和文本关于存在的表达实行双向考察。阿库宁的创作特别典型地反映了文学与历史语境的关联，客观上折射了转型期俄罗斯文化的结构性对抗和对话。他的文本是一个各种文化力量在其中角力、各种文化意识在其中商讨的场所。文化唯物主义者雷蒙德·威廉斯曾指出任何历史时期的文化体系均是由主导文化、旧余文化和新兴文化这三种因素组成的，它们之间的此消彼长是维持整个文化体系过程性状态的动力学机制。在文化转型期，这种动态性结构会表现得更加明显。对于 20 世纪末的俄罗斯文化转型来说，主导文化的缺位使新兴的大众文化、亚文化与传统文化之间的关系显得极为紧张，对立与争议是这一时期文化状况的主旋律。随着新世纪以来俄罗斯政府在文化领域大力推行其官方民族性建构，俄罗斯在极短的时间内就实现了主导文化的补位。虽然多元化的文化体系已很难从属于统一的意识形态，但最初的转型动荡过去之后，协调与对话转而成为新时期俄罗斯文化思想的主流风貌，不同文化因素的重构使整个文化体系达到了暂时性的平衡状态。在文学领域，文学史中的经典作品随着苏联文化体系的分崩离析而失去了其中心地位，已不能对当代读者特别是大众读者发挥审美训导与精神规诫作用。而与此同时，一些边缘性的次文类，如侦探小说、幻想小说（科幻小说与玄幻小说）、言情小说等对原有审美体系形成了极大的冲击，以思想启蒙和审美启蒙为旨归的精英审美形式不得不屈尊降贵，与娱乐化审美、消遣性审美和各类审美游戏进行沟通（negotiation）。随着社会审美意识的分化，一些作家试图将不同的文学形式聚合为一体，以创生出符合时代特征的新的文学表达形式。维克多·佩列文、弗·索罗金等一些作家在自己的创作中注重对边缘文化元素的收编，而阿库宁和列·尤兹法维奇等人则从大众文学的视角对中心文化进行了改造。重构成为转型期文学自我反思、自我更新、

---

① ［美］海登·怀特：《评新历史主义》，载张京媛编《新历史主义与文学批评》，北京大学出版社 1993 年版，第 95 页。

自我发展的重要形式和内在动力。正是在这个意义上，我们认为阿库宁的"中间体裁"创作是俄罗斯文化转型中一个具有时代典型性的历史现象，它形象地展示了转型期主导文化与边缘文化之间的碰撞冲突和矛盾融合。

然而，阿库宁小说创作的历史语境性并不仅限于此，他的创作以一种独有的大众艺术视角对历史本身进行了反思，提供了一种阐释所谓"历史"的认知范式，并以其对读者意识的影响间接地参与到当时的历史重构进程，成为世纪之交俄罗斯历史建构过程的一个参与者和对话者。

众所周知，转型期的历史反思肇始于 20 世纪 80 年代中后期。当时随着"公开性"、"民主化"和"新思维"为轴线的戈尔巴乔夫改革的深入，大批苏联早中期的冤假错案被推翻，这直接促使社会各界对苏联历史进行了重新审思。1987 年，戈尔巴乔夫本人提出"历史不留空白点"的口号，从而为滥觞于苏联后期的"历史热"点燃了第一把火。为了填补空白点，许多历史著作和历史题材的作品着眼于披露以前的历史禁区，颠覆苏联历史中几乎所有重大历史事件的官方定性，批判以《联共（布）党史简明教程》为核心的官方历史学体系。这股反思历史的热潮一直持续到世纪末，成为转型期俄罗斯文化进程中一个突出现象。今日反观这场轰轰烈烈的"历史热"，不难看出这主要是政治推动的结果，缺乏严谨的历史学体系，但它对社会意识的影响是巨大的。客观上，历史反思热潮对官方历史的祛魅一方面解除了套在人们头上的禁锢思想的镣铐，激发了普通人的政治热情和对历史问题的兴趣，满足了许多人挣脱压抑后的情感宣泄；但另一方面这也造成了前所未有的思想混乱和历史连续感的缺失，以至于在整个国家出现了普遍的信仰危机和历史意识危机。①

"历史热"促成了社会历史观念的多元分化，并引发了后来学术界对历史展开的讨论。后苏联文化界围绕俄罗斯的历史路线及俄罗斯文明的世界性价值形成了几派不同的看法。一部分人尊奉 19 世纪西欧派的基本观点，他们从戈尔巴乔夫时期的历史反思开始，把对苏联历史的公开批评逐渐发展到历史虚无主义。在他们看来，十月革命导致了俄国社会的分裂和俄国历史的中断，是一个"悲剧性的错误"，所以他们将批判矛头扩延到马克思主义和俄国史上的一系列革命运动，指责后者是造成国家灾难现状的最终

① 参阅冯绍雷、相蓝欣主编《转型中的俄罗斯社会与文化》，上海人民出版社 2005 年版，第 379—383 页。

根源，从而彻底否定了十月革命和苏联历史。① 在与欧洲历史的比照中，他们更进一步地批判甚至否定了俄国历史，在总体上持历史失败论。曾任政府总理的俄罗斯社会民族问题研究所所长盖达尔就坚持认为俄罗斯应该"西化"，因为"在最近几个世纪活跃在历史舞台上的各种文明中，欧洲文明是最成功的"。② 这种历史观显然是转型初期"历史热"的余潮。

　　这一时期的新斯拉夫主义思想也占有很大的市场。为了弥补苏联历史被抽空后留下的真空，有些学者和文化工作者转而从沙俄历史中寻求连续感和精神支柱，这导致大量美化旧俄的历史著作和文学、文化作品的涌现，进而引发了整个社会的历史怀乡病。③ 同时，为数众多的历史著述和教科书也不断地重复 19 世纪斯拉夫主义的论调，将俄罗斯指认为一种特殊的文化—历史类型，强调俄罗斯传统文化的普世价值。一般来说，这类论者也否定苏联历史，但他们并不否认俄罗斯文化传统，而是希望从前现代俄罗斯的历史中寻求解决当下社会问题的灵丹妙药。索尔仁尼琴写于20 世纪90 年代的"政论三部曲"为这一史观的集中表现。作为对苏联解体之后全盘西化的纠偏，新斯拉夫主义得到了政权层面的侧面回应，因为俄联邦在国家层面在此时也表现出强烈的重建国家历史的需求，例如2001 年普京总统提出整顿历史教科书编写的无序状态，下令教育部组建专门的历史教科书改革审定委员会，并规定了历史教科书撰写的科学性和爱国主义精神这两条基本原则④，在主导文化层面推动了大国历史思维的重新回归。

　　另外一种影响显著的文化历史立场即新欧亚主义思想。新欧亚主义者批判地继承了古典欧亚主义的观点，这些学者从俄罗斯独特的地缘和文化地位出发，对上述两种历史文化观念均提出了批评。他们在侧重现代文明的同时也不否定俄罗斯文化传统，甚至坚持俄罗斯文化传统中特有的"落后的特权"，对俄罗斯社会意识中的传统价值与后工业文明的结合充

---

　　① 如 Хуторской В., *История России. Советская Эпоха*（1917—1993），М.，1995；Сахаров А.，*Россия в XX Веке*，М.：Наука，1996.

　　② Гайдар Е.，*Государство и Эволюция*，转引自张建华《从文化史到文化学：当代俄罗斯史学的困境与转型》，载夏忠宪主编《俄罗斯学》（第一辑），广西师范大学出版社 2014 年版，第 21 页。

　　③ 请参阅本书第三章第五节。

　　④ 冯绍雷、相蓝欣主编：《转型中的俄罗斯社会与文化》，上海人民出版社 2005 年版，第393 页。

满自信。如在 1993 年俄罗斯科学院学报举办的圆桌讨论中，就有人明确指出俄罗斯摆脱现有历史处境的出路就在于"实现晚发工业化国家的现代化与后现代化的有机结合，从而使俄罗斯踏上一条无与伦比的新路。"①新欧亚主义既着眼当下又深探传统，并且对这两者都持辩证批判的看法，但其总体趋向似乎还是比较接近斯拉夫主义观念的。

由上可见，苏联解体前后掀起的关于俄罗斯历史文化的争论，就是源自不同的认知需求所导致的参差不一甚至截然相悖的各种历史阐释。尽管存在着种种相互抵牾的历史话语，但它们对苏联的否定态度几乎是一致的。然而，有学者已经指出，这些历史话语的语指实际上均"既来源于苏联的官方话语，又来源于 19 世纪的经典"，其内在的矛盾性建构在后苏联时期"构成了文化学的核心"。② 在我们看来，这种悖论式的结合恰恰是前后瞻顾的俄罗斯文化转型的本质所在。在这样的历史语境下，阿库宁在其小说中对历史题材的诉求一方面固然是为了满足后苏联时期大众读者的历史求知欲及其阅读期待，而另一方面也代表了积极参与当代多元历史体系建构的一种大众话语，是一个充斥着对话意向的"话语事件"（discursive event）。阿库宁的作品因为折射了历史文化氛围、包含了历史事件的阐释和历史意识的构建，而成为独特的历史载体。其小说中所反映出的历史观念如同上述各历史话语一样，本质上也是矛盾的结合：可以说，这是一种根基于历史传统的自由主义历史观，阿库宁不无讽刺性地"再现"了不同时期的俄罗斯历史，但处在讽刺性叙事外表之下的核心，依然是斯拉夫派高举的"俄罗斯思想"旗帜。③

概括地说，阿库宁作品的话语性主要体现在与当代历史话语体系的对话之中，具体包括两个方面：一是对社会中偏激历史观念的拨反，二是其神话式的历史阐释模式与主导话语之间的对立。

任何一种历史叙事都是与已有历史话语的对话，只有把它置于整个历

---

① *Модернизация Русского Общества. Круглый Стол*，转引自张建华《从文化史到文化学：当代俄罗斯史学的困境与转型》，载夏忠宪主编《俄罗斯学》（第一辑），广西师范大学出版社 2014 年版，第 21 页。

② 张建华：《从文化史到文化学：当代俄罗斯史学的困境与转型》，载夏忠宪主编《俄罗斯学》（第一辑），广西师范大学出版社 2014 年版，第 22 页。

③ 对历史的讽刺性再现使阿库宁的小说蒙上了一丝批判色彩，而对前文所述的小说表意系统之象征结构的建构则表明作者试图确立俄罗斯的传统文化形象。这是当代历史话语的混乱在阿库宁文本中的一种反映。

史话语体系中，其真实意图才能被发现。新俄罗斯时期的史学界对十月革命和苏联历史的否定是占主导地位的观点，这种不无片面性的历史观在阿库宁的创作中也得到了反映。在他的"艾拉斯特·凡多林历险"系列中，革命活动和恐怖主义被简单地等同起来，革命者往往被描述为凶戾、奸诈的破坏者和蛊惑者形象。该系列最近一部长篇小说《黑色之城》中，革命者佳吉尔—奥德赛（Дятел-Одиссей）被塑造成陀氏笔下的群魔形象；以其为首的布尔什维克党人不仅实施多次恐怖暗杀行动，还与巴库的各种黑暗势力暗中勾结，试图通过破坏石油工业来削弱国家的实力，为革命成功创造条件。小说还特意设计了一段情节来说明布尔什维克如何出于革命利益而处心积虑地威胁世界和平：奥匈帝国皇储斐迪南大公被刺杀后，在俄国沙皇尼古拉二世的斡旋下，弗兰茨·约瑟夫国王同意邀请凡多林前往维也纳侦破此案，以避免欧洲趋势因继续恶化而滑向战争的危险（在这里，俄国作为世界和平维护者的形象被再次突出）。然而佳吉尔为了在俄国推行其革命理想，不惜牺牲全世界包括俄国人民的利益，利用谋杀来阻挠凡多林前往维也纳，最终促成第一次世界大战的爆发。在这段虚构的故事中，俄国布尔什维克革命的反人道主义色彩被刻意强化，为了革命私利而威胁全人类的幸福，成为对社会主义革命"解放全人类"理想的最大嘲讽。然而，阿库宁并未沉湎于对革命叙事的不断丑化之中，他试图打破当代历史文本的叙事成规和思想指向，折中当代主流历史话语的偏执。在《死神的情妇》、《五等文官》、《加冕典礼，或最后一部小说》、《黑色之城》等作品中，作者既描写了革命者的恐怖主义行径，也刻画了腐弱不堪的沙俄国家形象及其统治者的无能和罪恶本质。① 在阿库宁看来，俄罗斯不幸的历史不只肇因于个体性的犯罪，更根植于国家体制的荒谬："俄罗斯永恒的不幸在于其中的一切都被颠倒了过来：一群傻瓜和恶棍守护着善，而圣徒和英雄们却为恶服务。"② 善恶之间悖谬性的"倒置"才是这个国家不幸的根源所在，革命实践只不过是这种悖谬关系在特定历史阶段

---

① 该系列小说的主人公凡多林与沙俄当局之间的紧张关系，喻示了国家体制与善之间的矛盾。如果按照格雷玛斯的语义方阵来审视这些小说中的角色形象结构，不难发现其中除了凡多林与罪犯之间的对立关系，还存在着凡多林与政权之间的矛盾关系。也就是说，罪犯与政权之间是容易被人忽视的补充关系（反 X 与非 X 的关系）：后者既是前者的对象，也是其行为动因；而前者在行为中既宣告了自己的恶，也映衬了后者的非善。小说《阿喀琉斯之死》与《加冕典礼，或最后一部小说》对沙俄政府和皇室罪恶的描写最为直接。

② Акунин Б., *Статский Советник*, М.：Захаров，2003，с. 178.

的具体表现形式而已。阿库宁笔下的整个俄罗斯历史都充满了这种荒诞的感觉，此前所谓的"黄金时代"和苏联解体后的新历史时期都是"善恶倒置"的"永恒不幸的俄罗斯"①。悖谬的善恶倒置是贯彻俄罗斯历史始终的"斯芬克斯之谜"。因此在阿库宁笔下，俄罗斯的过去被呈现为一部背离真正的"俄罗斯思想"的历史。这样的历史叙事所具有的对话倾向是不言而喻的，其意向也是多向性的：它一方面颠覆了苏联官方历史喋喋不休的革命宏大叙事，描述了革命造成的破坏性后果，并以人类的普遍价值观来质疑革命本身的正义性；另一方面作者又通过揭露旧俄政权的无能、上层社会的腐朽以及人民生活的艰辛，批判了当代俄罗斯历史学界一味饰美沙俄形象的非理性偏执，对那些由于浅显的比较而导致的厚此薄彼的历史认知方式，以及当下俄罗斯官方意识形态有意利用这种历史知识以证明其历史合法性的做法表示了强烈质疑。

阿库宁小说的历史话语性更多地体现在他对自有历史认知范式的强调。阿库宁对历史题材的倾心并非纯粹为了重现其"复古侦探小说"（ретро-детектив）中情节赖以展开的社会环境，这也是为了表达一个身处社会文化转型期的当代俄罗斯人所形成的历史意识。从根本上说，阿库宁阐释历史的折中模式源自文化大众意识中对当下稳定性的渴求，这使阿库宁形成了一种以循环为基本模式的现代主义的神话史学思维，即 T. S. 艾略特所谓的对历史加以控制和形塑的思维方法。在他的小说世界中，历史与现实相互鉴照，这种跨越时空的对话会将读者带入到未曾思考的问题之中。通过历史侦探小说的写作，阿库宁把历史当代化，同时也将当代加以历史化；借历史言说当下，也用当下重释历史。如此一来，历史就被纳入当代价值体系的建构之中，成为当代话语用来确认自我的修辞镜像和叙事行为。"凡多林历险小说"系列与"硕士历险小说"系列中的叙事时空分别是 19 世纪末 20 世纪初和 20 世纪末 21 世纪初的世纪之交的俄罗斯，而阿库宁之所以择取这样两个历史节点，是源自其共有的社会文化转型性质。这是两个处于社会动荡且思想混乱的历史时期，无论在国家还是个人层面，都面临着重要的历史道路的抉择。在剧本《圣日耳曼魔镜》

---

① 这种看法分别反映在"凡多林历险"系列和"硕士历险"系列小说对俄罗斯的描写之中。此外，阿库宁在博客和采访中经常对一些大众熟悉的历史事件、历史人物以及当代重大的社会政治事件进行评判，并以对俄联邦政府和"普京主义"的激烈批评奠定了其自由主义政论家的文化身份。

（*Зеркало Сен-Жермена*）① 中，阿库宁通过讲述一个带有魔幻现实主义色彩的圣诞故事，形象地指出了这两个历史时期之间互为镜像的关系。相似或相近的社会矛盾和思想冲突、面对社会转型的迷茫和焦虑，使阿库宁小说中的历史与当代之间形成了一种对称比映关系。身处这两个历史节点的人对存在的思考（以艾拉斯特·凡多林和尼古拉斯为代表②）也如出一辙。因此，借道对"历史"的描述，阿库宁意欲反映并加以印证的，是20—21世纪之交的转型现实和社会心理。正如小说《阿尔塔—托罗巴斯》的主人公尼古拉斯所认为的，认识历史是理解现实的最好方式：

> 让尼古拉斯深感兴趣的，不是被用来理解人类生活经验并从中吸取实践教训的、作为一门学科的历史，而是既妙趣横生又充满诱惑的对既往时间的追逐……如能尽量多地研知过去之人的情况，包括他如何生活、怎样思考以及如何感知他所掌握的事物，那么，这个原曾一直蛰伏在黑暗之中的人就会被光明照亮。那时，任何黑暗就都不会存在了。

历史的烛火可以照亮一切黑暗，这是尼古拉斯也是阿库宁寄予历史的具有乌托邦色彩的厚望。"历史"在当代叙述中展现意义，当代也通过历史形象得到确认，这种历史相对意识在阿库宁的小说中具体展现为一种浪漫主义的历史阐释模式。对于《阿尔塔—托罗巴斯》、《费·米》、《课外阅读》和《魔镜》这样的文本而言，平行性的情节结构是作者用来表达时间重复性史观的基本艺术手法。故事在相互绝缘的两个时空同时展开，其交叉点是具有神秘主义色彩的各种各样的巧合。如此的情节结构方式在带来阅读乐趣之外，还构塑了一种循环历史的认知模式。此外，阿库宁小说的系列化形式作为一种特殊的结构方法，也会强化时间循环意识。这种结构形式隐喻着真实时间的丧失，取而代之的"是一种无穷无尽的时间（*бесконечное время*），在其中，现时被作为过去和将来同时呈现"③。这样的情节结构方式和文本组织形式把线性时间理解为一个循环，反驳了被

---

① Акунин Б. , *Комедия/Трагедия*, М. : Олма-пресс, 2008.

② 请参阅本书第四章第三节。

③ Сысоева О. , "Жанровый Статус Современного Литературного Проекта（на Примере Проекта《Жанры》Б. Акунина", *Филологические Науки*: *Вопросы Теории и Практики*, №. 25, 2013, с. 178.

历史学界自然化了的线性历史发展观。这显然是神话思维模式在当代文化意识中的体现。历史的断裂感让当代俄罗斯人深感历史发展论的虚妄，在历史中迷路的困惑让人们认定历史没有固定的方向，只好遁入"历史童话"之中，通过历史的重复性去认识当下、预测未来。这样一种阐释历史的模式，将时间性的历史并置为空间性的故事结构，无形中消解了历史的线性深度，其结果就是把时间性的历史空间化、符号化，使之变成纯粹的形象和幻影。按照海登·怀特所总结的历史话语的意识形态蕴含模式①，阿库宁小说的上述历史观念显然是保守主义的，其话语基础是俄罗斯传统文化中固有的末世论思想和社会转型带来的世纪末体验。他以叙事的形式撰写的历史描述了人性的堕落、社会的动乱，表达了历史的不可知和未来的迷茫，为历史和人生蒙上了一层浓厚的悲观色彩。这可以说是一幅典型的末世论景象。这样的历史意识契合了失去历史方向感的俄罗斯人内心中的世纪末体验，再现了文化转型期整个社会的徘徊心理，因而在大众读者中获得了极高的认同度。

通过表述历史不可知论和关于历史循环的意识，阿库宁表达了对以启蒙理性主义为核心的时间性历史发展观念的怀疑，这符合了大众意识中对简单化、模式化同时又明朗化的历史叙事的需求。阿库宁的小说在当代历史条件下的社会效果可以从两方面来评测，如同"中间体裁"在文本形式上的矛盾性，这些小说在其社会效果方面也同样具有矛盾结构：它一方面以人性危机和社会危机的想象性解决方案来淡化读者的精神痛苦，钝化其批判意识，使之安于现状，所以在客观上行使着大众文化固有的社会调节功能，维护了现存秩序的合法性；另一方面这些小说通过对苏联解体后动荡不安、价值混乱、犯罪横行的当代社会的摹写，破除了人们对官方标榜的平等、民主等这些"先进"观念的迷信，从而消除了权力的神秘感，其社会批判色彩也是不言而喻的。这使阿库宁的创作不仅停留在语言游戏层面，而且进入了当代文化体系的权力运作层面。因此，将阿库宁的小说仅界定为意义贫乏的大众文学作品，是有失偏颇的。他的小说并没有置身真正的现实之外自娱自乐，而是有可能成为一种能动地塑造历史的文化力量。

三 主体建构：阿库宁历史叙事的文化动因

上述分析表明，一切文本都不仅是对历史的反映，它本身就是组成历

---

① 可参阅翟恒兴《走向历史诗学》，浙江大学出版社 2014 年版，第 38 页。

史的一部分，是一个能动地塑造历史的文化事件。文学不仅以其诗性逻辑反映着历史，它还是文化产品的一种历史形式，同时也是"一种在历史语境中塑造人性最美妙部分的文化力量"。① 我们在前文中已经考察了"阿库宁现象"得以形成的历史文化语境，如果将这种语境视为共时性的文化系统的话，我们发现阿库宁以历史的文本性为基点展开的历史重塑不仅是语言游戏形式，还是一种话语行为，从中可以发现作者所从事的历史叙事的文化动因。

在阿库宁的小说中，历史被转化为文本，而历史的文本性再现作为一种写作行为和阅读行为，反过来也会在当代语境中生产出作者和读者专属的文化意义。这一点赋予阿库宁的小说以某种叙事救赎功能。也就是说，通过历史阐释主体性的建构，阿库宁的小说可以帮助读者从混乱的外在现实和无序历史话语的压力中解放出来。前文所述的阿库宁对历史之叙事性的揭示、与当代总体性历史话语的对话、对循环性历史认知模式的强调——这些实际上都是为实现其叙事救赎这一大众乌托邦梦想所铺设的前提条件。众所周知，各种主流历史话语自苏联时期以来就被有意识地用于一种社会控制机制，发挥着社会意识塑型功能，这种状况到了转型时期并未随着苏联意识形态的瓦解而得到根本转变，因为史学依然不愿走下政治附庸的圣坛。然而，痛苦的转型期体验使俄罗斯大众不再相信任何形式的宏大话语，他们希望形成一种关于历史的自有叙事，以克服混乱的意义洪流所带来的"眩晕"，摆脱历史"向后转"所导致的迷惑与失落。阿库宁的小说满足了读者的这个愿望，他用通俗的方式来阐释历史和现实生活，引导读者去建构在历史认知中的自我主体性。这样不仅可以弥补历史骤然转向所带来的断裂感，恢复意义与生活的再次统一；而且还能抵制社会分裂给个体心理造成的影响，从而维护个体精神的完整性。

其实，这正是新历史主义文化诗学的最终主旨。格林布拉特指出，新历史主义的批评旨趣在于追溯历史"真相"的阐释经验，并以之为基础描述历史阐释主体性的建构过程。通过对主体性建构的追溯，格林布拉特试图揭示在历史文本中"集体信仰和体验如何被塑型……如何集中于**可操控的美学形式并满足受众消费之需**"。② 新历史主义通过对历史文本性

---

① 朱立元：《当代西方文艺理论》，华东师范大学出版社1997年版，第400页。

② Stephen Greenblatt, *Shakespearian Negotiations*，转引自王进《新历史主义文化诗学：格林布拉特批评理论研究》，暨南大学出版社2012年版，第62页。

的确认消除了客观性对主体的压制，赋予历史更广阔的阐释空间，同时也赋予人更大的主体自由。所以，格林布拉特等人在批评实践中非常关注作为知识主体的个人在特定历史情境中的塑型。在阿库宁的小说中，尽管对历史事件的戏说以及对历史形象的互文性建构强化了历史的文本化印象，但作者并未沉溺于对传统史学观念的解构，而是努力在叙事游戏中重建历史阐释的主体性，力图以此满足受众的文化和精神消费需求。阿库宁之所以选取社会转型时期作为故事的历史背景，原因或许就在于转型期的历史面貌最不明确、历史观念最为矛盾，因此也最需要明确的历史主体意识。在社会转型期，旧的统一的历史身份已被抹除，而新的历史身份尚未成形，所以个人在身份意识上面临着严重的分裂危险。阿库宁的小说通过凡多林和尼古拉斯形象的塑造，确认了当代人的集体经验，传达了人们在失去历史确定性之后迷茫和矛盾的历史氛围。而消除这种历史缺乏焦虑症的出路，在阿库宁看来，就在于历史阐释主体性的确立。

苏联解体所造成的历史感的断裂，以及整个社会在恢复被苏联意识形态染色和遮蔽的历史面目方面的一切尝试，让生活中转型期的俄罗斯人真切体验到历史的散乱与破碎。在《阿尔塔—托罗巴斯》、《课外阅读》、《费·米》等小说中，作者通过主人公尼古拉斯的视角细致描绘了当代社会生活的纷乱、荒诞以及人们内心的失落感。按照黑格尔的看法，这是一个需要英雄的时代。而对于有着深切的世纪末体验的当代读者而言，一个"侦探式的历史学家"或"历史学家式的侦探"就理所当然地会成为大众意识中最具吸引力的"当代英雄"形象，因为他们的想象力能够帮助人们在意义的废墟上重建秩序。正如怀特所指出的：

> 历史学家在努力使支离破碎和不完整的历史材料产生意思时，必须借用柯林伍德所说的"建构的想象力"（constructive imagination），**这种想象力帮助历史学家——如同想象力帮助精明能干的侦探一样——利用现有的事实和提出正确的问题来找出"到底发生了什么"**。……当历史学家成功地发现历史事实中隐含的故事时，他们便为历史事实提供了可行的解释。①

---

① ［美］海登·怀特：《作为文学虚构的历史本文》，载张京媛编《新历史主义与文学批评》，北京大学出版社 1993 年版，第 164 页。黑体为引者所标。

　　阿库宁似乎是有意识地将尼古拉斯塑造成这样的一个人物形象：这既是一位归国寻根的历史学家，也是一位在混乱纷杂的现实中不断探索的侦探；出色的想象力帮助尼古拉斯解开了现实生活中一个又一个的神秘案件，同时也帮他打开了通向隐秘历史之门。同当代人一样，尼古拉斯深切体会到社会转型所导致的恐惧感，他发现"从远处爱俄罗斯显得更加简单，也更加令人愉快"①，所以他试图"从远处"——也就是从疏离现实的历史角度来认识自己的祖国，找出能够回答"到底发生了什么"这个世纪末问题的答案。透过历史遗留下来的文本碎片，尼古拉斯不断地去发掘过去，试图寻求历史与现实之间的联系。然而，随着"历史"逐渐变得明晰，尼古拉斯却发现历史与现实竟是如此相似。这使他意识到自我话语在历史认识中的核心作用，所以他最终选择了以个性视角重塑历史。正如凡多林通过对外界世界的疏离摆脱了自己的客体性一样，随着一个"虚像俄罗斯"形象在自己意识中的逐渐呈现，尼古拉斯抵制住了历史及其各种话语对人的客体化，并赖此达成了对杂乱无序的现实的超越，疗治了因理想失落而导致的痛苦和创伤。②

　　不难看出，在这几部小说中，阿库宁把尼古拉斯塑造成了一个"历史阐述主体"的形象。很难说这个形象是作者个性在写作中呈现出来的"作者形象"，因为它更接近大众意识中历史认知的倾向，一定程度上是对后者的艺术反映。阿库宁所建构的这个历史阐释主体，不是意欲最大化地发现和确认客观事实，而是试图利用文化影像、民间记忆和自我想象来创造和虚构一种"更加真实的历史"。面对庞杂而纷乱的历史与当下，尼古拉斯坚持以主体视角进行历史阐释，利用个体话语来克服以历史教科书为代表的"超验无边的主流文化权威"和以父亲提供的俄国形象为代表的宏大历史叙事所带来的主体焦虑，抵抗任何外来话语对自己的控制和异化，强调在个性视阈中进行历史的建构，从而让个体的、被压制的文化主体能够"发出自我的声音和诉说自我的历史"。③ 从社会历史背景来看，阿库宁对历史阐释主体性的强调，符合了后苏联时期集体主义破产之后人们尊崇个性价值的文化追求，满足了社会无意识之中对价值重建的深层

---

　　① Акунни Б.，*Алтын-Толобас*，М.：ОЛМА-Пресс，2001，с.4.

　　② 可参阅本书第四章第三节的相关论述。

　　③ 王进：《新历史主义文化诗学：格林布拉特批评理论研究》，暨南大学出版社2012年版，第111页。

渴望。

　　在此，不难发现阿库宁本人与其笔下尼古拉斯形象的平行性：正如小说中的尼古拉斯在不断发现新奇的历史一样，阿库宁也在现实世界中不断用文字来书写历史；也正如尼古拉斯通过重构个性化的历史来体现自我主体性一样，阿库宁试图以经过装扮的历史叙事来抚慰当代俄罗斯人的失落情怀，使之获得一种关于自我存在的确定性。从更大的社会背景来看，尼古拉斯的形象实际上就是苏联解体后急于确认自身历史根基的俄罗斯民族的隐喻。试图通过历史来找回自我文化身份，的确是这一时期俄罗斯文化界乃至社会大众普遍的文化追求。然而，正如前文所述，一个全面而真实的历史毕竟是不可能被认识的，不断涌现的形形色色的历史话语和历史知识非但未能从根本上确认自我身份，反而悖论性地加剧了历史破碎感。人们如尼古拉斯一样努力地探求历史真理，却发现自己已经迷失在各种话语释放的迷雾之中，失去了历史方向感。面对这种状况，阿库宁给出的应对策略就是确认自我位置——也就是确立自己的历史阐释主体的地位。

　　这样一来，通过把现实投射到历史镜像，阿库宁为读者打开了理解历史的另一扇门：历史既不是由启蒙主义者所理解的一个不断进步的上升进程，也不是由"黄金时代"不断衰落的线性下降过程，人们在不同的历史阶段总是面临着同样的一些问题，关键是如何做出选择，如何塑造自我。作为历史的主体和阐释的主体，人既不应该做历史的消极旁观者，也不应受制于外在现实或意识形态体制，而要形成独立的文化观念和身份意识。不难看出，在转型时期俄罗斯文化界纷纷致力于历史重建的社会语境下，阿库宁另辟蹊径，凸显了人在历史认识活动中的主体性和创造性，强调了历史认识的个性化和非统一性，提倡以个体话语介入历史学体系并以此为阐释视角来组织历史知识。这无疑是对长期统治苏俄史学界的、独尊客观性和总体性的实证主义历史话语的反拨，客观上迎合了转型期俄罗斯的社会无意识当中对任何总体性话语的怀疑。这应该是阿库宁的小说之所以享有如此之高的市场认知度的原因之一。

　　当然，对这个历史阐释主体应该有清醒的认识。这并不是一个有着完全自我意识和个性意识的主体，它实际上代表了某个文化群体的集体话语。在阿库宁这里，它主要体现为大众文化的思维方式与话语模式。巴尔特和福柯等人已经告诉我们，文学往往是在"神话"空间运作的，以读者为导向的大众文学更是如此。面对那些看起来极为散乱且难以捉摸的事件系列，大众文学的一般做法就是将之放入自己熟悉的文化范畴如神话模式或小说模式之内，通过已知的编码形式使陌生的对象变得熟悉，从而获得持续的舒适感。阿库宁的历史叙事就遵循了这一基本逻辑。在这一点上，阿库宁的创作与怀特所说的"历史编撰学"有着异曲同工之处：

> 历史学家作为某一特定文化的成员，对于什么是有意义的人类处境模式的看法与他的读者群的观点相同。历史学家在研究一系列复杂的事件过程中，开始观察到这些事件中可能构成的故事。……他以故事的特定模式来组合自己的叙事。读者在阅读历史学家对事件的叙述时，逐渐认识到自己所阅读的故事是某一种类型而不是另一种类型：传奇、悲剧、喜剧、讽喻、史诗，等等。当读者识别出他所阅读的故事所从属的等级或类型时，这就获得了阐释故事中的事件的效果。从此时起，读者不仅成功地跟随了故事的发展，而且掌握了故事要说的意思，理解了整个故事。事件最初的陌生感、神秘感或异国情调至此被驱散了，事件变得熟悉起来。①

人们在阅读阿库宁的侦探小说时不难发现，通过历史戏说游戏，作者将俄国历史中带有"精神创伤"性质的事件如俄土战争、俄日战争、革命运动、恐怖活动、霍登惨案等统统纳入到读者乐于接受的侦探故事模式之中，在维护民族神话的同时改变了这些事件的原有历史意义，从而使之在新的叙事结构中重新被人们所熟悉。这样的历史书写并非简单的对历史的戏弄和降格，也不是"无聊的游戏"，而是有其深刻的社会心理根源。怀特认为，历史编撰与心理治疗有相似的运作机制。在他看来，很多心理问题是由过去事件系列（历史）的陌生化引起的，因为这些事件的神秘感产生了使人不能接受也无法拒绝的意义，而这些意义使过去事件在应该成为历史的时候却仍然构成病人对世界的看法。怀特指出，解决问题的出路在于设法使病人重新编织自己的生活史，改变那些远离个人生活的历史事件的"意义"，以及这些"意义"对病人生活的影响机制。因此，心理

---

① ［美］海登·怀特：《作为文学虚构的历史本文》，载张京媛编《新历史主义与文学批评》，北京大学出版社1993年版，第165—166页。

治疗过程就是以情节结构替换的方式"使已遭陌生化了的事件重新变得熟悉起来"。① 阿库宁的小说以大众话语方式重新组织历史叙事，借助人们熟悉的文化模式来重新界定历史和现实，让断裂的历史脱离开痛苦反思的泥淖而重新承载连续的生活意义，使充满神秘感和恐怖感的现实重新获得可被认知的明晰度。不难看出，这样的历史叙事无形中符合了苏联解体前后俄罗斯社会激变所导致的世纪末情绪的精神病理学机制。阿库宁将世纪末俄罗斯的创伤体验和历史失根的恐惧感投射到小说叙事之中，继而为荫蔽人们的隐秘愿望而虚构了一个历史形象，通过"移情"作用使读者内心的负面情绪得到宣泄。小说中的历史叙事因此被赋予了某种象征结构和隐喻形式，成了某种文化心理表达而非历史事实再现。从精神分析的角度来看，这显然是作者意欲借道主体性建构来满足大众意识中的内在话语需求，客观上则以心理补偿的方式帮助读者去适应这个社会，从而发挥着怀特所谓的心理治疗功能。概言之，阿库宁的小说通过改变历史事件的意义指向，使之适应了大众文化意识对历史的审美需求，从而在重新编制的"历史"之中为读者搭建了一处虽简陋但不乏浪漫色彩的避难所。他的小说在最直接的意义上行使着文学孜孜以求的"叙事救赎"功能，借助通俗化的历史叙事来确认当代人在文化生活中的主体地位，并进而影响到当代社会意识的建构。

通过上述分析可以看出，阿库宁通过对阐释主体性的强调，忽视和遮蔽了历史的客观实在性，张扬了历史作为阐释过程的主观虚构性，这导致了很多人的不满和批评②。但我们认为，不应把阿库宁视为考古学家或历史学家，更不能把文学创作等同于历史撰写。文学的任务是发现问题并给予审美的思考。阿库宁小说的历史叙事层面回溯了过去的历史情景，但其真实所指并非历史实在，而是对当下语境的人文关怀。格林布拉特在考察文艺复兴文学的历史功能时指出，体验文艺复兴文化就是为了感触形成自我身份的氛围，为了在当代文明濒临崩溃威胁的各种焦虑和矛盾之中去回溯文明建立之初的同样的焦虑和矛盾。在任何社会转型时期，人们实际上

---

① ［美］海登·怀特：《作为文学虚构的历史本文》，载张京媛编《新历史主义与文学批评》，北京大学出版社1993年版，第166—167页。

② 例如，库巴基扬、丘季诺娃等人就极大地质疑了阿库宁小说的历史价值和认识功能。详见 Кубатьян Г.，"Пожизненные Хлопоты"，*Дружба Народов*，№.7，2002；Чудинова Е.，"Смерть Статуи Ахиллеса"（см. www.chudinova.com.ru）。

面临着同样的思想矛盾和主体焦虑，因此，对人们来说比再现真实历史更重要的，可能就是"那种在自我意识和社会角色之间的人生艺术"和"那种在自我塑型和文化机制之间的身份诗学"。① 促使读者独立思考自我的存在状态，建立一种纷乱世事中的诗性栖居意识，或许就是阿库宁的小说在当代社会心理建构上的积极价值所在。

综上所述，阿库宁的小说创作作为一种文化历史现象，症候性地反映了转型期大众文化对经典文本以及中心文化话语的蚕食，而阿库宁的过人之处就在于，他以后现代主义解构思维对文学的两极话语进行了游戏性改造和重构，将多重审美元素共容并置在同一个文本之中，从而创生了不无诗学矛盾性的"中间体裁"。这种将"怀旧式的眷恋"与"反讽性的改造"共置于同一文本的矛盾性思维，也影响到阿库宁小说对历史的认识和建构，进而形成了一种大众式的世界认知模式与矛盾性的历史叙事：一方面，他不断地以戏拟手法去拆解各种历史话语对"客观历史"的建构，试图展示一种带有新历史主义倾向的历史意识，以此超越苏联解体后俄罗斯社会中历史思想的紊乱；另一方面，他又在小说中重塑了一个具有感伤色彩、同时又令人眷恋的历史审美影像，试图以此缝补20世纪的社会革命和苏联解体所带来的历史断裂。此外，通过以新的模型来绘制艺术与世界的边界，阿库宁将小说化为沟通大众历史意识的桥梁，突出了大众在历史认识行为中的主体性，使文本成为当代大众交往的重要媒介和文化再现的公共领域。阿库宁小说本身所具有的庞杂性和矛盾性，使他的小说成了真正意义上的复合型艺术文本，同时也确证了其创作思维与时代思想的深度契合。作为充满解放与狂欢激情的转型时期的产物，阿库宁现象成了一个自相矛盾的文化事业，这既是一个文学重构的实践之地，也是文化大众的审美栖居之所。

---

① 王进：《新历史主义文化诗学：格林布拉特批评理论研究》，暨南大学出版社2012年版，第99页。

结　语

　　在世纪之交扑朔迷离的俄罗斯文学进程中，鲍里斯·阿库宁的创作是一个具有代表性的文学现象，无论是其形式的重构还是内容的革新，俱都带有转型中的后苏联文化所特有的风格和特征。通过这一个别现象，我们可以管窥文化转型时期的文学嬗变，探知时代文化语境之于文学重构的深刻影响。通过如上的分析不难发现，阿库宁的创作同它诞生于斯的文化转型背景具有内在的同构性，其作品在审美形式和思想内容上的多元价值取向映射了新时期文化发展多元并举、价值重构的狂欢特征。一方面，与文化大众化的趋势相适应，阿库宁的作品呈现出明显的商品化、娱乐化和模式化特点，这使得作家的创作与同时兴起的大众文化，特别是大众文学潮流具有了相通之处。另一方面，与玛丽尼娜、顿佐娃、卢基扬年科等这些典型的大众文学作家不同，阿库宁又表现出一定的美学创新和思想探索意识，其作品本质上是多种文学传统和创作观念突破原有疆界进行对话并整合的产物。矛盾的文本建构直接导致了批评界对阿库宁作品归属或定性的争论。究其原因，这场争论的根源就在于阿库宁非同一般的创作策略，在于他"能够在雅致艺术和高雅文学的爱好者与商业性写作之间居中调解"①，在于他融合雅俗的创新性文本既不符合严肃文学规范，也不完全适用大众文学标准。因此，把阿库宁的创作安放在大众文学模范内进行文本批评已经失去了意义，要把握阿库宁现象的本质意义，就必须如巴赫金在研究拉伯雷小说时所采取的策略一样，"对许多根深蒂固的文学趣味要求加以摒弃，对许多概念加以重新审视"。② 与此相应，本书采取的研究方法是将"阿库宁现象"置于文化和文学进程中进行整体性的考察，以期能够揭示作家的文学创作与时代文化文学背景之间的种种关联，并在此

---

　　① Снигирева Т. и Подчиненов А. , "Система Национальных Зеркал в Творчестве Б. Акунина", *Учёные Записки ПГУ*, №. 3, 2013, с. 60.

　　② ［苏］巴赫金：《巴赫金全集》（第六卷），河北教育出版社 2009 年版，第 3 页。

基础上探析其内在的价值和意义。这就引发了我们对于大众文学研究的意义和研究范式的思考。

1. 大众文学研究的意义

20世纪末21世纪初的俄罗斯文化转型首先是对精英文化和官方文化一元论的否弃，在这个过程中，一向被主流文化所边缘化的大众文化的迅猛发展无疑起到了非常重要的作用。面对这种局面，我们该何去何从？回顾20世纪文化研究史，可以发现理论界对大众文化有着截然不同的两种态度。一种态度以利维斯学派和法兰克福学派为代表，他们认为大众文化（即法兰克福学派所谓文化工业）丧失了"本真"文化的社会批评性和乌托邦话语功能，是抹杀个性的社会控制方式和统治阶级文化霸权的另样表现形态，因而对之采取了全盘否定的态度。这显然是对马修·阿诺德以来的"文化与文明"传统和现代主义文化观的继承甚至深化。另一种态度源自英国文化研究学派的杰出代表斯图亚特·霍尔所提出的编码和解码理论。霍尔指出，受众对大众文化产品的接受与其在社会结构中的地位相适应，据此可以析出三种不同的解码立场，即统治—霸权性立场、协商性立场以及反抗性立场，霍尔强调了后两种解码立场中受众的主体性和对抗性。文本的多义性显示，大众文化不可能只是自上而下的社会控制方式和灌输"虚假意识"的工具，它同时还是抵抗宰制性意识形态、诸种意义彼此协商的场所。这种理论得到了许多当代研究者包括后现代主义理论家的赞同，他们认为大众文化是真正的自由和民主的体现，因而对之持有几乎是完全肯定的态度，如约翰·菲斯克就认为大众文化其实是无权者进行"符号抵抗"的战场，因而他无比乐观地将大众文化视为"名副其实的进步（尽管不是激进）力量"。① 即使在今天，如上所述的两种对立思维仍然左右着很多批评者的研究视野。然而，在一些当代学者看来，这种纯粹的结构主义决定论和文化民粹主义都各有其极端和片面之处。我国的王一川教授认为，比较务实合理的做法是针对大众文化自身的特点进行分析，按其本身的规律去加以研究。② 对当前俄罗斯正在蓬勃兴起的大众文学的评价，亦当遵循这一基调，一方面既要承认大众文学的历史合法性，另一方面又必须冷静地辨析其积极与消极的方面，探寻它对文学整体发展的

① ［英］约翰·斯道雷：《文化理论与大众文化导论》，常江译，北京大学出版社2010年版，第270页。

② 请参阅王一川：《文学理论讲演录》，广西师范大学出版社2004年版，第314页。

影响。

不管人们对大众文学如何不满，它作为一种文化现象早就以不同的形态存在于人类历史之中。严肃与通俗的分界自古即有之，正如巴赫金所指出的，对待世界和人类生活的双重认识角度在文化发展的最初阶段就已存在，"在原始人的民间创作中，有严肃的（就其组织方式和音调气氛而言）祭祀活动同时还有嘲笑和亵渎神灵的诙谐性祭祀活动（仪式游戏），有严肃的神话，同时还有诙谐和辱骂性的神话，有英雄，同时还有讽拟英雄的替身"。① 巴赫金讨论的固然是文化的二元分立，在文学中何尝不是如此？中外古今的文学史中，有雅言亦有俗讲，有上层文学亦有市井文学。大众文学作为社会无意识的一种特殊反映形式，它的存在既是社会分化的结果，也是思想民主的体现。"大众文化的多样性，就是社会想象和社会类型本身的多样化。"② 因此，一个时代的大众文学越是发达，说明这个时代的思想越是多元、民主，正统思想的钳制也就越为无力。按照文化谱系的对应，大众文学的地位有类于整体文化中的诙谐文化，它们同样地显示出另一种现实，强调"非官方的"看待世界的观点，营构着有别于官方世界和精英世界的"第二个世界和第二种生活"。③ 大众文学实现了对官方文学的解魅，呈现出更容易被大众读者理解的文学样态。

大众文学的这种"他反性"适应了苏联解体之后人们对于文学功能的反思，因此它在当代俄罗斯的崛起是有其历史必然性的。在苏联时期，由于长期处在政治意识形态的阴影之下，文学实际上变成了一种精神文化控制形式，过多的现实功利因素削弱了文学的审美潜力，违背了文学自身的发展规律。在 20 世纪 90 年代初期的俄罗斯文学中，虽然意识形态已经发生了根本的转向，但上述状况并未得到切实的改善。只是随着市场经济体制和消费社会形态的确立，文学的审美功能才得到了重新强调。已有学者指出，在当下充满消费主义、享乐主义和虚无主义的新的文化语境中，越来越多的读者、作家和批评家远离了文学，已经不再关注被媒体分流了

---

① ［苏］巴赫金：《巴赫金全集》（第六卷），河北教育出版社 2009 年版，第 6 页。

② Гудков Л., "Массовая Литература Как Проблема, Для Кого?" Цитата По Купина Н. И Др., *Массовая Литература Сегодня*, М.：Флинта. Наука, 2007, с. 34.

③ ［苏］巴赫金：《巴赫金全集》（第六卷），河北教育出版社 2009 年版，第 6 页。

的文学的社会功能，对"纯文学"玄乎其玄的把戏早已冷漠①。大众文学主张以非功利性的审美去娱乐读者，将感性愉悦树为艺术宗旨，以"自觉地担负起满足人们消遣与娱乐的需要的职能"②，这在本质上是对现代主义文学以降的美学取向的一种反拨。

　　然而，大众文学与官方文学和严肃文学之间又非截然对立的关系，它们总是处于相互影响之中，共同决定着文学的总体发展。大众文学往往表现出一定的"自反性"，即它常常从严肃文学中汲取营养和灵感，将后者的主题、情节甚至语言元素纳入自身，试图借助严肃文学的力量登上大雅之堂，从而形成对自我的解构。同时，严肃文学为了赢得广泛的读者，有时也不得不借鉴大众文学的表现手法以充实自己的武库。这样一来，文学的两级就打破了各自的封闭性，并在互动中形成了一个充满生机的"交流区"。这是一个充满创造力的、极为活跃的板块，是旧形式不断消亡和新形式不断创生的温床。曾以小说《2017》获得"俄语布克奖"的女作家奥莉茄·斯拉夫尼科娃认为，"文学艺术形式发展到一定程度就是综合，是使精英和大众能够汇合在一起的方式。"③ 正因如此，在考察一个时代的文学状况及其发展趋势的时候，不应简单地否定大众文学的地位，而应在总体文学史视野中揭示它对文学发展和审美意识的深刻影响。正如俄国形式主义理论家们所提出的那样，文学的发展并非线性过程，"任何一种文学中的继承性联系都首先是一场斗争，是对旧的整体的破坏，和以旧因素为基础的新的建设"④，在这场斗争和建设过程中，处在文学性边缘的大众文化风格是文学形式自我更新的重要影响因子，其中储藏着"未来时代创新方案的后备潜力"。⑤ 特别是在转型期的多元文化语境中，文学进程的上述内在动力学机制运作得更加频繁，也更加有效。佩列文、维列尔、托卡列娃和科罗寥夫等人的创作中显而易见的雅俗间性风格，就

---

　　① 张建华：《后苏联文学新图谱与现代性精神价值》，载森华主编《当代俄罗斯文学：多元、多样、多变》，外语教学与研究出版社 2010 年版，第 106 页。

　　② 钱谷融：《不必羞愧的缪斯女神》，载《钱谷融文论选》，上海文艺出版社 2009 年版，第 204 页。

　　③ Славникова Ольга, *2017, книжный угол*, 转引自侯玮红《当代俄罗斯小说研究》，中国社会科学出版社 2013 年版，第 28 页。

　　④ 迪尼亚诺夫：《陀思妥耶夫斯基与果戈理——兼论讽刺性模拟理论》，转引自张冰《陌生化诗学：俄国形式主义研究》，北京师范大学出版社 2000 年版，第 299 页。

　　⑤ Под ред. Тимина С., *Современная Русская Литература Конца XX – Начала XXI Века*, М.：Издательский центр *Академия*, 2011, с. 225.

充分显示了当代俄罗斯文学的越界重构趋势。

除了上述两点，还需要特别指出的是，大众文学并不是铁板一块，在其内部存在着明显的价值品级，包含着差异、矛盾甚至斗争。其中既有致力于满足大众感官刺激的庸俗、低俗的作品，也有处在与高雅艺术接壤地带的、拥有丰厚价值的作品。后一类作品积极关注社会生活的当下状态，真实地反映着生活现实和社会情绪，并与文化中某些更深层的东西结合在一起。这些作品不仅能给读者带来丰富而深刻的感性愉悦，而且为他们提供了享受人生与世界的自由并洞悉其深层意蕴的机会，使人的精神经由审美愉悦而达到陶冶或提升。① 如同严肃文学，大众文学同样可以发挥反映生活、说明生活的艺术功能和陶冶情操的美育功能，同样能够体现深刻的艺术和审美价值，同样可以是反映社会意识、实现民族认同的一种意识形态。我们在本书中对阿库宁文本语义的解读，即可说明这一点。

无论从何种角度看，大众文学都应被视为文学肌体的重要组成部分，其中蕴含着思想与审美追求的巨大潜能。从整个文化历史语境来看，大众文学作为世纪之交所出现的大众文化的重要组成部分，与俄罗斯现代化模式的转换有着密切关系。雷蒙德·威廉斯曾说过，只有把研究对象当作文化产物，才有可能认识作品的意义和本质。② 已有学者从威廉斯式的文化研究视角切入大众文学研究并指出，在国家式现代化遭遇挫折之后，俄罗斯试图依赖市场化来引导现代化，结果俄罗斯知识分子也不得不借助大众文学平台去实现自己的精神性使命，以使自己更加务实地面对全球化语境下的现代化进程。③ 大众文学研究关系到对俄罗斯文学发展现状及未来趋势、甚至是当代俄罗斯文化进程的合理认识。20 世纪末的文化转型加速了文学价值等级体系的分解，因此，将文学视为一个内部均值的文化整体即玛·切尔尼亚克所谓的"多文学"进行研究，如今就显得特别迫切和必要④。当然，我们也不应将大众文学理想化，由于其内在的复杂性，在研究中应注意甄别其正面与负面、积极与消极等不同的侧面，对之做理性

---

① 请参阅王一川《文学理论讲演录》，广西师范大学出版社 2004 年版，第 314—315 页。

② ［美］杰姆逊：《后现代主义与文化理论》，唐小兵译，北京大学出版社 1997 年版，第 3 页。

③ 请参阅林精华《当代俄罗斯的另一种文化景观：大众文化实践与批评》，《文学前沿》2002 年第 2 期。

④ Черняк М. , *Отечественная Проза XI Века： Предварительные Итоги Первого Десятилетия*，СПб. М. : Сага. Форум，2009，с. 14.

分析，唯有如此方可维护文学肌体的健康发展。

2. 关于大众文学研究范式的一点思考

在俄罗斯文学的研究中，大众文学正处在一种尴尬的境地：尽管大众文学的创作和接受正呈愈演愈烈之势，但它始终未得到应有的研究。当前批评界一般仅将这种文类视作一种消费文化形式，强调它的市场性和娱乐性，注重对情节的趣味性、语言的通俗性、体裁的模式化等形式因素的分析，而往往忽略作品本身所蕴含的美学和思想。即使在切尔尼亚克和古比娜等人不无真知灼见的专著中，著者也过分关注了大众文学与严肃文学在结构形式、思想内容等诸要素上的对立，把大众文学作为一种相对孤立的文学现象来展开研究。然而在我们看来，大众文学从来不是文学孤岛，它始终是文学肌体的有机组分，并积极参与到当代俄罗斯文化的动态建构和整体发展之中。反观苏联解体以来的整个俄罗斯文学进程就可以发现，新世纪文学的复兴是与不同创作思想和风格流派的融合紧密联系在一起的。文学理论家谢尔盖·卡兹纳切耶夫（Казначеев С.）倡导的"新现实主义"创作运动①的出现，斯拉夫尼科娃的长篇小说《2017》和科粱金娜的《花十字架》获得俄语布克奖的事实，都明证了这种融合趋势。在这样的历史文化语境下，如果再固执于大众文学的孤立研究，似乎就难合时宜了。

此外，大众文学具有其自身的特点，它不仅是一种文学现象，更是一种文化现象。所以，要洞悉一个大众文学现象的生命力，就应该把它作为一种文学和文化的对话现象来加以考察。诚如巴赫金所指出的，任何一种文学作品和文化现象都存在着对话关系。它既要同前代对话，又要同本时代和后代对话；既要同文学艺术本身展开对话，又要同社会历史语境和读者期待视野展开对话。这样一来，为了摆脱当前大众文学研究范式的危机，我们应该转向广义上的文化研究，把文学重新置入文化体系，从价值意义角度去透视大众文学，从而超越纯形式主义的文本分析。②

---

① 之所以称为"文学运动"，是因为其中既有卡兹纳切耶夫，弗·邦达连科等一些理论家的介入，也有紧紧围绕"新现实主义"观念进行创作的一批年轻作家（罗曼·谢恩钦、谢尔盖·沙尔古诺夫等），后者甚至还发表了被认为是"二十岁一代"作家宣言的论文《反对送葬》。所有这些特征都与19世纪末20世纪初的俄罗斯现代主义文学运动相似（可参见侯玮红《当代俄罗斯小说研究》，中国社会科学出版社2013年版，第63—67页）。

② 任翔：《文化危机时代的文学抉择》，北京师范大学出版社2006年版，第257、264页。

　　本书对阿库宁创作的研究就是对这一研究范式转换的实践和尝试。我们采用了文化诗学的整体性批评视角，从文本内和文本外两个方面、诗学审美和文化语境两个维度对阿库宁的小说创作进行了多重考察。本书有意避开了阿库宁小说的叙述结构、情节布局、语言修辞等作品形式方面的本体分析，而是将其创作看作作家同前代文学传统和本时代文化语境对话的产物，在历时和共时的视野中揭示作家创作的地位，力图通过文本的结构特性来探寻小说与文化转型之间的内在一致性，确认作家超越雅俗文学疆界、融合雅俗审美趣味的狂欢化美学趋向。然后，我们又试用格尔兹所谓的"厚描"方法来分析阿库宁小说主题的文化意蕴，试图揭示出隐含在游戏性叙事表层之下的丰厚的人文价值和思想意义。为了更深入地理解这一症候性的文化现象，本书最后一章分别在后现代主义和新历史主义这两股对后苏联文化和文学影响深远的当代思潮中，审视了阿库宁小说创作对当代俄罗斯文学审美疆域的补充和开拓，描述了它与转型期历史文化语境之间的相互影响。需要声明的一点是，尽管本书结构立意复杂，但由于笔者的理论功底、文学知识和研究能力所限，书中的理论论述和阐释实践可能存在着许多肤浅和纰漏之处。虽然如此，笔者仍然希望这种尝试可以为当前的俄罗斯大众文学研究提供有益的借鉴。

参考文献

一 阿库宁作品

[1] *Акунин Б.* Азазель［M］. М.：Захаров，1998.

[2] *Акунин Б.* Алмазная колесница［M］. М.：Захаров，2002.

[3] Акунни Б. Алтын-Толобас［M］. М.：ОЛМА-Пресс，2001.

[4] *Акунин Б.* Внеклассное чтение［M］. М.：ОЛМА-ПРЕСС，2005.

[5] *Акунин Б.* Коронация，или последний из романов［M］. М.：Захаров，2001.

[6] *Акунин Б.* Левиафан［M］. М.：Захаров，2001.

[7] *Акунин Б.* Любовник Смерти［M］. М.：Захаров，2001.

[8] *Акунин Б.* Любовница Смерти［M］. М.：Захаров，2001.

[9] *Акунин Б.* Нефритовые четки［M］. М.：Захаров，2007.

[10] *Акунин Б.* Особые поручения［M］. М.：Захаров，2000.

[11] *Акунин Б.* Пелагия и красный петух［M］. М.：АСТ，2003.

[12] *Акунин Б.* Статский советник［M］. М.：Захаров，2001.

[13] *Акунин Б.* Турецкий гамбит［M］. М.：Захаров. АСТ，2000.

[14] *Акунин Б.* Ф. М.［M］. М.：ОЛМА Медиа Групп；ОЛМА-ПРЕСС，2006.

[15] *Акунин Б.* Любовь к истории［M］. М.：ОЛМА Медиа Групп，2012.

[16] *Акунин Б.* История Российского государства Часть Европы.［M］. М.：АСТ，2014.

二 外文专著

[1] *Быков Д.* Блуд труда. Эссе［M］. СПб.：Лимбус Пресс，2007.

[2] *Гордович К.* Русская литература конца XX века. СПб.：Петербургский ин-т печати，2003.

[3] *Гудков Л.*，Дубин Б.，Страда В. Литература и общество：введение

в социологию литературы［M］. М.：РГГУ，1998.

［4］ *Дубин Б.* Слово-Письмо-Литература ［M］. М.，2001.

［5］ *Дымшица А.* Массовая литература и кризис буржуазной культуры Запада ［M］. М.：Наука，1974.

［6］ *Еремина И.*，*Ярошенко Е.* Современный отечественный детектив: биобиблиографический указатель ［M］. М.：Пашков дом，2006.

［7］ *Иванова Н.* Ностальящее. Собрание наблюдений ［M］. М.：Радуга，2002.

［8］ *Ковалева В.* Русская советская повесть 20 – 30 – х годов ［M］. Л.：Наука，1976.

［9］ *Костина А.* Массовая культура как феномен постиндустриального общества ［M］. М.：ЛКИ，2008.

［10］ *Косиков Г.* Французская семиотика. От структурализма к постструк турализму ［M］. М.：Прогресс，2000.

［11］ *Кременцова Л.* Русская литература *XX*—начала *XXI* века ［M］. т. 2. М.：Академия，2009.

［12］ *Кузнецов М.* Литература и антилитература: литература для масс и массовая литература ［M］. М.：Знание，1975.

［13］ *Купина. Н.*，*Литовская М. А.*，*Николина Н. А.* Массовая литерат ура сегодня: учебное пособие ［M］. М.：Флинта: научка，2009.

［14］ *Лейдерман Н.*，*Липовецкий М.* Современная русская литература: 1950 – 1990 – е годы ［M］. т. 2. М.：Академия，2003.

［15］ *Лосский Н.* История русской философии ［M］. М.：Сварог и К，2000.

［16］ *Лотман Ю.* Избранные статьи ［M］. Т. 3. Таллин，1994.

［17］ *Нефагина Г.* Русская проза конца *XX* века ［M］. М.：Флинта: Наука，2003.

［18］ *Немзер А.* Замечательное десятилетие русской литературы ［M］. М.：Захаров，2003.

［19］ *Огрызко В.* Кто сегодня делает литературу в России ［M］. М.：Литературная Россия，2006.

［20］ *Прохоров А. М.* Советский энциклопедический словарь ［M］. М.：

Современная энциклопедия, 1985.

[21] *Савикина И.*, *Черняк М.* Культ-товары: феномен массовой лите ратуры в современной России [C]. СПб.: СПГУТД, 2009.

[22] *Савицкий С.* Андеграунд: история и мифы ленинградской неоф ициальной литературы [M]. М.: НЛО, 2002.

[23] Под ред. *Скворцова В. Н.* Пушкинские чтения – 2013. Художест венные стратегии классической и новой литературы: жанр, автор, текст. Материалы международной научной конференции, СПб.: ЛГУ, 2013.

[24] *Скоропанова, И. С.* Русская постмодернистская литература [C]. М.: Флинт; Наука, 2001.

[25] *Сорокина и др.* Массовая культура на рубеже XX – XXI века: Человек и его дискурс [C]. М.: Азбуковник, 2003.

[26] *Строева А.* Как сделать детектив [C]. М.: Радуга, 1990.

[27] *Тамарченко Н.* Готическая традиция в русской литератур [C]. М.: Рос. гос. гуманит. ун-т, 2008.

[28] Под ред. *Тимина С.* Современная русская литература конца XX—начала XXI века [C]. М.: Издательский центр 《Академия》, 2011.

[29] *Тух Б.* Первая десятка современной русской литературы [M]. М.: Оникс 21 век, 2002.

[30] *Хализев В.* Теория литературы [M]. М.: высшая школа, 1999.

[31] *Черняк М. А.* Современная русская литература [M]. СПб. М.: САГА. Форум, 2004.

[32] *Черняк М. А.* Массовая литература XX века [M]. М.: Флинта. Наука, 2007.

[33] *Черняк М. А.* Отечественная проза XXI века: предварительные итоги первого десятилетия [M]. СПб. М.: САГА:ФОРУМ,2009.

[34] *Чупринин С.* Русская литература сегодня: жизнь по понятиям [M]. М.: Время, 2007.

[35] *Чупринин С.* Русская литература сегодня: новый путеводитель [M]. М.: Время, 2009.

[36] *Шишова Н. и др.* История и культурология [M]. М.: Логос, 1999.

[37] *Barker Adele* (*edit.*). Consuming Russia: popular culture, sex, and society since Gorbachev [M]. Durham: Duke University Press, 1999.

[38] *Brooks Jeffery*. When Russian learned to read [M]. Evanston: Northwestern University Press, 2003.

[39] *Buck-Morss Susan*. Dreamworld and Catastrophe: The Passing of Mass U-topia in East and West [M]. Cambridge, Mass.: MIT Press, 2000.

[40] *Shneidman N. N.* Russian literature, 1995 – 2002: on the threshold of the new millennium [M]. Toronto: University of Toronto Press, 2004.

三　外文期刊

[1] *Амусин М.* ... Чем сердце успокоиться [J]. Вопросы литературы, 2009 (3).

[2] *Арбитман Р.* Бумажный оплот пряничной державы [J]. Знамя, 1999 (7).

[3] *Богомолов Н.* Авантюрный роман как зеркало русского символизма [J]. Вопросы литературы, 2002 (6).

[4] *Бондаренко Владимир.* Акунинщина [N]. Завтра, 2001 – 1 – 23.

[5] *Грачев С.* Борис Акунин: я осуществил национальную мечту [N]. АиФ, 2005 – 7 – 6.

[6] *Демичева Е.* Постмодернистские интерпретации гамлетовского сюжета в современной русской литературе [J]. Известия Волгорадского гос. пед. универститета, 2007 (2).

[7] *Денисова Галина.* Необычный бестселлер: заметки о построении Левиафана Бориса Акунина [J]. Studi Slavistici, 2006 (3).

[8] *Дубин Б.* Читатель в обществе зрителей [J]. Знамя, 2004 (5).

[9] *Иванова Н.* Жизнь и смерть симулякра в России [J]. Дружба народов, 2000 (8).

[10] *Кабанова И.* Сладостный плен: переводная массовая литература в России в 1997 – 1998 годах [J]. Волга, 1999 (10).

[11] *Костырко С.* Книги [J]. Новый мир, 2002 (9).

[12] *Кубатьян Г.* Пожизненные хлопоты [J]. Дружба народов, 2002 (7).

[13] *Курицин Вя.* Работа над цитатами: по поводу премии Аполлона

Григорьева [J]. Неприкосновенный запас, 1999 (3).

[14] *Лейдерман Н.* Траектории 《экспериментирующей эпохи》[J]. Вопросы литературы, 2002 (4).

[15] *Лейдерман Н.*, *Липовецкий М.* Жизнь после смерти, или Новые сведения о реализме [J]. Новый мир, 1993 (7).

[16] *Липовецкий Марк.* ПМС (постмодернизм сегодня) [J]. Знамя, 2002 (5).

[17] *Менцель Биргит.* Что такое 《популярная литература》[J]. НЛО, 1999 (6).

[18] *Мясников В.* Бульвраный эпос [J]. Новый мир, 2001 (11).

[19] *Потанина Н.* Диккесовский код 《фандоринского проекта》[J]. Вопросы литературы, 2004 (1).

[20] *Ранчин А.* Романы Б. Акунина и классическая традиция [J]. НЛО, 2004 (67).

[21] *Снигирева Т. Подчиненов А.* Система национальных зеркал в творчестве Б. Акунина [J]. Учёные записки ПГУ, 2013 (3).

[22] *Сорокин С.* Бинарность Фандорина, или пересечение восточной и западной традиции в контексте 《Фандоринского цикла》Б. Акунина [J]. Ярославский педагогический вестник, 2011 (1).

[23] *Хмельницкая.* Борис Акунин: Я беру классику, вбрасываю туда труп и делаю из этого детектив [N]. Мир новостей, 2003 (27).

[24] *Циплаков Г.* Зло, возникающее в дороге, и дао Эраста [J]. Новый мир, 2001 (11).

[25] *Черняк М.* Игра на новом поле [J]. Знамя, 2010 (11).

[26] *Черняк М.* Массовая литература конца XX – начала XXI века: технология или поэтика? [J]. Филологический класс, 2008 (20).

[27] *Чхартишвили Г.* (*Акунин Б.*). Девальвация вымысла: почему никто не хочет читать романы [N]. Литературная газета, 1998 (39).

[28] *Агишева Н.* Феномен Акунина [OL]. http://www.fandorin.ru/akunin/reviews.html.

［29］ *Лотман Ю. М.* Массовая литература как историко-культурная проблема［OL］. http：// www. ad-marginem. ru / article18.

［30］ *Лурье Лев.* Борис Акунин как учитель истории［OL］. http：// www. expert. ru/printissues/northwest.

［31］ *Немзер А.* Достали！ Вместо обзора новых журналов［N］. Время новостей，2000 – 4 – 13.

［32］ *Чуковский К.* Нат Пинкертон и современная литература［OL］. http：//www. chukfamily. ru/Kornei/ Prosa/ Pinkerton.

［33］ *Elena V. Baraban.* A country resembling Russia［J］. SEEJ，2004（3）.

［34］ Robert Russell. Red Pinkertonism：An aspect of Soviet literature of the 1920s［J］. The Slavic and East Europe Review，1982（3）.

［35］ *Vishevsky Anatoly.* Review：Answers to eternal questions in soft covers：post-Soviet detective stories［J］. The Slavic and East European Journal，2001（4）.

［36］ *Olga Sobolev*，Boris Akunin and the rise of the Russian detective genre，ASEES，2004（1 – 2）.

四　俄文学位论文

［1］ Красильникова Е. П. Интертекстуальные связи пьес Б. Акунина и А. П. Чехова《Чайка》［D］. Канд. дисс. Елец. гос. ун-т им. И. А. Бунина，2008.

［2］ Менькова Н. Н. Языковая личность писателя как источник речевых характеристик персонажей：по материалам Б. Акунина［D］. Канд. дисс. Рос. ун-т дружбы народов，2005.

五　中文专著

［1］安启念：《俄罗斯向何处去：苏联解体后的俄罗斯哲学》，中国人民大学出版社 2003 年版。

［2］曹靖华：《俄国文学史》（上卷），北京大学出版社 2007 年版。

［3］陈必祥：《通俗文学概论》，杭州大学出版社 1991 年版。

［4］陈刚：《大众文化与当代乌托邦》，作家出版社 1996 年版。

［5］陈建华主编：《走过风雨：转型中的俄罗斯文化》，重庆出版社 2007 年版。

［6］陈世丹：《关注现实与历史之真实的美国后现代主义小说》，厦门大

学出版社 2012 年版。

[7] 程正民：《巴赫金的文化诗学》，北京师范大学出版社 2001 年版。

[8] 戴卓萌等：《俄罗斯文学之存在主义传统》，中央编译出版社 2014 年版。

[9] 段建军、陈然兴：《人，生存在边缘上》，人民出版社 2008 年版。

[10] 范伯群、孔庆东主编：《通俗文学十五讲》，北京大学出版社 2003 年版。

[11] 范伯群：《中国近现代通俗文学史》（上卷），江苏教育出版社 1999 年版。

[12] 冯绍雷：《相蓝欣主编. 转型中的俄罗斯社会与文化》，上海人民出版，2005 年版。

[13] 侯玮红：《当代俄罗斯小说研究》，中国社会科学出版社 2013 年版。

[14] 黄泽新、宋安娜：《侦探小说学》，百花文艺出版社 1996 年版。

[15] 黄永林：《中西通俗小说叙事：比较与阐释》，华中师范大学出版社 2009 年版。

[16] 蒋荣昌：《消费社会的文学文本》，四川大学出版社 2004 年版。

[17] 金庸：《金庸散文集》，作家出版社 2006 年版。

[18] 李辉凡、张捷：《20 世纪俄罗斯文学史》，青岛出版社 1999 年版。

[19] 李新梅：《俄罗斯后现代主义文学中的文化思潮》，中国社会科学出版社 2012 年版。

[20] 李毓榛主编：《20 世纪俄罗斯文学史》，北京大学出版社 2000 年版。

[21] 梁坤：《末世与救赎：20 世纪俄罗斯文学主题的宗教文化阐释》，中国人民大学出版社 2007 年版。

[22] 林精华：《民族主义的意义与悖论——20—21 世纪之交俄罗斯文化转型问题研究》，人民出版社 2002 年版。

[23] 凌建侯：《巴赫金哲学思想与文本分析法》，北京大学出版社 2007 年版。

[24] 刘康：《对话的喧嚣：巴赫金的文化转型理论》，中国人民大学出版社 1995 年版。

[25] 刘文飞：《伊阿诺斯，或双头鹰》，中国社会科学出版社 2006 年版。

[26] 鲁迅：《鲁迅全集》（第二卷），人民文学出版社 2005 年版。

[27] 罗钢：《叙事学导论》，云南人民出版社 1994 年版。

[28] 孟庆枢、杨守森主编：《西方文论》，高等教育出版社 2007 年版。

[29] 苗力田、李毓章主编：《西方哲学史新编》，人民出版社 2005 年版。

[30] 森华主编：《当代俄罗斯文学：多元、多样、多变》，外语教学与研究出版社 2010 年版。

[31] 钱谷融：《钱谷融文论选》，上海文艺出版社 2009 年版。

[32] 邱运华：《俄苏文论十八题》，安徽教育出版社 2009 年版。

[33] 任光宣：《俄罗斯文化十五讲》，北京大学出版社 2007 年版。

[34] 任翔：《文化危机时代的文学抉择》，北京师范大学出版社 2006 年版。

[35] 邵宁：《重返俄罗斯》，上海文艺出版社 2003 年版。

[36] 申丹：《叙事学与小说文体学研究》，北京大学出版社 1998 年版。

[37] 石南征：《明日观花——七、八十年代苏联小说的形式、风格问题》，社会科学文献出版社 1997 年版。

[38] 宋春香：《他者文化语境中的狂欢理论》，中国社会科学出版社 2009 年版。

[39] 苏耕欣：《哥特小说——社会转型时期的矛盾文学》，北京大学出版社 2010 年版。

[40] 孙玉华、王丽丹、刘宏：《拉斯普京创作研究》，人民文学出版社 2009 年版。

[41] 王进：《新历史主义文化诗学》，暨南大学出版社 2012 年版。

[42] 王一川：《美学教程》，复旦大学出版社 2004 年版。

[43] 王一川：《语言乌托邦：20 世纪西方语言论美学探究》，云南人民出版社 1994 年版。

[44] 王一川：《文学理论讲演录》，广西师范大学出版社 2004 年版。

[45] 王岳川：《后殖民主义与新历史主义文论》，山东教育出版社 1999 年版。

[46] 夏忠宪：《巴赫金狂欢化诗学研究》，北京师范大学出版社 2000 年版。

[47] 叶志良：《大众文化》，上海文艺出版社 2003 年版。

[48] 余一中：《俄罗斯文学的今天和昨天》，黑龙江人民出版社 2006 年版。

[49] 翟恒兴：《走向历史诗学》，浙江大学出版社 2014 年版。

[50] 张百春：《当代东正教神学思想》，上海三联书店 2000 年版。

[51] 张冰：《白银时代俄国文学思潮与流派》，人民文学出版社 2006 年版。

[52] 张冰：《俄罗斯文学解读》，济南出版社 2006 年版。

[53] 张冰：《陌生化诗学：俄国形式主义研究》，北京师范大学出版社 2000 年版。

[54] 张杰、汪介之：《20 世纪俄罗斯文学批评史》，译林出版社 2000 年版。

[55] 张捷：《当今俄罗斯文坛扫描》，人民文学出版社 2007 年版。

[56] 张进：《新历史主义与历史诗学》，中国社会科学出版社 2004 年版。

[57] 张劲松：《重释与批判：鲍德里亚的后现代理论研究》，上海人民出版社 2013 年版。

[58] 张京媛：《新历史主义与文学批评》，北京大学出版社 1997 年版。

[59] 张首映：《西方二十世纪文论史》，北京大学出版社 1999 年版。

[60] 张之沧、林丹：《当代西方哲学》，人民出版社 2007 年版。

[61] 郑振铎：《中国俗文学史》，东方出版社 1991 年版。

[62] 朱光潜：《西方美学史》，人民文学出版社 2008 年版。

[63] 朱立元：《现代西方美学史》，上海文艺出版社 1993 年版。

[64] 朱立元：《当代西方文艺理论》，华东师范大学出版社 1997 年版。

[65] 朱自清：《论雅俗共赏》，生活·读书·新知三联书店 1983 年版。

[66] ［苏］阿·阿达莫夫著：《侦探文学和我：一个作家的笔记》，杨东华等译，群众出版社 1988 年版。

[67] ［俄］阿格诺索夫主编：《20 世纪俄罗斯文学》，凌建侯等译，中国人民大学出版社 2001 年版。

[68] ［意］昂贝托·埃科著：《玫瑰之名》，林泰等译，重庆出版社 1987 年版。

[69] ［苏］巴赫金：《巴赫金全集》（第三卷），河北教育出版社 1998 年版。

[70] ［苏］巴赫金：《巴赫金全集》（第四卷），河北教育出版社 1998 年版。

[71] ［苏］巴赫金：《巴赫金全集》（第五卷），河北教育出版社 1998

年版。

[72] ［苏］巴赫金：《巴赫金全集》（第六卷），河北教育出版社 2009 年版。

[73] ［苏］巴赫金：《周边集》，河北教育出版社 1988 年版。

[74] ［法］罗兰·巴特著：《S/Z》，屠友祥译，上海人民出版社 2012 年版。

[75] ［德］本雅明著：《机械复制时代的艺术作品》，王才勇译，中国城市出版社 2001 年版。

[76] ［德］本雅明著：《发达资本主义时代的抒情诗人》，张旭东等译，生活·读书·新知三联书店 1992 年版。

[77] ［俄］尼·别尔嘉耶夫著：《陀思妥耶夫斯基的世界观》，耿海英译，广西师范大学出版社 2008 年版。

[78] ［俄］别尔嘉耶夫著，汪建钊编：《别尔嘉耶夫集》，远东出版社 1999 年版。

[79] ［澳］约翰·多克著：《后现代主义与大众文化：文化史》，吴松江等译，辽宁教育出版社 2001 年版。

[80] ［美］约翰·菲斯克著：《解读大众文化》，杨全强译，南京大学出版社 2006 年版。

[81] ［加］诺斯罗普·弗莱著：《批评的解剖》，陈慧译，百花文艺出版社 1998 年版。

[82] ［俄］弗兰克著：《俄国知识人与精神偶像》，徐凤林译，学林出版社 1999 年版。

[83] ［英］E. M. 福斯特著：《小说面面观》，冯涛译，人民文学出版社 2009 年版。

[84] ［苏］高尔基著：《文学书简》（上卷），曹葆华等译，人民文学出版社 1962 年版。

[85] ［美］斯蒂芬·格林布莱特著：《文艺复兴自我造型》（导论），《文艺学和新历史主义》，赵一凡译，社会科学文献出版社 1993 年版。

[86] ［俄］哈利泽夫著：《文学学导论》，周启超等译，北京大学出版社 2006 年版。

[87] ［加］琳达·哈琴著：《后现代主义诗学：历史·理论·小说》，李扬等译，南京大学出版社 2009 年版。

［88］［德］黑格尔著：《美学》（第一卷），朱光潜译，商务印书馆2006年版。

［89］［美］海登·怀特著：《形式的内容：叙事话语与历史再现》，董立河译，文津出版社2005年版。

［90］［美］海登·怀特著：《元史学：十九世纪欧洲的历史想象》，陈新译，译林出版社2004年版。

［91］［德］马·霍克海默、西·阿道尔诺著：《启蒙辩证法——哲学断片》，渠敬东、曹卫东译，上海人民出版社2006年版。

［92］［英］特伦斯·霍克斯著：《结构主义和符号学》，瞿铁鹏译，上海译文出版社1987年版。

［93］［西］奥·加塞特著：《大众的反叛》，刘训练等译，吉林人民出版社2004年版。

［94］［美］杰姆逊、［日］三好将夫编：《全球化的文化》，马丁译，南京大学出版社2002年版。

［95］［美］杰姆逊著：《后现代主义与文化理论》，唐小兵译，北京大学出版社1997年版。

［96］［美］詹明信著：《晚期资本主义的文化逻辑》，陈清侨译，生活·读书·新知三联书店1997年版。

［97］［美］克拉克，霍奎斯特著：《米哈伊尔·巴赫金》，语冰译，中国人民大学出版社2000年版。

［98］［捷］米兰·昆德拉著：《小说的艺术》，唐晓渡译，作家出版社1992年版。

［99］［俄］利哈乔夫著：《解读俄罗斯》，吴晓都等译，北京大学出版社2003年版。

［100］［英］华莱士·马丁著：《当代叙事学》，伍晓明译，北京大学出版社1990年版。

［101］［美］沃尔特·G.莫斯著：《俄国史（1855—1996）》，张冰译，海南出版社2008年版。

［102］［美］安吉拉·默克罗比著：《后现代主义与大众文化》，田晓菲译，中央编译出版社2000年版。

［103］［俄］佩列韦尔泽夫著：《形象诗学原理》，彭甄等译，中国青年出版社2004年版。

［104］［俄］维·佩列文著：《"百事"一代》，刘文飞译，人民文学出版社 2001 年版。

［105］［英］马尔库姆·V. 琼斯著：《巴赫金之后的陀思妥耶夫斯基》，赵亚莉译，吉林人民出版社 2004 年版。

［106］［法］萨莫瓦约著：《互文性研究》，邵炜译，天津人民出版社 2002 年版。

［107］［法］萨特著：《存在与虚无》，陈宣良等译，生活·读书·新知三联书店 1997 年版。

［108］［法］萨特著：《萨特哲学论文集》，潘培庆等译，安徽文艺出版社 1998 年版。

［109］［美］爱德华·萨义德著：《东方学》，王宇根译，生活·读书·新知三联书店 1999 年版。

［110］［英］拉曼·塞尔登编：《文学批评理论——从柏拉图到现在》，刘象愚等译，北京大学出版社 2000 年版。

［111］［美］苏珊·桑塔格著：《反对阐释》，程巍译，上海译文出版社 2011 年版。

［112］［俄］叶·斯科瓦尔佐娃著：《文化理论与俄罗斯文化史》，王亚民等译，敦煌文艺出版社 2003 年版。

［113］［美］埃娃·汤普逊著：《帝国意识：俄国文学与殖民主义》，杨德友译，北京大学出版社 2009 年版。

［114］［英］霍克斯·特伦斯著：《结构主义和符号学》，瞿铁鹏译，上海译文出版社 1987 年版。

［115］［法］托多罗夫著：《巴赫金对话理论及其他》，蒋子华等译，百花文艺出版社 2001 年版。

［116］［俄］陀思妥耶夫斯基著：《卡拉马佐夫兄弟》，耿济之译，人民文学出版社 1981 年版。

［117］［英］特雷·伊格尔顿著：《二十世纪西方文学理论》，伍晓明译，陕西师范大学出版社 1987 年版。

［118］［美］詹姆逊著：《快感：文化与政治》，王逢振等译，中国社会科学出版社 1998 年版。

六　中文期刊

［1］程正民：《巴赫金的体裁诗学》，《清华大学学报》（哲学社会科学

版) 2009 年第 2 期。

[2] 胡全生:《在封闭中开放:论〈玫瑰之名〉的通俗性和后现代性》,
《外国文学评论》2007 年第 1 期。

[3] 胡亚敏、袁英:《马克思艺术生产理论的当代价值》,《华中师范大学
学报》2008 年第 5 期。

[4] 蒋述卓、李凤良:《对话:理论精神与操作原则》,《文学评论》
2000 年第 1 期。

[5] 乐黛云:《文化转型与文化冲突》,《民族艺术》1998 年第 2 期。

[6] 林精华:《合法的另类文学:后苏联的后现代主义文学构成问题》,
《俄罗斯文艺》2010 年第 3 期。

[7] 林精华:《苏俄后现代主义的全球性价值》,《学习与探索》2009 年
第 1 期。

[8] 林精华:《现代化的悖论:俄罗斯大众文化理论之困境》,《国外社会
科学》2003 年第 1 期。

[9] 刘亚丁:《"轰动性":俄罗斯文学的新标准》,《俄罗斯文艺》2002
年第 3 期。

[10] 秦海鹰:《互文性理论的缘起与流变》,《外国文学评论》2004 年第
3 期。

[11] 任光宣:《当今俄罗斯大众文学谈片》,《俄罗斯文艺》2008 年第
1 期。

[12] 苏玲:《向契诃夫致敬——评鲍里斯·阿库宁的〈海鸥〉》,《文艺
报》2010 年 2 月 12 日。

[13] 孙超:《俄罗斯大众文学评议》,《求是学刊》2007 年第 9 期。

[14] 徐永平:《2005 年俄罗斯出版数据解读》,《出版参考》2006 年第
24 期。

[15] 余一中:《90 年代上半期俄罗斯文学的新发展》,《当代外国文学》
1995 年第 4 期。

[16] 余一中:《二十世纪九十年代俄罗斯文学的新发展》》《当代外国文
学》2001 年第 4 期。

[17] 袁洪庚:《欧美侦探小说之叙事研究述评》,《外语教学与研究》
2001 年第 5 期。

[18] 张冰:《对话:奥波亚兹与巴赫金学派》,《外国文学评论》1999 年

第 2 期。

［19］张建华：《论后苏联文化及文学的话语转型》，《解放军外国语学院学报》2008 年第 1 期。

［20］张捷：《俄罗斯文学的现状和前景》，《文艺理论与批评》2008 年第 1 期。

［21］张捷：《如何看待和评价苏联解体后的俄罗斯文学》，《文学理论与批评》2010 年第 6 期。

［22］［俄］叶·沃罗比约娃：《多种多样的俄罗斯文学奖》，《俄罗斯文艺》2006 年第 3 期。

附 录

鲍里斯·阿库宁文学作品俄汉语对照表[①]
（前面所标年份为作品发表时间，括号内所标年份为故事时间）

I. Новый детективъ（Приключения Эраста Фандорина）
新侦探小说（埃拉斯特·凡多林历险）系列

1. 1998，《Азазель》（1876 год，конспирологический детектив）
《阿扎泽尔》（1876，阴谋侦探小说）

2. 1998，《Турецкий гамбит》（1877 год，шпионский детектив）
《土耳其开局》（1877，间谍侦探小说）

3. 1998，《Левиафан》（1878 год，герметичный детектив）
《利维坦》（1878，密室侦探小说）

4. 1998，《Смерть Ахиллеса》（1882 год，детектив о наемном убийце）
《阿喀琉斯之死》（1882，雇凶杀人侦探小说）

5. 1999，《Пиковый валет》（1886 год，повесть о мошенниках）
《黑桃王子》（1886，骗子小说）

6. 1999，《Декоратор》（1889 год，повесть о маньяке）
《装饰者》（1889，杀人狂的故事。与《黑桃王子》结集为《特别任务，Особые поручения》）

7. 1999，《Статский советник》（1891 год，политический детектив）
《五等文官》（1891，政治侦探小说）

8. 2000，《Коронация, или Последний из Романов》（1896 год，великосветский детектив）
《加冕典礼，或最后一部小说》（1896，上流社会侦探小说）

---

① 部分参考了维基百科俄文版的词条《Библиография Григория Чхартишвили》。

9. 2001，《Любовница Смерти》（1900 год，декадентский детектив）
《死神的情妇》（1900，颓废主义侦探小说）

10. 2001，《Любовник Смерти》（1900 год，диккенсианский детектив）
《死神的情夫》（1900，狄更斯式侦探小说）

11. 2003，《Алмазная колесница》，том 1《Ловец стрекоз》（1905 год，
Россия），том 2《Между строк》（1878 год，Япония）
《金刚乘》，第 1 卷《蜻蜓捕手》（1905，俄国），第 2 卷《字里行间》
（1878，日本）

12. 2007，《Нефритовые четки》（1881 – 1990 годы）
《玉石念珠》（1881 – 1900）（短篇小说集）

13. 2009，《Весь мир театр》（1911 год）
《世界是个大舞台》（1911）

14. 2012，《Чёрный город》（1914 год）
《黑色之城》（1914）

Ⅱ. Провинціальный детективъ（Приключения сестры Пелагии）
外省侦探小说（佩拉盖娅修女历险系列）

1. 2000，《Пелагия и белый бульдог》，《佩拉盖娅与白斗犬》

2. 2001，《Пелагия и чёрный монах》，《佩拉盖娅与黑修士》

3. 2003，《Пелагия и красный петух》，《佩拉盖娅与红公鸡》

Ⅲ. Приключения магистра　硕士历险系列

1. 2000，《Алтын-Толобас》《阿尔登·托拉巴斯》（1995，1675 – 1676）

2. 2002，《Внеклассное чтение》，《课外阅读》（2001，1795）

3. 2006，《Ф. М》，《费·米》（2006，1865）

4. 2009，《Сокол и Ласточка》，《鹰与燕》（2009，1702）

Ⅳ. Жанры　"体裁"系列

1. 2005，《Детская книга》，《儿童读物》（2006，1914，1605 – 1606）

2. 2005，《Шпионский роман》，《间谍小说》（1941）

3. 2005，《Фантастика》，《幻想小说》（1980 – 1991）

4. 2008，《Квест》，《冒险游戏》（1930，1812）

5. 2012，《Детская книга для девочек》，《女孩读物》（与 Глория Му 合
著）

Ⅴ. Смерть на брудершафт　交谊酒之死系列

1. 2007，《Младенец и чёрт，Мука разбитого сердца》（1914）
   《稚童与魔鬼》,《一颗破碎之心的苦难》（1914）

2. 2008，《Летающий слон，Дети Луны》（1915）
   《飞象》,《月亮之子》（1915）

3. 2009，《Странный человек，Гром победы，раздавайся!》（1915 –
   1916）
   《怪人》,《胜利的雷声响起来吧!》（1915，1916）

4. 2010，《〈Мария〉，Мария…；Ничего святого》
   《"玛丽娅"，玛丽娅……；毫无神圣之处》（1916，1917）

5. 2011，《Операция《транзит》，Батальон ангелов》
   《"过境"行动；天使营》

Ⅵ. Отдельные книги　其他作品

1. 2000，《Сказки для идиотов》（сказка），《写给傻瓜的童话》（童话）

2. 2000，《Чайка》（пьеса），《海鸥》（剧本）

3. 2002，《Комедия，Трагедия》（пьеса），《喜剧/悲剧》（剧本）

4. 2004，《Кладбищенские истории》,《墓园故事》随笔与短篇小说合集，
   署名作者为鲍·阿库宁与格·齐哈尔季什维利）

5. 2006，《Инь и Ян》（пьеса），《阴与阳》（剧本）

6. 2013，《История Российского государства. Часть Евровы：от истоков
   до монгольского нашествия》,《俄罗斯国家史（欧洲部分）：从起源
   到蒙古人侵》

7. 2014，《История Российского государства. Часть Азии：Ордынский
   период》,《俄罗斯国家史（亚洲部分）：汗国时期》

8. 2014，《Огненный перст》,《火手指》（中篇小说集）

后　记

　　本书研究的是当代俄罗斯文学中一个极为特殊但又具有时代典型性的现象——阿库宁的小说创作。一般认为，阿库宁的小说属于低俗的大众文学或商业性的消费文学，所以是不应妄登学术殿堂的。而笔者之所以敢于冒此不韪，是缘自"阿库宁现象"本身所具有的复杂性及其多层面的历史文化内涵。正如卢卡契所言，文学风格的变化本质上是对社会现实本身变化的反映。因此，文学问题只有置于广阔的文化社会学语境中才能得到全面且深入的透视。"阿库宁现象"的出现绝非历史的偶然，其创作风格一定程度上就是对世纪之交俄罗斯文化转型的文学反映，它与文化转型之间存在着鲜明的内在同构性。为了揭示出这种同构性，本书有意避开了人物结构、情节组织、语言修辞等这些技术性分析层面，转而聚焦于阿库宁作为时代性作家的文学经验和诗学建构，进而凭此管窥后苏联文学在文化转型语境中的嬗变历程和重构本质、探查后苏联文化在阵痛之中的冲突融合和涅槃再生。本书采用的泛文化研究范式，可能会让论述显得有些不够集中，但既然我们的研究客体本身具有一种多元并举、价值重构的狂欢式倾向，能否就喻示着对它的研究也可以有些开放性和对话性呢？希望本书已经部分地完成了这个并不轻松的任务。

　　这本书是在我的博士论文的基础上进一步增补、修改而成的。不知不觉间博士毕业已经三年了。几年前当我踌躇满志地踏入心慕已久的北师大校园时，并未料想到将要开始的是一段令我刻骨铭心的人生旅程。在求学期间，我饱尝了冥思苦想而不解的煎熬，也体验了柳暗花明又一村的喜悦；既有郁郁不得的消沉，亦有雄姿英发的豪迈。幸运的是，在这颠簸的学海之舟上，我遇到了恩师张冰教授。自入师门至今，我在学业上的点滴进步无不凝结着张老师的心血。尤使我感动的是，张老师并不以我学识浅薄而对我失望，他总是以信任、关心和理解给予我巨大的精神支持。没有张老师的宽容和鼓励，我恐怕难以走完这段艰苦的求学路程。我想，在今后的工作学习中，唯有加倍努力、不断进取方可不辜负先生的殷切期望，也唯有如此才能回报先生恩情之万一。

本书的研究构想最初始于和张老师在课堂上的讨论。承担这样一项具有开拓意义的任务，才疏学浅的我当初是非常茫然的。除了张老师的点拨和启发，我还要特别感谢北京师范大学的夏忠宪教授、郑海凌教授、刘娟教授在论文开题会上为我指点迷津，感谢俄罗斯国立师范大学的玛利亚·亚历山大洛夫娜·切尔尼亚克（М. А. Черняк）教授通过邮件为我提供自己的著作以及其他俄文资料，让我有机会了解当前俄罗斯大众文学研究的主流方向及最新成果。在北师大学习期间，我还有幸聆听了刘象愚等多位名家联合讲授的博士学位课程，以及文学院李正荣教授、教育学部吴岩教授的文学专题讲座，并从这些课程中获益良多。在论文答辩会议上，张建华教授、刘文飞教授、周启超研究员、李正荣教授以及吴晓都研究员提出了许多中肯的意见，这些意见对本书的修改非常宝贵。此外，在本书写作期间，山东大学的李建刚教授给了我很多无私的帮助和鼓励，为本书的顺利完成提供了很大的精神支持。在此一并向以上各位专家表示衷心的感谢！

本书还得到了山东省社会科学规划研究项目基金和潍坊学院博士研究基金的支持，书中部分内容曾以论文形式发表在《俄罗斯文艺》、《山东外语教学》等国内期刊。应当承认，这些科研项目和学术期刊的鼓励在很大程度上坚定了我的研究方向，并督促我及时完成这本书的撰写。在此谨致谢意！

我还要特别感谢我的家人，他们一直在任劳任怨地为我提供物质和精神上的帮助，使我可以远离纷扰，专注于自己的研究。可以说，没有家人的关爱，拙著的问世是难以想象的。此外，我的工作单位的各位领导和同事也为我提供了工作、学习上的多种便利，在此表示由衷感谢！

由于作者才识所限，书中的错讹和疏漏之处在所难免，在此诚请各位专家和读者不吝赐教。

武玉明

2014 年 11 月